KB179405

생태환경과 아동문학

어른을 위한 어린이책이야기 19

생태환경과 아동문학

2023년 2월 15일 1판 1쇄 인쇄 / 2023년 2월 25일 1판 1쇄 발행

지은이 노경수 / 펴낸이 임은주
펴낸곳 도서출판 청동거울 / 출판등록 1998년 5월 14일 제406-2002-000128호
주소 (12284) 경기도 남양주시 다산지금로 202(한강 DIMC 현대테라타워) B동 317호
전화 031) 560-9810 / 팩스 031) 560-9811
전자우편 treefrog2003@hanmail.net / 네이버블로그 청동거울출판사

북디자인 서강
출력 우일프린테크 | 인쇄 하정문화사 | 제책 우성제본

ISBN 978-89-5749-229-1 (03800)

어른을 위한 어린이책이야기 19

생태환경과 아동문학

노경수 평론집

청동거울

세계에서 성경 다음으로 많이 읽힌 책이 동화『어린왕자』라고 한다. 일곱 개의 별을 여행한 어린 왕자는 별에서 어른들을 만나고 돌아서면서 후렴구처럼 "어른들은 참 이상해"라고 말한다. 그런데도『어린왕자』는 아이들뿐만 아니라 세상 모든 어른들까지 열광한다. 어린 왕자의 눈에 비친, 어른들이 살아가는 세상 이야기가 시대와 문화를 넘어서서 독자들의 마음에 파고드는 이유는 무엇일까.

나는 엄마가 되고 난 후 동화를 읽기 시작하였고, 아동문학을 공부하였으며, 이후 몇몇 대학에서 아동문학개론을 비롯한 동화창작방법론을 강의해 왔다. 그 과정에서 공부하고 연구한 것들을 여기 한 권의 책으로 묶는다. 서툴고 일천함을 알면서도 묶어 내놓는 것은 세월이 흐르면서 풍기는 묵은내 때문이기도 하고, 원고에 깃든 나의 사랑과 열정을 외면할 수 없었기 때문이기도 한데, "생태학적 상상력"에 기대어 용기를 낸다.

내가 아동문학에서 생태학적 상상력을 중요하게 여기는 것은 아동문학의 미학이 시점의 다양성에 있다고 믿기 때문이다. 아이를 비롯하여 강아지, 토끼, 오리, 까치 등 동물이나 나무, 민들레, 봉숭아, 해바라기 등의 식물과 무생물까지, 자연을 구성하는 모든 것이 주인공이 될 수 있는, 그들의 시점에서 이야기를 풀어갈 수 있는 문학은 어린이 독자들뿐만 아니라 어른 독자들에게도 재미와 감동을 넘어서는 깨달음의 희열을 준다.

보아뱀이 코끼리를 삼킬 수 있는, 상식을 넘어서고, 논리를 넘어서는 어린 왕자와 같은 인물들, 토끼와 강아지, 오리와 같은 인물들의 눈에 비친 세상 이야기는 독자에게 읽는 재미와 함께 내면에 잠복해 있던 동심을 깨워주며 역지사지로 '~되어보게' 하면서 새로움에 눈뜨게 하고 행복으로 안내한다. 뿐만 아니라 인간중심적 사고에서 벗어나 어떻게 살아왔으며 어떻게 살아가고 있는지, 앞으로 어떻게 살아가야 하는지까지도 성찰하게도 한다.

이러한 아동문학을 전공할 수 있었던 것은 내 삶의 큰 행운이었고, 삶에 끼어드는 고난을 이겨내는 에너지였다. 아동문학을 공부하는 내내 행복했다. 연구하면서도 행복했고 동화를 쓰면서 행복했으며, 강의하면서도 행복했다. 동심의 문학을 직업으로 살았으니 행복은 필연이었던 것이다. "좋은 엄마"가 되고 싶어 아이들과 함께 동화를 읽기 시작했는데, 그 동화가 내어주는 길을 한 발짝 한 발짝 걸어왔다. 그 길은 형언할 수 없을 만큼 아름다운 길이었다. 향긋한 동심의 숲속, 나뭇잎 사이를 뚫고 들어오는 햇살이 반짝반짝 빛나는 오솔길, 그 길로 물길을 낼 수 있도록 이끌어준 두 아이, 지금은 어른이 된 유진이와 현중이에게 고맙다. 나를 바로 서게 해주신 윤흥길 선생님, 신현득 선생님, 김수복 선생님 등 많은 스승들이 떠오른다. 어른도 있었고 아이도 있었으며 내가 좋아하는 동물과 식물 등의 자연물도 있었다. 평생 감사해야 할 인연이다.

부족한 글을 세상에 내놓을 수 있도록 용기를 준 조태봉 작가님과 도서출판 청동거울에도 감사하다. 문우로 학우로 함께 걸어가는 길목에서 어깨동무를 할 수 있었던 것도 행운이었다. 내가 살아 있어 이렇듯 활동할 수 있음이 기적이다. 내게 일어난 모든 일은 하나님의 은총이었다.

2023년 새해 아침
노경수

| 차례 |

머리말 ● 4

제3부_동시의 공간과 미학

제4부_동화에 대한 단상들

제1부

아동문학과 생태학적 상상력

생태동화의 미학과 시점

1. 들어가며

생태동화는 생태 인식에서 출발한 생태 문학의 한 갈래이다. 모든 생물체는 자연이라는 하나의 커다란 집에 모여 유기적인 관계를 맺으며 살아가는 존재로 상호 영향을 주고받는다는 생태 인식은 아메리카 인디언들의 인식 방법으로 널리 알려져 왔다. 워싱턴의 대추장에게 보내는 인디언 "시애틀 추장의 편지"[1]는 서구인들에게 자연과 인간이 하나

---

[1] 우리에게 알려진 아메리카 인디언 추장 시애틀(1786~1866)은 두와미시족 어머니와 수쿼미시족 추장 아버지 사이에 태어났다. 젊어서 용감한 전사로 이름을 널리 알렸고 아메리카 원주민 부족들로부터 크게 존경을 받아온 훌륭한 지도자였다. 시애틀 추장의 편지에는 자연과 사람은 원래 한몸이라는 아메리카 원주민들의 오랜 믿음이 배어 있다. 시애틀 추장의 편지는 백인들의 자연 파괴와 생명 경시를 비판한 연설로 유명하다. 편지의 내용은 다음과 같다.
워싱턴의 대추장(프랭클린 피어스 대통령을 지칭)이 우리 땅을 사고 싶다는 제안을 보내왔다. 대 추장은 우정과 선의의 말도 함께 보내왔다. 그가 답례로 우리의 우의를 필요로 하지 않는다는 것을 잘 알고 있으므로 이는 그로서는 친절한 일이다. 하지만 우리는 그대들의 제안을 진지하게 고려해볼 것이다. 우리가 땅을 팔지 않으면 백인들이 총을 들고 와서 우리 땅을 빼앗을 것임을 우리는 알고 있다.
저 하늘이나 땅의 온기를 어떻게 사고팔 수 있는가? 우리로서는 이상한 생각이다. 공기의 신선함과 반짝이는 물을 우리가 소유하고 있지도 않은데 어떻게 그것들을 팔 수 있다는 말인가? 우리에게는 이 땅의 모든 부분이 거룩하다. 빛나는 솔잎, 모래 기슭, 어두운 숲속 안개, 밝게 노래하는 온갖 벌레들, 이 모두가 우리의 기억과 경험 속에서는 신성한 것들이다.

로 연결되었다는 생태주의적 인식을 알리는 신호탄이 되었다. 편지에 나타난 생태 인식은 이후 자연과학, 사회과학, 공학과 인문학, 문학과 예술 등과 결합하였고 이후 생태문학[2]은 생태시, 생태소설, 생태비평, 생태희곡, 생태영화, 생태동화 등과 같은 다양한 개념으로 분화되어 오늘날에 이르렀다.

　김용민은 그의 저서 『문학생태학』에서 환경문제나 생태계 위기의 현황을 점검하고 그렇게 된 원인을 따지며 그것을 해결할 새로운 패러다임을 모색하는 시나 소설, 희곡 작품이 생태문학이라면 그 작품들을 분석하고 연구하는 것이 문학생태학[3]이라고 하면서 〈생태문학〉과 함께 〈녹색문학〉, 〈생명문학〉 등이 함께 사용된다고 하였고[4] 윌리엄 루에커트

나무속에 흐르는 수액들은 우리 홍인(인디언 종족들을 가리킴)의 기억을 실어 나른다. 백인은 죽어서 별들 사이를 거닐 적에 그들이 태어난 곳을 망각해 버리지만, 우리는 죽어서도 이 아름다운 땅을 결코 잊지 못하는 것은 이것이 바로 우리 어머니이기 때문이다. 우리는 땅의 한 부분이고, 땅은 우리의 한 부분이다. 향기로운 꽃은 우리의 자매이다. 사슴, 말, 큰 독수리, 이들은 우리의 형제들이다. 바위산 꼭대기, 풀의 수맥, 조랑말과 인간의 체온, 모두가 한 가족이다.

워싱턴의 대추장이 우리 땅을 사고 싶다는 제안을 보내온 것은 곧, 우리의 모든 것을 달라는 것과 같다. 대추장은 우리만 따로 편히 살 수 있도록 한 장소를 마련해주겠다고 한다. 그는 우리의 아버지가 되고, 우리는 그의 자식이 되는 것이다. 그러니 우리들의 땅을 사겠다는 그대들의 제안을 잘 고려해보겠지만, 우리에게 이 땅은 거룩한 것이기에 그것은 쉬운 일이 아니다.

개울과 강을 흐르는 이 반짝이는 물은 그냥 물이 아니라 우리 조상들의 피다. 만약 우리가 이 땅을 팔 경우에는 이 땅이 거룩한 것이라는 걸 기억해 달라. 거룩할 뿐만 아니라, 호수의 맑은 물속에 비취는 신령스러운 모습들 하나하나가 우리네 삶의 일들과 기억을 이야기해 주고 있음을 아이들에게 가르쳐 주어야 한다.

물결의 속삭임은 우리 아버지의 아버지가 내는 목소리이다. 강은 우리의 형제이고, 우리의 갈증을 풀어준다. 카누를 날라주고 자식들을 길러준다. 만약 우리가 땅을 팔게 되면 저 강들이 우리와 그대들의 형제임을 잊지 말고 아이들에게 가르쳐야 한다. 그리고 이제부터는 형제에게 하듯이 강에도 친절을 베풀어야 할 것이다. 시애틀 추장, 탁영호 그림, 서정오역, 『시애틀 추장의 편지』, 고인돌, 2017 참조.

2 생태 문학으로 우리에게 가장 많이 알려진 작품으로는
시애틀 추장, 류시화 엮음, 『나는 왜 너가 아니고 나인가』(더 숲, 2017)와 포리스트 카터의 『내 영혼이 따뜻했던 날들』(아름드리미디어, 2019) 등이 있다. 이들 작품은 독자들에게 생태 인식을 알리는 교두보 역할을 하였다.

3 생태문학에 관한 그의 정의는 공감할 수 있으나 생태문학을 분석하고 연구하는 것이 문학생태학이라는 정의는 협의의 개념이다. 왜냐하면 "자연이라는 가정(家庭)을 연구하는 학문"이 생태학이라는 헤켈에 의하면 〈문학생태학〉은 문학이라는 가정(범주) 안에 있는 모든 것들을 연구하는 학문이어야 하기 때문이다.

(Willism Rueckert)는 그의 논문 「문학과 생태학」에서 문학과 생태학의 접합을 시도하면서 영원한 대립상이었던 '문학'과 '과학'의 만남이야말로 새로운 명제의 탄생과 같음을 역설하였다. 또한 그는 문학과 생태학의 연관성은 인간이 자신이 원하는 대로 자연을 이용할 권리가 없다는 생각과 나무, 돌고래, 고래, 혹은 매조차도 자신의 권리를 보호하고 주장해 줄 변호사가 필요하다는 생각에서 출발한다.[5]고 하였는데, 이러한 발상이야말로 다양한 갈래의 문학으로 물길을 내는, 생태문학적인 바람직한 인식이라 할 수 있을 것이다.

생태학(生態學, Ecology)은 1866년 독일의 동물학자인 에른스트 헤켈(Ernsst Haeckel)에 의해 처음 사용되었다. 그리스어 〈집〉 또는 〈살기 위한 공간〉을 의미하는 óikos라는 단어와 〈연구〉라는 의미의 Logos를 결합시켜 만들었는데 헤켈은 생태학을 자연의 제 관계를 다루는 학문으로 정의하면서 다른 용어로 "자연이라는 가정(家庭)을 연구하는 학문"이라 하였다.[6] 이러한 생태학 역시 인디언의 생태 인식에서 출발한 것으로 볼 수 있다.

'가정'의 사전적인 개념은 가족 구성원이 생계 또는 주거를 함께 하는 생활공동체로서 구성원의 일상적인 부양 · 양육 · 보호 · 교육 등이 이루어지는 생활 단위를 말한다. 생태학이 "자연이라는 가정(家庭)을 연구하는 학문"이라는 전제는 지구상에 존재하는 생물이나 무생물 등 삼라만상이 모두 자연을 구성하는 다양한 개체들의 생활공동체에 관해 연구하는 학문을 의미한다.

본고 「생태동화의 미학과 시점」은 〈생태문학〉이나 〈녹색문학〉, 〈생명문학〉처럼 생태계를 주제로 한 작품들보다는 생태계를 구성하는 개체

---

4 김용민, 앞의 책, 27쪽.
5 구자희, 『한국 현대 생태담론과 이론 연구』, 새미, 2004, 36쪽.
6 김용민, 『문학생태학』, 연세대학교 대학출판문화원, 2014, 14쪽.

들, 나무, 돌고래, 고래 혹은 매와 같은 식물과 동물 또는 인간과 무생물까지 인물로 설정하여 그들의 서사, 즉 그들 시점으로 세상을 이야기하는 생태동화의 미학과 시점에 관한 연구이다.

그들의 이야기는 넓은 의미에서는 주제를 포함하지만 본 연구는 그보다는 그들의 인식을 통한 서사를 의미한다. 따라서 본 연구는 동화창작 방법의 형식적인 연구가 아니라 생태동화의 서사를 이루는 내용에 관한 연구이다.

나무, 돌고래, 강아지, 고양이 등 인간과 함께 자연을 구성하는 것들을 주인공으로 설정할 때는 인간과 같은 감정의 소유자로 생각하고 말하는 의인화 기법을 활용한다. 이때 의인화된 캐릭터가 세계를 인식하는 방법은 사람이 인식하는 방법과 다를 것이다.

의인화된 동화는 물활론적 세계관을 가진 어린이를 주요 독자로 한다. 대상은 모두 살아있다고 믿는 물활론적 세계관[7]은 사람뿐만 아니라 동물과 식물, 무생물까지 사람과 같이 살아있고 감정을 품으며 생각하고 말할 수 있다고 믿는 세계관이다. 이러한 인식은 주로 7세 미만의 아동들에게 나타나고, 이들을 대상으로 창작되는 동화의 캐릭터는 사람뿐만 아니라 동물과 식물, 무생물 등 모두를 포함된다.

이러한 의인 동화는 넓은 의미에서는 생태 문학의 한 갈래이다. 궁극적으로 문학이 인간에 관한 이야기이고 보면, 나무와 돌고래, 강아지와

---

[7] 피아제는 어린이의 물활론적 사고 발달 양상을 4단계로 구분하였다. 첫째 단계는 5~6세 어린이에게서 나타나는 현상으로 존재하는 대부분의 사물에 의지나 의식 또는 생명이 있다고 생각하는 단계이다. 어떤 작용을 일으키는 것, 움직일 수 있는 것, 유용한 것, 다른 사물에 영향을 끼치는 것을 살아 있다고 생각하는 것이다. 둘째 단계인 6세 이후의 어린이에게서는 사물의 움직임을 보고 생명의 유무를 판단하는 현상이 나타난다고 보았다. 셋째 단계인 8세 이후의 어린이에게서는 움직임의 원동력을 깨달아 외부의 도움 없이 스스로 움직이는 것만이 의식을 하고 있다고 생각하는 경향이 있다고 보았다. 넷째 단계인 11세 이후의 어린이는 어른 수준의 사고를 하며 동물과 식물만이 생명이 있다고 믿는다는 것이 피아제의 물활론적 사고 발달 양상이다. 황선미,『동화창작의 즐거움』, 사계절, 2006, 24쪽.

고양이, 민들레와 장미꽃 등을 주인공으로 서사를 풀어가는 것은, 결국 그들의 시점을 통하여 인간의 삶을 이야기하기 위함이고, 넓게는 함께 살아가는 자연을 이야기하기 위함이다.

소고에서는 다양한 작품을 통하여 발달단계에 따른 어린이들의 세계 인식방법을 살펴볼 것이다. 나아가 동물과 식물, 무생물이 주인공인 생태동화에 나타난 캐릭터들의 인식방법도 살펴볼 것이다. 자연을 구성하는 다양한 캐릭터들의 인식방법과 서사를 밀도 있게 살펴보는 것은 생태동화창작방법의 길잡이가 될 것이다.

2. 발달단계에 따른 세계 인식방법

인간은 태어나면서부터 성장과 성숙과 경험을 통해 발달하고 변화하며 어린이, 크는이, 젊은이, 늙은이 등 다양한 이름으로 불린다. 따라서 인간은 누구나 어린이였고, 청소년기를 지나 젊은이로 성장하며 늙은이로 변화해가는 시간적 존재이다.

동심을 잃어버려야 어른이 될 수 있다는 말이 있다. 이 말을 받아들이면 아동문학의 창작자가 어른이라는 것은 동심을 잃어버린 사람이 동심의 문학을 창작하는 것이어서 필연적인 모순을 동반한다. 그러나 환경에 따라 변화무쌍한 어린이들의 심리를 모두 이해한다는 건 불가능하지만 어른의 내면에는 잠복해 있는 어린이가 있기 때문에 그 어린이를 불러내 창작에 임한다면 어느 정도 독자와의 거리를 좁힐 수 있을 것이다.

발달단계에 따라 이성을 갖춰가는 시기에 있는 아동들이 세계를 인식하는 방법은 다양하다. 아이들은 물활론적 사고를 하고 감각적이어서 눈에 보이는 세계만 믿는다. 이러한 아이들에게 '지구는 둥글다'라고 하면 둥글다는 것에 대하여 나름대로 생각하여 원반 모형으로 받아들이거나, 하늘에 또 하나의 지구가 떠 있다고 생각한다.

루소는 『에밀』에서 어린이가 이성을 갖추기 이전에 '도덕적 존재'에 대한 관념을 가지는 것은 불가능하다고 말한다. 또한 '선과 악'을 아는 것이나, 인간은 왜 여러 의무를 지켜야 하는지 등의 문제는 어린이들이 이해할 영역이 아니기 때문에 어린이들에게 어른의 도덕률을 강요하지 말 것을 주장한다.[8] 그렇다고 어린이에게 도덕성이 없는 것은 아니다. 어린이들도 나름대로 논리적, 목적에 부합하는 사고를 하고 있다. 다만 그것이 기성의 가치체계와 맞지 않을 뿐이다.

루소가 『에밀』에서 어린이들에게 이성적인 태도를 요구하지 말고, 도덕적인 관념을 주입하지 말라고 했을 때의 '이성'과 '도덕'이란 '기성의 편향적이고 불완전한 도덕으로 탐욕이나 불안 허영심 따위가 결부된 것을 가리킨다. 어른들이 어린이들에게 강요하는 도덕이란 세속적인 이해관계와 힘의 역학 관계로 점철된 도덕에 불과하다.[9] 또한 루소가 '자연

---

8 "교육의 근원은 자연과 인간과 사물이다. 우리의 능력과 기관의 내적 성장은 자연의 교육이고 이 성장을 어떻게 이용할 것인지를 가르쳐 주는 것은 인간의 교육이다. 그리고 우리가 환경의 경험에 의해 얻는 것은 사물의 교육이다. 따라서 우리는 이 세 종류의 스승에 의해서 교육된다. 그 스승들의 가르침이 서로 모순되는 경우, 제자는 나쁜 교육을 받게 되고, 정서의 안정을 가지지 못한다. 스승들의 가르침이 일치할 때에만, 제자는 자기의 목적을 향해 나아가고 일관된 인생을 보낼 수 있다. 그러한 사람만이 좋은 교육을 받은 것이다. (중략) 나는 사람들이 꼴레주(college 대학)라고 부르는 저 가소로운 시설을 공공 교육기관이라고는 생각하지 않는다, 또 상류사회의 교육도 공공 교육의 영역에 넣지 않는다. 상류사회의 교육은 상반되는 두 가지 목적을 추구하다가 어느 쪽 목적에도 도달할 수 없게 만들기 때문이다. 그것은 언제나 남들을 위해 살도록 교육하는 것처럼 보이면서 실은 자신의 일 외에는 절대로 생각지 않는 이중인격의 인간을 만드는 것 외에 아무것도 아니다. 그러한 가장(假裝)은 모든 사람에게 공통적이어서 아무도 그것에 속지 않는다. 따라서 가장하느라고 마음을 쓰는 것이 모두 공연한 헛수고일 뿐이다." 루소, 민희식 옮김, 『에밀』, 육문사, 2005, 25~29쪽.
9 유교를 이념으로 삼았던 과거 우리나라는 '동방예의지국'이라는 말이 생겨났을 만큼 장유유서를 논하며 예의(禮義)를 강조해 왔다. '예의(禮義, 사람이 마땅히 지켜야 할 예절과 의리)' 혹은 예의(禮儀, 사회생활이나 사람 사이의 관계에서 존경의 뜻을 표하기 위해서 예로써 나타내는 말투나 몸가짐)는 쌍방이 지켜야 할 예절이다. 그런데 과거 우리나라에서 예절은 쌍방이 아니라 약자가 강자에게 갖춰야 하는, 일방적인 것으로 통용되었다. 그러니까 과거 우리나라에서 아이는 부모와 조부모, 선생님 등에 예의를 갖추어야 하고 부모와 조부모, 선생님은 아이에게

으로 돌아가라'라고 주장한 자연이란 원초적, 본질적 도덕성이 발현되는 공간이다. 이때의 도덕은 종적으로도 횡적으로도 시대나, 문화권에 영향을 받지 않는 보편성을 가지는 윤리개념이다. 그러므로 동화를 창작하는데 어른의 가치 기준이나 이성의 잣대로 어린이에게 접근하는 것은 많은 위험이 따른다. 따라서 창작자는 어린이에 대한 이해를 전제로 접근해야 한다.

소설이나 동화와 같은 서사문학은 인물, 사건, 배경의 3요소를 토대로 창작되는데 다음 몇 편의 동화를 통하여 주인공들의 생태환경에 따른 인식 방법을 살펴보고, 주인공의 인식 방법에 개연성을 확보했는지도 살펴볼 것이다. 다양한 연령의 다양한 캐릭터에 따른 시점과 사건의 전개를 고찰하는 것은 생태동화창작방법에 바람직한 방향성을 제시할 것이다.

1) 동심을 통한 어린이의 세계인식
—「새싹에게서 온 전화」,[10] 『나의 라임 오렌지 나무』,[11] 〈인생은 아름다워〉[12]

아동문학을 논할 때마다 동심이 거론되고 동심이란 맑고 깨끗한 것, 순진무구한 것, 순수한 것 등을 나타내는 대명사처럼 쓰인다. 이러한 동화문학은 동심의 이해와 어린이들의 세계인식 방법의 이해에서부터 출발한다.

동화는 동심의 문학이고, 동심은 자연의 본질을 반영한다.[13] 자연(自

갖추지 않아도 무방하였으며 이로 인해 약자들은 많은 억압 속에 살아야 했다.

10 박성배, 『행복한 비밀 하나』, 푸른책들, 2012. 62쪽.

11 J.M 바스콘 셀로스, 『나의 라임 오렌지 나무』, (동녘, 2003)

12 로베르토 베니니, 〈인생은 아름다워〉, 1997. 이탈리아 영화로 아카데미 국제영화상, 유럽 영화상 작품상, 크리틱스 초이스 영화상 외국어영화상, 토론토 국제 영화제 관객상 수상작. 전쟁을 배경으로 어린이를 소재로 한 영화.

13 황정현, 『동화교육방법론』, 열린 교육, 2001. 참조.

然)은 스스로 존재하고 변화하며 주체의 본질을 표현한다. 자연을 구성하는 다양한 주체들—생물과 무생물 등—에서 서로 다른 주체의 본질이란 무엇일까. 소나무의 본질은 무엇이고 장미꽃과 들국화의 본질과 소나 개, 토끼 등 동물들의 본질은 무엇인가.

인간의 원형적 본질이라 칭하는 동심에 대한 정의는 사람마다 다양하다.[14] 동심에 대하여 많은 사람이 다른 양상으로 논한다는 것은 동심을

---

14 중국의 사상가 이탁오는 동심이란 거짓 없고 순수하고 참된 것으로 최초 一念의 本心이라고 하며 童心을 잃으면 참된 마음을 잃는 것이며, 참된 마음을 잃으면 참된 사람을 잃는 것이라고 하여 동심을 '참된 마음(眞心)'으로 정의하였다. 이러한 이탁오의 동심에 대한 정의를 받아들이면 우리는 또 질문거리가 생긴다. '참된 마음'이란 과연 어떤 마음을 의미하는가. 동심에 대한 정의 중에서 대표적인 것은 다음과 같다.

동심은 '참된 마음'(眞心)이다. 동심이란 거짓 없고 순수하고 참된 것으로, 최초 일념(一念)의 '본심'(本心)이다. 동심을 잃으면 참된 마음을 잃는 것이며, 참된 마음을 잃으면 '참된 사람'(眞人)을 잃는 것이다. 사람이 참되지 않으면 최초의 본심은 더는 없다. 아이는 사람의 처음이요, 동심은 마음의 처음이다. 이탁오(李贄), 홍승직 옮김, 『분서』(홍익출판사, 1987), 180~181쪽.

동심이란 인간의 본심입니다. 인간의 양심입니다. 시간과 공간을 초월해서 동물이나 목석하고도 자유자재로 이야기를 주고받으며 정을 나눌 수 있는 것이 곧 동심입니다. 윤석중, 『어린이와 한평생』(범양사출판부, 1985), 268쪽.

동심이란 것을 천진무구한 것, 죄 없는 것, 세파에 더러워지지 않는 마음 등으로 이해한다. 이원수, 『아동문학입문』(웅진출판, 1988), 319쪽.

동심은 어린이의 몸과 마음의 완성기에 이르지 않는 어린이의 심리이다. 이재철, 『세계아동문학사전』(계몽사, 1989), 75쪽.

동심이란 문자 그대로 어린 마음이다. 그것은 가식이 없고 꾸밈이 없는 진실성과 순수성을 특징으로 한다. 어린이의 삶이 어른들의 그것에 비해 순수한 것은 어린이의 심성이 인간의 원초적 심성과 가장 가깝기 때문이다. 따라서 인간의 원초적 심성인 순진무구한 심성을 동심이라고 할 수 있다. 박상재, 『동화창작의 이론과 실제』(집문당, 2002), 11쪽.

동심은 단순히 어린이 마음을 일컫는 것이 아니라 인간이 지켜나가야 할 보편적 진실을 말한다. 그런데 이러한 진실은 세상을 오래 산 성인보다 어린이에게서 더 많다는 점에서 어린이의 마음을 동심이라 일컫는다. 김자연, 『아동문학의 이해와 창작의 실제』(청동거울, 2003), 28~29쪽.

동심은 원형적 동심과 현실적 동심으로 나눌 수 있다. 원형적 동심은 "천하의 훌륭한 글은 일찍이 동심에서 나오지 않은 것이 없다"는 이탁오(李贄)의 주장을 근거로 하였고, 현실적 동심은 "현실에서 아동의 생활과 꿈을 그려내는 것"이라고 하였다. 박윤규, 『태초에 동화가 있었다』(현암사, 2006), 108~110쪽.

동심은 어린이의 행동이나 심리 과정(감각, 지각, 기억, 사고, 문제해결, 정서, 동기 등)의 총체적인 의미를 넘어 이를 통해서 세계를 인식하는 체계이다. 김종헌, 『동심의 발견과 해방기 동시문학』(청동거울, 2008), 38쪽.

한마디로 정의하기 어렵기 때문일 것이다.

동심의 문학인 동화(童話)는 분열과 갈등의 세계를 동심으로 통합하여 조화와 상생의 세계로 지향한다. 여기에서 분열과 갈등의 세계란 자아 정체성의 상실, 주체성의 상실, 사랑의 상실과 자연의 상실, 물질만능주의로 인한 생명의 사물화 등을 예로 들 수 있는데,[15] 이러한 갈등의 세계에서 조화와 상생의 세계로 통합하는 것은 동심의 회복이란 말과 상통한다. 결국 동심의 회복은 인간성 본질의 회복이므로, 동심은 인간의 본질적 원형이라고 정의할 수 있다.

아동문학은 어린이가 주요독자인 동심의 문학으로 아동 발달[16]에 대한 이해를 전제로 창작하는데 박성배의 『행복한 비밀 하나』에 수록된 「새싹에게서 온 전화」는 초등학교 1학년 준미가 주인공이다. 준미는 소꿉장난하던 친구가 사라지자 심심해진 할머니와 꽃씨를 심는다. 할머니는 호미를 들고 꽃밭에 있는 덩어리 흙을 부수고 고르며 꽃밭을 손질하고, 준미는 할머니 옆에서 흙을 고르다가 흙장난을 한다. "금방이라도 흙 속에 숨어 있던 새싹들이 '준미야, 나 여기 있어!'하고 연초록 얼굴을 내밀 것만 같은 날" 꽃밭 손질을 하던 할머니는 힘들다고 들어가 눕고 혼자가 된 준미는 소꿉놀이를 시도한다.

---

15 황정현, 앞의 책.
16 여기에서 발달(development)이란 성장(growth)과 성숙(maturation)과 경험(experience)에 의해 나타난다. 성장이란 키나 몸무게가 증가하듯이 발달과정에 따른 양적인 변화를 말하고 성숙은 생리적 요인에 의한 점진적인 신체적, 심리적 변화로서 뇌 기능의 분화 또는 사춘기의 변성이나 초경과 같이 미리 짜인 유전인자의 프로그램으로 나타나는 변화를 뜻한다. 이와는 달리 경험이란 아동과 환경과의 만남을 의미한다. 즉 영양 섭취, 약물복용, 가족생활, 교육, 사회생활, 대중매체 등 아동이 접하는 모든 심리적 물리적 환경과의 상호작용이 바로 경험이다. 인간에게 이 세 가지 과정이 독립적으로 존재할 수는 없다. 경험 없이 성장과 성숙이 이루어지지 않으며, 성장 없이 경험과 성숙이 일어나지 않는다. 또한 성숙이 이루어지지 않은 상태에서 성장과 경험은 의미가 없다. 발달은 이 세 가지 과정이 공존할 때 비로소 이루어지는데 생명이 시작되면서부터 평생 인간이 성장과 성숙과 경험을 통해 갖게 되는 변화과정, 이것이 바로 발달이다. 김광웅&방은령, 『아동 발달』(형설출판사, 2001), 5쪽.

[예문 1]

"여보세요? 거기 준미 맞나요?"

"예! 제가 준미인데요?"

"야, 준미다. 겨울 동안 잘 있었니? 우린 새싹들이야."

"새싹들?"

"흙 속은 너무 갑갑하고 지루해. 아까 꽃밭의 흙을 고르는 소리가 나던데 우리들이 나가도 되겠니?"

"그래, 어서 나와. 너희들이 잘 나올 수 있도록 할머니랑 둘이서 흙을 잘 골라 두었어."

"그래 그래, 고마워. 그럼 우리 나갈 거다."

(중략)

"그럼 기다릴게. 빨리 나와."[17]

[예문 1]에서 주인공은 소꿉놀이하던 친구가 사라져도, 함께 꽃밭을 손질하던 할머니가 사라져도 놀이를 멈추지 않는다. 땅속의 새싹과 전화 놀이를 시도하는 것이다. 보이지 않는 새싹을 인격화한 전화 놀이의 시도는 물활론적 사고를 하는 아이들의 특성인 순진성, 천진성의 토대에서 가능하다. 제7차 교육과정 초등학교 2-1 읽기 교과서에 수록된 이 동화는 독자들을 '정말 그럴 수 있을까'로 이끌면서 '정말 그럴 수 있을지도 몰라'에 이르도록 유도한다.

생물이나 무생물 등의 타자를 자신과 같이 살아있는 존재로 인식하는 물활론적 사고는 어린이들의 전유물로 익히 알려졌지만 보이지 않는 대상, 즉 땅속 새싹을 대상으로 전화 놀이를 할 수 있는 상상력은 동심을 잃어버린 어른들에게는 불가능할 것이다.

---

17 앞의 책, 36쪽.

이 동화가 준미 또래의 어린이들이 읽는 '제7차 교육과정 2학년 읽기' 책에 수록되었다는 것은 준미의 인식 방법을 토대로 생태환경의 리얼리티를 확보하였기 때문에 가능했을 것이다.

J. M 바스콘 셀루스의 『나의 라임 오렌지 나무』의 주인공은 다섯 살 제제이다. 제제가 인식하는 실제적인 세계와 이성적인 인간이 인식하는 실제적인 세계는 다르다. 암울한 현실에서 제제는 사랑하는 라임 오렌지나무와 포르투가 아저씨를 통해 가난하고 피폐한 사실성의 세계를 사랑의 세계로 인식한다. 사랑하는 대상을 통하여 만들어가는 현실은 피폐한 사실성의 세계에서 꿈과 환상의 세계로 이어지는데 이러한 인식 방법은 현실이 아무리 참담할지라도 아름다운 꿈을 꾸게 하고, 무뚝뚝하고 무능한 아버지를 비롯한 주변 사람들을 사랑하게 만든다. 그것은 동심, 순진성과 천진성, 낭만성을 토대로 한 인식 방법이다. 이때 교사나 부모가 동심의 세계를 이해하지 못한다면 아이는 세계와 갈등하게 되고 나아가 폭력에 노출된다.

　[예문 2]
　"또또까 형!"
　"왜?"
　"철든다는 게 그렇게 대단한 거야?"
　"무슨 뚱딴지같은 소리야?"
　"에드문두 아저씨가 그러는데, 난 조숙해서 곧 철이 들 거래. 그런데 하나도 달라진 기분이 안 들거든."
　"에드문두 아저씨는 바보야. 너한테 쓸데없는 말이나 하고."
　"아저씨는 바보 아냐. 만물박사야. 나도 크면 만물박사도 되고 시인도 될 거야. 그래서 나비넥타이를 매고 다닐래. 나비넥타이를 매고 사진도 찍을 거고."
　"왜 하필이면 나비넥타이를 매냐?"

"사인은 나비넥타이를 매야 돼. 에드문두 아저씨가 잡지에 난 시인들 사진을 보여줬는데, 모두 나비넥타이를 매고 있었어."

"제제, 아저씨가 하는 말을 전부 믿지는 마. 아저씨는 약간 미친데다가 거짓말쟁이야."

"그러면 아저씨가 갈보의 자식이야?"

"야! 너 그런 말 하다가 입을 얻어맞았으면서도 계속 그런 말을 하나? 에드문두 아저씨는 그건 아냐. 약간 미쳤다고만 했잖아. 정신병자 몰라?"

"아저씨는 거짓말쟁이라면서?"

"거짓말쟁이하고 그게 무슨 상관이야?"

"상관있어. 지난번에 아빠가 쎄베리노 아저씨랑 카드놀이를 하시다가, 라본네 아저씨를 두고 '그 늙은 갈보자식은 순 거짓말쟁이라니까!'라고 했단 말이야. 그렇게 말해도 아빠 입을 때리는 사람은 아무도 없던데?"

"어른들은 그런 말을 해도 괜찮아. 그래도 나쁘지 않아."

우리는 잠시 이야기를 멈췄다.[18]

각기 다른 개성을 가진 사람들은 다름으로 갈등도 하고 조화를 이루려 노력도 한다. 어린이들 역시 마찬가지인데 개인적인 특성 중에 제제와 같은 주인공이 가지고 있는 악동 기질이 있다. 무엇이든지 알고 싶은 호기심이 어린이들의 일반적인 특징이라면 이 악동 기질은 욕구가 좌절되었을 때 나타나는 현상으로 개인에 따라서 강하거나 약하게 나타나기도 한다.

[예문 2]에 나타난 『나의 라임오렌지 나무』의 주인공 제제는 새로운 단어를 들으면 그 뜻을 나름대로 눈치채거나 모르면 물었다가 답을 기억하여 사용하는 조숙한 다섯 살이다. 아빠의 대화에서 듣게 된 "그 갈

---

18 J. M. 바스콘 셸루스, 박동원 옮김, 『나의 라임 오렌지 나무』, 동녘, 2002, 15~16쪽.

보의 자식은 순 거짓말쟁이라니까."에서 제제는 나름대로 '거짓말쟁이는 갈보의 자식'이라는 논리를 도출한다. 언어의 쓰임에는 동음 다의어도 있고, 반어도 있으며 비유와 상징도 있는데 조숙한 다섯 살이라 할지라도 언어의 다양한 쓰임까지 이해하지 못한다. 그리고 나름대로 받아들인 단어의 의미를 연 만들기를 방해하는 누나에게 사용함으로써 심한 폭력에 노출되는 것이다. 주인공 제제는 '갈보'의 뜻을 정확히 모르고, 형 또또까는 그런 단어를 쓰면 안된다고 하면서도 의미는 설명해주지 않는다.

[예문 2-1]
"내가 네 식모인 줄 알아?"

누나는 거실로 들어와 내 귀를 잡아당겼다. 그리고 나를 끌고 가서 식탁에다 밀어붙였다. 나는 기분이 확 상했다.

"안 먹어! 안 먹어! 안 먹어! 내 연을 마저 만들 거야."

나는 그곳을 나와 원래 있던 자리로 돌아왔다.

누나가 맹수로 돌변했다. 누나는 내 쪽으로 오는 대신에 탁자로 갔다. 그러자 모든 것이 정말 한낮의 꿈이 되어 버리고 말았다. 내가 미처 완성하지 못한 연은 갈가리 찢겨 종잇조각으로 변하고 말았다. 누나는 그러고도 성이 차지 않았는지 내 팔과 다리를 붙잡고 식당 가운데로 나를 집어 던졌다.

"사람이 말로 하면 좀 들어야지!"

그러자 악마가 내 마음속에 되살아났다. 반항심이 태풍처럼 나를 휘감았다. 나는 분노를 참지 못하여 한바탕 터뜨렸다.

"네가 뭔지 알아? 넌 갈보야."

누나가 내 앞에 얼굴을 바짝 들이댔다. 눈동자가 이글이글 타오르고 있었다.

"어디 용기 있으면 다시 말해 봐!"

나는 한 자 한 자 끊어가며 다시 말했다.

"갈. 보."

그러자 누나는 옷장 위에 있던 가죽장갑을 집어 사정없이 나를 때리기 시작했다. 나는 등을 돌려 손으로 얼굴을 감싸 안았다. 아픔보다는 분노가 더 크고 심했다.

"갈보! 갈보야! 갈보 계집애!"

누나는 매질을 멈추지 않았고 내 몸은 불덩이 같은 고통에 휩싸였다. 바로 그때 안또니오 형이 들어왔다. 형은 나를 때리다가 지친 누나를 거들었다.

"날 죽여라, 살인자! 날 죽이고 감옥에나 가라!"

누나는 내가 옷장을 붙들고 쓰러질 때까지 때리고 또 때렸다.

"갈보! 갈보 계집애!"

또또까 형이 나를 일으켜 세웠다.

"입 닥치지 못해, 제제! 어떻게 누나한테 그런 욕을 할 수 있어?"

"저년은 갈보야. 살인자라고, 갈보 계집애!"

그러자 형은 눈, 코, 입을 가리지 않고 내 얼굴에 주먹을 휘두르기 시작했다. 특히 입을 심하게 때렸다.[19]

[예문 2-1]은 연 만들기에 몰입해 있는 제제는 평소보다 이른 시간에 저녁밥을 먹으라는 누나의 말을 외면하고 연 만들기에 몰두하고, 동생에게 저녁밥을 먹이고 남자친구를 만나러 가야 하는 누나는 화가 나 제제가 만들던 연을 부숴버린다. 연을 만들 재료를 사기 위해 돈을 모으고 아꼈던 제제는 누나가 연을 부수자 악동 기질이 튀어나와 "갈보"라고 소리친다. 물론 제제는 '거짓말쟁이'라는 의미로 사용했지만 누나가 심한 폭력을 휘두르는 걸 보면 다르게 받아들였음을 알 수 있다.

인간은 누구나 사랑받고 싶어 하고, 어린이들 역시 어른들로부터 사

---

19 J. M. 바스콘셀루스, 위의 책, 209~210쪽.

랑받고 싶어 무슨 일이든 하려고 한다. 엄마 아빠를 기쁘게 하기 위해서 놀고 싶어도 참고 하기 싫은 공부도 하고 청소도 한다. 사랑받기 위해 애처로울 정도로 노력하지만 조숙한 다섯 살의 인식 차이로 인한 폭력은 계속된다.

[예문 2-2]

불쌍한 아빠! 엄마가 집세를 벌려고 일을 나간다는 사실에 얼마나 마음이 아플까. 게다가 랄라 누나마저도 공장에 다녀야 할 형편이니……. 일자리를 구하러 갈 때마다 '우린 젊은 더 젊은 사람이 필요합니다'라는 말을 듣고서는 또 얼마나 실망했을까. (중략) 나는 아리오발두 아저씨에게서 배운 지 얼마 안 된 노래 하나를 기억해냈다. 그것은 탱고였다. 내가 여태 들었던 탱고 가운데 가장 아름다운 노래였다. 나는 조용한 목소리로 노래를 부르기 시작했다.

─나는 벌거벗은 여자가 좋아, 벌거벗은 여자를 원해, 밝은 달빛 아래서 여자의 몸을 갖고 싶어…….

"제제!"

"네, 아빠."

나는 벌떡 일어섰다. 노래가 아빠 마음에 들었나 보다. 그래서 가까이에서 듣고 싶은 건가 보다.

"그게 무슨 노래니?"

나는 다시 불렀다.

─나는 벌거벗은 여자가 좋아

"그따위 노랠 누가 가르쳐 줬어?"

미친 사람처럼 아빠의 눈에서는 불똥이 튀고 있었다.

"아리오발두 아저씨요."

"그런 사람하고 같이 다니지 말라고 그랬지?"

아빠는 그런 말을 한 적이 없다. 내가 아리오발두 아저씨의 조수라는 것을 아빠가 알 리 없었다.

"다시 불러 봐라."

─나는 벌거벗은 여자가 좋아

"아빠의 손이 내 뺨을 후렸다.

"다시 불러 봐."

─나는 벌거벗은 여자가 좋아

또다시 아빠의 손이 날아들었다. 그리고 또, 그리고 또, 그리고 싶지는 않았지만, 눈에서 눈물이 흘러내렸다.

"어디 계속해 봐라."

─나는 벌거벗은 여자가 좋아

내 얼굴은 얼얼함으로 거의 감각이 없을 정도였다. 내 눈은 아빠의 손찌검을 따라 떴다 감기를 반복했다. 나는 노래를 그만두어야 할지 아빠가 시키는 대로 계속 불러야 할지 분간할 수가 없었다.

─『나의 라임 오렌지나무』에서

[예문 2-2]에서 사랑받고 싶어 몸부림치는 제제는 감수성이 풍부하고 어른들에 대한 배려나 이해심도 많다. 그러나 아버지를 기쁘게 하려고 부르는 노래는 아버지의 화만 돋군다. 화가 난 아버지가 한 "다시 불러 봐"는 "다시는 부르지 마"의 반어적 사용인데 조숙하다고 전제한 캐릭터여도 다섯 살 제제는 반어를 이해하지 못한다.

어른들은 자신들이 사용하는─반어와 상징 등─단어의 다양한 쓰임을 아이에게 일일이 알려 주지 않고 버릇없다고 체벌(폭력)한다. 어린이의 천진난만이나 순진무구인 동심에 의한 인식 방법을 이해하지 않기 때문이다.

동화문학에서는 어른과 아이의 인식 차이에서 미학이 발생한다. 이러한 인식의 차이는 [예문 2-1]와, [예문 2-2]에서 처럼 엉뚱한 결과들을 가져오는데, 시점의 차이가 슬픔의 미학으로 기능하기 때문에 창작과정에서 중요하게 수용되어야 할 부분이다.

로베르토 베니니의 영화 〈인생은 아름다워〉에서 전쟁에 피투된 아이는 사실성의 세계에 대한 주체적인 사고를 하지 못하는 4~5살 어린이이다. 주인공 조슈아는 아버지와 유대인 수용소로 끌려가게 된다. 아버지는 아들을 나치로부터 숨기고 몰래 음식을 가져다준다. 아들 조슈아의 천진난만한 영혼을 지켜주기 위해서 아빠는 조슈아의 인식방법에 맞춰 이 캠프(수용소)는 단지 게임일 뿐이고, 최초로 1,000점을 따는 사람에게 탱크를 준다고 거짓말을 한다. 조슈아가 울거나, 엄마가 보고 싶다거나, 배고프다고 하는 등 떼를 쓰거나 말을 듣지 않고 소리를 지르면 점수가 깎이게 되고, 만약 조용히 지내 들키지 않으면(나치에게 안 잡히면) 1,000점을 얻어서 탱크를 받을 수 있다고 한다.

조슈아를 둘러싼 생태환경은 삶과 죽음이 오가는 처참한 수용소이다. 순진무구한 아들의 인식방법을 이해한 아버지는 아들의 동심에 살아남을 수 있다는 희망을 걸고 위태로운 생활을 한다. 그런 아버지의 보호 아래 조슈아는 생사가 오가는 수용소에서 놀이에 빠진다.

아빠와 아이의 인식 차이가 크면 클수록 독자에게 주는 긴장감과 감동은 클 것이고 이는 동화문학의 미학으로 작용한다. 사실성의 세계에서 일어나는 참상을 모르는 채 천진난만하게 1,000점을 얻기 위해 노력했던 조슈아는 아빠와 약속했던 게임 규칙을 지킴으로써 유대인 말살 정책에도 살아남을 수 있었고 후세에 증언할 수 있었다. 순진무구한 아이의 인식 방법에 눈높이를 맞춰 서사를 풀어가는 이 영화는 세계적으로 흥행에 성공하며 수많은 상을 휩쓸게 된다.

2) 상상력을 통한 현실의 재구성

—『빨간 머리 앤』,[20] 『소녀 폴리아나』[21]

발달단계에 따라 어린이는 사실성의 세계를 아빠가 알려준 그대로 받아들이지 않고 상상력으로 재구성하여 받아들이기도 한다. 순진성이나 천진성의 토대에서 작용하는 연상 상상이나 창조적 상상은 단순한 공상이나 허구가 아니라 사실성의 세계를 변화시키는 힘으로 작용한다. 이러한 힘은 어른들에게 이미 잃어버린, 내면에 잠복해버린 동심을 깨어나게 해줌으로써 동심을 회복시키며 행복으로 인도하는데 이 힘은 어른에게 아이가 원하는 것을 수용하게 만드는 원리로 작용하고, 현실은 변화되는 것이다.

[예문 3]

시냇물 웃음소리가 여기까지 들려와요. 시냇물이 얼마나 유쾌한지 아세요? 언제나 웃고 있어요. 전 오늘 아침엔 절망의 구렁텅이에 빠져 있지 않아요. 아침엔 절대 그럴 수가 없어요. 아침이 있다는 건 정말 멋진 일 아니에요? 하지만 지금은 무척 슬퍼요. 방금 전까지만 해도 아주머니가 바라시던 아이는 바로 저이고, 여기서 언제까지나 살게 되었다는 상상을 하고 있었거든요.

(중략)

글쎄, 난 다이아몬드가 없어 평생 위안받지 못하더라도 나 아닌 다른 사람이 되긴 싫어. 난 진주 목걸이를 한 초록 지붕 집의 앤으로 충분히 만족해. 분홍 드레스를 입은 부인의 보석 못지않게 이 목걸이에 담긴 매슈 아저씨의 소중한 사랑을 난 알고 있으니까.

(중략)

---

20 루시 모드 몽고메리, 김양미 옮김, 『빨간 머리 앤』, 인디고, 2008.
21 엘리나 하지만 포터, 루이자 메이 올콧, 양수현 옮김, 『소녀 폴리아나』, 가나출판사, 1994.

그 순간 마릴라는 뜻밖의 사실을 깨달았다. 갑작스런 두려움이 마릴라의 가슴을 뚫고 지나갔고, 앤이 자신에게 어떤 존재인지가 사무치게 느껴졌다. 마릴라는 앤이 이 세상 무엇보다도 소중한 존재라는 사실을 알게 되었다.

—루시 모드 몽고메리의 『빨간머리 앤』에서

[예문 3]에 나오는 주인공 앤은 현실을 분별할 줄 아는 11살 소녀이다. 행복해지고 싶은 앤은 참담한 현실을 상상력으로 새롭게 구성한다. 스펜서 부인을 따라 입양되기 위해 기차와 배를 타고 섬에 온 초라한 앤은 오는 동안 내내 엷은 하늘빛 실크 드레스를 입고 있으며(사실은 헌 옷을 입고 있다), 꽃이나 하늘거리는 깃털 장식이 달린 큰 모자를 쓰고 금시계를 차고 가죽으로 만든 장갑과 구두를 신고 있다고 상상한다. 그리고 행복해한다.

그런데 남자아이를 원하는 집에 실수로 들어가게 된 앤은 다시 고아원으로 돌아갈 처지에 놓인다. 주어진 현실이 이제는 더 불행해질 수 없는 극한 상황인데도 앤은 "오늘 아침엔 절망의 구렁텅이에 빠져 있지 않을" 거라고 이야기한다. "아침이 있다는 것은 멋진 일"이라는 앤은 행복하고 싶은 갈망으로 불행한 현실에 새로운 의미를 부여하는 것이다. 평범한 가로수 길을 '환희의 새 하얀 길'이라 부른다거나 집 근처에 있는 연못을 '빛나는 호수'라 부르기도 하고, 벚나무에 '눈의 여왕'이라 이름을 붙이기도 한다. 기쁨의 하얀길, 반짝이는 호수, 연인의 오솔길, 버드나무 연못, 제비꽃 골짜기와 자작나무 길 등 앤이 이름을 붙이며 의미를 부여하는 모든 장소들은 마슈와 마리라 남매에게 새로운 감성에 눈뜨게 한다.

앤의 이러한 상상력은 보육원으로 돌려보내려 했던, 무뚝뚝하고 엄격한 마슈와 마리라 남매에게 행복을 선사하고 그 집에 함께 살아갈 기회를 부여받는다. 앤이 재구성한 상상력이 마슈와 마리라 남매의 가족이 되게 한 것이다. 결국 앤이 상상력을 통하여 재구성한 현실 인식은 불행한 사실성의 세계를 행복한 현실로 바꿔놓았다. 그것은 열한 살 어린아이가 가진 순진성과 천진성에 기초한 동심, 행복해지고 싶은 원초적인 욕망에 의한 상상력의 힘이었다.

에레나 호그먼 포터의 『소녀 폴리아나』의 주인공 폴리아나는 교통사고로 부모를 잃어 고아가 되고, 이모 폴리 해링턴의 집 다락방에 살게 된다. 무뚝뚝한 성격의 폴리 이모는 자신의 '의무'임을 강조하며 어쩔 수 없이 조카 폴리아나를 맡게 되는데 엄격한 성격의 폴리이모는 아이들을 좋아하지 않을 뿐 아니라 폴리아나조차 싫어한다. 폴리아나에게 주어진 현실은 빨간 머리 앤에게 주어진 현실 못지않게 불행하다. 그러나 폴리아나는 이모가 차갑게 대할 때마다 다락방에 누워 어릴 때 목사였던 아빠에게서 크리스마스 날에 배운 '행복 찾기 놀이'를 시도한다.

크리스마스이브에 커다란 초콜릿을 선물 받고 싶었던 폴리아나에게 돌아온 선물은 뜻밖에도 지팡이였다. 실망한 폴리아나가 불평하자 목사인 아빠는 "지팡이를 쓰지 않아도 잘 걸을 수 있는 현실에 감사하라"라며 행복 찾기 놀이를 알려 준다.

[예문 4]
"기쁨 찾기 놀이에 대해 들었다."
"아!"
"이제부터는 나도 해 볼 생각이란다."
"어머, 이모 정말이세요? 실은 전부터 이모랑 같이 그 놀이를 하고 싶었어요."
(중략)
"이모 생각났어요. 제가 기뻐할 수 있는 일이 생각났어요."
"그게 뭔데?"
"예전에 제 다리가 움직였다는 게 기뻐요. 이렇게 모두를 행복하게 해줄 수 있으니까요."

(중략)

"정말 훌륭한 놀이더구나. 마을 사람들이 다들 나를 찾아와서 네가 알려준 그 놀이 덕분에 행복해졌다고 말하지 뭐니?"[22]

폴리아나는 하루에 한 가지씩 행복한 것을 찾아내는 놀이를 시도한다. 예문4에 나타난 '행복찾기' 놀이는 이후 폴리아나가 어떤 일이 닥쳐도 긍정적으로 생각할 수 있게 하고 나아가 자신을 보살펴 주는 하녀 낸시, 하루 세끼를 호텔에서 값싼 음식만 먹는 펜들턴 씨, 종일 침대에 누워 지내는 스노우 부인, 보육원을 나온 지미 등 만나는 여러 사람들도 행복하게 한다.

결국 폴리아나의 '행복찾기 시도'는 폴리아나 자신을 행복하게 만드는 것은 물론 웃을 줄 모르고 무뚝뚝한 이모마저 변화시켜 사랑받는 여자로 바꾸어 놓는다. 『소녀 폴리아나』는 후에 '폴리아나의 시도'라는 심리학 용어로도 차용되었는데 불행한 현실을 상상력으로 재구성하여 행복한 현실로 바꿔놓는 방법으로 "항상 기뻐하라, 쉬지 말고 기도하라, 범사에 감사하라, 이는 그리스도 예수 안에서 너희를 향하신 하나님의 뜻이니라"(살전 5:16-18)의 기독교적인 세계관과 닿아 있다.

1)에서 살펴본 동화에서 주인공 준미와 제제, 조슈아는 사실성의 세계를 순진성과 천진성이 바탕인 동심을 통해 사실과 다르게 인식하였고, 2)에서 주인공 앤과 폴리아나는 척박하고 불우한 사실성의 세계를 알지만 상상력으로 재구성하여 인간의 원형적 심상인 동심으로 세계를 인식하였다. 그들이 지향하는 동심은 그들을 둘러싼 사실성의 생태환경을 변화시키는 에네르기로 작용하였다.

---

22 엘리나 하지만 포터, 루이자 메이 올콧, 양수현 역, 『소녀 폴리아나』, 지경사, 2018, 144쪽.

3) 도덕성과 이성을 통한 현실 인식

—『나쁜 어린이 표』,[23]『집으로 가는 길』,[24]『내가 나인 것』[25]

발달 단계에 따라서 도덕성과 이성을 갖춰가기 시작하는 나이의 어린이들은 현실에 대하여 주체적으로 인식하고 판단한다. 이때의 어린이는 세계와 갈등하고 방황도 하고 가출도 시도한다. 나름대로 도덕성과 이성을 통해 세계를 인식하기 때문이다.

황선미의 『나쁜 어린이 표』에 나오는 선생님과 아이들은 한 교실에서 일어나는 같은 사건을 다르게 판단한다. 나쁜 행동을 하다가 선생님 볼 때만 눈치 빠르게 착한 행동을 하는 아이에게 선생님은 착한 어린이 표를 주고, 열심히 청소하다가 잠깐 쉬는 사이 선생님의 눈에 띄면 청소를 하지 않는다고 나쁜 어린이 표를 준다. 나아가 고자질한 친구의 말만 듣고 나쁜 어린이 표를 주기도 한다.

[예문 5]

노란색 스티커도 받는 애만 받아요.

벌을 받고도 스티커를 떼어 내지 않으니까 누가 나쁜 애인지, 착한 애인지, 차츰 표시가 나기 시작했어요.

그러자 초록색 스티커를 받는 애들이 저희끼리만 어울리는 거 있죠. 하지만 노란색 스티커를 받는 애들은 같이 어울리지 않았어요. 그러다가 나쁜 어린이 표를 또 받을까 봐 조심하는 거예요.

나는 여태껏 내가 나쁜 애라고 생각한 적이 없었어요. 그런데 왜 자꾸 나쁜 어린이 표를 받는지 모르겠어요. 내 이름 옆에 네 번째 나쁜 어린이 표가 붙었

---

23 황선미, 『나쁜 어린이 표』, 이마주, 2017.
24 노경수, 『집으로 가는 길』, 청어람주니어, 2011.
25 야마나카 히사시, 햇살과 나무꾼 옮김, 『내가 나인 것』, 사계절, 2003.

32_제1부_아동문학과 생태학적 상상력

거든요.

나는 이번에도 무척 못마땅했어요. 욕한 게 잘했다는 게 아니라 불공평하다는 말이에요.

내가 욕한 곳은 화장실이니까 선생님이 들었을 리가 없잖아요. 나는 남자고 선생님은 여자라고요. 그런데 선생님은 내가 교실로 오자마자 불러서 말했어요.

"이건우! 화장실에서 욕했다면서?"

"안 했는데요?"

"거짓말까지 하면 더 나빠. 너, 한 장!"

나는 선생님이 준 노란색 스티커를 이름 옆에 붙이면서 침을 꿀꺽 삼켰어요. 일기를 꼬박꼬박 내서 간신히 얻은 초록색 스티커 하나가 안돼 보였어요.

(중략)

"내가 나쁜 어린이 표를 주는 건 너희 태도가 조금씩 나아지기를 바라기 때문이야. 그런데 별 효과가 없는 것 같구나. 이제부터는 착한 어린이 표로 나쁜 어린이 표를 감하는 일은 없는 걸로 해야겠다. 나쁜 어린이 표 세 장 받은 사람은 모두 다섯 시까지 남아라!"

여기저기서 볼멘소리가 터져 나왔어요.

정욱이가 맥 빠진 얼굴로 나를 돌아다봤어요.

정욱이는 나쁜 어린이 표도 세 장, 착한 어린이 표도 세 장이거든요. 삼 빼기 삼은 영인데, 이제는 그게 아니라는 거예요. 나는 선생님을 빤히 쳐다봤어요.

'엉터리! 이게 무슨 규칙이야!'

연필을 꽉 눌렀더니 연필심이 뚝 부러졌어요.

나는 수첩을 꺼내서 또 몰래 적었어요. 이나마도 안 하면 난 정말 선생님이 싫어서 학교에서 오고 싶지 않을 거예요.

나쁜 선생님 표 일곱! ―규칙을 마구 바꾸면 안돼요

나쁜 선생님 표 여덟! ―창기가 왜 늦었는지 물어봐야지요.

(중략)

나는 겁이 나서 일어나 앉았어요. 선생님을 만나면 엄마가 더 속상할 게 뻔하잖아요.

"선생님은 나에 대해서 몰라."

"그런 것 같아. 그래서 이야기를 좀 해 보려는 거야. 엄마 생각에는 내 아들이 나쁜 애가 아닌데, 선생님은 그렇게 생각하지 않나 봐."

"나에 대해서 왜 선생님한테 물어야 돼? 나는 내가 제일 잘 아는데, 엄마도 나를 알잖아?"

엄마가 나를 물끄러미 봤어요. 처음에는 안 그랬는데 눈물이 조금씩 고이더니 결국 엄마 눈이 가늘게 떨리면서 눈물이 주루룩 흘러내렸어요. 엄마가 그러면 나는 항상 먼저 소리내어 울고 말거든요.

"안 걸리게 노력해 볼게요."

온몸에서 기운이 다 빠져나가는 것 같았어요.

—황선미 『나쁜 어린이 표』에서

[예문 5]의 주인공 건우는 친구들의 행동하는 걸 보고 나름대로의 이성과 도덕성으로 인식한다. 나아가 선생님이 판단하는 착하고 나쁜 행동의 기준도 비판한다. 그러나 힘의 역학관계에 의해 말은 못하고 노트에 나쁜 선생님 표 하나씩 그려간다. 후에 그것을 발견한 선생님은 이성적인 사고를 하는 아이 앞에 자신의 잘못을 깨닫고 변화된다.

[예문 6]

황급히 버스를 따라 뛰기 시작했어요. 사람들과 부딪혀 비틀거려도 버스를 놓치지 않기 위해 뛰었어요. 1이라는 번호가 눈앞에서 사라질까봐서 뛰고 또 뛰었어요. 버스가 뒤에서 따라 뛰는 나를 보았는지 멈춰섰어요.

(중략)

"얼른 타라."

나는 탈 수 없었어요. 그래서 머뭇거렸어요.

"얼른 타라니까!"

"저, 타려는 게 아니에요. 죄송합니다."

아저씨는 허리를 수거 인사하는 나를 이상한 듯 바라보더니 다시 출발했어요. 나도 버스를 따라 다시 출발했어요. 버스를 놓치지 않으려면 있는 힘을 다해서 뛰어야 해요.

(중략)

그때였어요. 기사 아저씨가 앞문을 열면서 따라 뛰는 나에게 말했어요.

"탈 거면 얼른 타 임마!"

정말이지 얼른 타고 싶었어요. 태워준다면 얼마나 좋을까요. 나는 잘못한 사람처럼 꾸벅, 고개를 숙이며 말했어요.

"타려는 게 아니에요. 죄송합니다!"

"그럼 왜 자꾸 따라 뛰냐?"

나는 아무 말도 못해써요. 창피해서 버스비가 없다고는 말할 수 없었어요.

아저씨는 고개를 갸웃하더니 다시 부우웅 출발했어요. 버스는 이제 천천히 달려줄 것 같지 않았어요.

—노경수 『집으로 가는 길』[26]

[예문 6]은 낯선 시골로 이사한 주인공 8살 현중이가 시내에 나갔다가 길을 잃고 집으로 찾아가는 여정을 그린 동화이다. 주인공은 차비도 없고, 용기도 없다. 엄마 차를 타고 다니던 시내에서 혼자가 된 현중이는 집으로 가기 위한 방법을 모색한다. 첫 번째는 이정표를 보고 가는 것, 두 번째는 아는 길이 나타날 때까지 걷는 것, 세 번째는 자기가 사는

---

26 노경수, 『집으로 가는 길』, 청어람주니어, 2011, 60~61쪽.

마을에 오는 1번 버스를 따라 뛰는 것이다. 아이가 설정할 수 있는 방법들이 독자에게 미소를 준다. 그런데 이정표에는 도시 이름이 적혀있을 뿐 현중이네 마을은 적혀있지 않고, 아는 길도 나타나지 않는다. 엄마 차를 타고 휙휙 지나던 거리는 막상 걸어보니 낯설기 때문이다. 결국 선택한 것이 마을에 오던 1번 버스를 따라 뛰는 것이다. 그러다 보면 집에 갈 수 있을 거라는 아이다운 발상이다.

　1번 버스 운전사는 버스를 따라 뛰는 아이를 발견하고 기다렸다가 타라고 하지만 버스비가 없는 주인공은 타지 못한다. 조금 더 큰 아이라거나 용기가 있는 아이라면 사정이야기를 하고 태워달라고 할 수도 있고, 파출소에 들어가 집을 찾아달라고 하거나, 누군가에게 전화를 한 번 쓰게 해달라고 하여 엄마한테 전화를 할 수도 있을 것이다. 그러나 소심한 주인공은 용기를 내지 못한다. 그러고는 걷는 것은 자신있다며 스스로 걸어 집으로 찾아오는 주인공의 모습을 읽는 독자를 안타깝게 한다.

　　[예문 6-1]
　　"원래 약간 구부러진 길이었어. 오른쪽으로 돌거나 왼쪽으로 도는 것처럼 방향을 완전히 바꾸는 게 아니라 약간 구부러지면서 슬그머니 방향을 바꾸는 길이거든. 그 길을 네가 직선으로 알고 있는 거 아니니?"
　　그 누나의 말이 알 듯도 하고 모를 듯도 해서 나는 고개를 갸웃했어요. 그 누나는 내 마음을 아는 듯 다시 말했어요.
　　"우리가 평평한 곳에 산다고 생각해도 지구는 둥글잖아. 자동차를 타고 빨리 달리면서 반듯하다고 느끼는 길도 둥글게 휘어진 길일 수 있는 거야."
　　"네에."
　　착하게 생긴 누나 무습이, 차근차근 설명해 주는 누나의 모습이 왠지 모르게 믿음이 갔어요. 심부를 시킬 때는 밉지만 나를 자상하게 챙겨주는 우리 누나처럼요.

"고맙습니다, 누나!"

—노경수, 『집으로 가는 길』에서

버스를 따라 뛰던 주인공은 드디어 아는 길을 찾았다. 이젠 집에 갈수 있구나, 신바람이 나서 걷던 주인공은 알던 길이 다르다는 걸 느끼고 되돌아간다. 주인공이 아는 길은 엄마 차를 타고 휘익 지나다니던 길이어서 직선인 줄 알고 있었는데 막상 걸어보니 길은 곡선이고, 그 길 끝에 있어야 할 크로바아파트도 보이지 않는다. 두려움에 싸인 주인공은 중학교 1학년에 들어간 누나와 같은 옷을 입은 누나를 찾아 길을 묻고 그 누나는 자세하게 설명해준다.

[예문 6-2]

"빨리 아이스크림 사 줘!"

"내가 왜?"

"어제 누나가 그랬잖아. 노란색 크레파스 한 개 사오면 내일 아이스크림 사준다고!"

"그래, 했지."

"그리고 며칠 전에는 물 떠다 주면 내일 아이스크림 사준다고 했잖아!"

"그래, 했지."

"또, 또, 전에 전에 쓰레기 버리고 오면 내일 아이스 크림 사준다고 했잖아!"

"그래, 했지."

"그러니까 세 개야. 그 약속 지키란 말이야!"

"얘 좀 봐, 내가 내일 사 준다고 했지, 오늘 사 준다고 했니?"

"오늘이 그 내일이잖아!"

"어째서 오늘이 그 내일이니? 오늘은 오늘이고, 내일은 내일이지, 넌 그것도 모르니?"

"한밤 자고 나면 오늘이잖아!"

"아니야, 한밤 자고 났어도 오늘은 언제나 오늘이고, 내일은 언제나 내일이
야. 생각해 봐? 안 그래? 어째서 오늘이 내일이니? 내일이 내일이지."

"그런 게 어디 있어?"

"내 말 맞잖아! 틀리면 설명해 봐!"

—노경수 『집으로 가는 길』에서

다섯 살 현중이는 열 살 누나와 아이스크림을 가지고 싸우는데 누나
의 논리에 대항할 힘이 없다. 누나의 논리에 반론을 제기할 힘은 없고,
누나의 약속은 지켜지지 않는다. 하룻밤만 자면 내일인데, 왜 내일은 하
룻밤을 자도 오지 않을까, 고민한다.

그런가 하면 야마나카 히사시의 창작동화 『내가 나인 것』은 1969년
출간된 동화로 논리적 사고가 가능한 주인공의 삶이 리얼하게 펼쳐진
다. 다섯 형제 중 넷째인 히데카즈는 형이나 누나 여동생과 달리 공부도
못하고 학교에 다니는 것을 싫어한다. 히데카즈는 어느 날 가족들을 깜
짝 놀라게 할 생각으로 가출하는데, 뺑소니 사건을 목격한다. 인식주체
와 대상 사이의 거리 차이를 극명하게 보여주는 작품으로 엄마가 바라
보는 주인공(6학년 남자 아이)은 악동이고 말썽꾸러기이다. 그러나 아이의
내면을 들여다보면 합리적인 사고를 하고 나름대로 도덕성과 이성을 기
준으로 세계를 인식하고 주체적, 능동적으로 행동한다. 다만 주인공이
가지고 있는 도덕성과 이성은 엄마가 가지고 있는 도덕성, 이성과 다를
뿐이다.

엄마는 아들이 자기 생각과 요구에 동의하고 복종해야 한다는, 자신
의 구조화된 욕망의 틀에 갇혀 있다. 반면 6학년인 아들은 나는 왜 주체
로서 행동하면 안 되고, 엄마가 원하는 대로 해야만 하는가, 받아들이지

못하여 반항한다.

[예문 7]

"한심해! 하도 딱딱거리고 야단을 치니까 달아난 건데, 엄마는 아무것도 몰라!"

(중략)

"엄마는 자기 자식도 못 믿어?"

(중략)

"잠자코 들으세요! 엄마처럼 남을 사랑할 줄 모르고 눈앞의 이익만 좇아 결혼을 하고, 자기 만족을 위해 자식들한테 공부를 강요하고, 눈앞의 사소한 안락을 위해 자식을 대학에 보내고 일류 회사에 집어넣고, 아무 탈 없이 지내려는 어른들이 이 부정으로 문드러진 사회를 만들어 버렸다고요. 그 책임은 엄마한테도 있어요!"

(중략)

"엄마가 자식들을 위해 최선을 다했다는 말이 꼭 틀린 건 아니지만, 엄만 너무 강압적이야. 엄마는 항상 엄마 생각만 옳은 줄 알고 무조건 자기 뜻만 밀어붙였기 때문에 지금 이렇게 삐걱거리는 거라구."

—야마나카 히사시의 창작동화 『내가 나인 것』에서

[예문 7]에서 주인공 히데카즈는 엄마가 시키는 대로 말 잘 듣고 공부 잘하는 누나나 형과 다르게 외부세계와 충돌할 때 번민하고 반항하고 심지어 가출도 한다. 성장하면서 배운 사랑이나 도덕, 윤리개념에 반하는 환경에 능동적으로 맞서는 것이다. 그것은 아이에게 형성된 도덕성과 이성에 의해 주체적으로 세계를 인식, 판단하고 행동하는 것이다.

히데카즈의 가출은 아이들마다 엄마에 대해 품고 있는 불만을 털어놓는 계기가 되고, 엄마는 자신의 행위가 참된 사랑이 아니었음을 깨닫고 가족 간의 갈등은 화해의 길목으로 향한다.

결국 엄마와 맞서던 주인공은 말 잘 듣고 공부 잘하던 형이 나쁜 길로 빠져 힘들어할 때 바른길로 돌아설 수 있도록 도와주고, 소유욕으로 가득했던 엄마에게 아이들에 대한 집착에서 벗어나 진정으로 자기를 사랑할 줄 아는 인간으로 변화되게 한다.

결과적으로 엄마의 강요에 순종하던 형도, 반항하던 주인공도 나름대로 도덕과 이성을 가지고 있었다. 그러나 힘의 역학 관계에서 밀려난 형은 부모에게 무조건 순종하면서 속으로는 반항심을 키웠고 부모가 보이지 않는 곳에서 부정적인 행동을 하였고, 주체적이고 능동적으로 자기주장을 펼치던 주인공은 반항아라는 소릴 들으며 엄마와 부딪히지만 언제 어디서든 정직하게 세계와 마주한다. 그 결과 부모가 시키는 대로 하는 아이는 자신이 저지른 일의 결과에 대한 책임도 부모에게 있다고 핑계대지만 주체적으로 사고하고 행동한 아이는 스스로 책임진다. 이 작품은 부모와 자녀의 인식 차이, 그로 인한 갈등의 대립에서 주인공의 도덕성과 이성에 기초한 주체적이고 능동적인 행동이 조화와 화해의 길로 안내하는 것을 보여준다.

1)에서 살펴본 작품 속 주인공인 「새싹에게서 온 전화」의 준미와 『나의 라임 오렌지나무』의 제제, 〈인생은 아름다워〉의 조슈아와 2)의 빨간 머리 앤과 폴리아나 그리고 3)의 『나쁜 어린이표』의 건우와 『집으로 가는 길』의 현중이, 『내가 나인 것』의 '나'는 각각 다른 인식 방법을 가지고 있다. 발달단계에 따라서 세계를 인식하는 방법이 명확하게 다른 것은 그들의 성장배경과 발달단계에 기인한다. 제제와 조슈아, 현중이는 발달하면서 건우와 『내가 나인 것』의 주인공처럼 사고하고 행동하거나 앤이나 폴리아나처럼 상상력을 통해 사고하고 행동할 수도 있을 것이다.

또한 『나쁜 어린이 표』의 건우와 『집으로 가는 길』의 현중이, 『내가 나인 것』의 히데카즈가 〈인생은 아름다워〉의 조슈아가 처한 환경이나 『나의 라임오렌지 나무』의 제제의 환경에 놓였다면 아버지가 1,000점 내기 게임을 제시할지라도 그에 순응하는 놀이는 할 수 없었을 것이고 결과는 달라졌을 것이며 무력하게 폭력에 휘둘리지는 않았을 것이다.

3. 의인동화에 나타난 캐릭터들의 세계 인식방법

의인화 기법을 통하여 구현되는 생태동화는 우화에서 출발했는데, 우리에게 잘 알려진 대표적인 우화로 이솝우화와 라퐁테느 우화가 있다. 이런 우화는 동화와 달리 아이들에게 교훈을 주려는 의도에서 창작된다.

우리나라에 소개된 「개미와 베짱이」를 살펴보면 옛날에 개미와 배짱이가 살고 있었는데 개미는 뜨거운 여름에도 쉬지 않고 열심히 일을 했고, 베짱이는 바이올린을 켜며 노래를 부르고 놀았다. 겨울이 오자 개미는 따뜻한 집에서 배부르게 먹으며 보낼 수 있었으나 베짱이는 추위와 배고픔으로 여름 동안 논 것을 후회하다가 개미집으로 가서 잘못을 사과하고 착한 개미의 도움으로 추운 겨울을 따뜻하게 난다. 그러나 원작에는 개미로부터 문전박대를 당한다.

그런가 하면 프랑수아즈 사강의 『거꾸로 읽는 개미와 베짱이』[27]는 원전을 전혀 다른 시각으로 재해석한다. 식품점에서 일하는 개미는 겨울 내내 먹을 것을 들여와 쌓아두지만 오래도록 음식이 팔리지 않아 꾀를 낸다. 베짱이를 찾아가 겨울을 대비해 미리 음식을 사두라고 제안하는

---

27 프랑수아즈 사강 글, J B 드루오 그림, 이정주 옮김, 『거꾸로 읽는 개미와 베짱이』, 국민서관, 2013.

것이다. 그래도 소식하는 베짱이가 사지 않자 빌려줄 테니 가을에 이자를 합하여 갚으라고 설득한다. 겉으로는 점잖은 척 하지만 속으로는 그 많은 파리와 작은 벌레들을 어떡해야 하나, 개미는 초조하기 짝이 없고 베짱이는 소식하면서 느긋하게 노래를 부르고 춤을 춘다.

원작에서 놀기만 했다고 폄하되던 베짱이의 설움에 카타르시스를 느끼게 하는 장면이다. 이는 근면 성실만을 강조하는 우화를 넘어서서 놀이하는 인간이라는, 호모 루덴스[28]로서의 정체성에 눈뜨게 한다. 또한 일만 하던 개미는 병이 들고 노래만 부르던 베짱이가 음반을 내어 억만 장자가 되었다는 이야기도 들려온다. 이처럼 당대 가치에 따른 교훈을 가르치던 우화는 시대가 변함에 따라서 비판의 대상이 되기도 한다.

루소는 아이에게 우화를 가르쳐도 아이는 그것을 이해하지 못한다고 말한다. 우화에서 끄집어내려는 교훈에 아이가 파악할 수 없는 관념을 내포하고 시적인 표현법을 사용하는데 그것이 오히려 아이가 이해할 수 없는 것으로 만들어 버리기 때문이다.[29]

그러나 우화와 달리 생태동화는 의인화를 통해 인간 중심적 사고에서 벗어나 역지사지로 다양한 사고를 보여주고 싶을 때 쓰는 창작방식으로 우화가 갖는 교훈적인 것이나 이분법적인 가치에서 벗어나 동화문학의 본질인 환상성을 충족하면서 시점의 전환을 통해 사유의 폭을 확장시킨다.

이러한 생태동화는 자연물에 대한 관심과 이해, 사랑에서 출발하여 역지사지의 상상력으로 이어지는데 이때 주의해야 할 것은 의인화한 자

---

28 네덜란드의 철학가 요한 하위징아(Johan Huizinga)는 인간에 대하여 호모 루덴스(Homo Ludens:놀이하는 인간) 라 정의하며 놀이의 중요성을 이야기 하였다. 호모 사피엔스 옆에 나란히 호모 루덴스를 놓고자 한다며 인간의 특징에 놀이하는 인간을 추가한 것이다. 그에 의하면 놀이는 문화보다 먼저이며 어렸을 때 잘 논 아이가 건강한 어른으로 성장한다고 한다. 요한 하위징아, 이종인 역『호모 루덴스』, 연암서가, 2015, 20쪽.
29 루소, 위의 책, 31쪽.

연물의 생태적 특성을 반영하는 일이다. 자연물-사물이나 생물 등-에게 말하고 생각하는 기능을 부여하는 것은 그들의 시점으로 서사를 풀어가기 위함인데, 자칫하면 의인화의 기능만 부여한 채 인간 중심적 사고로 풀어갈 수 있기 때문이다.

동식물뿐만 아니라 사물에 생명을 불어넣어 사람처럼 말하고 행동하게 하는 의인 동화는 물활론적으로 세계를 인식하는 유아나 저학년 어린이가 주요독자로 창작된다. 그들에게 동식물이 생각하고 말하는 것은 자연스러운 일이기 때문이다.

역지사지의 상상력은 타자에 대한 이해에서 세계에 대한 이해로 나아가는 물꼬가 되는데, 그러나 문단에 발표되는 의인동화에는 교육성을 강조하여 우화처럼 교훈적인 메시지를 전달하는 데 그치는 동화도 있고, 의인화의 기법을 채택했음에도 의인 되는 주인공들—동물이나 식물, 무생물의 생태환경을 무시한 채 인간 중심적인 사고를 부여하는 편협한 동화도 종종 목격된다.

텃밭에 사는 달팽이를 주인공으로 동화를 쓴다고 가정해 보자. 주인공 달팽이는 생일을 맞아 파티를 한다. 달팽이가 차린 생일상이 "반짝반짝 빛나는 사각으로 된 자개상"이고 음식은 "피자와 치킨, 김밥과 떡볶이"이다. 또한 달팽이는 비 오는 날 학교에 가는 아이를 보고 "작고 귀여운 아이가 노랑 우산에 노란 장화를 신고 학교에 갑니다"라고 한다면 어떻게 읽힐까?

생일 음식이 차려진 커다란 자개상은 어디다 놓아야 할까, 달팽이가 사는 생태환경에 반짝반짝 빛나는 자개상을 놓을 공간이 있을까? 있다고 하더라도 생일잔치에 초대된 달팽이들은 음식을 먹기 위해 오랜 시간을 들여 자개상 위로 기어올라야 할 것이고, 힘들여 올라간 뒤에 차려진 음식인 피자와 치킨, 김밥과 떡볶이는 어떻게 먹을까. 초대된 달팽이들이 그 음식을 좋아할까? 맛있게 먹을 수 있을까? 또한 달팽이 눈에 비친 노란 장화를 신고 노란 우산을 쓴 초등학생은 정말로 작고 귀여울까? 많은 궁금증을 일으키는 이 동화는 실제로 필자의 강의 시간에 수강생이 써낸 습작품이었다.

읽으면서 이런 질문거리가 쏟아지는 의인동화는 독자들로부터 외면당하기 십상이다. 달팽이의 생태적인 특성이 반영되지 않았기 때문이다. 달팽이의 움직임이나 먹는 모습 등 생태적 특성이 반영되었다면 생일상은 큰 자개상이 아니라 흙 속에 있는 작고 판판한 돌멩이나 그릇 조각 같은 사금파리가 적합할 것이다. 음식으로 김밥과 떡볶이, 피자와 치킨보다는 배춧잎이나 옥수숫잎 같은 신선한 야채 한두 장이면 족할 것이다. 아니 진수성찬을 차린다면 열무 잎사귀나 얼갈이 양배춧잎 정도 추가할 수 있을 것이다. 또한 배춧잎에 붙어사는 작은 달팽이에게 노랑 장화와 노랑 우산을 쓰고 학교 가는 아이의 모습은 어떻게 보일까?

서사문학의 3요소는 인물과 사건과 배경이다. 서사문학인 생태동화를 창작하려면 먼저 설정하는 인물의 생태환경(배경)에 개연성이 있어야 하고, 이를 토대로 캐릭터 특성이 살펴야 하며 세계관이나 가치관도 고려해야 한다. 결국 의인화된 생태동화는 서사문학의 3요소인 인물과 사건과 배경이 그럴듯한 생태환경을 확보했을 때 문학성을 확보하는데, 다음 몇 편의 작품을 통하여 무생물과 생물의 인식방법을 살펴보기로 한다.

1) 무생물의 세계 인식방법
 ―『강아지똥』[30]과 「해바라기바라기」[31]

무생물이 세상을 바라보는 방법과 생물이 세상을 인식하는 방법은 사람이 인식하는 것과 분명 다를 것이다. 생태적 습성의 다름으로 생존에

---

30 권정생, 『강아지똥』, 민들레, 1996.
31 노경수, 「해바라기바라기」, 박덕규 · 노경수 외, 『읽고 쓰는 아동문학』, 개미, 2018.

필요한 절대가치도 다르기 때문이다. 인간과 다른 캐릭터의 서사는 독자들에게 캐릭터로의 인식의 전환과 함께 인간 중심적 사고에서 벗어나게 하면서 사유의 확장, 앎의 기쁨으로 안내한다.

또한 의인화를 통한 은유적 표현 기법은 작가가 말하고자 하는 것을 보다 효과적으로 전달하는 기능을 수행하는데 권정생의 『강아지똥』에 나타난 주인공 강아지똥과 노경수의 「해바라기바라기」를 통해 각각의 사물의 세계 인식방법에 대하여 살펴보자.

[예문 8]

추운 겨울, 서리가 하얗게 내린 아침이어서 모락모락 오르던 김이 금방 식었습니다. 강아지똥은 오들오들 추워집니다. 참새 한 마리가 포르르 날아와 강아지똥 곁에 앉더니 주둥이로 콕! 쪼아보고 퉤퉤 침을 뱉고는 "똥똥똥……에그 더러워!" 쫑알거리며 멀리 날아가 버립니다. (중략)

]무척 속상합니다. 참새가 날아간 쪽을 보고 눈을 힘껏 흘겨줍니다. 밉고 또 밉습니다. 세상에 나오자마자 이런 창피가 어디 있겠어요.(중략)

"내가 괜히 그래봤지 뭐야. 정말은 나도 너처럼 못생기고, 더럽고, 버림받는 몸이란다……." (중략)

"내가 본래 살던 곳은 저쪽 산밑 따뜻한 양지였어. 거기서 난 아기 감자를 기르기도 하고 기장과 조를 가꿨어. 여름에는 자줏빛과 하얀 감자꽃을 곱게 피우며 정말 즐거웠어."

—권정생, 『강아지똥』 부분

[예문 9]

책벌레들이 씩씩거렸습니다. 놀란 은행잎은 그들이 가져다 놓은 걸 자세히 살펴보았습니다.

"웃지도 않고 향기도 없잖아!"

"뭐라고요?"

"무슨 소리에요? 당신은 글을 몰라요?"

"글? 글이 뭔데?"

"여기 '해바라기'라고 써 있잖아요. 해바라기!"

"이건 … 풀씨야."

"이런 바보!"

"뭐야? 바보? 누구한테 바보래? 나는 해바라기는 물론이고 해바라기가 제일 좋아하는 해님도 알고 바람도 알고 구름도 안단 말이야. 풀밭에 찾아오던 까치도 알고 참새도 알고 개미도 알고 지렁이도 안다고! 더 말해볼까? 내가 아는 게 얼마나 많은데 바보래?"

은행잎이 씩씩거렸습니다.

"바람과 구름과 햇빛을 안다고? 우리도 아는데, 여기 책에 다 있어."

"맞아, 책에는 없는 게 없어. 우린 모르는 게 없고!"

"바람과 구름과 햇빛? 게다가 까치? 참새? 개미? 여기를 봐, 여기에 '햇빛'이 있잖아요. '까치'와 '참새', '개미'는 금세 가져올 수 있어."

"어떻게?"

"여기요, 여기, '햇'자와 '빛'자가 있잖아, 같이 읽으면 햇빛이 된다고. 저 윗줄에는 구름도 있어. 봐봐, 저게 '구'이고 요게 '름'이야!"

책벌레들은 바쁘게 여기저기를 가리켰습니다. 그러나 책벌레가 내놓은 햇빛과 구름은 아무리 살펴보아도 햇빛과 구름이 아니었습니다.

"밝지도 않고 따뜻하지도 않아."

"원래 그래요."

"아니야. 햇빛은 밝고 따뜻해. 구름은 요술쟁이고."

책벌레들은 고개를 갸웃거렸습니다.

"나는 햇빛도 구름도 바람도 매일 봤어, 해바라기와 함께. 그러면서 좋아하게 됐단 말이야."

"좋아하게 돼?"

"응."

"그것도 책에 있는데……."

"이런 풀씨 같은 것들이 여기 갇혀서 뭘 봤다고 알겠니?"

"풀씨?"

"그래, 자세히 봐봐. 잔디, 바랭이 같은 풀씨잖아!"

"에이 바보. 이건 글씨란 말이야, 글씨. 공부를 해야지, 놀기만 했구나! 우리처럼 글을 배우란 말이야. 글도 모르면서 아는 척은……."

"맞아. 우리는 책벌레라서 모르는 게 없어!"

—노경수, 「해바라기바라기」, 『열린아동문학』, 2017년 겨울호

[예문 8]은 물활론적 사고를 하는 아이들뿐만 아니라 어른들에게도 많은 사랑을 받은 그림동화이다. 작가는 강아지똥을 의인화함으로써 호기심을 부추이면서 독자를 강아지똥이 놓인 한적한 시골 길가로 안내한다.

참새가 날아와 "똥똥똥 에그 더러워"라며 무시하는 것에서 강아지똥이 못생기고 더럽고 버림받은 캐릭터임을 암시한다. 똥은 사람들의 인식에 더러운 것이다. 참새는 물로 목욕하기를 좋아하는 텃새로 부리로 물을 쪼아 몸에 바르는 등 목욕을 통해 몸에 붙어 있는 진드기, 먼지, 비듬 등을 털어내는 조류이다.

더러운 이미지의 강아지똥을 깔끔한 캐릭터인 참새가 "똥똥똥 애그 더러워!"라며 피하는 것은 캐릭터의 생태적 특성상 충분한 개연성을 확보하며 독자에게 역지사지 사유의 확장으로 안내한다.

[예문 9] 노경수의 「해바라기바라기」는 은행잎이 주인공이다. 함께 자라던 해바라기꽃을 그리워하다가 책갈피 속으로 들어가게 된 은행잎은 책벌레를 만난다. 은행잎은 책벌레에게 해바라기꽃을 찾아달라고 말

한다. 처음에는 시큰둥하던 책벌레는 은행잎을 돕기로 하는데, 글자들을 내어놓는다. 책벌레가 아는 해바라기는 기표로서의 해바라기이고 은행잎이 찾아달라는 해바라기는 기의로서의 해바라기이다. 책을 통해 아는 것과 체험으로 아는 것을 대비시킨 동화이다.

2) 곤충의 세계 인식방법
　──「벌레교향악단」,[32]「위험한 이사」[33]

[예문 10]
　벌레 교향악단은 큰 느티나무 한 그루가 서 있는 푸른 수풀 속에 자리 잡고 있었습니다. 참억새, 삘기, 엉겅퀴, 쑥부쟁이 등 풀꽃들이 사이좋게 어울리고, 칡덩굴과 댕댕이도 알맞게 뻗어 있어 벌레 교향악단의 연주 무대로서는 그렇게 좋을 데가 따로 없었습니다. 여기에 주홍색 원추리꽃 긴 목을 뽑고 등불을 밝히듯 활짝 피어있으니 더할 나위 없이 아름다운 곳이기도 했습니다.
　벌레 교향악단에는 여치, 베짱이, 철써기, 쌕쌔기, 꼽등이, 귀뚜라미, 방울벌레, 풀종다리 등 악기를 가진 벌레는 모두 모여 있습니다.
　그런데 이 교향악단을 지휘할 지휘자가 없었습니다. 지휘자가 없기 때문에 벌레들은 제멋대로 연주를 할 수밖에 없었습니다.
　"우리가 이렇게 제멋대로 연주를 하다간 음악회는커녕 웃음거리밖에 안 될 거야."
　귀뚜라미가 제일 먼저 말했습니다.
　"그래, 귀뚜라미 말이 맞아. 우리 벌레 교향악단도 지휘자는 둬야 해."
　베짱이가 맞장구를 쳤습니다.
　"그래, 그래! 우리 벌레 고향악단에도 지휘자를 두자!"

33 조장희, 『조장희 동화선집』, 지식을 만드는 지식, 2013.
33 황선옥, 「위험한 이사」, 『읽고 쓰는 아동문학』, 개미, 2018.

벌레들은 모두 박수를 치며 귀뚜라미와 베짱이의 말에 찬성했습니다.

"그러면 우리 교향악단의 지휘자를 뽑자. 나는 항상 고운 옷을 입고 다니는 멋쟁이 무당벌레를 불러왔으면 좋겠어."

땅딸보 꼽등이가 빨간 바탕에 검은 점 박힌 무당벌레를 추천했습니다.

"안 돼, 안 돼. 무당벌레는 몸집도 작지만 다리도 짧고 더듬이도 짧아 지휘자로는 맞지 않아. 나는 몸집도 길쭉하고 더듬이도 긴 장수하늘소가 제일 좋다고 생각해."

역시 긴 더듬이를 가진 방울벌레의 말이었습니다.

"장수하늘소가 긴 더듬이는 가졌지만 무당벌레와 마찬가지로 우리 벌레교향악단 단원들과는 모습도 그렇거니와 다른 종류의 곤충이야. 나는 우리와 촌수가 닿은 방아깨비를 불러왔으면 좋겠어. 몸집도 크고 마음씨도 곱고 의젓하잖아."

그러자 한동안 수풀 속은 소란스러웠습니다. 누가 좋다, 누구는 나쁘다, 하며 말다툼이 벌어졌던 것입니다.

—조장희, 「벌레 교향악단」[34]에서

[예문 10] 역시 대중성을 확보한 베스트셀러로 풀벌레들의 이야기이다. 밝은 달밤 자연의 공간인 수풀 속 풀벌레들의 노래는 화음이 맞지 않고, 지휘자를 뽑기로 한다. 추천된 벌레들은 외모 중심으로 무당벌레, 장수하늘소, 방아깨비이다. 그러자 힘이 센 사마귀가 나타나 지휘자가 되고 "수풀 무대는 쥐 죽은 듯 조용"하다. 무당벌레와 장수하늘소처럼 사마귀 역시 음악을 몰라 지휘를 못 하기 때문이다. 심심해진 사마귀는 사라지고, 풀벌레들은 노래하고 싶어 안달이다. 결국 음악을 아는 벌레들끼리 돌려가며 지휘를 하기로 하고 베짱이가 먼저 지휘자로 뽑힌다.

---

34 조장희, 위의 책, 3~4쪽.

달빛이 꿈결처럼 수풀 무대를 비추는 시각, 베짱이의 지휘봉을 따라서 교향시 〈꿈은 달빛을 타고〉의 고운 선율이 울려 퍼진다.

풀벌레를 의인화한 이 동화는 인물과 배경과 사건이 생태적 습성에 맞게 조화를 이루며 독자를 풀벌레 소리 요란한 수풀 속으로 끌어들이며 역지사지로 안내한다. 이렇듯 생태적인 특성에 따른 생태동화는 개연성을 확보하며 독자들을 한여름 밤 풀벌레 소리 요란한 수풀 속으로 안내한다.

[예문 11]

"엄마, 떨어질 거 같아요."

"동팔아! 조금만 참아. 저기, 파란 지붕 보이지? 우리 새집이야."

"저 집에서는 오래 살 수 있는 거죠?"

"이번에는 확실히 알아봤다니까!"

언덕길이 끝나자 집 한 채가 나왔습니다. 동팔이와 엄마는 담장 위에 내려앉았습니다. 마당 가에는 저녁노을에 물든 항아리가 옹기종기 모여 있습니다.

"조용한 걸 보니 사람이 없는 거 같구나."

"빨리 들어가요."

동팔이와 엄마는 문틈을 비집고 들어가 천장에 달라붙었습니다. 엄마가 눈알을 굴리며 집안을 살폈습니다.

"할매 혼자 사는 집이 틀림없어."

"다행이에요."

"우선 집 구조부터 외우자."

할매 집 구조는 간단했어요. 맨 왼쪽에 주방. 그 옆에 거실. 또 그 옆으로 방과 욕실이 있습니다. 집 둘러보기를 끝내자 등이 꾸부정한 할매가 마당으로 들어섰습니다.

"얼른 벽에 붙어."

거실 유리문을 열고 들어온 할매가 주방으로 갔습니다. 의자 두 개가 있는 작은 식탁에는 된장찌개가 흘러넘친 누런 냄비와 먹다만 사과 한 쪽이 있습니다. 할매가 의자에 앉았습니다.

"아구구 힘들다. 여시 같은 할망구! 그깟 저녁 한 끼 주면서 하루 종일 자식 자랑이여. 누구는 자식 없어? 우리 아들은 바빠서 못 오는 거여, 알어? 조금만 있으면 내 생일인께 그때 코를 납작하게 혀줘야지. 에이, 아직도 귀가 따갑네."

할매는 여시 같은 할망구가 앞에 앉아 있는 것처럼 삿대질하며 말했습니다. 할매는 열이 나는지 물 한 컵을 벌컥벌컥 들이켜고 방으로 갔습니다. 그 모습을 보고 동팔이가 불퉁거렸습니다.

"뭐예요? 이사 온 첫날부터 밥도 안 주고."

"사과라도 먹고 있어. 할매가 어떤 사람인지 지켜보고 올게."

—황선옥 「위험한 이사」[35]에서

[예문 11]은 파리를 의인화한 생태동화로 주인공 "동팔이"는 똥파리라는 것을 암시한다. 동팔이와 엄마는 독거노인의 집으로 이사를 오고, 외롭게 살아가는 할매의 삶을 살핀다. 이웃 할머니집에 마실 갔다 자식 자랑만 실컷 듣고 돌아온 할매는 속이 상한다. 그래서 돌아오는 생일에 아들네가 내려오면 자식 자랑을 모두 갚아주리라 마음먹는다.

[예문 11-1]

"엄마, 엄마! 초코빵이랑, 딸기 아이스크림이랑, 음, 음, 포도 풍선껌이랑, 치즈 맛 과자도 사 왔으면 좋겠어요."

"그래! 우리 할매 덕에 간만에 배터지게 먹자."

할매가 거실 문을 열고 마당으로 내려갔습니다. 동팔이와 엄마는 벌써부터

---

35 박덕규 · 노경수 외, 『읽고 쓰는 아동문학』, 개미, 2018, 152~153쪽.

가슴이 두근거립니다.

할매가 마당을 빠져 나가고 있는데 쩌렁쩌렁 전화벨이 울려댔습니다.

(중략)

"여보세유?"

"어머니, 저예요."

"잉, 그려."

"애 학원 때문에 못갈 거 같아요. 죄송해요."

"늙은이 생일이 뭐라고. 애 학원이 먼저지."

"어머니 통장에 용돈 조금 넣었어요."

"그런 걸 뭐하러 넣어."

"어머니 생신 축하드려요."

"그려, 고맙다. 건강 조심하고."

전화를 끊은 할매가 쭈그리고 앉아 있던 그대로 앉아 있습니다. 그렇게 한참을 있던 할매가 장바구니를 끌며 거실 문을 나섰습니다.

"어휴, 전화 소리보다 할매 장에 안 갈까 봐 더 놀랐어요.""너도 그랬니? 나도 그랬는데."

동팔이와 엄마는 다시 거실 유리문에 달라붙었습니다. 목을 길게 빼고 밖을 내다보았습니다. 햇살에 따뜻했던 유리문이 저녁노을에 차가워지고 있습니다.

"엄마, 할매 와요."

"얼른 주방으로 가서 기다리자."

할매가 불룩한 장바구니를 열었습니다. 고등어 한 마리, 두부 한 모, 수세미, 양말 그리고 커다란 약봉지가 나왔습니다. 분홍 방울 달린 머리핀도 나왔습니다. 머리핀을 만지며 할매가 미소를 지었습니다. 할매는 고등어와 두부를 냉장고에 넣었습니다.

"에게게, 이게 뭐예요. 내일이 할매 생일이라면서요!"

(중략)

드디어 할매가 누런 냄비에 고등어를 넣고 가스 불에 얹었습니다. 냄비를 잠깐 바라보던 할매가 방으로 들어갔습니다.

할매가 텔레비전은 켰어요. 가족들이 밥상에 둘러앉아 밥을 먹고 있는 장면이 나왔습니다. 보조개가 예쁜 여자애가 할머니 입에 잡채를 넣어줍니다. 그 모습을 본 할매가 입을 벌리고 텔레비전 앞으로 바짝 가가 앉았습니다.

"그려, 그려. 아이구, 맛나다. 우리 이쁜 딸, 너도 어여 먹어."

할매는 진짜 잡채를 먹는 것처럼 입을 오물거리며 텔레비전 속 사람들과 같이 말합니다. 할매를 쳐다보던 동팔이와 엄마는 답답해 방안을 한 바퀴 돌았습니다. 빨리 고등어를 먹고 싶은데 할매는 텔레비전만 보고 있습니다.

—황선옥, 「위험한 이사」[36]에서

[예문 11-1]에서는 생일이 되어도 아들 내외는 손녀의 학원을 핑계로 오지 않고, 시장에 간 할매는 손녀에게 줄 분홍 방울이 달린 머리핀을 사다 놓고 혼자서 미소를 짓는다. 그리고 생일날 먹을 두부 한 모와 고등어 한 마리를 양념하여 불에 올려놓지만, 텔레비전에 비친 화목한 가정, 정겨운 밥상에 빠져 태우고 만다.

이 동화는 파리의 생태적인 특징을 토대로 현실감을 확보하면서 소외된 채 홀로 살아가는 할매의 모습을 사실적으로 그려냈다. 이 동화가 사람을 등장시킨 서사였다면 파리의 시점처럼 객관성을 확보하지 못했을 것이고 독거노인의 외로운 삶을 사실적으로 그려내기는 어려웠을 것이다.

[예문 8]은 강아지똥의 인식으로 버려지지 않고 순환하는 자연 생태계를 보여주었고, [예문 9]는 책갈피에 갇힌 은행잎과 책벌레의 인식으로 '안다는 것'에 대하여 기표와 기의를 내세워 이야기한다. [예문 10]

---

36 위의 책, 156~158쪽.

은 숲속 풀벌레들의 인식으로 개체마다 타고난 특성을 다름을 형상화하였으며 [예문 11]는 파리의 시점으로 노령사회 소외된 채 외롭게 살아가는 독거노인의 문제를 형상화하였다. 이렇듯 의인화 기법의 생태동화는 의인되는 다양한 개체의 다양한 시점을 통하여 인간의 삶을 보여준다는 공통성을 가진다. 이러한 시점의 미학은 아동문학에서 가장 큰 즐거움으로 자리매김된다.

3) 동물의 세계 인식방법
　—『'하얀' 검은 새를 기다리며』,[37]『오리부부의 숨바꼭질』,[38]『니임의 비밀』[39]

　동물들이 세상을 인식하는 방법은 작품에서 어떻게 나타날까? 동물들 또한 3.1에서 살펴본 것처럼 세상을 바라보는 인식방법은 식물이나 곤충과 다르고 물론 인간과도 다르다. 그러나 이들 또한 은유적으로 인간의 삶을 보여준다는 공통점을 가지고 있다.

　노경수의 『'하얀' 검은 새를 기다리며』와 『오리부부의 숨바꼭질』, 그리고 뉴베리상 수상작인 로버트 오브라이언의 『니임의 비밀』을 통해 까치와 오리, 고양이, 시궁쥐의 인식방법을 살펴보기로 한다.

　　[예문 12]
　　얼마나 지났을까, 갑자기 미루의 거친 목소리가 들렸다.
　　"쉿, 조용히!"
　　초록빛 새싹을 안고 있는 누런 갈대가 사락사락 소리를 내며 흔들렸다. 우리는 얼른 버드나무 가지로 날아갔다. 나뭇가지 위에서 미루는 갈대의 움직임을

---

37 노경수, 『'하얀' 검은 새를 기다리며』, 청어람주니어, 2018.
38 노경수, 『오리부부의 숨바꼭질』, 뜨인돌, 2011.
39 로버트 오브라이언, 최지현 옮김, 『니임의 비밀』, 보물창고, 2018.

살폈다.

뱀이었다. 누룩뱀이 사사사 사사사 갈대숲을 헤치면서 기어가고 있었다.

순간 까돌이가 깟깟거리며 파다닥 누룩뱀 앞으로 날아갔다.

깜짝 놀란 누룩뱀이 목을 세우고 까돌이를 공격했다.

까돌이가 숲으로 자빠졌다.

"조심해!"

미루가 내려와 까돌이 앞을 막아섰다. 누룩뱀은 더 높이 허리를 세워 미루를 공격했다. 미루는 잽싸게 날아올랐다가 내려오고 다시 올랐다 내려오면서 누룩뱀의 머리를 찍었다. 까돌이를 공격하려던 누룩뱀은 갑자기 나타난 미루 때문에 당황했는지 이리저리 허둥거렸다.

미루는 봐주지 않았다. 누룩뱀도 이기고야 말겠다는 듯 허리를 세우고 방향을 바꿔가며 공격했다. 그러나 미루는 쪼고 날아오르고, 쪼고 날아오르면서 누룩뱀을 둑으로 몰았다. 우리는 숨 가쁘게 깟깟깟 깍깍깍 까치까치까치 마구 소리쳤다. 해미천이 떠들썩 하자 모여 있던 새들이 놀라 우리를 쳐다보았다.

정신을 차린 까돌이가 일어나 미루와 합류했다. 둑으로 올라온 뱀은 가늘고 긴 혀를 날름거리며 날카로운 이빨을 드러냈다. 그러나 미루의 날갯짓은 뱀보다 빠르고 정확했다. 까돌이가 누룩뱀을 향해 날아들자 미루가 소리쳤다.

"모두 도와줘!"

깟깟깟 깍깍깍 까치까치까치 소리치며 우리는 누가 먼저랄 것도 없이 날아들었다. 그리고 누룩뱀을 에워쌌다. 누룩뱀은 정신을 차리지 못하는 듯했다.

[예문 12-1]

빠르게 치고 빠지기를 잘하는 미루는 누룩뱀을 공격할 때처럼 수리부엉이 머리를 쉼 없이 공격했다. 우리들은 수리부엉이 주변을 둥그렇게 원을 그리며 좁혀 들어갔다.

"깟깟깟 깍깍깍깍 까치까치까치, 내놔, 내놓으라니까!"

"고욤이를 내놔! 안 내놔? 확, 가만 안 둘 거야!"

"여기가 어디라고 와! 깟깟깟 깍깍깍깍."

"썩 거져! 꺼지라니까! 꺼억 꺽!"

까치들에게 둘러싸인 수리부엉이는 갸웃갸웃 노란 눈동자를 굴렸다.

"아, 새끼들, 누가 텃새 아니랄까 봐 더럽게 텃세 부리네! 콱 그냥, 쪼꼬만 새 끼들이 겁도 없이 대들다니, 두고 봐라. 내가 늬들 기억했다가 배고플 때마다 차례차례 먹어 줄 테니까. 특히 너, 하얀 놈, 네가 1번이다, 이놈아! 나를 만나 는 날이 너 죽는 날인 줄 알아!"

수리부엉이는 잔뜩 부풀렸던 깃털을 가라앉히더니 세웠던 꽁지도 내렸다. 그 러고는 길고 큰 날개를 치기 시작했다 얼룩덜룩 크고 긴 날개는 커다란 몸을 가뿐히 들어 올렸다. 여전히 발톱으로는 고욤이를 쥔 채였다. 고욤이는 그렇게 수리부엉이 발에 채여 우리 곁을 떠났다. 우리들은 누가 먼저랄 것도 없이 깟 깟깟깟 깍깍깍 소리쳐 울었다.

—노경수의 『하얀' 검은 새를 기다리며』에서

[예문 12]는 모두 까치의 시점으로 전개되는 서사인데, 무리를 이루 고 살아가는 까치들이 누룩뱀을 만나 싸우는 장면이고 [12-1]은 수리 부엉이에게 친구 고욤이가 잡혀가는 장면이다. 뱀과 싸워 이긴 까치들 이 수리부엉이에게 친구를 잃는데 이는 먹이사슬 관계에서 강자에게 잡 아먹히는 건 자연의 이치를 개연성으로 확보한다.

어린 까치들이 엄마와 살던 둥지를 떠나면 숲으로 가서 많게는 3-4 백 마리씩 잠자리 무리를 이루며 살아가는 것은 까치들의 생태적인 습 성이다. 숲에서 무리를 이루며 살다가 짝을 만나면 이듬해 봄 까치집을 짓고 알을 낳고 새끼를 키우는 성조가 된다. 잠자리 무리를 이룬 아기까 치들이 리더격인 하얀까마귀의 도움을 받으며 좌충우돌 먹고 먹히며 살 아가는 숲속의 서사로 개연성을 확보한다.

[예문 12-2]

미루를 기다리며 우리는 단내를 풍기는 배를 골라 먹었다. 배나무는 좋아라 가을 햇빛에 단물을 쭉쭉 빨아올리며 배들을 통통하게 살찌웠다.

농부도 맛있는 배만 골라서 땄다. 그러다가 우리와 마주치면 농부는 무섭게 화를 냈다. 까치와 사람이 사이가 좋았다던 이야기는 옛날이야기였다.

"요놈의 까치 새끼, 나쁜 놈들! 힘들게 가꿨는데 맛있는 배만 골라서 찍어놓는 나쁜 놈들!"

"욕심쟁이 아저씨! 우리가 키웠는데 맛있는 배만 골라 따가는 나쁜 아저씨!"

농부가 뭐라고 할 때마다 우리도 투덜댔다.

"까치 새끼, 죽일 놈들!"

"나쁜 아저씨, 욕심쟁이!"

"맞아, 아저씨는 욕심쟁이야!"

"나빠!"

농부는 우리를 볼 때마다 욕을 하며 장대를 휘둘렀다.

우리는 그럴 때마다 깍깍깍깍 까치까치까치 투덜거렸다. 배가 꽃이 필 때부터 우리는 배를 위해 노래를 불러주었고 함께 놀아주었으며 햇빛을 가린 봉지를 찢어주었다. 우리가 가꾼 거였다. 그런데 농부는 자기가 가꾼 것처럼 우리에게 장대를 휘두르며 나가라고 했다.

그런 와중에도 배는 아무것도 모르는 듯 단물을 퍼 올렸고 속살은 뽀얗게 살이 올랐다.

[예문 12-3]

"시끄러 이놈들아. 내가 얼마를 손해봤는지 아냐, 이놈들아? 내가 봄부터 갈까지 땀 흘려 키운 배를 네놈들이 다 찍어놓으면 쓰겠냐? 저 배는 말이여, 내가 가꾼 거란 말이여! 근데 늬들이 처먹어? 엉? 버르장머리도 없이 어디다 주둥이를 대? 대답을 혀봐라, 이놈들아!"

농부가 하는 소리를 미루가 우리에게 전해주었다. 믿을 수 없는 이야기였다.

"우리가 키웠어요. 우리가 키웠단 말이에요. 깍깍깍 깟깟깟 까치까치까치."

"시끄러 이놈들이, 시방 뭘 잘혔다고 떠드는겨? 조용히 못해! 이 배가 맛있는 줄 나도 안다, 이놈들아. 팔아야 해서 나도 좋은 건 안먹는디, 네놈들이 먹냐? 엉? 이 싸가지 없는 놈들아! 내가 키웠는디 처먹다니, 어? 좋은 배는 우리자식도 못주는디 늬들이 처먹어? 주딩이가 있으면 말해 보라닝께!"

　　　　　　　　　　　　　　　―노경수의 『'하얀' 검은 새를 기다리며』에서

[예문 12-2]는 과수원 배밭에서 농부와 갈등하는 장면이다. 과수원 배를 사이에 두고 까치는 까치대로 농부는 농부대로 소유권을 주장한다. 각기 다른 시점으로 전개되는 소유권 주장이 설득력을 확보하는 것은 배를 가꾸는 것에 대한 이해의 차이에서 비롯된다. 이 서사 역시 시점의 전환에 따른 미학을 파생하면서 역지사지 사고의 확장을 가져온다. 결국 까치들은 농부가 쳐 놓은 그물인 까치잡이 집에 갇힌다. 그리고 [예문 12-3]에서 화가 난 농부는 까치들에게 호통을 치고 까치들은 왜 그러는지 알지 못한다. 배를 가꿨다는 까치들의 주장과 자식을 키우고 살아가기 위해, 좋은 건 팔기 위해 안 먹는다는 농부의 이야기는 시점의 차이로 인한 갈등의 개연성을 확보한다.

옛날부터 까치는 길조로 알려져 왔으나 오늘날에는 전선이나 농작물에 피해를 주는 유해조수로 지정되었다. 지자체마다 다르지만 잡아 오면 한 마리에 얼마씩 주기도 하는 유해조수가 된 까치의 시점으로는 변명의 여지가 많다. 까치의 시점으로 전개되는 하얀까마귀, 누룩뱀, 수리부엉이와 사람 등과의 갈등 서사는 캐릭터의 생태적 특성의 다름으로 인한, 역지사지 사고의 확장을 유도한다.

[예문 13]

수탉이 새벽을 알리지 길갓집 할머니네 개들도 따라 짖었습니다. 오리부부도 새벽이슬을 맞으며 산책에 나섰습니다.

길가의 배추밭에 들어갈 수 있다면 상큼한 배춧잎은 물론 쫀득쫀득 맛있는 배추벌레를 잡아먹을 수 있을 텐데, 들어갈 수가 없습니다. 언젠가 그곳에 들어갔다가 할아버지가 밭 주인인 길갓집 할머니한테 모종값을 물어주어야 했습니다. 그 뒤로 배추밭에는 울타리가 생겼습니다.

오리부부네 할아버지와 길갓집 할머니는 사이가 좋다가도 오리부부와 멍멍이 때문에 가끔씩 닭값을 물어주거나 모종값을 물어주며 아웅다웅 다투기도 했습니다.

(중략)

"내 알이야, 꽥꽥!"

"손대지 마, 꽥꽥!"

오철이가 오순이 앞에 섰습니다.

"시끄러 이눔들아!"

할아버지가 막대기를 내저으며 말했습니다.

"먹을 만큼 뺏어 갔잖아! 꽥꽥꽥!"

오철이가 물러서지 않고 더 크게 소리쳤습니다.

"아기를 키울 테야! 꽥꽥꽥!"

오순이도 오철이 곁에서 목소리를 높였습니다.

"아, 이눔들아, 귀청 떨어지겠다, 조용히 못혀!"

할아버지가 발을 들어 땅바닥을 구르며 호통쳤습니다.

"손대지 말라니까, 꽥꽥!"

오철이도 할아버지에 맞서 더 크게 고함을 쳤습니다.

"글쎄, 조용히 좀 혀라! 동네 시끄러 이눔들아!"

"꽥꽥꽥,"

"꽉꽉꽉."

오리부부는 쉴 새 없이 소리쳤습니다.

그럴수록 할아버지 핀잔도 계속되었습니다.

(중략)

"이만하면 됐어?"

"응, 고마워!"

오순이는 둥지에 들어가 앉았습니다.

"고맙긴, 아빠가 될 건데 당연한 거지."

오철이는 늠름하게 둥지 옆에 서 있었습니다.

"창피하니까 돌아서 있어."

"우리는 부부인데 왜 창피해?"

"몰라, 창피패. 나 보지 말고 좀 떨어져서 망이나 봐!"

"에그, 알았어."

오철이는 두어 발짝 떨어져 망을 보았습니다. 오순이는 오철이가 만들어 준 보드라운 둥지에 자릴ㄹ 잡고 똥 눌 때처럼 궁둥이를 내렸습니다. 묵직했던 아랫배가 살살 아파오기 시작했습니다. 동그란 물무늬가 퍼지는 것처럼 아픔도 배 속을 빙빙 돌며 커져갔습니다. 그러다가 저절로 끄응 힘이 주어졌습니다.

"낳았어?"

―노경수, 「오리부부의 숨바꼭질」에서

[예문 13]에서 오리부부는 독거노인인 할아버지가 기르는 동물이고, 멍멍이는 역시 독거노인인 길갓집 할머니가 기르는 반려동물이다. 수탉이 새벽을 알리자 개들이 따라 짖고, 오리부부가 아침 산책에 나선다. 상큼한 배춧잎과 쫀득쫀득한 배추벌레를 먹고 싶은데, 배추밭에 들어갈 수가 없다. 배추밭을 망쳐놓은 전력이 있기 때문이다. 오리부부를 키우는 할아버지와 멍멍이를 키우는 길갓집 할머니는 각자가 키우는 동물

로 인하여 아옹다옹 다투기도 한다는 서술은 등장인물들이 살아가는 생태적인 환경을 보여주며 독자를 한적한 시골 풍경으로 이끈다.

뿐만 아니라 새끼를 키우고 싶은 오리부부는 낳는 알을 품고 싶어 숨기려고 애쓰고, 할아버지는 그 오리알을 먹기 위해 찾아 나선다. 알을 두고 숨바꼭질을 하는 오리부부와 할아버지의 갈등은 계속되고 새끼를 키우고 싶은 오리부부는 가출하기에 이른다. 모래가 쌓인 개울 둔덕에 둥지를 마련한 오리부부는 알을 품으며 새끼를 키울 꿈으로 알콩달콩 살아간다.

동물을 사육하는 사람과 사육되는 동물의 갈등이 오리부부의 시점으로 전개되면서 인간과 함께 살아가는 집오리들의 딱한 처지를 보여줌과 동시에 가정을 이루고 새끼를 키우며 살아가는 삶의 가치를 은유적으로 보여준다.

미국 뉴베리상 수상작인 『니임의 비밀』은 들쥐 조나단 프리스비 부인이 주인공이다. 동화의 현재시간은 프리스비 부인이 이사하기 위하여 시궁쥐 니코데무스를 만나는 이야기가 전개되고, 대화 사이사이 니코데무스 시점으로 시궁쥐들이 문명을 이루고 살아가게 된 개연성인 '니임'에서의 경험을 시간을 변조하여 보여준다.

[예문 14]

나는 아버지, 어머니, 그리고 아홉 명의 형제들과 함께 그 시장 근처에 살았다. 우리 집은 한때 하수구로 쓰였던 큰 파이프 밑이었다 그곳에는 수백 마리의 시궁쥐들이 있었다. 고단했지만 시장 덕분에 견딜만한 나날이었다.

매일 저녁 다섯 시에 농부와 어부들은 노점을 정리하고 짐을 꾸려서 집으로 돌아갔다. 그리고 몇 시간이 지나 밤이 되면 청소부들이 빗자루와 호스를 들고 도착했다.

농부와 어부들이 가고 청소부들이 오기 전, 시장은 우리 시궁쥐들의 세상이었다. 농부와 어부들이 남기고 간 음식들과 함께! 트럭에서 떨어진 완두콩, 토마토, 호박, 고기 조각과 생선 토막들이 길거리와 하수도에 버려졌다. 늘 먹을 것이 우리가 먹는 양보다 열 배는 더 많았기 때문에 서로 싸울 필요가 없었다.

(중략)

광장에 도착한 우리는 낯선 하얀 트럭 한 대가 한 블록쯤 떨어진 길가에 주차되어 있는 것을 보았다. 하지만 나는 별로 신경쓰지 않았다. 트럭이야 흔히 볼 수 있었기 때문이다. 하지만 좀더 주의를 기울였더라면 트럭 각 면에 적힌 "니임(NIMH:미국 국립정신건강연구소)이라는 글자를 볼 수 있었을 것이다. 물론 그때만 하더라도 나뿐 아니라 어느 쥐도 글을 읽을 줄 몰랐지만 말이다.

(중략)

하얀 유니폼을 입은 사람들은 긴 손잡이가 달린 그물을 들고 있었다.

"저것 봐! 우리를 잡으려고 해!"

제너가 소리쳤다. 제너와 나는 서로 반대 방향으로 도망쳤다. (중략) 나는 다른 세 마리 쥐들고 함께 땅에서 들렸고 그물에 갇히고 말았다.

(중략)

"예순세 마리, 수고했어요."

"고맙습니다, 슐츠 박사님."

트럭에서 내린 남자가 말했다.

우리는 손수레에 실려 건물 안으로 들어갔다.

슐츠박사, 그 이후로 3년 동안 나는 그의 죄수, 혹은 학생이 되어 갇혀 있어야 했다.

(중략)

"세 그룹이야. 스무 마리는 A주사를 맞는 훈련 그룹, 여기 스무 마리는 ㅠ주사, 나머지 스물세 마리는 주사를 맞히지 않을 거야. 하지만 정확한 테스트를 휘해 주삿바늘로 찌르기는 할 거야. A그룹, B그룹, 그리고 대조를 위한 C그룹으로 부르지, A1에서 A20까지, B1에서 B20까지, 이렇게 번호표도 붙여. 같은 방법으로 우리에도 번호를 붙이고, 각 주들은 실험 내내 같은 우리에 넣어둬야 해. 식단은 모두에게 똑같아."

슐츠 박사가 방에 들어와 우리로 다가오면서 같이 온 사람들에게 말했다.

(중략)

나는 계속 주사를 맞았고 또다른 여러 가지 실험을 받았는데 미로 실험이 그 중 가장 중요한 것 같았다. 미로 실험은 얼마나 빨리 학습하는지를 테스트하고 그 결과를 쉽게 확인할 수 있었다. 학습 결과를 확인하는 실험 중 또 하나는 슈르 박사의 모형 인지 실험이었다. 우리는 삼각형, 사각형, 원으로 된 세 개의 문이 있는 작은 방에 넣어졌다. 문에는 스피링이 달려 있어 쉽게 열렸고, 똑같은 방으로 연결되었다. 하지만 속임수가 있엇다. 만약 문을 잘못 선택해서 들어가면 전기 충격을 받게 되었다. 첫 번째 방은 원 모양의 문, 두 번째 방은 삼각형의 문… 그런 식이었는데 다 기억하기는 어려웠다.

(중략)

"실험쥐가 도망칠 것이라고 상상해 본 적 있어? 대조군의 쥐들도 할 수 있을까? 우리는 지금 실험 결과를 바로 눈 앞에서 확인하고 있는 거야. A그룹은 이제 대조군에 비해 학습능력이 삼백 퍼센트 앞서고 있어. B그룹은 이십 퍼센트 앞서지. 이건 새로운 발견이야. 우리가 획기적인 발견을 한 거라고. 이제 새로운 돌연변이 쥐를 보게 될 거야. 하지만 조심해야 해. 드디어 다음 단계로 들어갈 때가 된 듯 하군."

—로버트 오브라이언, 『니임의 비밀』에서

[예문 14]에서 실험쥐가 된 시궁쥐 니코데무스와 그의 친구들은 슐츠 박사와 연구원들에 의하여 매일 주사를 맞으며 미로찾기 뿐만 아니라 읽기 훈련도 한다. 거듭된 실험으로 미로를 찾고 글을 읽을 줄 알게 된 시궁쥐들은 슐츠박사의 실험대로 탈출계획을 세우고, 사람들 눈을 피해 탈출을 감행한다. 슐츠박사가 예견했던 일이지만 시궁쥐들에게 일어난

변화는 박사가 예견했던 것보다 훨씬 빠른 속도로 진행되었고 학습능력이 향상되었으며 노화도 멈추게 되었다.

시궁쥐 니코데무스와 친구들은 사람들을 위해 건물 바닥에 표시해 놓은 방향지시를 읽을 수 있었고 탈출에 성공한다. 이후 들쥐 조나단 그린피스와 흰쥐 에이저스의 도움으로 보니피스 씨 저택으로 들어가 살게 되고 6개월을 지내면서 앞으로 어디에서 어떻게 살아갈 것인지 계획을 세운다.

실험실에서 매일 이상한 주사를 맞으며 훈련에 훈련을 거듭한 시궁쥐들이 탈출 이후 미래에 대하여 고민하는 것은 인간과 같은 지능을 갖게 되었음을 암시한다. 뿐만 아니라 그들은 전기를 사용할 줄 알고 씨앗을 모아 농사도 지을 줄도 안다. 결국 시궁쥐들은 그들만의 사회를 이루고 문명을 발달시키며 스스로 농사지어 살아가는 세상을 만들기에 이른다.

과학이 발전하기 위해서는 생명체를 실험의 대상으로 연구하게 되고 그 대상으로 쥐가 많이 사용된다는 것은 익히 알려진 사실이어서 실험실에서 이상한 주사를 맞은 쥐들이 탈출하여 인간처럼 문명사회를 이룰 수 있다는 것은 개연성으로 작용한다. 나아가 이 작품은 실험용 동물들의 생명권에 대한 인식을 바탕에 깔고 있어 역지사지 사고의 확장으로 유도한다.

현실에서는 쥐가 인간처럼 문명사회를 이루고 살아간다는 것은 생태적으로 불가능하다. 그러나 『니임의 비밀』에서는 가능했는데, 니코데무스를 비롯한 시궁쥐들의 생태적인 환경을 실험실로 설정한 것과 슐츠 박사가 의도했던 미로찾기, 탈출능력 테스트, 독해능력 테스트 등등의 반복되는 실험은 시궁쥐들이 문명사회를 이루고 살아갈 수 있는 개연성을 부여하는데 충분했다.

전술했듯 생물과 무생물이 세상을 인식하는 방법은 사람이 인식하는 방법과 다르다. [예문 11]에서는 파리의 인식으로 묘사되었지만 결국 소외된 인간의 삶을 이야기하고 [예문 12]는 까치의 시점으로 다양한 갈등 양상을 보여주었으며 [예문 13]은 오리의 시점으로 독거노인과 함께 살아가는 반려동물들의 삶과 가정의 소중함을 은유적으로 보여주었고 [예문 14]는 시궁쥐의 인식으로 과학의 발달, 문명의 발달을 초래하는 실험용 쥐들의 삶과 문명사회 미래에 관한 통찰을 효과적으로 유도하였다.

4. 나가며

아동문학에서 미학을 꼽으라면 어린이들이 어른과 다르게 세계를 인식하는 방법의 형상화일 것이다. 여기에는 아동문학의 전유물인 의인동화가 자리하는데, 자연물의 생태적 특성을 반영한 캐릭터의 시점은 인위로 변질되지 않은 동심을 반영하기 때문이다.

동심의 문학인 아동문학에서는 일찍부터 의인화 기법으로 우화를 비롯한 생태동화가 발표되어 왔다. 근래 발표되는 의인동화의 바탕에는 생명 중심적 평등사상을 토대로 인간뿐 아니라 자연을 구성하는 모든 것들을 하나의 유기체로 인식하고 있음을 발견한다.

의인화를 통해 식물과 동물에게 인간과 같이 생각하고 말하는 능력을 부여했다고 하여 조지 오웰의 소설 『동물농장』처럼 그들 개체의 생태적 특성을 무시한 인간 중심적 사고를 부여한다면 소설이 될 수는 있겠지만 어린이 독자를 배려하는 좋은 동화가 될 수는 없을 것이다. 또한 인간 중심적 사고를 비판하기 위하여 인간은 악하고 자연은 선한 것이라는 이분법으로 접근하는 것 역시 경계해야 한다.

특히 11세 이후의 어린이들을 독자 대상으로 하는 동화를 창작한다면 인물의 생태적 특성은 작품의 내적 질서뿐만 아니라 개연성을 확보하는 것이어서 아주 중요하다. 따라서 생태동화 창작방법에서 제일 먼저 염두에 둘 것은 캐릭터의 본질을 충분히 살펴야 하고, 생태적 특성에 따르는 서사를 만들어야 한다는 점이다. 물활론적 사고를 하는 4세 전후나 5~6세, 6~7세 아동들을 대상으로 하는 의인 동화는 캐릭터의 생태적 특성의 구체화에 자유로울 수 있다. 그러나 11세 이후의 자주성이 확립되어 어른처럼 사고하는 독자의 경우에는 논리적 사고가 가능하므로 인물의 생태적인 특성과 생태환경은 서사의 개연성을 확보하는 데 중요하게 작용한다.

예문에서 살펴본 작품에서와 같이 의인화된 각각의 캐릭터에 대한 생태적 특성과 인식방법을 이해하고 그에 따른 개연성을 부여하여 서사를 만들어 나가는 것은 생태동화창작방법의 본질이다. 따라서 생태적 특성을 반영한 작품은 캐릭터의 시점이 독자에게 미학으로 작용하여 재미와 함께 사유의 확장을 불러오는 좋은 작품으로 자리매김할 수 있다.

본고에서 제시한 몇 편의 작품은 필자 임의 선택이었다. 따라서 어린이들의 인식방법을 토대로 다양한 캐릭터의 인식방법을 고찰하는데 대표성을 가진다고는 할 수 없을 것이다. 그러나 창작방법에서 생태동화는 우화와 달리 인물의 생태적 특성과 환경을 고려하여 서사를 만들어야 하고, 발달단계에 따른 독자들의 인식 방법도 고려하여야 한다는 점은 여타의 작품에서도 마찬가지라고 생각한다.

시대와 문화에 상관없이 아동은 단계에 따라 발달하고, 발달은 성장과 성숙과 경험에 영향을 받는다. 보고 듣는 문학에서 스스로 읽는 문학으로 변화되는 시기, 어린이들의 현실은 부모를 통해서 여과되고 부모는 각박하고 냉엄한 사실성의 세계를 그대로 보여주지 않는다. 어린이들의 동심이 유지될 수 있도록 재구성한다면 순진무구한 아이들의 현실은 충분히 달라질 수 있기 때문이다.

깜깜한 밤, 산길에서 커다란 바위와 나뭇가지의 흔들림을 만났을 때,

인식주체로서의 제제와 조슈아 같은 아이들에게 어둠에 덮인 바위와 나무는 더 이상의 바위와 나무가 아니다. 그것은 커다란 곰일 수 있고 아이를 잡아먹으려고 웅크리고 기다리는 호랑이일 수 있으며 무시무시한 귀신일 수도 있다. 『나쁜 어린이 표』의 건우와 『내가 나인 것』의 히데카즈처럼 도덕성과 이성으로 세계를 바라보는 주인공들에게 깜깜한 밤 산길에서 만난 커다란 바위와 나무는 그대로 바위와 나무일 것이다. 또한 빨간머리 앤이나 소녀 폴리아나라면 아름다운 상상력을 통해 밤의 무서움을 다른 것으로 구성하여 극복할 수 있을 것이다. 어른에게는 '허무맹랑'한 것이지만 인식주체로서의 발달단계에 따른 인식방법으로는 '진실'일 수 있음을 간과해서는 안된다.

결론적으로 의인화 기법의 생태동화가 갖는 미학은 캐릭터를 둘러싼 생태환경에 따라서 주체로서의 인식이 인간중심적 세계와 충돌하고 화해하는 과정, 그 과정에서 파생되는 시점을 밀도 있게 그려내는 일일 것이다. 그러려면 창작방법에서 인물과 사건과 배경이 캐릭터의 생태환경과 특성, 인식 방법까지 고려하여 통일성을 이루어야 하고 2장에서처럼 발달단계에 따른 어린이 독자들의 인식 방법까지 고려하여 창작되어야 할 것이다.

참고문헌

1. 작품

권정생, 『강아지똥』, 민들레, 1996.

노경수, 『오리부부의 숨바꼭질』, 뜨인돌, 2011.

_____, 『집으로 가는 길』, 청어람주니어, 2011.

_____, 『'하얀' 검은 새를 기다리며』, 청어람주니어, 2018.

구자희, 『한국 현대 생태 담론과 이론 연구』, 새미, 2004.

박성배, 『행복한 비밀 하나』, 푸른책들, 2012.

조장희, 『조장희 동화선집』, 지식을 만드는 지식, 2013.

황선미, 『나쁜 어린이 표』, 이마주, 2017.

로버트 오브라이언, 최지현 옮김, 『니임의 비밀』, 보물창고, 2018.

루시 모드 몽고메리, 김양미 옮김, 『빨간 머리 앤』, 인디고, 2008.

J. M. 바스콘 셀루스, 박동원 옮김, 『나의 라임 오렌지 나무』, 동녘, 2002.

야마나카 히사시, 햇살과 나무꾼 옮김, 『내가 나인 것』, 사계절, 2003.

엘리나하지만포터, 양수현옮김, 『소녀 폴리아나』, 가나출판사, 1994.

포리스트 카터 『내 영혼의 따뜻했던 날들』, 아름드리미디어, 2003.

2. 논문

김　윤, 「의인동화 깊이읽기」, 『열린아동문학』, 2016, 가을호.

노경수, 「동화는 현실을 어떻게 담아내는가」, 한국 문예창작학회 국제심포지움
　　　　아제르바이잔 발표, 2006.

3. 단행본

김광웅 · 방은령, 『아동 발달』, 형설출판사, 2001.

김용민, 『문학 생태학』, 연세대학교 대학출판문화원, 2014.

김자연, 『아동문학의 이해와 창작의 실제』, 청동거울, 2003.

김종현, 『동심의 발견과 해방기 동시문학』, 청동거울, 2008.

박덕규 · 노경수 외 『읽고 쓰는 아동문학』, 개미, 2018.

박상재, 『동화창작의 이론과 실제』, 집문당, 2002.

박윤규, 『태초에 동화가 있었다』, 현암사, 2006.

윤석중, 『어린이와 한평생』, 범양사 출판부, 1985.

이탁오(李贄), 홍승직 옮김, 『분서』, 홍익출판사, 1987.

이원수, 『아동문학 입문』, 웅진출판, 1988.

이재철, 『세계아동문학사전』, 계몽사, 1989.

황정현, 『동화교육방법론』, 열린교육, 2001.

루   소, 민희식 옮김, 『에밀』, 육문사, 2005.

시애틀 추장, 탁영호 그림, 서정오 역, 『시애틀 추장의 편지』, 고인돌, 2017.

_____, 류시화 엮음, 『나는 왜 너가 아니고 나인가』, 정신세계사, 1993.

요한 하위징아, 이종인 역, 『호모 루덴스』, 연암서가, 2015.

4. 영화

로베르토 베니니, 〈인생은 아름다워〉, 이탈리아 영화, 1997.

윤석중 문학에 나타난 생태학적 세계인식
—『그 얼마나 고마우냐』, 『반갑구나 반가워』를 중심으로

1. 들어가기

우리는 흔히 아동문학을 이야기할 때 아동을 위한 문학 혹은 동심의 문학이라고 한다. 그러면서 동심(童心)이란 무엇인가 하고 물으면 한마디로 대답하기를 주저한다. 그것은 동심의 특성이 한마디로는 정의하기 어려운 것이기도 하고, 따라서 다양하게 정의될 수 있음에 기인하기도 한다.

동요의 대가인 윤석중 문학에서 중심을 이루는 것도 바로 동심이다. 그의 방대한 작품에 나타나는 세계 인식 방법은 동심 지향을 축으로 다양한 양상으로 전개된다. 그중에서 사물을 소재로 시 창작을 할 때 그는 사물을 화자와 같은 위치에서 인식한다.

현대인은 성공에 대한 열망으로 부귀와 권력을 쟁취하기 위하여 경쟁한다. 그 경쟁에서 이기기 위하여 인간은 여러 가지 능력을 키우고 기교를 부리며 때로는 나와 다른 것들을 대상화하여 속이기도 한다. 물질과 권력을 쟁취하면 그것이 곧바로 행복으로 이어진다고 믿기 때문이다. 물질과 권력은 분명 우리의 삶을 편리하게 한다. 그렇다면 편리가 행복의 절대적 요소일까.

현대인의 경쟁은 한정된 재화에 기인한다. 경쟁에서 밀려난 사람은 그것들로부터 소외될 수밖에 없고 이는 인간의 존엄성을 훼손한다. 선한 인간은 경쟁사회, 그로 인한 부조리한 사회에서 낙오될 수밖에 없는 존재들이다. 그러나 윤석중의『그 얼마나 고마우냐』와『반갑구나 반가워』에 나타난 세계 인식 방법은 경쟁에서 이기기 위해 애쓰는 현대인들에게 새로운 시각을 제시함과 동시에 자기의 삶을 돌아보게 한다. 나아가 속도로 대변되는 현대사회에서 필요한 것이 무엇이고 소중한 것이 무엇인지를 성찰하게 한다. 결국 그가 추구하는 문학은 생태학적 인식의 토대 위에서 인간과 인간뿐 아니라 자연과 인간의 상생을 추구하는 것이다. 이러한 인식은 금력과 권력으로부터 멀리 있으나 행복으로 접근할 수 있는 통로가 된다.

본고는 이러한 윤석중의 동심 지향이 어디에서 기인하며 그의 작품세계에서 어떻게 형상화되는지, 팔순이 넘어 출간한『그 얼마나 고마우냐』와『반갑구나 반가워』를 중심으로 살펴보고 문학적 의의를 규명하고자 한다.

2. 윤석중 작품에 나타난 생태학적 세계인식

동심주의자로 대변되는 윤석중의 방대한 작품에서 생태학적 세계 인식 방법에 따른 작품은 후반기에 나타나는 양상으로 그가 만 83세에 출간한『그 얼마나 고마우냐』(1994)와 만 84세에 출간한『반갑구나 반가워』(1995)에 집약되어 있다.

『그 얼마나 고마우냐』에 나타나는 고마움의 대상은 150가지다. 이 대상들은 동물, 식물을 비롯한 인간의 신체 부위, 자연, 문명이 만든 물질, 책, 위인 등 이루 헤아릴 수 없을 만큼 다양하다. 이들은 주로 인간에게 물질보다는 정신을 풍요롭게 해주는 보이지 않는 것들로서 사용가치 개념으로 바라본 대상이다. 이들은 물질이 지배하는 현대사회의 우성 가치를 지니지는 못한다.

『반갑구나 반가워』에 나타나는 반가운 대상은 100가지인데, 역시 현대인들에게 반갑게 인식되지 않는 것들로서 사용가치 개념으로 바라본 대상이다. 즉 『그 얼마나 고마우냐』와 『반갑구나 반가워』에 나타나는 윤석중이 발견한 고마움과 반가움의 대상 250가지는 물질이 지배하는 경쟁사회에서 중심적 우성 가치[1]로부터 밀려난 것들로서 부차 가치를 지니고 있다. 이 부차 가치는 눈에 보이지도 않아서 현대사회의 삶을 유익하게도 편리하게도 하지 못한다.

그러나 이러한 부차 가치의 중요한 작용은 '동기조정'이다. 현대사회에서는 어떤 형태로든 누구나 한 번쯤은 경험하듯이 권력이나 물질로부터 밀려난 개인은 혼자 아무리 노력해도 거기에 합당한 보상을 받을 수 없는 사태가 자주 발생한다. 그로 인하여 사회생활에 대한 의욕을 잃어버리고 심지어 생명의 단절까지 초래한다. 따라서 형평의 불균형을 누그러뜨리고 삶에 동기를 부여하는 '동기조정'메커니즘이 필요하다.[2] 윤석중은 '동기조정'메커니즘으로 동심의 토대에서 가능한 생태학적 인식을 제시한다.

윤석중(1911~2003)은 일제강점기에 태어나 억압적 현실을 살아냈고 해방공간과 한국전쟁을 겪으면서 산업화와 정보화에 이은 지식기반사회를 경험하였다. 그러한 시인이 팔순을 넘어 발간한 시집 『그 얼마나 고마우냐』와 『반갑구나 반가워』에서 동기조정 메커니즘으로 제시하는 세계 인식 방법은 산업화와 정보화에 밀려난 것들에 초점을 맞추어 우리

---

1 이 표현은 가와하라 카즈에의 『어린이관의 근대』에서 인용하였다. 가와하라 카즈에, 양미화 옮김, 『어린이관의 근대』, 소명출판, 2007, 195쪽. 참조.
2 위의 책, 195쪽.

의 삶을 성찰하게 하고 인간과 자연이 상호 유기적이고 보완적인 관계에서 상생할 수 있는 길을 제시한다.

한 세기를 살아온 윤석중의 이러한 세계 인식 방법은 물질을 위하여 자연을 훼손하고 환경이 파괴하며 나아가 인간마저 소외되고 있는 현대사회에 절실히 요구되는 가치로 구체적인 작품을 살펴보면 다음과 같다.

1) 인간과 자연의 동일성 인식

윤석중의 작품에 나타난 고마움의 발견은 우선 아침 일찍 피는 나팔꽃에서부터 출발한다. 그리고 봄에 부는 버들피리, 저녁에 피는 분꽃으로 이어진다. 이러한 식물들은 하늘이 길러준 것으로 물질이 지배하는 현대인들에게는 가치로 인식되지 않는 것들이다.

윤석중은 자연과 인간이 단절되어가는 세계에서 동일성의 세계를 형상화함으로써 삶의 '공동성'과 '공존성'을 회복하려는 세계인식의 양상을 보여준다. 이러한 세계인식은 내향성으로 나타나며 이 내향적 세계관을 통하여 자연과 자아의 동일성을 지키려 하고 있다.[3] 이러한 인식은 자연과 문명에 "그 얼마나 고마우냐" 하는 윤리적 관계를 형성한다.

아침 일찍 피어서
우리들을 반기는
나팔꽃은 나팔꽃은
그 얼마나 고마우냐.

---

3 김수복, 『상징의 숲』, 청동거울, 1999, 16쪽.

입에 물고 불며는
노래되어 나오는
버들피리 버들피리
그 얼마나 고마우냐.

저녁 밥 지을 때를
우리에게 알려주는
분꽃은 분꽃은
그 얼마나 고마우냐.[4]

흙 속에 파묻혀서
나무 크게 해주는
나무뿌리 나무뿌리
그 얼마나 고마우냐.

무더운 여름철에
나그네가 쉬어가는
나무그늘 나무그늘
그 얼마나 고마우냐.[5]

위의 시에 나타나는 고마움의 대상인 나팔꽃과 버들피리, 분꽃 그리고 나무의 뿌리와 그늘이다. 그것들은 우리가 살아가면서 고맙다고 인식할 수 없었던, 인간의 삶에 의미를 지니지 않았던 것들이다. 시인은 그러한 것들에 고맙다고 노래함으로써 독자에게 인식의 전환을 요구한다.

---

4 윤석중, 『그 얼마나 고마우냐』, 웅진출판, 1994, 9쪽.
5 위의 책, 19쪽.

그가 시에서 추구하는 간결한 언어와 반복되는 리듬은 독자를 자신도 모르는 사이에 인식의 전환으로 안내한다. 150가지의 사물은 전체가 한 편의 노래라고 해도 될 만큼 가볍고 경쾌하다. 그리고 현대사회 경쟁에 쫓기는 독자에게 꽃밭이나 옹달샘, 시원한 나무 그늘 같은 쉼터를 제공한다. 그러한 것들이 고마운 존재라면 비록 경쟁에서 패배했을지라도 이성으로 사고하고 행동하는 인간 존재의 가치는 더 존엄해질 수 있을 것이다.

누가 와 따 갈까 봐
가시 옷을 입고 있는
밤송이는 밤송이는
그 얼마나 고마우냐.

가시에 찔릴까 봐
꺾어가지 못하는
가시나무 가시나무
그 얼마나 고마우냐.

가시가 돋아 있어
아무도 손 못대는
선인장은 선인장은
그 얼마나 고마우냐.[6]

반갑구나 반가워

---

6 위의 책, 43쪽.

잘 익은 옥수수알.
누가 미리 따 갈까 봐
껍질 쓰고 익었구나.

반갑구나 반가워
송이송이 포도 송이.
나르기 좋으라고
주렁주렁 달렸구나.[7]

반갑구나 반가워
담 대신 꽃울타리.
나비 손님 찾아와서
날개 쉬어 가는구나.

반갑구나 반가워
이름 모를 들꽃들.
이름 모를 애들이
구경하다 가는구나.[8]

깨끗이 입고 나서
아우에게 물려주는
언니옷은 언니옷은
그 얼마나 고마우냐.

---

7 윤석중, 『반갑구나 반가워』, 웅진출판, 1995, 13쪽.
8 위의 책, 17쪽.

깨끗이 보고 나서
아우에게 물려주는
언니 책은 언니 책은
그 얼마나 고마우냐

깨끗이 쓰고 나서
아우에게 물려주는
언니 책상 언니 책상
그 얼마나 고마우냐.[9]

위의 시에 나타난 고마움의 대상은 못생기고 뾰족하여 상처를 주는 밤송이와 가시나무, 선인장이며, 껍질을 쓰고 있는 옥수수와 나르기 좋으라고 주렁주렁 달린 포도송이 그리고 꽃 울타리와 들꽃이다. 언니가 입다가 혹은 언니가 쓰다가 물려주는 헌 옷과 헌책 그리고 헌 책상이다. 그것들은 못남과 주눅, 열등감을 상징하는 것들로서 현대인들에게 가치로운 것으로 인식되지 못한다. 그런데 시인은 그것들에 "그 얼마나 고마우냐"라는 설의법을 통하여 다시 한번 생각하게 한다.

이러한 윤석중의 세계 인식 방법은 원시성을 가진 태고의 인간이 가지는 방법이다. 누가 따갈까 봐 껍질을 쓰고 익은 옥수수 알, 나르기 좋으라고 주렁주렁 열린 포도송이, 꽃 울타리와 들꽃에 가치를 부여하는 인식은 경쟁에서 우위를 차지하려고 경쟁하는 현대인들에게는 낯설게 다가온다. 현대인들은 오직 새로운 것, 금이나 다이아몬드, 주식과 현금 같은 교환 가치가 있는 것들을 선호하기 때문이다. 그러나 현대인의 내면에 숨어 있는 태고의 인간은 자연물들이 가지고 있는 사용가치를 인

---

9 위의 책, 87쪽.

식한다. 윤석중은 작품을 통하여 독자들의 내면에 잠자고 있는 태고의 인간을 깨우는 것이다.

위의 시에서 나타나는 밤 가시, 껍질 쓴 옥수수, 따가기 좋으라고 열린 포도송이, 꽃 울타리와 들꽃에게 "그 얼마나 고마우냐"라고 가치를 부여할 수 있는 인식은 인간 주체와 객체가 같은 위치에 있을 때 가능하다. 삼라만상을 구성하는, 인간을 비롯한 모든 것들은 같은 선상에서 그 각각의 가치를 지니고 있음을 시는 형상화한 것이다. 이러한 시인의 세계 인식 방법은 그 각각의 생명이 인간을 위하여 존재하는 것이 아니라 서로 유기적으로 연결되어 공생하는 관계임을 전제로 한다.

이들 시에서 나타나는 반가움의 대상은 고마움의 대상과 별 차이가 없다. 시인의 세계 인식 방법은 '반가우면 고마운 것이고, 고마우면 반가운 것'이다. 이러한 것이 문학으로 형상화할 만큼 반갑고 고마운 이유는 무엇일까.

그것은 바로 깨달음이라고 할 수 있다. 껍질을 쓰고 익은 옥수수에서 삶의 이치를 깨닫는 인식 방법, 주렁주렁 열린 포도송이에 대한 인식 방법은 담 대신 만든 꽃 울타리에서 상생의 지혜를 발견하게 된다. 그것은 사물에서 깨달을 수 있는 주체의 인식에 있고 이러한 인식은 세상을 조화롭게 하는 힘을 가진다. 즉 시인은 사소한 것들을 통해서 자연의 순리와 삶의 지혜를 보여주는 것이다. 이러한 시인의 세계 인식 방법은 다양한 삶의 체험과 깊이 있는 성찰을 통했을 때 비로소 얻어질 수 있는 것이다.

결국 시인은 쉬운 우리말에 리듬감을 살린 쉬운 문장 그리고 가까이 접할 수 있는 친근한 사물들을 통해 인간다운 삶에 대하여, 자연과 인간의 조화로운 삶의 실천적 자세에 대하여 말하는 것이다.

날마다 일찍 깨어

날 밝는 걸 알리는
수탉은 수탉은
그 얼마나 고마우냐.

날이 밝자 찾아와서
우리 잠을 깨워주는
아침 까치 아침 까치
그 얼마나 고마우냐.[10]

떼를 지어 울어대어
비올 것을 알리는
개구리는 개구리는
그 얼마나 고마우냐.

거미줄을 미리 쳐서
날이 갤 걸 알리는
거미들은 거미들은
그 얼마나 고마우냐.[11]

아침마다 알을 낳아
사람에게 먹여주는
암탉은 암탉은
그 얼마나 고마우냐.

---

10 윤석중, 『그 얼마나 고마우냐』, 웅진출판, 1994, 41쪽.
11 위의 책, 77쪽.

비가 오나 눈이 오나

잠 안 자고 집을 보는

멍멍개는 멍멍개는

그 얼마나 고마우냐.

엄마 대신 젖을 짜서

아기에게 먹여주는

젖소는 젖소는

그 얼마나 고마우냐.[12]

위의 시에서 고마워하는 것은 수탉과 아침 까치, 개구리와 거미, 암탉
과 멍멍개 그리고 젖소이다. 수탉은 홰를 치며 날이 밝는 걸 알려줘서
고맙고, 아침 까치는 울음소리로 아침임을 알려줘서 고마우며, 개구리
와 거미는 날이 흐릴 것과 맑을 것을 알려줘서 고맙고 암탉과 젖소는 먹
을 것을 줘서 고마우며 멍멍개는 집을 봐줘서 고마운 존재이다.

이 고마운 존재들은 인간에게 시간을 알려주고, 날씨를 알려주며, 먹
을 것을 준다. 그래서 시적 화자는 시계가 없어도, 기상예보가 없어도
때를 알아서 해야 할 것을 할 수 있다. 이러한 인식은 생태학적 인식으
로 태곳적 인간의 인식 방법이다. 과학의 발달에 기대지 않아도 자연과
더불어 살아갈 수 있는 인식 방법이다. 자연을 구성하는 것들로 충분한
삶을 영위할 수 있다면, 현대사회에 가치로 여기는 금력이나 권력이 없
어도 되는 것이다.

이러한 윤석중의 세계 인식 방법은 글로벌 경쟁사회에 역행하지만, 인
식의 전환을 통하여 욕망에 휘둘리는 인간을, 물질의 지배로 종속당하

---

12 위의 책, 83쪽.

며 살아가는 개인을 성찰하게 한다. 또한 상대적 빈곤에 허덕일 수밖에 없는 존재들에게 태곳적 인간의 삶을 보여줌으로써 지금 삶을 돌아보게 하고 존재적 가치를 깨닫게 한다.

두 권의 시집에 나타나는 윤석중의 생태학적 인식은 동·식물에 제한되지 않는다. 그의 세계 인식 방법은 확대되어 자연물로 이어진다. 옹달샘이나 연못물 해와 달 등의 자연으로부터 받는 것들로 확장되며 고맙다고 함으로써 독자들에게 인식의 전환을 유도한다.

아무리 떠먹어도
물이 다시 솟아나는
옹달샘은 옹달샘은
그 얼마나 고마우냐.

더운 해 가려주고
서늘한 비 내려주는
구름은 구름은
그 얼마나 고마우냐.

사람 손닿지 않게
물에 연꽃 피게 하는
연못물은 연못물은
그 얼마나 고마우냐.[13]

반갑구나 반가워

---

13 위의 책, 21쪽.

냇가의 수양버들.
흐르는 강물 위에
글씨 공부 하는구나.

반갑구나 반가워
산골짜기 맑은 물.
바위가 막으면은
길을 돌아오는구나.[14]

위의 시에서 고마운 대상은 옹달샘과 구름, 연못물이고, 수양버들과 산골짜기 맑은 물이다. 이러한 자연물은 하늘과 땅에 존재하는 것들로 생명의 근원이 된다. 우리는 이 생명의 근원에서 누대로 생명을 실어 나르며 살아가면서도 고마움을 생각하지 못한다. 그리고 그것들을 대상화하여 파괴한다. 그것은 하늘이 만들어준 사용가치 개념의 자연물보다 인간이 만든 유한정한 물질을 선호하기 때문이다. 이러한 삶의 자세는 환경을 오염시켰고, 지구를 파괴했으며 그 결과는 부메랑이 되어 우리를 위협하고 있다.

시인은 바위가 막으면 길을 돌아 흐르는 산골짜기 맑은 물에게 '그 얼마나 고마우냐"고 한다. 맑은 물은 생명의 상징이다. 물은 산골짜기를 흐르면서 강으로 바다로 간다. 그 과정에서 수많은 생명을 키워낸다. 그것을 포착한 시인의 생태학적 인식은 인간에게도 최선의 삶은 물의 흐름과 같다는 노자의 사상과 맥을 잇는다.

반갑구나 반가워

---

14 위의 책, 25쪽.

얼음 녹아 흐르는 내.
흐르는 냇물 타고
겨울 빨리 가는구나.

반갑구나 반가워
푸른 산과 푸른 강.
쳐다보면 푸른 숲
굽어보면 푸른 물.[15]

어둠에서 태어나
차차 밝게 자라는
초승달은 초승달은
그 얼마나 고마우냐.

음력으로 열닷새를
둥근달로 알려주는
보름달은 보름달은
그 얼마나 고마우냐.

낮엔 해가 밤엔 달이
번갈아서 밝혀주는
해와 달은 해와 달은
그 얼마나 고마우냐.[16]

15 윤석중, 『반갑구나 반가워』, 웅진출판, 1995, 27쪽.
16 윤석중, 『그 얼마나 고마우냐』, 웅진출판, 1994, 45쪽.

졸고 있는 산과 들을
정신 번쩍 들게 하는
소나기는 소나기는
그 얼마나 고마우냐.

비가 뚝 그친 뒤에
색동 다리 놓아주는
무지개는 무지개는
그 얼마나 고마우냐.

처마의 빗물이
한데 모여 흐르는
홈통은 홈통은
그 얼마나 고마우냐.[17]

시인의 세계 인식 방법은 산과 들을 깨우는 소나기와 무지개로 이어
진다. 이러한 인식의 전환은 물질을 탐하기 위하여 환경을 파괴하는 현
대의 우리에게 경각심을 불러일으키고 삶의 자세를 다시 생각하게 하
는 요소로 작용한다.

"이번에는 반가움 100가지로 새 동요집 『반갑구나 반가워』를 내게 되었습니
다. 어린이 여러분이 반가운 인사를 서로 주고받으며 자라면서 반가운 일이 뒤
를 이어 자꾸 생기기를 바랍니다."[18]

---

17 위의 책, 91쪽.
18 윤석중, 『반갑구나 반가워』, 웅진출판, 1995, 머리말.

위와 같은 시인의 인식은 톨레랑스로 안내한다. 특히 우리나라의 정서는 낯선 사람들끼리 서로 인사를 하지 않는다. 엘리베이터의 좁은 공간에서도 마주보기 멋쩍어 뒤돌아서서 같은 방향을 본다. 상대와 눈이 마주치지 않기 위해서이다. 그럴 때 누군가 "반갑습니다" 인사를 건네면 어색한 분위기는 누그러진다. 그런 걸 알면서도 우리는 낯선 사람에게 먼저 다가가 인사를 하기를 주저한다. 윤석중은 이러한 정서를 『반갑구나 반가워』를 통해 깨닫게 하며 먼저 존중함으로써 자신도 존중받을 수 있도록 안내하는 것이다.

2) 사물, 신체를 통한 탈 자아중심적 인식

동심을 지향하는 윤석중의 세계인식 방법은 사용가치 개념으로서의 인식 방법이다. 이러한 인식은 위에서 살펴본 바와 같이 생물과 무생물 자연은 물론 사람의 신체까지로 이어진다. 인간의 신체 각 부분에 가치를 부여하는 인식 방법은 그동안 팽배했던 다른 이와 다른 것을 지배하려는 자아중심적 인식을 지양하며 조화와 상생의 길로 안내한다.

이 세상 물건들을
두루두루 볼 수 있는
두 눈은 두 눈은
그 얼마나 고마우냐.

밤이면 잠자라고
두 눈을 닫아주는
눈꺼풀은 눈꺼풀은
그 얼마나 고마우냐.

언제나 열려 있어
모든 소리 다 들리는
두 귀는 두 귀는
그 얼마나 고마우냐.[19]

두 손을 마주쳐야
소리가 날 수 있는
손바닥은 손바닥은
그 얼마나 고마우냐.

무거운 물건들을
번쩍 들어 옮기는
두 팔은 두 팔은
그 얼마나 고마우냐.

걸어서 높은 산을
올라갔다 내려오는
두 다리는 두 다리는
그 얼마나 고마우냐.[20]

위의 시에 나타나는 두 눈과 눈꺼풀, 두 귀와 두 팔 그리고 두 다리는
우리 몸을 구성하는 각각의 요소이다. 이들의 존재로 말미암아 우리는
건강한 몸으로 건강한 삶을 유지할 수 있다. 그러나 대부분 우리 신체

---

19 위의 책, 59쪽.
20 위의 책, 61쪽.

중에서 팔이나 다리 등 하나하나의 부분은 중심부만큼 중요하게 인식하지 않는다. 그러나 윤석중은 사물 하나에서 신체에 이르기까지 존재 자체에 "그 얼마나 고마우냐"라고 인식함으로써 객체를 주체와 같이 존중한다. 그것은 객체는 주체일 수 있고, 주체 또한 객체일 수 있다는 인식에서 가능할 것이다.

이러한 인식은 동물이나 식물, 자연에서 그치지 않고 문명으로 이어진다. 시인의 세계 인식 방법은 인간이 이룩한 문명사회에서도 가치를 찾아낸다. 다만 과학의 발달로 인하여 편리한 삶을 추구하는 현대인들에게 '쓸모없음'으로 인식될 뿐이다.

아궁이속 성난 불을
살살 달래 잠 재우는
부지깽이 부지깽이
그 얼마나 고마우냐.

아궁이 속 매운 연기
집 밖으로 내보내는
굴뚝은 굴뚝은
그 얼마나 고마우냐.

물독에 들어가서
겨울에도 물 나르는
물바가지 물바가지
그 얼마나 고마우냐.[21]

---

21 위의 책, 35쪽.

아침저녁 밥상을
깨끗하게 훔쳐주는
물행주는 물행주는
그 얼마나 고마우냐.

방과 마루 구석구석
깨끗하게 닦아주는
물걸레는 물걸레는
그 얼마나 고마우냐.[22]

살에 박힌 가시를
안 아프게 빼주는
족집게는 족집게는
그 얼마나 고마우냐.

길 가는 눈 먼 사람
길을 살펴 가게 하는
지팡이는 지팡이는
그 얼마나 고마우냐.[23]

위의 시에 나타나는 고마운 존재들은 부지깽이와 굴뚝과 물바가지 그리고 물행주와 물걸레, 족집게와 지팡이이다. 이들은 문명의 산물로서 편리를 위해 태고의 인간들이 고안해낸 것들이다. 그러나 현대인들은 그것들이 없어도 불편하지 않다. 그래서 그것의 필요성을 모르고 따라

---

22 위의 책, 37쪽.
23 위의 책, 39쪽.

서 고마움의 대상은 아니다. 시골에서도 과학의 발달은 신속히 진행되어 부지깽이도 필요 없고 굴뚝 또한 필요 없기 때문이다. 물바가지와 물행주, 물걸레도 마찬가지이다. 그것들의 역할은 현대사회에서 전기를 에너지로 하는 기계가 대신한다. 그러나 편리함만 좇다 보니 편리함이 주는 해로움 또한 파생하여 인간을 위협한다.

기계를 움직일 수 있는 에너지는 유한하고, 유한한 생명을 가진 인간은 무한히 이어져 결국 에너지는 고갈될 수밖에 없다. 에너지가 고갈되면 우리는 또 자연으로 돌아가 태고인처럼 자연의 힘에 의지해서 살아가야 하는데 인간이 파괴한 자연이 인간을 수용할 수 있을지 의문이다.

현재는 과거에서 이어지고 미래로 향한다. 마찬가지로 현대인은 태고인으로부터 이어져 미래인으로 향한다. 어제 없이 오늘은 존재하지 않으며 부모 없이 우리는 존재할 수 없다. 그러니 오늘이 역사이고 현대인이 태고인인 것이다. 작품에 나타나는 시인의 세계 인식 방법은 인간의 편리를 위해서 최소한의 자연을 이용하던 태고의 삶의 자세를 통하여 현대인들에게 상생의 소중함을 일깨운다.

반갑구나 반가워
비 오는 날 새 우산.
처음 받고 비 거리를
자랑삼아 걷는구나.

반갑구나 반가워
다시 찾은 헌 신발.
비 오는 날 꺼내 신고
빗길 걸어가는 구나.[24]

반갑구나 반가워
전에 신던 운동화.
그걸 신고 뛰어서
일등 한 적 있었지.[25]

반갑구나 반가워
우리 학교 운동회날.
엄마가 따뜻한 밥
싸 가지고 오셨구나.

반갑구나 반가워
장마 끝에 나온 해.
엄마가 옷을 빨아
볕에 널고 계시구나.[26]

물론 위의 시에서 말하는 반가운 대상들, 비가 오는 날의 새 우산과
헌 신발 그리고 헌 운동화와 엄마가 싸주신 따뜻한 밥, 엄마가 빨아주신
옷 등도 마찬가지로 새로운 물질을 추구하는 현대인들은 '쓸모없음'으
로 인식한다.

그러나 과학의 발달로 인해 모든 것들을 기계에 의존하고 물질에 의
존하는 현대인들은 위의 시에 나타나는 사물들을 소중하게 여겼던 시
대에 대한 그리움을 가지고 있다. 그리워한다는 것은 모든 것들이 편리
해진 현실이 더는 행복하지 않다는 것에 근거한다. 그리움이란 과거로

---

24 윤석중, 『반갑구나 반가워』, 웅진출판, 1995, 59쪽.
25 위의 책, 61쪽.
26 위의 책, 73쪽.

돌아가고자 하는 심리상태로 현재가 불완전하다는 것을 입증하는 것이기 때문이다.[27]

결국 한 세기 가까이 살고 삶을 마감하는 팔순의 윤석중이 고마움의 대상들과 반가움의 대상들을 나열하는 궁극적인 이유는 이념에 지배받지 않는, 물질에 지배받지 않는 동심에 대한 염원으로 해석할 수 있을 것이다. 이념과 물질, 문명의 발달은 인간의 삶을 편리하게 해주었을지라도 행복하게 해주지는 못했음을 살아온 생애를 통해 체득했기 때문일 것이다.

3. 나가며

『그 얼마나 고마우냐』와 『반갑구나 반가워』의 시집에서 살펴본 바와 같이 윤석중의 생태학적 세계인식은 동물과 식물, 문명의 산물에서 인간과 자연에 이르기까지 세상을 구성하는 다양한 것들로 확산하면서 모든 것들에 존재에 가치를 부여한다. 이는 그가 1978년 라몬 막사이사이상을 받을 때 발표했던 "동심에는 국경도 없고 동심이란 인간의 본심이고 양심이다. 시간과 공간을 초월해서 동물이나 목석하고도 자유자재로 이야기를 주고받으며 정을 나눌 수 있는 게 동심"[28]이라는 '동심론'과 맥을 잇는다.

---

27 가스통 바슐라르, 김현 옮김, 『몽상의 시학』, 弘盛社, 1984, 141쪽. 가스통 바슐라르는 "삶의 경험에 저항하는 이 가치(유년 시절을 향한 꿈의 가치)의 존재 이유는 유년 시절이 우리 속에서는 삶의 원칙, 언제나 다시 시작할 수 있다는 가능성이 주어진 삶의 원칙인 것이다."라고 하였다. 또한 에리아데는 "인간이 시작으로 돌아가려는 욕망은 원초적인 상황을 회복하려는 것이며 또다시 시작하려는 욕망, 지상의 낙원에 대한 향수"라고 한 바 있다. M. Eliade, *the Quest*, Chicago, The University of Chicago Press, 1969, p.89. 이상호, 『한국 현대시에 나타난 자아의식 연구』, 한국학술정보, 2006, 28쪽. 재인용.

28 윤석중, 『어린이와 한평생』, 범양사 출판부, 1985, 268쪽.

문학은 "상처 위에 피는 꽃"이라는 말이 있다. 윤석중이 지향하는 동심주의 역시 일제강점기와 해방공간 그리고 이념의 대립으로 인한 한국전쟁의 소용돌이에 휘말렸던 그의 삶에서 파생된 아픈 상처가 원인이 되었음을 짐작할 수 있다. 필자가 『윤석중 연구』(단국대 대학원 박사학위 논문, 2008)에서 밝힌 바 있듯 민족주의도 이념주의도 나아가 물질 중심주의나 인간중심주의도 인간을 포함한 자연의 모든 것을 피폐하게 하는 원인이었음을 그는 체득한 것이다.[29] 그리하여 80여 년 문학 인생에서 나타나는 방대한 그의 작품은 동심이 축을 이루게 된다.

결국 그는 『그 얼마나 고마우냐』와 『반갑구나 반가워』에 나타난 150가지의 고마운 대상, 100가지의 반가운 대상을 통하여 자연과 이웃에 연대를 강조하고 나아가 자연을 구성하는 것들과 인간의 유기적, 윤리적 관계를 형성함으로써 우리 사회 전반에 깔린 물질 중심의 사고, 자아 중심의 사고, 인간 중심의 사고를 돌아보게 한다.

윤석중이 팔순이 넘어 발간한 위의 두 권에 실린 작품은 그의 문학의 결산이라고 보아도 무방할 것이다. 따라서 두 권의 시에 나타난 세계 인식 방법은 상실과 아픔을 체험한 그가 생애를 종합하면서 발견한 세계 인식 방법이라고 볼 수 있을 것이다.

이러한 윤석중의 탈 이념 중심, 탈 인간중심, 탈 물질 중심의 생태학적 세계 인식 방법은 '나'만을 생각하는 현대 경쟁사회에서 절실하게 요구되는 것으로 인류가 서로 어울려 평화와 상생을 지향하게 하는 인식 방법이라 할 것이다.

---

[29] 생후 만 2년에 생모를 잃은 윤석중은 한국전쟁에서 부친을 잃게 된다. 그의 부친 윤덕병은 1920년대 사회운동을 했던 노동운동가였다. 그 행적으로 인해 한국전쟁에서 우익에 의해 죽게 된다. 또한 이복동생인 두 동생 중 큰동생은 의용군으로 가서 행방불명되고 작은동생은 국군으로 징집되어 전사하게 된다. 결국 그는 이념의 대립으로 인하여 부모 형제를 모두 잃었다. 노경수, 『윤석중 연구』, 단국대학교 대학원 박사학위 논문, 2008.

참고문헌.

윤석중, 『그 얼마나 고마우냐』, 웅진출판, 1994.
_____, 『반갑구나 반가워』, 웅진출판, 1995.
_____, 『어린이와 한평생』, 범양사 출판부, 1985.
_____, 『윤석중 전집』(1-30권), 웅진출판, 1988.

김수복, 『상징의 숲』, 청동거울, 1999.
노경수, 『윤석중 연구』, 단국대학교 대학원 박사학위논문, 2008.
이상호, 『한국 현대시에 나타난 자아의식 연구』, 한국학술정보, 2006.

가스통 바슐라르, 김현 옮김, 『몽상의 시학』, 弘盛社, 1984.
가와하라 카즈에, 양미화 옮김, 『어린이관의 근대』, 소명출판, 2007.

생태환경과 동화적 상상력
—박성배의 작품세계

1. 들어가는 말

아동문학은 동심의 문학이다. 동심이란 무엇일까. 많은 논자들이 동심에 대하여 다양하게 정의하였는데 그 중 한국 아동문학 100년사의 중심에 있었던 윤석중(1911~2003)은 동심이란 "인간의 본심, 인간의 양심으로 국경이 없는 것이고 시간과 공간을 초월해서 동물이나 목석하고도 자유자재로 이야기를 주고받으며 정을 나눌 수 있는 것"이라고 하였다. 그러나 작가는 자신이 속해 있는 국가와 개인을 둘러싼 환경에서 자유로울 수 없는 존재여서 시간과 공간을 초월하는 작품을 쓴다는 일이 쉽지 않다.

최근 동시집 『세상에, 세상에나』(계간문예, 2018)를 출간한 동화작가 박성배는 1946년 전남 무안에서 아버지 박현국과 어머니 정봉덕의 5남 2녀 중 둘째로 태어나 서울교육대학교와 한양대학교 교육대학원을 졸업하고 40여 년 동안 교사로 재직하였다. 1978년에 서울신문에 「선아만

---

1 박성배, 『세상에, 세상에나』, 계간문예, 2018, 50쪽.

의 비빌」이 당선되어 문단에 나와 1986년 한국아동문학작가상을 시작으로 대한민국문학상, 한국동화문학상, 천등아동문학상, 김영일 아동문학상, 국보문학대상, 삼봉문학상 등 다수의 상을 수상하였다. 뿐만 아니라 그의 동화는 「가을까지 산 꼬마 눈사람」을 비롯하여 아홉[2] 편의 동화가 초등학교 국어교과서에 실렸다. 한 작가의 작품이 아홉 편이나 국어교과서에 실린다는 것은 평범한 일은 아닐 것이다.

필자가 동화작가 박성배의 작품을 처음 만난 것은 25년 전 작가를 주인공으로 한 동화소설 『아버지가 없는 나라』(아동문예, 1990)에서였다. 이 책은 여덟 명[3]의 작가가 자신의 어린 시절 이야기를 들려주는, 수필적 성격을 띤 소년소설로 박성배의 「욥의 기도소리」가 그곳에 실려 있었다.

「욥의 기도소리」는 가난한 전도사의 아들인 화자가 형을 잃고 상실의 아픔을 겪으며 성장하는 어린 시절의 이야기이다. 성서에서 야이로의 죽은 딸을 살려주신 예수님은 전도사의 아들인 그의 형을 살려주지 않았다. 그럼에도 아버지의 기도는 계속되었고, 그 기도를 외면한 예수님은 어린 화자에게 원망의 대상이 되고, 쉬지 않고 기도하는 아버지는 반항의 대상이 된다. 계간 『시와 동화』 63호(2013, 봄)에 실린 김영훈의 박성배 작품론에 의하면 그의 부친은 원래 교도관이었는데 후에 전도사가 되었다고 한다. 당대 유교적인 환경에서 기독교적인 환경으로 바뀐 집안에서 성장한 그는 40여 년 동안 초등학교 교사로 근무하다가 교감과 교장을 거치며 정년퇴직하였고 현재 문단의 많은 일들을 소화하며 왕성한 작품 활동을 하고 있다.

---

2 박성배의 단편동화 「고추잠자리 꿈쟁이의 흔적」, 「행복한 비밀하나」, 「외짝 꽃신의 꿈」, 「새싹한테서 온 전화」, 「무엇이 꽃으로 피나」, 「아기햇살이 피운 코스모스」, 「달밤에 탄 스케이트」, 「행복한 짹짹 콩콩이」가 5~7차 및 개정 교육과정 초등학교 〈국어〉교과서에 실렸다.

3 이규희의 「아버지가 없는 나라」, 류근원의 「작은 천사」, 김재창의 「눈 뜰 무렵」, 장경호의 「설날 아침」, 이동렬의 「탯줄」, 장문식의 「재너머 큰 세상」, 김영순의 「굶주린 아이들」, 박성배의 「욥의 기도소리」 이상 8편의 동화가 실려 있다.

작가에게서 계간 『열린아동문학』에 실을 작품론을 써달라는 전화를 받은 건 평창에서 열린 한국아동문학인협회 세미나(2018 가을)에서 그와 만난 지 한 달쯤 지났을 무렵이었다. 그의 작품에 대하여 아는 게 없는 데도 불구하고 무엇에 끌리듯 흔쾌히 쓰겠다고 한 건 「욥의 기도소리」에서 만난 소년의 모습과 욥처럼 하나님께 기도하는 그의 아버지 모습이 무관하지 않았을 것이다.

최근 세월호와 관련된 동화를 쓰고 있다는 작가는 「영정 사진 위로 날아다니는 민들레 꽃씨」, 「바다에서 들려오는 하모니카」, 「애꾸는 고양이와 수의사의 권투」, 「천사행동규칙 1번」 등의 작품에서 오빠를 잃은 동생의 시점, 자녀를 잃은 수의사 아빠의 시점, 세월호에 탑승했던 고양이의 시점, 그리고 세월호에 탄 영혼들을 데리고 가야 하는 천사의 시점 등 다양한 관점에서 세월호의 아픔을 이야기하고 있다. 우리 모두가 하나 되기를 바라는 마음에서 집필한다는 세월호 중심의 이야기는 물질을 중시하는 사회가 낳는 부정부패나 안전 불감증 같은 사회에 만연한 문제들이 낳은 아픔을 보듬는 작품으로 곧 출간될 예정이라고 한다.

2. 생태환경과 물활론적 환상성

동화는 동심을 반영하며 동심은 또한 자연의 본질을 반영한다. 자연은 있는 그대로의 상태에서 완성되고 있듯이 동심은 인간의 원형적 심상이다. 동화는 분열과 갈등의 세계를 화해와 조화를 통해 사물과 의식, 세계와 자아의 통합을 시도함으로써 전 인격적인 실체를 이루는 아동 특유의 심리 상태인 동심으로 바라본 세계를 그린 이야기이다. 그런 의미에서 자아 정체성의 상실, 진정한 사랑의 상실과 생명의 사물화, 자연의 상실을 회복할 수 있는 것은 동심의 회복이란 말과 상통한다. 이러한 점에서 동화의 특질을 이루는 판타지(Fantasy)나 물활론(物活論: Animism) 혹은 자연물의 유의식론(有意識論: Animatism) 등은 단순한 동화의 창작기법이 아니라 동화의 본질을 구현하는 일종의 세계 인식의 방법이다.[4]

박성배의 작품 중에서 초등학교 교과서에 실린 작품들을 모아서 묶은 『행복한 비밀 하나』(푸른책들, 2012)에 수록된 동화들은 대부분 생태환경에 동화적 상상력을 불어넣은, 동화의 본질에 가까운 작품으로 사물의 유의식론에 의한 의인화 기법과 판타지, 물활론 기법에 의하여 창작되었다.

수록된 「외짝 꽃신의 꿈」은 환상성이 가미된 의인동화로 풀숲에 떨어진 외짝 꽃신에 대한 이야기이다. 어느 날 혼자 숲에 떨어진 외짝 꽃신에게 마른 풀잎 몇 장이 날아들고 가을비가 내리며 빗물이 담긴다. 꽃신에 갇힌 빗방울들은 불만이 많다. 힘차게 쏟아지는 폭포가 되고 싶었던 빗방울, 여행하는 시냇물이 되고 싶었던 빗방울, 바다로 가고 싶었던 빗방울, 맑은 샘물이 되고 싶었던 빗방울, 예쁜 꽃밭으로 가고 싶었던 빗방울……. 숲속에 떨어진 외짝 꽃신의 꿈은 주인 아이에게 잊히지 않는 것이었다. 그러나 빗방울들의 꿈 이야기를 듣던 외짝 꽃신은 "스스로 움직일 수 있다면 빗물을 모두 쏟아주고"싶다며 "빗방울들이 행복해지는 것"이 꿈이 된다. 그러나 빗물은 꽃신에 갇혀있기 때문에 도저히 행복해질 수 없다고 투정을 부린다. 그때 함께 갇힌 마른 풀잎이 "행복이란 남을 위해 무슨 일인가 할 때 생기는 거야."라고 말한다.

바싹 말라 볼품이 없는 풀잎의 말에 빗방울은 "너야말로 행복할 일이 하나도 없을 것 같다"고 빈정대고 풀잎은 "난 더운 여름도 이겨 내고, 폭풍우도 이겨 내며 작은 풀씨를 만들었지. 그 풀씨들은 내년 봄이면 싹이 터서 이 풀밭을 푸르게 만들 거야. 그럼 동물들과 곤충들이 행복하게 살

---

4 황정현, 『동화교육방법론』, 열린교육, 2001, 18~20쪽.

수 있게 될 거"라며 지나온 삶을 이야기한다.

대부분의 잎들은 꽃을 피우면서 시들어 가고, 씨앗을 키우면서 소멸한다. 자신의 에너지를 꽃에게, 씨앗에게 내어주고 사라지는 것이다. 볼품없는 빗물과 외짝 꽃신은 행복해하는 풀잎의 이야기에 불평을 멈춘다. 그러자 빗물을 담고 있는 외짝 꽃신에게 예쁜 들국화가 담기고, 파란 하늘과 하얀 구름도 담긴다. 달님과 별님도 찾아온다. 꽃신이 행복해하고 덩달아 빗물도 행복해진다. 다음 날 해가 비치자 행복한 빗물들이 수증기가 되어 올라가다가 외짝 꽃신을 위해 무지개를 만든다. 두근거리는 마음으로 무지개를 바라보던 외짝꽃신에게 주인인 꼬마가 "엄마, 꽃신, 내 꽃신." 하면서 찾아온다. 외짝 꽃신의 본래 꿈을 이루는 이야기이다.

『행복한 비밀 하나』에 실린 「외짝 꽃신의 꿈」은 무심코 숲에 떨어지거나 버려진 한 짝 신과 그 신에 담긴 빗물과 풀잎에 생명을 불어넣음으로써 그들은 도란도란 그럴 듯한 이야기를 나누며 살아간다. 도란도란 나누는 그들의 이야기에는 삶의 오묘한 비밀, 아주 어려운 이야기가 들어 있으나 작가는 마른풀잎과 빗물 그리고 외짝 고무신을 통하여 쉽게 이야기한다. 서로 어울릴 것 같지 않은 각각의 캐릭터는 풀숲의 외짝 꽃신에 떨어지면서 공생하는데, 외로움과 불평으로 가득했던 외짝꽃신 안은 마른풀잎의 행복으로 인하여 새로운 분위기가 만들어진다. 주인이 자기를 잊지 않기를 바라던 외짝꽃신의 외로움과 꿈을 이루지 못한 빗물의 불평불만이 마른 풀잎의 "행복"과 만나자 그곳에 햇빛이 내리고 무지개가 뜨며 독자들을 아름다운 동심의 숲으로 초대하는 것이다.

「무엇이 꽃으로 피나」는 산기슭에서 한 번도 꽃을 피워보지 못한 난초의 이야기이다. 주변에서 진달래, 개나리, 제비꽃, 클로버, 할미꽃, 강아지풀들이 활짝 피어날 때마다 그들의 아름다운 모습과 향기에 꽃을 피우지 못하는 난초는 속이 상한다. 가을이 되자 코스모스, 들국화도 핀

다. 모든 꽃들은 앞다투어 감사하며 행복해하자 꽃을 피우지 못한 난초
는 심술이 난다. 그런 어느 날 난초 잎에 잠자리가 날아와 가쁜 숨을 몰
아쉬며 날개를 내려뜨린다.

"난 나에게 날개를 주신 분께 감사해. 그동안 세상을 마음껏 구경했거든. 세
상은 정말 넓고 또 아름다워. 난 나의 모습을 닮은 잠자리가 될 알을 낳고 왔
어. 이젠 할 일을 다 한 거야. 그리고 네 곁에서 눈을 감게 돼서 더 행복해."
"잠자리야, 잠자리야!"[5]

난초가 불러도 잠자리는 더이상 움직이지 않고, 난초는 죽어가면서도
감사해하는 잠자리의 말에 생각에 빠진다. 주변의 모든 생물들이 감사
해하며 꽃을 피우는 걸 본 난초는 잠자리의 행복한 죽음 앞에서 자기도
감사할 거리가 있음을 깨닫는다. 난초는 "네 곁에서 눈을 감게 돼서 더
행복해" 하는 잠자리의 마지막 말에 꽃도 피우지 못하는 보잘 것 없는
자기와 함께한 잠자리가 고마워지는 것이다. 그러자 이상한 일이 벌어
진다. 닫혔던 문이 활짝 열리듯 모든 것들이 달라져 보인다. 누구에게나
내리는 햇살이 고맙고, 맑은 공기를 마실 수 있는 것도 고맙고, 자기의
뿌리를 붙잡고 있는 흙도 고마워진다.

"애들아, 고마워!"
난초는 주위에 있는 꽃들과 풀들에게 말했습니다.
"뭐가?"
"너희들과 함께 살고 있다는 것이."
"그건 우리도 마찬가지란다. 너와 함께 있는 것이 행복해. 그래서 너에게 고

---

5 박성배, 『행복한 비밀 하나』, 푸른책들, 2012, 62쪽.

마워하고 있단다."

　풀들이 환하게 웃었습니다. 풀들은 행복해서 몸을 흔들며 춤을 추었습니다. 난초는 자기 몸속에서 무엇인가가 안개처럼 차오르는 것을 느꼈습니다.

　"세상이 이렇게 아름답다는 것을 내가 왜 깨닫지 못했을까? 모두가 나를 위하여 있다는 사실도 몰랐어.⁶

　드디어 난초는 꽃을 피우고 감격에 찬 난초는 "감사합니다, 감사합니다!"를 외친다. 그때 바람이 다가와 "드디어 꽃을 피우는 방법을 알아냈구나." 한다. 개나리 진달래 제비꽃 등 꽃들의 이야기는 「외짝 꽃신의 꿈」에서 외짝 꽃신과 마른풀잎, 빗물의 이야기가 산기슭으로 옮겨간 듯한 이미지를 자아낸다. 이 동화 역시 환상성을 바탕으로 한 의인동화로 작가는 '꽃을 피우는 방법'이 감사라고 한다. '감사'로 피운 꽃은 독자에게 꽃 이상의 의미를 주면서, 감사는 감사를 낳고, 그 감사는 또 다른 감사를 낳고 ……. 삶은 그렇게 순환되어야 한다는 것을 이야기한다. 이 동화는 주변에 흔한 자연물들에 생명을 불어넣음으로써 그럴 듯한 분위기와 그럴 듯한 이야기를 만들면서 개연성을 부여하고 리얼리티를 확보한다.

　"항상 기뻐하라, 쉬지 말고 기도하라, 범사에 감사하라 이것이 그리스도 예수 안에서 너희를 향하신 하나님의 뜻이니라."(살전 5:16-18)

　교만이란 현실을 당연하게 받아들이는 것이라는 말이 있다. 살아가는 매 순간이 기적이라는 말도 있다. 이런 이야기에 비춰보면 현실에 감사할 줄 모르던 난초는 교만의 극치일 것이고, 이는 꽃을 피울 수 없는 척

---

6 앞의 책, 64~65쪽.

박한 내적 환경을 만들었을 것이다. 그러나 교만이 차지한 자리가 감사로 바뀌자 척박했던 난초의 삶은 아름답고 풍요로워지면서 드디어 꽃을 피운다. 별스럽지 않은 숲속 꽃들의 이야기를 통하여 삶의 오묘한 진리를 들려주는 이 동화 역시 동심의 회복과 함께 그의 자전적 소설인 「욥의 기도소리」에서 알 수 있는 기독교적 세계관이 담긴다.

3. 생태적 상상력과 유희성

프리드리히 실러는 1795년에 쓴 『인간의 미적 교육에 대하여』에서 "사람은 가장 인간다울 때 놀고, 사람은 놀 때 가장 인간답다"라고 하였고 『말괄량이 삐삐』를 쓴 스웨덴의 린드그렌은 자신의 유년기를 "놀고 또 놀고 또 놀았다. 우리가 놀다가 죽지 않은 것은 순전히 기적이었다"라고 하였다. 이는 놀이가 인간에게 얼마나 중요한지 알게 하는 말이기도 하지만 놀이를 좋아하는 어린이야말로 가장 인간다운 인간이라는 의미를 내포하고 있다.

어린이가 놀이를 통하여 성장하고, 놀이를 통하여 사회화과정을 배운다는 것은 익히 알려진 사실로 놀이는 스스로 한다는 점에서 주체적이고 능동적이며 함께 한다는 점에서 사회적이고 즐긴다는 점에서 쾌락적이다. 이러한 어린이들의 놀이는 부모님에 의한 피동적인 삶에서 행동의 주체가 되는 경험으로 어른의 행동을 모방하고 학습하며 인간의 이해로 확장된다. 피아제에 의하면 6-7세의 어린이들은 물활론적인 사고를 하는데, 이들이 세계를 인식하는 방법은 생물이나 무생물 등의 대상을 자신과 같은 존재로 살아있다고 인식하는 것이다.

박성배의 『행복한 비밀 하나』에 수록된 「새싹한테서 온 전화」를 살펴보면 함께 소꿉장난을 하던 친구들이 사라지자 심심해진 주인공 준미는 할머니와 꽃씨를 심는다. 할머니는 호미를 들고 꽃밭에 있는 덩어리 흙을 부수고 고르며 꽃밭을 손질하고, 준미는 할머니 옆에서 흙을 고르다가 흙장난을 한다. "금방이라도 흙 속에 숨어 있던 새싹들이 '준미야, 나 여기 있어!'하고 연초록 얼굴을 내밀 것만 같은 날" 꽃밭 손질을 하던 할머니는 힘들다고 들어가 눕고 혼자가 된 준미의 소꿉놀이는 계속된다.

　"여보세요? 거기 준미 맞나요?"

　"예! 제가 준미인데요?"

　"야, 준미다. 겨울 동안 잘 있었니? 우린 새싹들이야."

　"새싹들?"

　"흙 속은 너무 갑갑하고 지루해. 아까 꽃밭의 흙을 고르는 소리가 나던데 우리들이 나가도 되겠니?"

　"그래, 어서 나와. 너희들이 잘 나올 수 있도록 할머니랑 둘이서 흙을 잘 골라 두었어."

　"그래그래, 고마워. 그럼 우리 나갈 거다."

　(중략)

　"그럼 기다릴게. 빨리 나와."[7]

　친구들과 소꿉장난을 하던 1학년 준미는 친구들이 사라지자 꽃밭을 가꾸는 할머니 옆에서 흙을 고르며 소꿉장난을 하고, 할머니마저 힘들다고 안으로 사라지고 혼자가 되자 새싹들과 소꿉장난을 한다. 대상이 없다고 놀이를 멈추는 것이 아니라 보이지 않는 대상, 땅속의 새싹을 인격화하여 전화놀이를 하는 것이다. 이러한 주인공 준미의 놀이는 어린이를

─────────────

7 앞의 책, 36쪽.

어린이답게 하면서 육체를 성장시키고 감각을 활성화하며 나아가 관계 맺기 등의 사회화과정을 익히게 한다. 건강하게 자라게 하는 것이다.

제7차 교육과정 초등학교 2-1 읽기 교과서에 수록된 이 동화는 '정말 그럴 수 있을까' 하는 생각의 전환을 불러오고 '어쩌면 정말 그럴 수 있을지도 몰라'에 이르게 하면서 준미와 비슷한 연령의 아이들을 놀이의 세계로 안내하고 생물이나 무생물과도 소통하게 한다. 어린이들이 대상을 자신과 같이 살아있는 존재로 인식하여 대화한다는 것은 익히 알려진 사실이지만 보이지 않는 대상, 즉 땅속 새싹이 준미한테 전화를 거는 일이나 새싹과 통화를 하는 천진난만한 캐릭터를 만드는 일은, 어른인 작가들에게 결코 쉬운 일은 아닐 것이다. 「새싹에게서 온 전화」를 받는 이 동화는 준미를 통해 비슷한 또래의 독자들에게 신선한 재미와 함께 자연과 소통하게 하고 자아와 자연을 연결시키는 새로운 세계로 안내한다.

박성배 동화에서 또 다른 특징은 도깨비를 소재로 한 작품들이다. 『쫓겨 간 꼬마 도깨비』(교육문화사, 1988)은 산이 허물어지고 아파트 단지가 들어선 곳에 차기돌이 전학을 온다. 주인공 차기돌은 야구를 좋아하는데 잘하지 못하여 아이들이 끼워주지 않는다. 하루 종일 아이들이 벌이는 야구시합을 구경만 하다가, 터벅터벅 지름길인 산길을 통해 집으로 간다. 산속 지름길, 기돌은 솔방울을 주워 멋진 투수의 폼을 잡고 던진다. 그러나 멀리 가지 못하고 바로 앞에 떨어진다. 다시 나뭇가지를 주워 멋진 타자의 폼을 잡고 솔방울을 친다. 역시 잘 맞지 않는다. 좋아하는 만큼 잘되지는 않고, 속이 상한 기돌은 숲속에 누워 멋진 야구선수가 된 상상을 하다가 산을 내려와 개울을 건넌다. 징검돌을 건너는데 이상한 나무토막을 발견한다. 기돌은 야구방망이로 쓸 생각에 건져내어 힘껏 솔방울을 날려본다. 저 멀리 아파트까지 넘어갔으면 좋겠다는 생각으로 방망이를 휘둘렀는데, 솔방울은 진짜로 아파트를 넘어 멀리멀리 날아간다. 깜짝 놀란 기돌은 잘못 본 걸 거야, 자신의 눈을 의심한다. 동네 대항 야구대회 날, 기돌은 삼촌이 깎아준, 냇가에서 주운 나무토막을 들고 타석에 오르고, 역전 홈런을 친다. 운동 못하기로 소문난 기돌이 역전홈런을 치다니, 친구들은 물론 삼촌도 누나도 마을 사람들도 놀란다. 그날 밤 아기도깨비가 찾아와 방망이를 돌려달라고 한다. 아파트를 짓느라 산을 허물 때 도깨비들이 쫓기듯 빠져나가는 바람에 개울에서 잃어버렸다는 것이다. 그런데 방망이는 삼촌이 깎아서 효력이 이상해진 상태, 기돌은 방망이가 어느 땐 잘 쳐지고 어느 땐 안 쳐지는지, 비밀을 알게 되고 아기도깨비와 친구가 된다.

"도깨비는 모두 몇 명이나 되는데?" "몇 명 안 돼."

"왜 그렇게 적니? 아기를 안 낳니?"

"우리는 아기를 낳는 것이 아니고 갑자기 생겨나는 것이야."

"어떻게?"

"사람들이 아끼면서 오래오래 쓴 물건들이 변하여 새로운 아기 도깨비가 되지."

"그럼 자꾸자꾸 생겨나야 하잖아?"

"옛날엔 그랬지. 사발도깨비, 낫도깨비, 북, 바늘, 광주리, 쌈지, 메주, 부지깽이, 도리깨, 짚신, 갓, 꽹과리, 주걱 도깨비 등 사람들이 자주 쓰면서 오래오래 쓴 물건들이 새로운 아기 도깨비가 되어서 수가 참 많았지. 그러나 지금은 사람들이 정을 주면서 오래 쓰는 물건들이 거의 없거든. 기돌이 너만 해도 그래. 지금 네가 가장 아끼는 물건이 뭐니?"

"나? 음, 얼른 생각이 안 나는데?"

"그것 봐.[8]

<hr>

8 박성배, 『쫓겨 간 꼬마 도깨비』, 교육문화사, 1988. 54쪽.

아기도깨비들의 출생 과정은 물질을 하찮게 여기는 현대인들의 삶을 돌아보게 하고, 그나마 있던 도깨비들마저 병들어 죽어간다는 설정은 과학의 발달과 문명의 이기를 돌아보게 하면서 그럴 수도 있겠구나, 개연성을 확보하고 호기심을 자극한다.

기돌은 도깨비방망이를 하루만 더 쓰기로 하고 친구들과 야구를 한다. 홈런을 치는 상상을 하거나 어디까지 날아갔으면 좋겠다는 상상을 하고 방망이를 휘두르면 공은 상상한 대로 날아간다. 네 번이나 홈런을 친 기돌은 걱정이다. 방망이를 돌려주고 나면 야구 실력이 들통 날 테니까. 그러자 아기도깨비가 방망이를 휘둘러 기돌의 팔에 힘을 넣어주고 신이 난 기돌은 아기도깨비를 운동회에 초대한다. 아기도깨비는 자신의 처지를 망각한 채 운동회에 참석하고, 아이들과 신나게 탈춤을 추다가 흥에 겨워 마구 방망이를 두드린다. 그러자 계절에 맞지도 않게 여기 저기에서 꽃들이 핀다. 탈춤을 추다가 벌어진 아기 도깨비의 엉뚱한 행동은 흥겹고 신나게 춤을 추는 이미지를 만들어주면서 어린이 독자들을 아기 도깨비와 친구가 되게 한다.

우리 동화문학에 마법사가 등장하면서 사라져가던 도깨비를 살려낸 이 작품은 무엇이든 마음만 먹으면, 해낼 수 있다는 믿음을 가지면, 정말로 가능해진다는 것을 도깨비방망이에 담아 이야기 한다. 아랍 문화권에 알라딘의 요술램프 지니가 있다면 우리 문화권에는 도깨비 방망이가 있는데 이는 어떻게 생각하느냐에 따라서 표현(말)은 달라지고, 달라진 표현(말)은 현실을 변화시키는 힘이 있음을 암시한다. 이 동화는 도깨비를 살려낸 것도 바람직하지만 도깨비에 '꼬마'를 붙임으로써 천진난만한 아이들의 친구가 되어 신나게 놀게 하는, 유희성까지 충족시킨다.

4. 생태동화와 교시성

　동화문학의 미학 중에서 재미와 더불어 빼놓을 수 없는 또 하나는 교
시성이다. 잘 읽히는 동화와 그렇지 않은 동화는 교시성이 재미 속에 녹
아 있느냐 아니냐에서 판가름 난다. 가르친다 혹은 배운다는 느낌이 들
면 놀이를 좋아하는 아이들의 집중력은 금세 떨어지기 때문이다. 어떻
게 하면 재미와 감동 속에 교시성을 녹여 숨겨놓을 수 있을까, 하는 문
제는 모든 동화작가들의 끝없는 고민일 것이다. 어린이는 성장과 성숙,
경험을 통해 발달하는 시간적 존재이고 그 과정을 지나온 어른은 빠르
게 성장, 변화하면서 동심을 잃어버림으로써 어른이 되었다. 그러한 어
른이 어린이의 마음을 이해할 것 같아 다가가면 어린이는 어디론가 사
라지고 낯선 아이가 있다. 이러한 어린이들이 주요독자인 동화를 어른
이 써야 한다는 점에서 창작의 어려움은 시작된다.

　장편동화『꿈꾸는 아이』(아동문예사, 1988)의 첫 번째 작품「빵모자를 갖
게 된 이야기」에 프롤로그 "어른이 동화를 쓴다는 것은 있지도 않은 어
린이의 세계를 만들어 내는 일 뿐이야."는 동화작가의 내적 갈등을 보
여준다.

　이 글에서 작가는 동화쓰기의 어려움과 써야만 하는 작가로서의 숙
명 사이에서 고민하다가 절필하기로 마음먹는다. 그런 작가 앞에 어느
날 새벽 하얀 수염이 무릎까지 내려간 할아버지가 나타나 "그래도 어
린이에게는 동화가 있어야 하는 거요, 자, 이걸 써 보시오. 그럼 당신의
생각이 어린이들의 뒤를 따라다닐 수는 있을 테니"라며 빵모자를 건네
준다. 받고 보니 그 모자는 7년 전 제자들이 졸업하면서 준 선물이다.
그 모자를 쓰고 다니기가 어색해 보관해 두었던, 그동안 잊고 있었던
빵모자를 생각하게 된 작가는 제자들의 마음을 생각하며『꿈꾸는 아
이』를 집필한다.

읽다 보면 환상의 틈새 미카엘 엔데의『끝없는 이야기』와『모모』를 떠오르게 하는『꿈꾸는 아이』는 어린이의 발달에 도움을 주는 동화로 주근깨, 짱구, 외톨이, 황소눈, 왕고집, 바보왕자 등의 별명이 많은 아이 김준석이 주인공이다. 소심하고 겁쟁이인 데다가 귀찮이즘(?)에 빠진 주인공은 어느 날 전학 온 보라라는 아이와 짝꿍이 된다. 설렘으로 가득 찼던 준석은 실수로 보라를 때리게 되고, 보라를 비롯한 친구들의 놀림 거리가 될 것을 두려워한다. 준석이 학교에 갔으나 교실에 들어가지 못하고 창고로 들어가는 장면은『끝없는 이야기』의 바스티안을 떠오르게 한다. 그러나 준석은 바스티안처럼 책을 좋아하지 않아 책 대신 창고 안에 쌓인 여러 운동기구들을 가지고 논다. 혼자 고민하면서 매트리스와 뜀틀에서 놀던 준석은 자기의 내면 아이와 만난다.

"난 너를 도와주려고 왔어."

"날 도와줘? 무엇을?"

"난 네가 바보라고 놀림 받는 것이 슬프단다. 넌 곧 나이기 때문이야."

"무슨 말인지 도무지 모르겠어."

"차차 알게 될 거야. 자 내 손을 잡아."

준석이는 그 아이가 내미는 손을 악수하듯이 쥐었습니다.

"눈을 감고 날 따라해 봐."

그 아이는 속삭이듯 말했습니다.

"작으면서도 크고, 가까우면서도 멀고, 보면서도 못 보고, 만지면서도 못 느끼는 세계로!"

(중략)

"한 사람이 태어나는 순간부터 환상의 세계에서도 그 사람과 똑같은 환상의 사람이 생겨나지, 그래서 환상세계의 아름다운 환상을 날라다 주기도 하고, 그 사람의 환상대로 움직이기도 한단다."[9]

내면 아이가 하라는 대로 따라서 하는 준석 앞에 "햇살이 깔린 듯 환한" 환상의 세계가 펼쳐진다. 이 세계는 주인공이 만든 상상의 세계이고, 그곳의 왕은 주인공을 닮아 있다. 주인공의 환상이 만들어 낸 왕이기 때문이다. 그곳에서 주인공은 일곱 빛깔의 구슬을 가지고 똑같은 색깔의 별을 찾아서 그 별이 상징하는 관념들, 노력·친절·불안·희망·의욕·오래 참음·할 수 있다는 긍정의 힘을 찾아온다. 이후 소심하고 부정적이었던 주인공은 긍정적인 아이가 되어 적극적인 학교생활을 하게 되고 보라를 비롯한 친구들과도 사이좋게 지낸다.

어린이들은 학교생활을 시작하면서 관계 맺기에 어려움을 겪기도 하는데 이를 극복하기 위해서는 자신을 객관적으로 바라볼 줄 아는 힘이 필요하지만 자기중심적인 어린이들에게 어려운 일이다. 작가는 내면 아이를 인격화하여 주인공의 친구가 되게 함으로써 관계 맺기에 영향을 주는 노력, 친절, 불안, 희망, 의욕, 인내, 긍정의 힘 등을 알게 하며 체험하게 한다. 프롤로그의 말처럼 "있지도 않은 어린이의 세계를 만들어냄"으로써 역경을 이겨내는 모험을 하게 하는 것이다. 독자들은 주인공과의 동일시를 통해 현실에 잘 적응할 수 있는 힘을 기를 수 있고 관계 맺기에도 활력을 얻을 수 있을 것이다.

「행복한 짹짹 콩콩이」는 테니스공을 찾으려고 꽃밭에 들어간 승호가 아기참새를 잡으면서 일어나는 이야기이다. "까만 눈에 겁이 잔뜩 든 아기참새는 승호의 손에서 빠져나가려고 작은 날개를 파닥거" 리고 아이들은 아기참새를 어떻게 해야 하나, 나름의 생각들을 말한다. 키울 것인지, 참새구이를 할 것인지를 이야기하던 아이들은 엄마한테 가라고 날려주기로 한다. 그러나 힘겹게 날아간 아기참새는 겨우 학교 담장을 넘더니 찻길에 떨어지고 만다.

---

9 박성배, 『꿈꾸는 아이』, 아동문예사, 1988, 43쪽.

"아기참새야, 거긴 위험해. 빨리 날아가."

아이들이 손을 휘저으며 소리쳤습니다. 그러나 아기참새는 찻길에서 콩콩콩 뛰어다니기만 했습니다. 차들이 아기참새 옆으로 아슬아슬하게 달려갑니다.

"저러다 차에 치이겠어."

아이들이 발을 동동 굴렀습니다.

"저런, 이건 다 승호 때문이야."

영민이가 승호를 보며 소리쳤습니다. 순간 승호가 담장을 넘어갔습니다.

"끼익!"

차들이 갑자기 뛰어든 승호를 보고 요란한 소리를 내며 멈춰섰습니다.

"야, 요놈아, 찻길로 뛰어들면 어떡해."

놀란 아저씨와 아줌마들이 차창 밖으로 고개를 내밀고 소리를 질렀습니다. 승호는 아랑곳없이 파닥거리는 아기참새를 손바닥으로 감싸 쥐었습니다.

"허, 참새 때문이었군."[10]

승호는 위험에 처한 아기참새를 구하기 위하여 위험을 무릅쓴다. 자신이 주운 참새를 책임지기 위한 승호의 위험한 행동은 독자의 가슴을 조마조마하게 한다. 참새를 구한 뒤 날려줘도 혼자 살아갈 힘이 없는 아기참새를 어떡해야 하나, 생각을 모으던 아이들은 새장에 넣어 키우자고 한다.

"자연 속에서 자유롭게 살던 새는 새장에 넣어 키우면 죽기 쉽단다. 그냥 교실에 놓고 키우자."

"그럼 아기참새도 우리 반이네요?"

아이들은 좋아서 손뼉을 쳤습니다. 선생님은 아기참새를 교실 바닥에 놓아

---

10 박성배, 『행복한 비밀 하나』, 푸른책들, 2012, 99~100쪽.

주었습니다.

"짹짹!"

아기참새는 아이들 책상 밑으로 콩콩콩 뛰어갔습니다.

"선생님, 아기참새도 출석부에 이름을 써야지요."

"그래요, 우리 반이니까."

"아기참새!"

"짹짹!"

아이들은 선생님이 되어 이름을 부르고 아기참새가 되어 대답을 했습니다.

"아기참새는 이름이 아니잖아."[11]

결국 아이들은 아기참새에게 짹짹 콩콩이라는 이름을 지어준다. 공부가 끝나고 집으로 돌아간 승호는 교실에 혼자 남아있을 짹짹 콩콩이가 걱정이다. "혼자 얼마나 무서울까, 쥐한테 물리면 어떡하지, 교실에 뿌려준 모이는 먹었을까" 걱정하던 승호는 일어나 학교로 달려간다. 조심조심 교실 뒷문을 열려던 승호는 깜짝 놀란다. 교실에는 이미 선생님과 여러 아이들이 와 있었기 때문이다. 결국 아이들은 당번을 정해서 짹짹 콩콩이를 돌보기로 한다.

자칫하면 생명은 소중하다거나 자연을 보호해야 한다는 등의 이야기가 될 수 있는 소재이지만 천진난만한 아이들의 행동은 그러한 주제의식을 허락하지 않는다. 아기참새를 키우기로 한 것은 이미 사랑하게 되었다는 말의 다른 표현이기 때문이다. 짹짹 콩콩이라는 이름을 지어아이들 이름과 나란히 출석부에 올리자는 것이나, 집으로 돌아간 뒤에도 교실에 혼자 남을 짹짹 콩콩이가 걱정되어 달려오는 행동은 생명의 소중함 때문이기보다는 아기참새를 사랑하게 되었기 때문일 것이다.

---

11 앞의 책, 101~103쪽.

작가의 의인동화 중에 교시성이 잘 녹아든 작품으로 「고추잠자리 꿈쟁이의 흔적」을 들 수 있다. 이 동화는 빨간 단풍나무와 고추잠자리가 주인공이다. 꿈쟁이라는 이름을 갖고 있는 고추잠자리가 세상에 태어나서 살다간 흔적을 남기고 싶어, 글을 배우기 위해 교실에 들어갔다가 혼쭐이 난다. 죽을 고비를 넘긴 꿈쟁이는 "날개를 달기 위해 물속에서 오랫동안 고생했는데, 그런 날개를 가지고 아무런 일도 할 수 없다"는 생각에 한숨을 쉰다.

"아무런 일도 못 하다니? 그동안 넓고 아름다운 세상을 맘껏 구경하고 다녔지 않니?"
다른 고추잠자리들이 핀잔을 주었습니다.
"내 말은 아무런 흔적을 남기지 못했다는 뜻이야."
"흔적? 그게 왜 필요해?"[12]

다른 고추잠자리들의 놀림에 혼자만 고민하던 꿈쟁이는 어느 날 밤하늘에 뜬 달님을 향해 날아간다. 환한 달에 앉아있으면 누구나 고추잠자리의 흔적을 볼 수 있을 거라는 생각 때문이다. 그러나 얼마 후 꿈쟁이는 기진맥진하여 날개를 축 늘어뜨리고 가지에 떨어진다. 꿈쟁이는 흔적을 남긴다는 것이 결코 쉬운 일이 아니라며 서글픈 얼굴로 말한다. 그 후 어디론가 떠난 고추잠자리는 소식이 없고, 날씨가 싸늘해지자 단풍나무는 빨간 잎을 하나씩 떨군다.

잎이 떨어져 나갈 때마다 나는 슬픔을 느꼈습니다. 이런 아픔을 겪으면서 키가 커지고 몸이 굵어지는 나야말로 아프면서 크는 나무인가 봅니다.

---

12 앞의 책, 45쪽.

"너무나 슬픈 모습이에요."

속으로 슬픔을 달래고 있는데 누군가 내 가지에 앉으며 속삭이듯 말하였습니다.

"아니, 넌 꿈쟁이가 아니니? 이런 날씨에 용케도 살아있었구나."[13]

'흔적'을 남기기 위해 애쓰던 꿈쟁이는 단풍나무가 잎을 떨구는 걸 보고 '살았던 흔적을 말끔히 지우고 사라지는 것'이 세상을 위하는 일이며 흔적을 남기겠다는 게 욕심이었음을 깨닫는다. 그때 한 마리의 제비가 획 날아간다. 제비에게 먹힌 꿈쟁이는 이제 어디에서도 그 흔적을 찾아볼 수 없게 되었다.

자연은 봄여름가을겨울이 순환되고 그 과정에서 수많은 생명들은 에너지를 주고받으며 소멸과 생성을 반복한다. 단풍나무가 떨어뜨린 단풍잎은 소멸되면서 양질의 토양이 생성되고, 토양은 많은 식물들을 키운다. 만일 단풍잎이 소멸하여 토양이 되지 않는다면 자연은 순환되지 않는다. 생명이 이어지지 못하는 것이다. 꿈쟁이가 소멸됨으로써 제비가 살아갈 에너지를 얻는 것도 같은 이치로 작가는 고추잠자리 꿈쟁이를 통해 순환이라는 자연의 섭리를 보여준다. 또한 단풍나무를 통해 '흔적'의 의미를 동화적 상상력으로 표현하고 있다.

그런데 놀랍게도 나는, 꿈쟁이의 흔적이 내 마음속에 있음을 뒤늦게야 알게 되었습니다. 그것은 생각을 하는 꿈쟁이에 대한 그리움이었습니다. 더 놀라운 사실은 이듬해 봄에 꿈쟁이가 앉았던 내 가지에서 꿈쟁이와 너무나 닮은 빨간 단풍잎이 돋아났다는 것입니다.[14]

---

13 앞의 책, 49쪽.
14 앞의 책, 52쪽.

이 동화는 흔적이란 무엇인가? 하는 질문과 함께 '그리움'이라고 답하고 있다. 사람들은 '흔적'을 눈에 보이는 실체에서 찾으려고 한다. 이러한 사람들로 인해 명산이나 유원지에 가보면 나무나 바위 심지어 넓은 이파리에도 누군가의 이름이 새겨진 것들을 볼 수 있다. 그러나 진정한 흔적은 눈에 보이게 이름을 남기는 것이 아니라 보이지 않는 '그리움'인 것이다. 한 계절 폈다 사라진 들꽃 한 송이, 몇 년간 함께 지내던 강아지 한 마리, 그리고 멀리 이사 간 친구나 하늘나라로 간 잊지 못할 사람들 모두 '그리움'이라는 흔적으로 남아있는 것이다.

많은 의인동화들이 시점의 이동을 통한 역지사지의 "~되어보기"로 사유의 확장에 중점을 둔다면, 주변의 자연물들을 소재로 한 박성배의 「고추잠자리 꿈쟁이의 흔적」이나 「외짝 꽃신의 꿈」, 「무엇이 꽃으로 피나」와 같은 의인동화는 왜 사는가, 어떻게 살아야 하는가, 흔적이란 무엇인가,와 같은 다소 무거운, 철학적인 주제를 쉽게 이해하도록, 생태환경에 동화적 상상력을 불어넣어 창작하고 있음을 알 수 있다.

5. 나가며

위에서 살펴본 작품 외에도 '영혼의 소중함을 전해 주는 어느 바람의 이야기'라는 부제가 달린 『천사를 만난 바람』(동아출판사, 1993), 『부러운 연애편지』(상서각, 2003), 『꼬리에 리본을 단 꼬마 쥐』(아침마중, 2017) 등에 실린 동화들도 비중 있는 작품으로 시공을 초월한 무한한 우주 공간과 자연 현상을 배경으로 인간의 심연에 내재해 있는 동심의 세계를 들춰낸다. 동화적 상상력을 통해서만 인식 가능한 초논리적이며 초인지적인 세계를 작가는 그만의 통찰로 간결하면서도 명징한 문장으로 그려내고 있다.

주마간산 격으로 살펴본 박성배의 작품세계는 생태적인 환경에 동화적 상상력을 부여하여 동화의 본질인 환상성(Fantasy)과 물활론(物活論: Animism), 유의식론(有意識論: Animatism) 등과 같은 기법으로 있어야 할 세계를 지향하면서 유희성과 교시성까지 확보하고 있음을 알 수 있었다. 또한 그가 문학에서 추구하는 있어야 할 세계, 동심의 세계는 예수그리스도를 근본으로 하는 기독교적인 세계관과 맞닿은 세계라는 것도 알 수 있었다.

이러한 그의 작품들은 소년소설이 주류를 이루고 있는 오늘의 한국아동문단에서 높이 평가되어야 할 것이다. 생태환경에 동화적 상상력을 부여하여 환상성에 기초한 그의 작품들이 아홉 편이나 초등학교 교과서에 실렸다는 사실만으로도 이는 충분히 입증되고 있다.

치유를 위한 아동문학의 가능성
—삼림문학 문학을 중심으로

1. 여는 글

문학이 사람들의 이야기이고 보면, 아동문학은 어린이를 독자로 하는 문학으로 주로 어린이들의 이야기이다. 이러한 아동문학에서 삼림문학은 숲과 더불어 살아가는 어린이들의 이야기로 정리될 수 있겠다. 이러한 삼림문학을 중심으로 "치유를 위한 아동문학의 가능성"이란 주제를 받고 아동의 시각으로 접근해야 할 것 같아서 "치유를 위한 삼림아동문학의 가능성"이라고 바꿔보았다. 뭔가 구체화 되는 느낌이다. 그런데 삼림문학에서 '삼림'이 주제일까 소재일까, 멈췄던 생각은 다시 흐르고 삼림을 배경으로 한 문학이거나 숲과 더불어 살아가는 이야기를 어린이의 시각으로 접근하는 문학이어야 한다, 에 이르자 이번에 출간한 필자의 동화 『'하얀' 검은 새를 기다리며』[1]가 떠올랐다. 또한 '치유'라는 단어에 오래 전 읽었던 영국의 작가 질 르위스의 『바람의 눈을 보았니?』[2]

---

1 노경수, 『'하얀' 검은 새를 기다리며』, 청어람주니어, 2018.
2 질 르위스 작, 해밀뜰 역, 『바람의 눈을 보았니?』, 꿈터, 2011.

도 떠올랐다.

필자의『'하얀' 검은 새를 기다리며』는 까치의 시점으로 사람과 새들의 갈등을 그린 동화이고, 질 르위스의『바람의 눈을 보았니?』(꿈터, 2011)는 스코틀랜드의 산악지대를 배경으로 펼쳐는, 소외된 아이가 물수리 둥지를 발견하면서 소통하고 치유 받는 이야기이다. 이번 세미나 발제 청탁을 받고 보니 독서량이 일천한 필자에게 번뜩 떠오르는 작품이 이 두 동화여서—필자의 것을 빼면 한 작품이지만—그것을 중심으로 '치유를 위한 삼림문학의 가능성'에 대하여 고찰해보고자 한다.

2. 까치의 관점으로 본 인간중심적 세계
— 『'하얀' 검은 새를 기다리며』

한전에서는 까치 한 마리를 잡아오면 4천 원을 준다고 한다. 까치로 인한 정전 사고가 많기 때문이다. 과수원 주인은 하루에 까치가 찍어놓는 과일이 2-30개가 되어 이를 방지하기 위해 포획틀을 설치한다고 한다. 과거 까치가 울면 손님이 온다고 좋아했던 사람들이 이제 까치를 향해 총을 겨눈다.

이렇듯 세상은 인간중심으로 돌아가고 개발이라는 이름으로 삼림은 파괴되어 까치가 집짓고 살만한 튼튼하고 키가 큰 나무들은 사라지고 그 자리 사람들이 좋아하는 키가 작은 꽃나무들로 대체되었다. 새와 동물들이 살던 공간이 인간을 위한 공간으로 바뀌면서 동물들이 살아갈 공간이 사라지고 있는 것이다. 환경지킴이의 사이렌이라고 하는 새는 환경이 파괴되면 가장 먼저 떠난다. 필자의『'하얀' 검은 새를 기다리며』는 새 중에서 방울나무에서 태어난 아기까치 방울이가 떡갈나무 숲에서 잠자리무리를 이루며 살아가는, 살아가기 위해 고군분투하는 이야기이다.

　"애들아, 이 꽃 우리가 가꾸자."

　"가꾸자고? 어떻게?"

　까돌이가 작은 눈을 동그랗게 뜨면서 나를 바라보았다.

　"옆에서 노래도 불러주고, 이야기도 들려주면서 함께 하는 거야."

　"함께? 함께하는 게 가꾸는 거니?"

　"그렇지."

　"꽃들이 좋아할까?"

　"그럼, 함께 살아가는 건 사랑이라고 그랬어. 그렇지요, 미루?"

　미루 대신 하얀 꽃들이 대답이라도 하듯 몸을 흔들며 살랑살랑 웃었다.

　"이 꽃 좀 봐. 벌써 좋다고 웃고 있잖아."[3]

　방울이는 친구들에게 과수원에 핀 배꽃을 함께 키우자고 한다. 기쁨에 들뜬 까치들은 그러기로 하고 과수원을 드나들며 벌레도 잡아주고 노래도 불러주고 춤도 춘다. 꽃들이 좋아서 함께 춤을 춘다.

　"요놈의 까치새끼들 저리 안 가?"

　아저씨는 장대를 휘둘렀고 배 밭에 있던 까치들은 파다닥 날아서 도망갔다. 농부는 날아가는 까치를 쳐다보며 욕설을 퍼부었다.

　"저놈의 까치들, 어떻게 가꾼 건데 익기도 전에 찍어 놔? 에이 나쁜 놈들!"

　농부는 장대를 마구 휘두르며 까치들을 원망했다.

　나는 깜짝 놀랐다.

　"깟깟깟 왜 저러지? 우리가 가꾼 배를 우리가 먹는데!"

---

3 노경수, 위의 책, 80쪽.

"맞아, 저 사람은 가지를 잘랐어."

"자르다 뿐이야? 꼼짝도 못하게 철사로 묶었다고!"

"열매를 따서 버리기도 했어. 햇빛도 못 보게 봉지를 씌우기도 했는걸. 이거 봐봐!"

꽃이 필 때부터 배 밭을 가꾼 우리는 농부가 한 일들을 떠올리며 타박했다.

"아저씨, 왜 화를 내요? 우리 배란 말이에요! 아침부터 들락거리며 부지런히 가꾸는 거 봤잖아요, 까치까치까치."

그러나 농부는 또다시 장대를 휘두르며 다가왔다.[4]

농부는 농부대로 까치는 까치대로 자기가 키웠음을 주장하며 갈등한 다. 급기야 농부의 화는 극에 달하고 포획틀이 설치되며 방울이를 비롯 한 떡갈나무 숲 어린 까치들은 모두 갇힌다.

"시끄러 이놈들아, 내가 얼마를 손해 봤는지 아냐, 이놈들아? 내가 봄부터 갈 까지 땀 흘려 키운 배를 네놈들이 다 찍어놓으면 쓰겠냐! 저 배는 말이여, 내가 가꾼 거란 말이여! 근데 늬들이 처먹어? 엉? 버르장머리도 없이 어디다 주딩이 를 대? 대답을 혀봐라, 이놈들아!"

(중략)

"우리가 키웠어요. 우리가 키웠단 말이에요. 깍깍깍, 깟깟깟, 까치까치까치."

"시끄러 이놈들아, 시방 뭘 잘했다고 떠드는 겨? 조용히 못해! 이 배가 맛있 는 줄 나도 안다, 이놈들아. 팔아야 해서 나도 좋은 건 못먹는디 네놈들이 먹 냐? 엉? 이 싸가지 없는 놈들아. 내가 키웠는디 처먹다니, 엉? 좋은 배는 우리 자식도 못주는디 늬들이 처먹어? 주딩이가 있으면 말해보라닝께!"

"뭐라는 거야?"

---

4 위의 책, 144~145쪽.

"모르지. 배를 먹었다고 그러나 봐."

"우리가 먹으면 얼마나 먹었다고? 맛만 보고 남겨준 게 얼마나 많은데."

우리는 무슨 말인지도 모를 농부의 호통에 깟깟깟 깍깍깍깍 싹싹싹 까치까치까치 제각각 떠들었다.

"맞아, 배는 우리가 키웠는걸. 우리가 노래도 불러주었고 이야기도 들려주었어."

"맞아, 꽃이 필 때부터 그랬어."

"비도 함께 맞았어."

"아저씨가 가지를 꺾었을 때 우리가 위로도 해줬어."

"어디 그뿐이야? 농약을 뿌려서 숨 쉬기 힘들어 할 때 부채질도 해줬잖아."

"벌레도 잡아줬고! 깟깟깟, 깍깍깍깍, 싹싹싹 까치까치까치 네모 집은 까치 소리로 가득했다.[5]

포획 틀에 갇힌 까치와 농부의 대결 장면이다. 까치는 까치대로 자기들이 키운 것이라고 주장하고 농부는 농부대로 자기가 키웠다고 주장한다. 인간중심적으로 살아가는 현대인의 관점에서 과수원 주인의 말은 정당하다. 애써 키운 과일을 까치로 인해 헐값에 팔아야 하는 과수원 주인의 심정을 헤아린다면 포획틀 설치는 마땅하지만 개복숭아, 오디, 머루, 다래, 느름 열매에 이어 상수리와 도토리까지 건강에 좋다는 산열매들을 모조리 따가고 주워가는 사람들의 행동이 동물들의 눈에는 어떻게 비쳐질까. 이 동화는 과수원의 배를 중심으로 각기 다른 관점에서 빚어지는 갈등을 대비시켜 자연과 소통하는 통로를 마련한다. 인간중심적 사고가 문명사회를 이루고 편리한 사회를 만들었지만 다른 관점에서 본다면 환경폭력적인 행위가 얼마나 많은지, 인간만을 위한 행동들이 미

---

5 위의 책, 176~177.

래 어떤 변화를 불러올지, 함께 생각해 볼 수 있는 동화이다.

3. 소외로 인한 상처의 치유와 회복
　　―『바람의 눈을 보았니?』

　　영국의 작가 질 르위스의 『바람의 눈을 보았니?』는 영국 북부 스코틀랜드 산악지대에 배경으로 펼쳐지는 물수리에 관련된 이야기이다. 맨손으로 송어를 잡는 아이오나는 강에서 잡은 송어를 빼앗길 위기에 처하자 물고기를 돌려주면 농장의 비밀을 알려주겠다고 한다. 농장에 비밀이라니, 농장주의 아들 칼룸은 믿을 수 없지만 호기심에 아이오나를 따라 숲으로 들어간다. 오래 전 번개를 맞아 갈라진 나무의 몸통 부분에 오르자 굵은 가지들이 여러 갈래로 퍼져 널찍하고 평평한 공간이 나온다. 마치 "작은 방 같기도 하고 숨겨진 요새" 같기도 한 공간은 나무 아래에서는 절대로 보이지 않는다.

　　그곳에서 주위를 둘러보던 나는 '아!'하는 탄성을 지를 수밖에 없었다. 계곡과 호수, 협곡과 산맥, 그리고 배경처럼 끝없이 펼쳐진 푸른 하늘이 풍경화처럼 나타났던 것이다.
　　"굉장하다!"
　　나는 감탄하며 말했다.
　　"정말 멋지구나!"
　　"쉿, 조용히 해야 해!"
　　아이오나가 말했다. 아이오나는 움푹 들어간 나무 구멍 속에 손을 넣어 가방 하나를 꺼냈다. 그리고 그 안에서 담요와 오래된 가죽 상자, 과자 한 통을 꺼냈다.
　　"정말이지 아무에게도 말하지 않을게!"

나는 흥분한 목소리로 말했다.

아이오나는 나에게 과자를 건네려다가 킥킥 웃음을 터트렸다.

"바보야, 겨우 요 정도가 비밀이라고 생각하는 거야? 비밀은 이보다 훨씬 엄청난 거야. 몇 백 배, 몇천 배로 말이야!" (중략)

"눈을 크게 뜨고 잘 봐, 칼룸."

아이오나가 말했다.

"잘 보라고!"

(중략)

"굉장하다, 그치?"

아이오나가 속삭였다. 나는 천천히 고개를 끄덕였다. 할 말을 잃은 채 말이다.[6]

칼룸이 물수리 둥지를 발견하는 장면이다. 아이오나는 칼룸에게 몇 번이나 비밀을 지켜줄 것을 당부한다. 물수리는 보호종인 희귀한 새이기 때문이다. 두 아이는 나무 위 그들만의 비밀의 공간을 들락거리며 물수리 수컷이 둥지를 짓는 일, 암컷에게 구애를 하는 일, 그리고 구애를 받아들이는 암컷의 행동과 알을 낳고 품는 것 등을 관찰한다.

"새가 되어 봐. 바람을 느껴 봐, 칼룸. 의식하지 말고 바람에 너를 맡겨봐. 네 모든 것을 말이야."

나는 여전히 아이오나가 이상한 아이로 보였다. 나는 새를 만나러 왔지, 새가 되기 위해 온 것은 아니라고 쏘아붙이고 싶었다. 하지만 알 수 없는 아이오나의 행동과 말에 이끌려 나는 가만히 눈을 감아 보기로 했다. 뭐든 없기만 해봐라.

---

6 질 르위스, 앞의 책, 34~35쪽.

나는 허수아비처럼 보이지 않으려고 애를 쓰며 허리를 꼿꼿이 펴고 일어났다. 팔을 벌렸을 때 내 귀에 들리는 것은 쉬익쉬익 지나가는 마른 바람소리뿐이었다. 소리는 부딪히는 것에 따라 다르게 들렸다. 나는 옷깃을 살짝 들어 올려 소리를 다르게 들어보았다. 손가락 사이로 빠지는 바람을 느꼈다. 그리고 결국 한 마리의 새처럼 날개를 크게 펼쳤다.

나는 내가 새라고 생각해 보기로 했다. 푸른 하늘 위로 높이, 높이, 더 높이 날아오르는 모습을 상상했다. 어느 순간 아주 빠른 속도로 나는 하늘을 맘껏 날아다녔다. 나무 위로, 거대하고 푸르른 산맥을 넘어, 차가운 바람 사이를 가르며 태양의 아름다운 빛을 한껏 머금을 수 있는 곳까지 날았다.

"물수리가 보여."

아이오나가 낮은 목소리로 말했다. 나는 눈을 가늘게 뜨고 하늘을 바라보았다. 아주 먼 곳에서 희미한 점이 보이는 듯했다. 나의 착각인지, 진짜인지 헷갈릴 정도로 희미했다. 어렸을 때 수평선 너머로 보이는 갈매기를 그렸던 생각이 났다. 딱 그런 모습이었다. 하지만 점점 다가오는 그것은 갈매기가 아니었다. 갈매기보다 훨씬 컸다. 훨씬, 훨씬 더 컸다.

새는 가까이 다가와 공중을 맴돌았다. 눈처럼 하얀 배와 가로줄 무늬 날개, 그리고 꼬리까지 보였다. 나는 망원경으로 살펴보았다.

"확실히 물수리야." [7]

농장주의 아들이면서 자기네 농장에 둥지를 뜬 물수리를 몰랐던 칼룸은 아이오나에게 강물을 들여다보는 방법, 바람의 일부가 되어보는 방법 등을 배워간다. 물수리가 낚싯줄에 걸려 죽음의 위기에 처하자 야생동물보호소에 연락해 구해주고, '아이리스'라는 이름을 지어준다. 발목에 가락지를 끼워주고 등에 위성송신기를 부착하여 물수리의 이동경로

---

7 위의 책, 48~49쪽.

를 관찰한다. 새끼를 키우는 물수리를 관찰하는 아이오나는 엄마와 떨어져 술주정뱅이 외할아버지와 살지만 칼룸과 비밀을 공유하면서 상처를 치유한다. 뿐만 아니라 칼룸과 함께 물수리의 위치를 추적하면서 생명을 소중히 여길 줄 아는, 사랑할 줄 아는 아이로 변해간다.

"아이리스는 알고 있거든. 계속 머무를 수가 없다는 걸 말야. 자식을 두고 떠나야만 하는 엄마의 마음이랄까. 아이리스도 느끼고 있는 거야, 어쩔 수 없다는 것을."

나는 큰소리로 웃었다.

"새라니까. 어떻게 새가 그런 생각을 하고 그런 표정을 지을 수 있겠니?"

(중략)

"아이리스는 돌아올 거야."

나는 최대한 다정한 목소리로 말했다. 아이오나는 고개를 살짝 돌렸다. 두 볼을 타고 눈물이 흐르고 있었다.

"그럴까?"

(중략)

"너희 엄마도 돌아오실 거야, 아이오나. 너를 위해서."

아이오나는 탁 소리가 날 정도로 손가락에 힘을 주어 사진첩을 닫았다. 그러고는 하염없이 흐르는 눈물을 소매로 쓱 훔쳐냈다.

"아니."

아이오나는 떨리지만 강한 목소리로 말했다.

"엄마는 나를 위해서 돌아올 사람이 아니야. 엄마는 절대 돌아오지 않아!"[8]

칼룸은 부모님께 아이오나의 비밀을 이야기 하고, 부모님은 아이오나

---

8 위의 책, 112~113쪽.

의 생일잔치를 열어준다. 생애 최고의 날을 보낸 아이오나는 며칠 뒤 칼룸과 나무집에서 1박 야영을 하기로 한다. 설렘으로 야영할 날을 기다리던 칼룸은 짐을 챙겨 나무집으로 간다. 그러나 약속한 시간이 되어도 아이오나는 오지 않는다. 기다림에 지친 칼룸은 아이오나의 할아버지 집으로 가 그곳에서 고열로 앓고 있는 아이오나를 발견한다.

아이리스의 가족을 한없이 바라보다 보니 눈물이 흘렀다. 다시는 아이오나와 함께 아이리스의 가족을 볼 수 없을 것이다.

"죽었대…… 아이리스, 그 애가 죽었대."

나는 아이리스를 향해 말했다.

"죽었다고! 아이오나가 죽었다니까!"

나는 소리를 질렀다.

"아이오나가 죽었다고! 네가 뭘 알아! 네가 뭘 아냐고! 그래봤자 멍청한 새 주제에!"

아이리스가 날 향해 날개를 펄럭였다. 아이리스의 두 눈이 나를 꿰뚫고 있었다. 젖은 공기 속에서 소리가 들렸다. 끼이…끼이이….

나는 손뼉을 쳐가며 화를 냈다. 아이리스가 참지 못하겠다는 듯 날아올랐다.

"겨우 너 따위가 말이야! 너는 멍청한 새에 지나지 않아!"

나는 눈에 보이는 모든 것들을 노려보았다. 호수도, 나무도, 숲도, 길도, 모든 것이 하나도 아름답지 않았다. 아이리스는 멀리 날아가 보이지 않았다. 아이오나의 말처럼 아프리카로 날아갔을지도 모른다.

(중략)

"떠날 거니? 떠나는 거지?"

나는 울먹이며 말했다.

아이리스는 나를 똑바로 쳐다보았다. 황금빛 눈동자가 정확히 내 두 눈을 바라보고 있었다. 한순간 세상에 아이리스와 나만이 존재한다는 느낌이 들었다.

숨이 멎는 것 같았다. 새의 눈 속에 내가 있고, 내 눈 속에 새가 있었다. 우리는 함께, 무언가를 느끼고 있었다. 나만의 느낌이었을까. 아이리스는 아이오나의 죽음을, 아이오나가 나에게 한 부탁을, 이미 알고 있었다고 가만히 말하는 듯 했다.[9]

스코틀랜드에서 아프리카 감비아까지 물수리의 스펙터클한 비행은 스코틀랜드 산골 아이들에게 여러 나라를 지나는 산맥을 보여주고 아프리카 감비아 맹그로브 습지에 사는 소녀와 친구가 되게 하며 아프리카에서 교통사고로 다리를 잃을 위기에 처한 소녀를 구하기에 이른다. 『바람의 눈을 보았니?』는 맹금류인 물수리에 관한 이야기이자 동시에 상처받는 사람들의 치유에 관한 이야기이기도 하다. 물수리가 사는 산과 강, 습지 등의 환경에 대한 세밀한 묘사는 독자에게 그곳에 함께 있는 느낌을 주고 숲에 대하여, 강에 대하여, 물수리에 대하여 그리고 우정과 사랑, 성장에 대하여 생각하게 한다. 이러한 자연과의 소통과 사랑으로 이끄는 문학은 치유를 동반하며 독자들의 마음에 삼림에서 얻을 수 있는 평안함을 준다.

4. 치유를 위한 삼림문학의 가능성

〈나는 자연인이다〉와 같은 TV 프로그램을 보면 문명사회에서 상처받고 아픈 사람들이 산으로 들어가 숲에 동화되어 살아가는 모습이 방영된다. 그들은 자신의 생체리듬을 숲에 맞춰 자연의 소리에 귀 기울이며 몸과 마음을 치유한다. 물질을 추구하는 경쟁사회에서 낙오자가 되어

---

9 위의 책, 131~133쪽.

심신이 피폐해지면『바람의 눈을 보았지』의 주인공 아이오나와 같이 자연으로 돌아가 자연의 일부로 살아가는 것이다.

그러나 자연에서 살아간다고 해서 모두가 그런 것은 아니다. 필자의 『'하얀' 검은 새를 기다리며』에서처럼 축적을 위한 물질을 소유하기 위하여 자연을 정복의 대상으로 삼아 인간중심으로 살아가는 사람도 많다. 인간이 자연을 정복하는 환경에서 인간 이외의 다른 생물들은 생존을 위한 최소한의 먹이활동을 위해 인간과 갈등한다.

필자는 몇몇 대학에서 아동문학을 강의하는데 수강생들한테서 종종 "힐링이 되는 수업이었다거나 치유 받는 강의였다"는 평가를 받곤 한다. 아동문학이 동심의 문학이기 때문일 텐데, 동심은 인위로 변질되지 않은, 자연스럽게 태초에 주어진 원초적인 마음이라 할 수 있다.[10] 이러한 아동문학에서 '치유를 위한 삼림문학의 가능성'은 논의의 여지가 없는 당연한 논제일 것이다. 그럼에도 '치유를 위한 삼림문학의 가능성'이 주제가 되어 논의의 대상이 된 것은 절박한 필요성에 비해 그것을 충족시켜줄 작품이 많지 않기 때문으로 판단된다.

경쟁을 부추기는 인간 중심의 물질사회는 앞서가는 사람보다 뒤처지는 사람이 많을 수밖에 없는 구조이기 때문에 상처는 필연이다. 이러한 현대인에게 자연을 소재로 하는 삼림문학은 절대적 가치를 지닌다고 할 수 있는데, 이는 도시화로 삼림이 낯설거나 두렵고 거부감까지 느낄 수 있는 독자들에게『'하얀' 검은 새를 기다리며』의 까치와 까마귀 그리고 자연이 주는 열매들과『바람의 눈을 보았니?』에서 물수리의 삶을 보여주는 작품이 숲속의 다양한 것들을, 숲속에 깃들어 사는 다양한 생명들을 보고 듣고 느끼게 하기 때문이다. 나아가 그들과 소통할 수 있는 통

---

10 이탁오의 『분서』를 비롯하여, 윤석중, 이원수, 이재철, 박상재, 박유규, 김자연, 노경수 등 많은 사람들이 자신의 저서에 동심에 대해 정의했는데, 이들의 공통점은 인위로 변질되지 않는, 태초의 마음, 참된 마음, 진심 등이다.

로를 열어놓기 때문이다. 삼림과 소통하며 함께 하는 것은 자연의 일부인 인간이 문명사회에서 받는 상처를 치유하기 위함이고, 그것은 쉼을 얻는 일이며 사람답게 사는 일일 것이다.

판타지는 아동문학에 어떻게 나타나는가

1. 들어가는 말

판타지란 무엇일까. 한 번쯤 동화를 써 본 사람이라면 판타지에 대해 생각해 봤음직한 질문이다. 1970년 토로르프가 판타지에 대한 논의를 본격적으로 시작한 이래 많은 비평가들이 이 질문에 다양한 해답을 제시했지만 판타지의 실체는 여전히 잡히지 않고 있다. 특히 아동문학에서의 환상은 어린이의 발달단계에 따라 현실에 대한 인식 방법에도 차이가 있어 개념은 더욱 모호해진다.

환상(le fantastique)에 대한 정의는 거기에 관심을 갖고 있는 이론가들의 수만큼이나 다양하다. 예를 들면, 로제 카이유아(Roger Caillois)는 환상을 '현실세계에서는 거의 견디기 힘든 어떤 기묘하고 돌발적인 것, 분열, 소요'라고 하였고, 피에르-조르주 카스텍스(Prerre-Georges Castex)는 '현실의 삶의 범주 속으로의 신비의 갑작스러운 침입'이라고 하였다. 츠베탕 토도로프(Twvetan Todorov)는 '초자연적인 외양을 띤 어떤 사건 앞에서, 자연적인 법칙들만을 알고 있는 한 존재가 느끼는 망설임'에 환상의 근거를 두고 있으며, 이렌느 브시에르(Irene Bessiere)는 환상에서 '인간 이성의 한계에 대한 상상적 체험'을 보고 있다. 자크 피네(Jacques Finne)의 경우, 환상소설은 '명백하게 비논리적인 모든 현상들을 우리의 인식체계로 환원시키는' '어떤 설명에 의해 해소되는 논리적 신비들'로 이루어진다.[1]

이재철의『세계아동문학사전』에는 판타지란 끝없는 상상과 꿈과 같은 공상을 가리키는 말이라고 정의하면서 "독창적인 상상력으로부터 탄생하는 것이며, 그 상상력은 인간의 5관으로 알 수 있는 외계의 사물에서 유도하는 개념을 초월한 것을 말하는 것으로 보다 깊은 개념을 형성하는 마음의 활동이다."라고 릴리언 스미스의『아동문학론』을 인용[2]하였고, '판타지 세계는 현실세계의 한 모사이기는 하지만 논리적인 모사가 아니라 은유적인 모사이다'라고도 정의했다.

우리말 국어사전에서 환상(幻想)이란 '현실로는 있을 수 없는 일을 있는 것처럼 상상하는 일'이라고 정의되어 있다. 예술의 또 다른 분야인 음악에서도 자유분방한 형식과 악상으로 작곡한 악곡을 환상곡이라고 하는 것처럼 우리의 아동문학에서도 시간과 공간을 초월하는 자유분방한 형식의 동화를 환상동화라고 일컬어 왔다.

그런데 아동문학에서 동화의 본질을 환상이라고 정의하는데, 이때의 환상은 물활론적 사고를 기반으로 하는 어린이들이 세계를 인식하는 방법을 반영한 것으로, 판타지문학과는 다른 차원이다. 이때의 환상은 현실과 상상의 경계가 모호한 어린이의 특성을 반영한 것으로, 은유를 통한 시적 환상이나 의인화를 통한 '~되어보기', 즉 역지사지를 위한 방편으로서의 환상이다.

이렇듯 환상의 정의는 다양하고, 판타지로 분류되는 작품들의 성격

---

1 프랑수아 레이몽(Francois Raymond) & 다니엘 콩페르(Daniel Compere) 저, 고봉만 외 옮김, 『환상문학의 거장들』, 자음과모음, 2002, 10쪽.
2 이재철,『세계아동문학사전』, 계몽사, 1989, 376쪽.

또한 다양하다. 어린이의 세계 인식 방법을 반영한 환상에서부터 작품의 내용이 판타지와 사실주의 문학을 가르는 중심축이 되기도 하고, 판타지가 그리는 세계와 외부 현실과의 관계가 쟁점이 되기도 한다.

이 글은 동화의 본질인 환상성을 넘어서는, 리얼리즘 문학의 대척점에 있는 판타지 문학에서 환상이 어떻게 나타나는지를 우리나라의 판타지 동화 몇 편과 외국의 판타지 동화 『해리포터』 시리즈와 『어린왕자』를 중심으로 살펴보려고 한다. 이는 판타지 동화를 이해하고 창작하는 데 도움이 될 것이라 생각한다.

2. 창작동화에 나타나는 판타지

전래동화에서 파생되어 나온 판타지 동화는 여러 가지 유형으로 발전된다. 그중 가장 기본적인 유형이 현실세계와 환상세계가 공존하는 타입이다. 이런 작품에서는 어떤 특정한 전환점에 이르면 현실세계에서 환상세계로, 혹은 환상세계에서 현실세계로의 전이가 가능하다. 이때의 전이는 현실세계와 환상세계를 잇는 통로를 통해서이고, 이 통로는 여러 양상으로 나타난다.

조앤 K 롤링의 『해리포터』에서 현실과 환상을 잇는 통로는 9와 3/4의 문이고, 미카엘 엔데의 『끝없는 이야기』에서는 오래된 한 권의 책이며, 호프만의 『호두까기 인형』에서는 옷장, 캐럴의 『이상한 나라의 엘리스』에서는 꿈이, 아스트리트 린드그렌의 『사자왕 형제의 모험』에서는 죽음이 환상세계로의 통로이다.

강숙인의 『눈나라에서 온 왕자』에서는 4차원의 세계인 눈나라와 3차원의 세계인 지구가 어느 한 시점—시간과 공간이 일치한다는—의 시간과 각도가 연결통로로 쓰였다. 김병규의 『푸렁별에서 온 손님』에서 주인공 자스는 푸렁별(환상세계)에서 지구(현실세계)로 오는 통로로 눈을 소도구로 썼다. 정진채의『사랑의 새』에서는 창작동화임에도 현실과 환상의 연결통로가 없어 현실세계와 초현실세계가 분리되지 않는다. 그래서 현실감이 떨어지는 다소 전래동화 같은 느낌을 주기도 한다.

우리나라의 창작동화에 나타나는 환상세계의 특징은 거개가 권선징악의 범주 안에 있으며 무생물이나(돌, 바람, 시냇물 등) 생물(꽃, 풀, 동물)의 의인화로 나타나는 것을 쉽게 찾아볼 수 있다. 상상을 초월하는 환상의 세계라기보다는 우리가 상상할 수 있는 사건의 전개를 무생물이나 생물의 의인화로, 초능력을 가진 인물이 등장하더라도 독보적인 존재로서 대적할 만한 대상이 없어 긴장감이나 흥미를 주지 못한다. 또한 그러한 초능력자는 그의 능력을 권선징악의 범주 안에서 사용한다. 작품의 배경이 초능력자들이 사는 환상세계가 아니라 보통 사람들이 사는 현실세계가 대부분이며 그 현실세계에서 가난하고 착한 사람은 복을 받고 나쁜 사람은 벌을 받는다는 단순한 캐릭터로서 부분적인 판타지로 나타낸다.

1) 우리나라 환타지 동화
　　—『푸렁별에서 온 손님』,『사랑의 새』,『눈나라에서 온 왕자』,『악어의 강』,
　　『샘마을 몽당깨비』,『북청에서 온 사자』

김병규의『푸렁별에서 온 손님』(동아출판사, 1996)은 중편으로 눈물이 메마른 푸렁별에 사는 '자스'라는 아이가 눈물의 의미를 배우려 지구로 내려와 겪는 이야기이다. 삭막하고 메마른 푸렁별에 눈물의 의미를 깨우쳐주기 위해서 눈을 타고 지구로 내려온 '자스'는 지구에서 버들이라는 아이를 만난다. 그리고 버들이가 다니는 학교 교실에서, 넝마주의에게서, 탄광촌의 아이들에게서 눈물의 의미를 배우는 과정을 통해 그것의 소중함을 깨우친다. 푸렁별에서 온 아이와 지구에 사는 아이의 환상적인 만남으로 시작되지만 이야기의 전개는 환상세계보다는 현실세계에서의 눈물의 소중함을 말하고 있는 동화이다.

정진채의 『사랑의 새』(금성출판사, 1994)는 장편으로 그동안 국내에서 발표된 환상동화 가운데 외국의 환타지 소설과 비슷한 환상세계를 다뤘다. 평화롭고 살기 좋은 금나라의 공주가 나이가 들자 부마 간택 시험을 공고한다. 이를 계기로 마음씨 착하고 성실한 금나라의 백호 장군과, 욕심이 많고 교활한 도화국의 맹 왕자 사이에 금나라 공주를 놓고 3년간에 걸쳐 무시무시하고 치열한 싸움이 벌어진다.

도술을 부려 백호 장군을 호랑이로 만든 간교한 맹 왕자, 그리고 맹왕자를 막기 위해 끝까지 백호 장군과 공주의 곁을 따라다니며 더 높은 술법을 쓰는 백운 도사의 끈질긴 집념이 불꽃튀는 대결을 벌인다. 결국 공주를 손아귀에 넣을 수 없다는 것을 안 맹 왕자는 그토록 아름다운 공주를 세상에 둘도 없는 흉악한 모습의 추녀로 만든다.

호랑이가 된 백호 장군은 공주의 병을 고치기 위해 갖은 고초를 겪은 끝에 독수리로 변해 마침내 뜨거운 해의 조각을 구해와서 공주의 병을 치료하지만 그는 죽고 만다. 공주 앞에서 늠름한 모습으로 나타난 백호 장군은 한 쌍의 새가 되어 살게 될 것을 약속한다. 백호의 시신에서 한 마리의 새가 날아오르고 공주는 여왕이 되어 금나라를 아름답고 살기 좋은 나라로 만든다. 세월이 흘러 여왕이 죽자 그 무덤에서 한 마리의 새가 날아왔다. 이승에서 못다한 백호장군과 공주의 사랑은 죽음을 넘어 저승에서 꽃피운다는 불교정신을 밑바탕으로 하는 참사랑의 이야기이다.

순간을 바쳐 영원한 사랑을 구한 백호 장군과 금아 공주의 이야기는 설화적인 경향을 풍기기도 하지만 백호 장군과 맹 왕자 사이의 치열한 싸움은 긴장감과 함께 생생한 현실감을 준다. 현실세계와 환상세계가 어떤 연결고리 없이 함께 공존하고 있어 창작동화인데도 불구하고 전래동화 같은 느낌을 주어 아쉬움이 남는다.

강숙인의 『눈나라에서 온 왕자』(푸른책들, 1999)는 눈새라는 아이가 "사람들이 유토피아를 꿈꾸면서도 막상 그 낙원에 찾아온 사람은 '꿈꿀 필요가 없는 낙원보다는 괴롭고 슬프더라도 꿈꿀 수 있는 지구로 돌아가고 싶다'는 말을 남기고 돌아갔다"는 할머니 이야기를 듣는다. 그리고 '꿈'의 의미를 알기 위해 지구를 여행한다. 작가는 눈나라와 지구가 시간 공간이 일치하는 시점을 환상세계와 현실세계의 연결통로로 설정한다. 주인공 눈새가 지구여행을 하면서 만나는 온갖 계층의 사람들에게서 꿈의 소중함을 이야기하는데, 이는 『푸렁별에서 온 손님』에서 눈물의 의미를 배우는 것과 비슷한 구조를 가지고 있다. 눈나라(낙원)의 아이라는 설정 이외에는 환상으로 그려진 요소는 별로 찾아볼 수 없다.

도깨비 이야기로 묶여진 조장희의 『벼락맞아 살판났네』(동아출판사)도 환상동화의 범주에 들기는 하지만 이는 책에서 밝힌 작가의 말대로 할머니, 어머니에게서 전해들은 도깨비에 관한 옛날이야기를 재구성한 것이어서 창작동화로서 환상의 세계를 다뤘다고는 할 수 있겠으나 판타지문학으로 리얼리티는 부족했다.

김도희의 『악어의 강』(대교출판, 1996)은 사람의 딸인 마니샤가 악어왕 라자에게 잡혀가 악어로 변하는 이야기이다. 수행자 죠쉬나는 악어였다가 도를 닦아 인간으로, 마침내 득도(得道)해서 성자가 된 '라오'의 도움을 받아 마니샤를 구한다. 악어왕 '라자'와 수행자 죠쉬나의 마법의 싸움은 환상 속에서 긴장감과 흥미를 가져다준다. 수행자였던 죠쉬나는 500년 전 악어왕이었다가 득도해서 성자가 된 라오의 가르침으로 라자의 손아귀에서 마니샤를 구출할 수 있었으나 마니샤는 사람으로 돌아오지 못한다. 죠쉬나는 마니샤를 위해 같이 악어가 되기로 결심하고 자신에게 걸려있는 마법이 풀리는 시간을 외면하여 영원히 악어가 되기로 한다. 강과 바다가 만나는 곳에서 마니샤와 죠쉬나는 악어 부부가 되어 살아간다는 아름다운 이야기이다. 이 동화에서 현실과 환상의 연결 고리는 도(道)이다.

황선미의 『샘마을 몽당깨비』(창비, 1999)는 여러 편의 판타지 작품 중에서 가장 관심이 가는 작품이었다. 내용을 살펴보면 엄마의 병을 낫게 하려고 깊은 산 속에 샘물을 길러오는 버들이라는 여자아이를 사랑하는 도깨비 몽당깨비는 버들이에게 큰 기와집 한 채를 지어주고, 산속 짐승들과 도깨비들이 마시는 샘마저 버들이에게 주고 만다. 도깨비대왕은 그 벌로 몽당깨비를 천 년 동안 은행나무 밑에 가두고 버들이에게는 자손 대대로 가슴을 앓는 병을 준다. 버들이의 집은 몰락하여 사라질 위기에 처한다. 농촌의 도시화로 버들이 집 옆에 심어진 은행나무는 도시의 공원으로 옮겨지게 되고, 그 바람에 천 년 동안 갇혀 있어야 했던 몽당깨비가 삼백 년만에 깨어난다. 도시의 공원에서 죽을 뻔했던 은행나무는 버들이의 자손인 아름이가 길어다 준 물을 먹고 살아나 다시 버들이의 집 옆으로 오게 된다.

은행나무가 살아나자 버들이의 자손인 아름이의 가슴병이 낫고 몽당깨비는 아름이에게 생명의 샘을 잘 지켜달라는 부탁을 한다. 몽당깨비는 대왕도깨비가 되기 위해 다시 은행나무 아래로 들어가 칠백 년 동안 기다리기로 한다.

이 작품에 나오는 도깨비는 전래 민담의 도깨비와 다르다. 낮에는 몽당빗자루였다가 밤이면 살아 움직이는 도깨비가 된다는 점에서는 민담 속 도깨비와 비슷하지만, 사람을 사랑하기도 하고, 그 때문에 벌을 받기도 하고, 또 생명의 본질에 대해 생각하게 한다는 점에서는 새로운 성격이 부여되었다고 할 수 있다. 작가는 몽당깨비를 통해 환경문제를 제기하였고 인간과 자연의 공존을 아름이가 '도깨비 샘을 지키는 일'로 표현하였다. 도깨비인 몽당깨비는 인간을 사랑하고 인간의 편의를 위해 봉사하는 인물로 나오는 것에 비해 인간인 버들이는 자신의 이익을 위해 몽당깨비의 사랑을 배반한다. 그 결과로 나타난 것이 가슴을 앓는 고통이다. 그 고통으로부터 벗어날 수 있는 길은 버들이의 후손이 죽어가는 생명을 살려야 하는 것으로 제시된다. 버들이의 후손인 아름이가 아픈 가슴을 안고, 죽음을 무릅쓴 고통을 감내하며 샘물을 길어다 도시의 공원에 있는 은행나무를 살리는 사랑을 실천한다. 이 작품에서 현실세계와 환상세계를 이어주는 소도구는 은행나무 뿌리인데 주인공 몽당깨비는 민담 속의 도깨비와 달리 현대적으로 해석되고 재구성되어 읽는 이의 흥미와 관심을 끈다.

강원희의 『북청에서 온 사자』(금성출판사, 1995)는 잠에서 깬 북청사자놀음에서의 형인 '북'이 동생인 '청'이를 찾아 여행하는 내용을 담고 있다. 사라져 가는 우리 놀이인 북청사자놀이에 시공을 뛰어넘는 환상세계를 접목시켜 이야기를 펼쳐나간다.

판타지 문학에서 중요한 것은 은유와 놀라움이라고 할 수 있을 것이다. 은유란 말하고자 하는 원관념은 숨기고 보조관념만 드러내어 표현하려는 대상을 설명하거나 묘사하는 것인데, 이때 보조관념들이 상상을 뛰어넘는 환상성으로 나타나 놀라움과 함께 재미와 흥미를 줄 수 있어야 할 것이다.

사이버 공간에서 유행하는 판타지 소설과 아동문학에 나타나는 환상적인 요소는 다소 차이는 있지만, 모두 판타지가 흥미 위주로 흘러가다 보면 문학성이 결여될 염려를 배제할 수 없다. 판타지 문학의 주 독자층은 신세대들이다. 때문에 재미 속에도 작품성, 문학성을 담보하는 주제가 녹아들어 있어야 할 것이다. 발달 과정에서 빠른 변화를 보이는 아이들에게 무분별한 판타지는 판단의 혼미를 가져올 수 있기 때문이다.

우리에게는 해리포터 시리즈나, 오즈의 마법사처럼 마법사나 마녀가 등장해서 요술을 부리는 환상 세계보다는 도깨비의 캐릭터가 더 친숙하다. 익살스러움과 마술을 부릴 수 있는 초능력을 가지고 있는 도깨비 이미지는 판타지문학의 소재로 다양하게 쓰일 수 있을 것이다. 형상화 과정에서 복선을 통한 개연성을 담보한다면, 『샘마을 몽당깨비』에서처럼 필연적인 인과관계로 이끌어낼 수 있어 독자들을 사로잡는 판타지 문학이 될 수 있을 것이다.

2) 외국 판타지 동화
—『해리포터』시리즈와『어린왕자』

영국의 조앤·K 롤링(34)은 해리포터 시리즈를 발표하기 2년 전까지만 해도 딸아이를 데리고 궁핍하게 살아가는 이혼녀이자 무명의 작가 지망생이었다고 한다. 그녀는 일자리를 얻지 못해 생활보조금으로 연명하는 자신의 처지에 굴욕감을 느껴 '밑천'이 들지 않는 소설창작을 결심했다는데, 96년 초고를 완성했을 때 그녀는 복사비가 없어서 타자기로 원고를 한 벌 더 쳐야 했고, 출판 에이전트 두 곳에 원고를 우송했다.

조앤·K 롤링이 창조한 주인공 해리포터는 아이들의 우상이 되었다. 『해리포터』시리즈를 만들기 위해서 그녀는 십 년이 넘는 세월을 생각하고 고민했다고 하는데 그만큼 구성도 튼튼하고 사건의 전개도 속도감이 있고 다양하다. 이러한 판타지의 세계는 잠깐의 유행일지도 모른다. 그러나 책을 읽지 않는 사람들에게 책에 흥미를 갖게 한 데 공헌한 것만으로도 그 책의 의의는 큰 것이라고 본다.

통상적으로 동화책을 읽지 않는 사람들을 책벌레로 변화시킬 만큼 매력적인 주인공 해리포터는 안경을 쓴 고아소년이다. 또한 호그와트 마법학교에 입학하면서 펼쳐지는 성장소설이기도 한 이 소설은 해리가 부모를 잃고 친척 집에 맡겨져 천대를 받는 데서 시작한다. 열한 번째 생일에 해리는 자신이 마법사였다는 사실을 깨닫고 마법 학교에 입학하고, 변신술과 요술지팡이 사용법, 마법의 역사 따위를 배운다.

이와 같은 서사구조에선 필연적으로 주인공을 괴롭히는 조연으로 '악'의 무리가 등장하게 된다. 1권에서 해리는 마법학교 지하실에 보관된 '마법사의 돌'을 호시탐탐 노리는 마왕과 한판 승부를 벌이게 되고 그 과정에서 마왕이 자신의 부모를 죽였다는 사실도 알게 된다. 이때부터 해리는 친구들의 도움을 받아 마왕을 물리치게 되는데, 그 과정이 흥미진진하게 펼쳐진다.

2권에서는 영국 최고의 마법학교에서 일 년을 보낸 해리포터가 더즐리 이모 댁에서 여름방학을 힘겹게 보내는 것으로 시작한다. 힘든 방학을 보낸 해리가 학교에 돌아가려 하자 도비라는 집 요정이 나타나 그에게 학교로 돌아가지 말라고 경고한다. 그러나 해리가 이를 무시하고 그냥 학교로 돌아가자 이상한 일들이 잇따라 일어난다. 해리의 가장 친한 친구를 비롯해 여러 명의 학생들이 차갑게 굳어버린다. 해리는 "조심해라. 비밀의 방문이 열렸다"고 기숙사의 벽이 속삭이는 소리를 듣는다. 학교 친구들은 50년 만에 열린 '비밀의 방'에서 나온 괴물이 벌이는 사건의 배후자로 해리를 지목한다. 해리가 뱀과 대화를 하기 때문에 괴물을 조종하는 '슬리데린'의 후계자로 낙인찍힌 것이다. 하지만 해리는 비밀의 방으로 들어가는 입구를 찾아내 괴물을 없애고 호그와트 마법학교의 영웅이 된다.

3권 『해리포터와 아즈카반의 죄수』에서 해리는 론과 헤르미온느와 함께 무서운 악의 마법사라든가 흉악한 탈옥범과 손에 땀을 쥐게 하는 쫓고 쫓기는 싸움을 벌인다. 트릴로니 교수의 예언으로 두려움에 휩싸인 해리는 마왕 볼드모트의 부하와 싸운다. 아즈카반에서 죄수들을 다루는 디멘터에 대한 공포, 그 디멘터들에게서 탈출한 죄수 시리우스 블랙에 대한 두려움 등, 전편에 걸쳐 흐르는 공포와 거듭되는 반전에 반전, 곳곳에 숨어 있는 복선은 독자들에게 예측을 불허하는 흥미를 가져다준다.

이 시리즈가 '세기말의 베스트셀러'가 되고 있는 이유는 권선징악이라는 틀은 지니고 있으면서도 각각의 캐릭터가 생생하게 살아있고, 세 친구(해리, 론, 헤르미온느)의 우정이 독자들의 마음을 훈훈하게 해주며 또한 서양의 여러 신화들이 뒤섞여 있어 낯설지 않다는 점이다. 직접적으로 표현되진 않지만 옳고 그름, 선과 악 등에 대한 규정이 선명하고 간접적인 교시성이 재미 속에 은은한 감동으로 이어지기 때문이다. 경쾌한 문장도 가독성을 높인다. 우리가 무심하게 지나치는 이웃 중에 마법사가 있다는 독특한 상상력 또한 흥미롭다. 뿐만 아니라 정의를 사랑하는 주인공 해리 앞에 놓인 끝없는 선택과 책임의 길은 요즈음 자유만을 부르짖는 젊은 세대들에게 자유와 더불어 책임도 중요함을 일깨워주기도 한다.

앙투안 드 생텍쥐페리는 『어린왕자』(비룡소, 2000)는 세계인의 고전으로 손꼽힌다. 작가는 주인공 어린왕자가 살던 작은별을 비롯하여 일곱 개의 별이라는 환상공간을 창조한다. 이 환상공간과 거기서 벌어지는 은유적인 이야기는 『어린왕자』를 세계적인 고전으로 자리매김시켰다.

주인공 어린왕자가 여행한 첫 번째 별에서는 권위만 내세우는 왕이 살고, 두 번째 별은 자기를 칭찬하는 말만 좋아하는 허영쟁이가 산다. 세 번째 별에는 술 마시는 게 부끄러워 그걸 잊기 위해 매일 술을 마시는 술주정뱅이가, 네 번째 별에서는 자기가 하늘의 모든 별을 소유하겠다는 욕심쟁이 사업가가, 다섯 번째 별에서는 가로등을 켜는 일을 하는 점등원이, 여섯 번째 별에는 탐험을 하지 않는 지리학자가 산다. 그들을 만나 삶의 이야기를 들은 어린왕자는 "어른들은 참 이상해"를 후렴구처럼 외친다. 이 여섯 개의 행성은 작가가 만들어낸 공간으로 환상공간이다. 마지막 지리학자가 알려준 일곱 번째 지구별이라는 현실공간에 온 어린왕자는 사막에서 불시착한 고장난 비행기의 조종사를 만나고, 사막여우를 만난다. 그리고 그들과 관계맺는 이야기로 독자들의 마음을 파고든다.

사막여우 역시 작가가 만들어낸 가상의 인물이고 사막은 아름다움의 공간, 깨달음의 공간이 된다. 사막은 시련이나 고난을 상징하는 은유성 때문에 깨달음의 공간으로서의 충분한 개연성을 획득한다.

어린왕자가 비행기 조종사를 만나고 여우를 만나 이야기를 나누면서 얻는 깨달음은 독자들의 깨달음으로 이어지고, 어린왕자는 두고 온 장미꽃을 책임지기 위해 자기 별로 돌아간다. 이는 독자에게 길들인 대상(관계를 맺거나 정을 준 대상)에 대한 책임으로 유도한다.

어린왕자가 여행한 여섯 개 별이라는 환상 공간에서 만난 인물은 인간 내면세계의 다양한 감정으로도 해석할 수 있다. 욕이나 권위, 허영과 술 취함, 물욕, 일, 학문에 대한 욕구는 탐진치(貪瞋痴)를 상징한다고 보아도 무방할 것이다. 여섯 개 행성에 사는 사람들은 자신의 욕망으로 인해 별을 지킨다. 이를 만난 어린왕자는 "어른들은 참 이상해"를 후렴처럼 반복한다. 어린이다움으로 가득한 어린왕자는 코끼리를 삼킨 보아뱀을 상상할 줄 알고 작은 상자만 그려주어도 그 속에 무엇이 들어있는지 안다. 또한 그의 상상력은 사막에서 만난 여우와도 소통한다. 이들이 나누는 대화는 많은 메타포를 지니고 독자들의 가슴으로 파고들어 별처럼 반짝이게 한다. 작가가 창조한 환상세계가 영원성을 획득하는 순간이다.

3. 나가는 말

간략하게나마 국내외 몇 편의 작품으로 판타지가 아동문학에 어떻게 나타나는지 살펴보았다. 피터팬이 아이들을 이끌고 날아간 환상의 세계에서 아이들에게 현실의 질서 대신에 상상의 일탈을 마음껏 향유하게 했듯이 불쌍한 고아소년 해리포터는 아이들에게 답답한 규범에서 벗어나는 흥미진진한 모험과 정의의 세계를 선물했다. 어린왕자는 관계의 소중함을 일깨워주면서 현실의 일탈은 동시에 책임을 수반한다는 것을 분명하게 암시한다. 관계를 위해 위험을 무릅쓸 줄 아는 사랑과 용기도 가르쳐 준다.

아이들이 환상동화를 좋아하는 이유는 앞에서 밝혔듯이 어른의 틀에 눌려 있는 답답하고 궁색하고 진부한 현실—어린왕자가 탐험한 일곱 개의 별에서와 같은—에서 벗어나 마음껏 상상하며 즐기고 싶은 욕구 때문일 것이다. 처음 책장을 열면 어떻게 끝날 것인지 뻔한 동화보다는 흥미진진하고 마음껏 상상력을 펼칠 수 있는 환상세계를 아이들은 원하고 있다. 그 환상 속에서 현실에 존재하지 않는 위대한 영웅을 만나고 진정한 우정도 나눌 수 있으며, 사랑도 하고 신나는 모험도 한다. 그것은 공부해야 한다는 억압 속에서 해방될 수 있는 유일한 탈출구, 즐거운 탈출구인 것이다.

해리포터 시리즈와 같은 흥미진진한 환상의 세계를 유가사상을 바탕에 깔고 있는 우리의 정서와 잘 접목된다면 '어린왕자'와 같은 훌륭한 작품이 탄생할 수 있으리라는 기대를 해본다.

참고도서

강숙인, 『눈나라에서 온 왕자』(푸른책들, 1999)

강원희, 『북청에서 온 사자』(금성출판사, 1995)

김도희, 『악어의 강』(대교출판, 1996)

김병규, 『푸렁별에서 온 손님』(두산동아. 1996)

이재철, 『세계 아동문학사전』(계몽사,1989)

정진채, 『사랑의 새』(금성출판사, 1994)

조장희, 『벼락맞아 살판났네』(두산동아, 1994)

조앤 · K 롤링, 『해리포터와 마법사의 돌』(문학수첩, 1999)

＿＿＿＿＿, 『해리포터와 비밀의 방』(문학수첩, 1999)

＿＿＿＿＿, 『해리포터와 아즈카반의 죄수』(문학수첩,1999)

황선미, 『샘마을 몽당깨비』(창작과 비평사, 1999)

아스트리트 린드그렌, 『사자왕 형제의 모험』(창비, 2000)

앙투안 드 생텍쥐페리, 『어린왕자』, (비룡소, 2000)

호프만, 『호두까기 인형』(지경사, 1995)

프랑수아 레이몽 & 다니엘 콩페르, 고봉만 외 옮김, 『환상문학의 거장들』(자음
과 모음, 2002)

미카엘 엔데, 『끝없는 이야기』(문예출판사, 1996)

루이스 캐럴, 『이상한 나라의 엘리스』(태일소담출판사, 2001)

아동문학에서의 리얼리즘
—강소천 문학을 중심으로

1. 문제의 제기

19세기 산업혁명 이후 문예사조에 등장한 리얼리즘은 현대에 이르기까지 많은 논쟁의 대상이 되어왔다. 논쟁의 쟁점은 작품에서 사실성을 획득하는가, 진실성을 내포하고 있는가, 혹은 사회상을 반영하고 있는가 등 많은 것들을 가지고 탐색하는데, 현실 인식의 다양성에서 개념의 혼란을 초래하였다.

아동문학 100년의 역사[1]를 가지고 있는 한국 아동문학에서도 현실 반영에 따른 리얼리즘에 대한 논쟁은 치열했다. 현실에 있는 아동을 그렸느냐, 아니냐, 하는 논쟁이었는데 특히 강소천 문학에서 많이 대두되었다.

현실이란 주체의 인식에 따라서 달라질 수 있기 때문에 현실의 반영역시도 다양한 양상이 나타날 수 있어 논쟁은 필연일 수밖에 없다. 이렇듯 다양한 관점에서 쓰여지는 리얼리즘에 대한 개념을 살펴보고 강소천 문학에서의 리얼리즘을 고찰해보려고 한다.

---

1 1908년 『소년』지를 아동문학의 출발로 보았다.

2. 예술적 미메시스와 리얼리즘[2]

미메시스(Mimesis)는 미무스(mimus)에서 파생된 언어로 '모방' 혹은 '제스추어, 행위와 말 등을 통한 인물의 표현'등으로 해석한다. 일부에서는 '표현', '외화'로서도 해석을 하나 주로 '모방'으로 해석한다. 미메시스 즉 현실의 모방은 문학을 예술의 한 형태로 파악하고 그 기원을 설명하는 가장 오래되고 전통적인 견해로서 최초의 모방이란 용어가 나타난 것은 플라톤(Platon, B.C 427~347)의 『공화국(The Republic)』에서이다. 그는 모방론을 전제로 하여 시인추방론을 내세웠는데 그에 의하면 시(문학)는 진실과 동떨어진 허상에 지나지 않는다. 모방은 단순히 눈에 보이는 사물을 대상으로 한 모사 개념으로 진리나 정의와 무관하다.

플라톤의 '공화국'이란 이상국(理想國)으로서 진리가 이념이 되고 정의가 실현되는 세계이다. 여기서 진리란 사물 속에 내재한 본질적인 것으로 순수 이성을 통해서만 파악되는 이데아(idea)를 뜻한다. 그런데 문학은 이데아를 모방하는 것이 아니라 화가와 사진사와 같이 실재하는 사물의 겉모습만을 모방한다는 점에서 플라톤은 시인 추방설을 주장하였다.

문학에 대한 플라톤의 이러한 부정적입장은 아리스토텔레스(Aristoteles, B.C. 384~322)에 의해 극복된다. 아리스토텔레스는 모방을 인간이 지닌 근본적인 성정의 하나로 보고 모방을 통해 즐거움을 얻는다고 보았다. 즉 문학은 인간의 본래적인 모방본능이 작용하여 발생하였고 이 모방을 통해 즐거움을 얻는다. 이때의 모방은 외형의 모사뿐 아니라 내재된 것의 반영까지를 포함한다.

이러한 논리는 인간이 모방 충동과 모방의 결과에서 기쁨을 느끼게 된다는 것으로 모방을 단순히 실용적 차원이 아닌 심미적 차원에서 이

---

2 이 장은 리얼리즘에 대한 개념의 정리 및 이해를 돕고자 Damian Grant, 김종운 역, 『리얼리즘』,(서울대학교출판부, 1987)을 정리하였다.

해하고 있음을 보여준다. 플라톤이 단지 사물의 외형을 모사한다는 이유에서 문학의 무용론을 주장한 데 반해 아리스토텔레스는 시(문학)를 단순한 모사가 아닌 보편타당성을 바탕으로 한 모방, 재현으로써 시(문학)도 이념(진실성, Reality)의 세계에 도달할 수 있다는 것이다.

이를 위해서는 삶과 사물을 지배하는 공통의 법칙, 즉 '사물이 그렇게 되어야 하는 상태'로서의 개연성을 발견하는 것이 진리에 이르는 길임을 주장한다.

리얼리즘 예술의 창조에서 개연성은 아리스토텔레스의 견해로 오늘날 리얼리즘 행위의 개연성에 비추어 볼 때 거의 일치한다. 최근에 와서 예술작품에 대한 아리스토텔레스의 견해, 자신의 존재 방식은 실례와 규범 사이에서 발견되며 이러한 중간적 위치에서 아리스토텔레스적인 미메시스에 리얼리즘이란 이름을 명명할 수 있다는 견해가 지배적이다.

예술작품으로서 아리스토텔레스의 미메시스는 모사가 아니라 '해석적인 입장으로부터 형상화된 구조'를 추구한다. 그러한 형상화과정에서 경험적인 것과 사변적인 작업이 함께 하기 때문에 예술작품은 해석자의 인식을 전달한다.

아리스토텔레스가 그의 『시학』에서 기초를 세운 다양한 인식은 오랫동안 예술의 리얼리즘 이론에 유일한 것이었다. 경험적 현실로부터 출발한 미메시스는 현실의 의미 있는 구조화를 수행하여야 하며, 그럼으로써 예술은 스스로 고유한 세계를 창조한다. 이렇게 창조한 미메시스적 예술에서 교시성과 쾌락성이 파생되며 예술은 스스로 고유한 인식적 가치를 소유한다.

리얼리즘에 대한 개념의 혼란은 이러한 본질에 대한 이해를 자의적인 해석으로 말미암아 일어난다. 대표적인 예로써 '자연주의'와 '리얼리즘'의 개념적 혼동과 '사회주의 리얼리즘'이 진정한 리얼리즘이 될 수 있느냐 하는 문제, 그 밖에도 일부 모더니즘 계열의 작품조차도 리얼리즘으로 이해되고 있는 실정이어서 혼란은 계속된다.

우리가 현실이라고 부르는 것은 하나의 사적(私的) 굴절이며 예술가가 인생을 묘사하기 위하여 채택하는 의지적 '관점'과 비교할 수 있는 무의지적 '관점'에 불과하다. 예이츠는 "인간은 진실을 구현할 수는 있지만 알지는 못한다. 현실은 알 수 없는 것, 이것은 상응될 수도 없고, 모방할 수도 없고, 조소하거나 이해할 수도 없다"고 하였다. 작가는 예술 속에서 진실을 구체화한다. 따라서 이것은 일종의 '앎'이 아니라 새롭게 창조하는 종류의 '앎'이다.

19세기 중엽에—이 단어가 널리 상용되기 시작했던 시기—이 단어가 주로 상종한 상대들은 매우 호전적인 유물론자들이어서 이 단어의 오늘날의 성격에도 그 자취를 남기기는 하였지만 이 단어는 원래는 관념론에 봉사하였고 보편개념(普遍概念: 正義, 善 등등)이, 그들이 발견되는 특정의 객체와는 상관없이 현실적으로 존재한다는 스콜라 철학류의 이론을 기술하는 데에 이용되었다. 이 단어는 개념론(槪念論. 보편개념은 정신 속에만 존재한다고 주장한 생각)과 유명론(唯名論. 보편개념의 존재를 전적으로 부인한 주장. 그것들은 단지 이름에 불과하다고 주장했음)에 대항하는 용도로 사용되었다. 그러나 이 단계에서조차 변형이 거론되었다. '극단적 리얼리즘'이라든가 '완화된 리얼리즘'이라든가 하는 용어가 쓰여졌음은 이 개념 중에도 강조점의 변종이 있음을 시사했었다.

문헌과 비평 용어에서 나온 리얼리즘의 종류는 알파벳 순으로 비판적 리얼리즘, 지속적 리얼리즘, 역동적 리얼리즘, 외면적 리얼리즘, 몽상적 리얼리즘, 형식적 리얼리즘, 관념적 리얼리즘 등등 무려 26가지나 된다.

18세기 Thomas Reid의 소위 '상식학파(常識學派)'에 이르러 리얼리즘이란 단어는 철학에서 명백하게 다른 뜻을 지니게 되어 문인, 비평가,

문학 이론가들에 대하여 숙명적인—또는 혼돈적인—매력을 지니기에 이르렀다. 이 단어는 지각의 대상은 어디까지나 객체이고 이를 인식하는 주체의 정신 밖에 있는 현실적 존재라고 주장하였으며 이러한 이념은 모든 형태의 관념론과 대립되는 것으로 발전하였다.

관념론과 유물론 쌍방에 그 충성심이 분할되어 있는 이 리얼리즘은 현실 자체에 대한 그의 의무를 망각하고 있는 듯이 보일지 모른다. 그 이유는 현실이라는 개념 또한 근대정신의 산물인데 이것이 우리 고민의 근원인 것이다.

오늘날 우리에게는 '현실'이라는 명사나 '현실적'이라는 형용사를 사용하는 방법이 애매하다. Bernard Bergonzi는 심포지움에서 오늘날 우리가 톨스토이와 같은 글을 쓸 수 없는 까닭은 우리에게 현실에 대한 공통된 감각이 없기 때문이다. 우리에게는 각종의 상대주의적 의식구조가 부과되어 있다. 우리는 의심할 여지없이 톨스토이가 믿었던 것처럼 '저 세상에' 하나의 현실이 존재한다고 믿지 않고 있다고 하였다(「리얼리즘, 현실, 그리고 소설」, Park Honan이 기록한 심포지움, 『소설 Ⅱ』(novel Ⅱ), 1969, 200쪽).

현대 작가들은 마치 본능에 의한 것처럼 하나의 체계적인 현실비판을 행한다. 그들에게 현실이란 단순히 당연지사로 받아들이는 대상이 아니라 획득되어야 할 어떤 대상이다. 그리고 이 획득은 그 개념이 안정되거나 그 단어가 어떤 편리한 의미의 본을 제공하는 따위를 결코 허용하지 않는 연속적인 과정이다.

진리란 무엇이냐, 라는 질문에 대해서 철학은 여러 개의 상이한 답을 할 뿐 아니라 이 문제에 대한 상이한 접근법을 나타내는 여러 종류의 해답을 제시한다. 그런데 이들 접근법은 서로 대조적이고 상호 보완적인 두 개의 그룹으로 나눌 수 있다.

진리는 과학적이거나 아니면 시적으로 볼 수 있다. 즉 지각하는 과정을 통하여 발견되거나 아니면 만드는 과정으로 창조된다. 학술용어를 쓰자면 전자는 대응이론이고 후자는 통일이론이라 불린다.

대응이론은 경험론적이고 또 인식론적이다. 이것은 외부세계의 존재에 대한 소박하고도 상식적인 리얼리스트의 신념을 내포하는 것이며, 관찰과 비교에 의하여 우리는 그 세계를 알게 되리라고 상정한다. 이 이론이 제시하는 진리는 단절된 현실에 대응하고 접근하는 것이며 이를 충실하고 정확하게 나타내는 것이다.

통일이론은 인식과정이 직관적 이해에 의하여 가속화되거나 단축, 생략된다. 진리란 기록에 의하여 실증하고 분석함에 의하여 도달되는 것이 아니라 '진실하다는 확신'인 확신에 의하여 新造되는 기성품적인 종합명제로 통용된다.

대응이론의 경우에 진리는 무엇인가에 대해서 진실하지만 통일이론의 경우에는 어떤 선이나 칼날이 곧고 결함이 없을 때에 진실하다 말할수 있는 의미에서의 진리이다. 이 경우 단순히 진리를 나타내거나 암시하는 것뿐만 아니라 진리를 내포하고 있는 것이다. 전자의 경우는 현실이 마치 진리라는 복병의 습격을 받고 체포된 형국이지만 후자의 경우 진리는 지각행동 바로 그 속에서 발견되고 어느 의미에서는 창조되는 것이다.

리얼리즘의 대응론적 이론은 문학의 양심이라고 부를 수 있는 것의 표현이며 이 양심은 문학이 외부세계의 현실을 등한시하거나 깔볼 때에 항의하고 유독 자유분방한 상상력으로부터만 자양을 얻어내고 그 상상력만을 위해서 존재하는 양심이다. 리얼리즘의 정신으로 문학은 현실세계에 몸을 의탁하고 지시를 내리고 군마에게 순순히 문을 열어준다. 어지러운 상상력에다 진실이라는 무거운 돌을 넣어 안정시키고 그 형식, 관례적 수법 및 신성한 태도 등을 정화작용하는 사실의 환희에 바친다. 문학의 양심으로서의 리얼리즘은 현실 세계에 대해 모종의 의무, 모종의 보상의무를 지고 있다.

반면에 리얼리즘의 통일이론은 문학의 의식이다. 즉, 문학의 자각, 문학의 존재론적 지위에 대한 자기 인식이다. 이 경우 리얼리즘은 모방에 의하여 성취되는 것이 아니라 창조에 의하여 성취된다. 인생의 소재를 다루되 그 소재를 상상력의 중개에 의하여 단순한 사실성의 영역으로부터 보다 고차적인 질서로 변화시키는 창조이론이다. 사실과 진실, 이 양자를 두 개의 동의어가 아니라 두 개의 택일적인 대안으로 제시한다. 의식적인 리얼리스트에게는 현실이란 '선재적(先在的)'인 것이 아니다. "예술가의 감각 속의 현실은 언제나 창조된 그 어떤 것이다. 그것은 선험적으로 존재하는 것이 아니다."(A.A. Mendilow, 『時間과 小說』(Time and the Novel), 런던, 1952, 36쪽). 따라서 예술가는 현실에 대해서 어떤 봉사를 해줄 의무가 없고 상응해야 할 아무 대상도 없다. Ernest Renan은 "옛부터 숭상해 온 꿈 없이 어찌 우리가 행복하고 가치있는 인생의 토대를 재건할 것인지 나는 상상할 수 없다"고 하였다.

　우리가 현실이라고 부르는 것은 하나의 사적(私的) 굴절이며 예술가가 인생을 묘사하기 위하여 채택하는 의지적 '관점'과 비교할 수 있는 무의지적 '관점'에 불과하다. 예이츠는 "인간은 진실을 구현할 수는 있지만 알지는 못한다. 현실은 알 수 없는 것, 이것은 상응될 수도 없고, 모방할 수도 없고, 조소하거나 이해할 수도 없다"고 하였다. 작가는 예술 속에서 진실을 구체화한다. 따라서 이것은 일종의 '앎'이 아니라 새롭게 창조하는 종류의 '앎'이다.

　리얼리즘―현실에 접근하려는 예술의 노력, 그 의지적인 경향―은 단일한 경향이 아니라 대응이론과 통일이론, 이 두 개의 경향이며 이 양자가 궁극적으로 화해된다 할지라도 실체적으로는 대립되어 있다는 사실은 분명하다. 사실상 이 대립은 문학 논쟁에서 너무나도 생생하게 극화되어 왔는데 어떤 소설은 '허위'이고 어떤 소설은 '진실'하다는 식으로 간단히 처리될 문제는 아니다. 이 주장은 여러 소설가들이 각기 다른 진실 판단의 기준을 가지고 있다는 이해로 수정되어야 함이 마땅하다.

3. 강소천 문학에서의 리얼리즘

앞서 살펴본 리얼리즘에서 작가는 대응이론과 통일이론을 제시하면서 "양자가 화해할지라도 실체적으로 대립되어 있"음을 이야기한다. 또한 "어떤 소설은 허위이고 어떤 소설은 진실하다는 식으로 간단히 처리될 문제는 아니다"라고 한다. 리얼리즘에 관한 이러한 이론적 배경을 전술한 것은 강소천 문학에 대한 평론가들의 견해를 살펴보기 위함이다.

인간의 본성에 대한 탐구는 맹자의 성선설을 비롯하여 순자의 성악설, 존로크의 백지설 등 관점에 따라 다양하게 연구되었다. 이들 연구를 살펴보면 관점에 따라 다른 주장을 하고 있지만 인간은 태어나서 후천적인 환경의 영향을 받아 변화한다는 점에는 합일을 이룬다. 실제로 인간은 태어나면서부터 성장과 성숙과 경험을 통하면서 성인이 되기까지 많은 변화, 발달의 과정을 겪는다.

아동문학은 가장 많은 변화의 시기에 있는 아동들을 대상으로 하는 문학이다. 아동문학을 향유하는 주체가 아동이고 보면 아동문학도 대상 주체의 발달단계[3]에 따른 인식의 변화가 반드시 고려되어야 한다.

---

3 플라톤은 『국가론』에서 인간발달에는 세 가지 국면이 있는데 그것은 욕망, 정신, 그리고 이성이라고 하였다. 플라톤에 의하면 최고의 국면인 이성은 아동기에는 발달되지 않고 청년기에 가서야 비로소 나타나기 시작하는데, 아동기에는 이성이 성숙되지 않기 때문에 아동교육은 주로 음악이나 스포츠 등에 중점을 두고 이성적 하고를 할 수 있는 청년기가 되면 교육과정을 과학이나 수학으로 대체하는 것이 좋다고 하였다.
루소의 유명한 저서 『에밀(Emile)』에 나타난 교육철학은 중세의 교육사조에 커다란 이의를 제기했는데 그는 중세에 만연했던 성인의 축소판으로서의 아동이나 청년을 보려는 시각에서 벗어나 그들 특유의 감정과 사고방식을 지닌 개체로 보아야한다고 주장한다.
인간발달 학자들은 한 개인의 전 생애를 통해서 일어나는 발달 변화에는 영속성이 있다고 본다. 왜냐하면 한 개인의 발달은 과거에 이미 형성되었던 구조 속에 현재의 경험이 복합되어 융화되

아동들은 태어나면서 물활론적 사고를 한다. 라깡의 욕망이론에 기초하면 유아는 상상계로써 인식주체가 보는 인식대상은 주체와 동일한 감정, 동일한 사고를 한다고 생각한다. 이후 주체와 대상이 다르다는 것을 인식하면서 상징계로 옮아가기 시작한다. 이렇듯 인식주체의 이성의 발달, 도덕성의 발달, 사회성의 발달에 따라 인식대상이 달라지기 때문에 아동문학에서 추구하는 리얼리즘도 탄력있게 변화되어야 한다.

일제 강점기 암울한 현실인식에 민족의식이라는 공통된 감각을 가지고 대항하던 작가들이 해방공간과 한국전쟁을 겪으면서 다른 양상을 보이기 시작하였다. 이들은 광복된 국가에서 각자의 이념에 따라서 남으로 또는 북으로 이동하였고 그러지 못한 사람은 자신의 이념과 다른 체제에서 입 다물고 살아야 했다.

그들 중에서 강소천과 이원수는 한국 아동문학의 양대 산맥을 이루고 있는 작가이다. 강소천은 현실 긍정을 통한 꿈과 사랑, 그리움을 매개로 창작활동을 하였고(의식적 리얼리스트) 이원수는 현실 부정을 통하여 진실에 접근하는(양심적 리얼리스트) 창작활동을 한 작가로 알려졌다.

강소천 문학의 긍정적인 평가는 해방 이전 동요시집이란 이름으로 간행된 『호박꽃 초롱』(박문서관, 1941)에 쏠려 있다. 『호박꽃초롱』은 시인 백석의 서시를 비롯한 많은 동시와 두 편의 동화 「돌멩이 1」과 「돌멩이 2」는 강소천의 민족의식을 담고 있다.

어가기 때문이다. 예를 들어 청년기에 있는 대학생은 유아기, 아동기에 지녔던 여러 가지의 경험 속에서 현재에 이르고 있고, 현재의 생활경험, 가치관 등은 미래의 생활유형, 태도 등에 영향을 미친다고 본다. 그러므로 평생발달적 접근의 인간발달 학자들은 발달이란 평생에 걸쳐 일어날 뿐 아니라 성인기의 변화는 개인 역사의 산물로 간주하고 있다.

인간발달은 인간의 전 과정을 설명하는 미시적인 심리학적 접근뿐 아니라 사회학적, 생물학적, 인류학적, 문화학적으로 접근한다.

이러한 발달의 단계를 프로이드는 성적으로 발달단계로 구분하였고 피아젯과 콜베르크는 도덕성으로 발달단계를 연구하였고, 에릭슨은 인성의 발달을 생물학적 차원, 사회적 차원, 개인적 차원 등 세 가지의 상호작용의 결과로 보았다. 조복희, 정옥분, 유가호, 『인간발달』, 교문사, 1997, 306~318쪽.

『호박꽃초롱』이 일제 강점기 우리말에 대한 혹독한 탄압정책 아래에서 우리말로 발간되었다는 것은 당시로서는 기념비적인 일이었다. 이 동시집을 두고 "빛나는 것"[4], "시인으로서의 일가를 다 이루었다"[5]거나, "본격적인 동시문학의 출현을 기약해 준 기념비적인 작품집"[6]이라는 찬사가 내려졌다.

반면 강소천에 대한 부정적인 평가는 주로 한국전쟁 이후에 쓰여진 소년소설에 몰려 있다. 강소천 동화의 주제와 교육성에 관련하여 이원수는 "통속적 읽을거리, 상업주의, 교육적 아동문학"[7], 이오덕은 "아동을 떠난 어른 중심의 세계에서 아동을 한갓 도구로 삼아 안일한 유희를 즐기는 '동심 천사주의'로"[8], 하계덕은 "도덕에 대한 강한 집념"[9], 이재철은 "윤리 · 도덕에 대한 강한 집념의 소산이며 설교"[10], 김요섭은 "적당한 감상, 상식적인 도덕 위에 세운 교훈성"[11], 최지훈은 "동심 애호의 방법이나 사고방식에는 다분히 센티멘탈리스트다운 데가 있어 감상적 동심조작을 일삼음으로써 어린이를 향락할 뿐 인격적 대우를 하지 못하고 있는 동심 향락주의"[12]라는 평을 내놓고 있다. 박화목은 "어린이에게 꿈을 심어주는 것으로 자신의 어렸을 적 꿈이 되살아나오는 것으로 생각했

---

4 이원수, 「소천의 아동문학」, 『아동문학』10집, 배영사, 1964, 76쪽.
5 김요섭, 「바람의 시 구름의 동화」, 『아동문학』 10집, 배영사, 1964, 77쪽.
6 이재철, 『세계아동문학사전』, 계몽사, 1989, 5쪽.
7 이원수, 「소천의 아동문학」, 『아동문학』 10호, 배영사, 1964, 73~75쪽. 함윤미, 「강소천동화의 환상성 연구」, 단국대학교 대학원 석사학위 논문, 2005. 4쪽. 재인용.
8 이오덕, 『시 정신과 유희정신』, 창작과비평사, 1977, 23쪽. 차보금, 「강소천과 마해송 동화의 대비적 연구」, 연세대학교 교육대학원 석사학위 논문, 1994, 44쪽. 재인용.
9 하계덕, 「모랄의 긍정적 의미」, 『현대문학』 2월호, 1969, 341쪽. 함윤미, 단국대학교 석사학위 논문, 2005, 4쪽. 재인용.
10 이재철, 『한국아동문학사』, 일지사, 1979, 239쪽.
11 김요섭, 「바람의 시, 구름의 동화―소천문학」, 『현대동화의 환상적 탐험』, 한국문연, 1986, 221쪽. 함윤미 논문 4쪽. 재인용.
12 최지훈, 『한국현대아동문학론』, 아동문예사, 1991, 9쪽. 차보금, 「강소천과 마해송동화의 대비적 연구」, 연세대학교 교육대학원 석사논문, 1994, 45쪽. 재인용.

으며 그렇게 함으로 현실의 괴리에서 탈주하려고 몸부림쳤던 것"[13]이라고 평가했고 김요섭은 "소천에게 있어서의 동화문학의 꿈은 옛날로 돌아가는 것이었다. (중략) 흔히 치열한 현실에서 패배를 당하고 좌절할 때 성인들은 감상주의에 빠지면서 어린 날의 꿈을 불러일으키는 것이다. 이 꿈은 오늘을 위한 것도 아니고 내일을 위한 것도 아닌 현실 도피에 도움이 되는 꿈"[14]이라며 부정적인 측면을 강조하였다.

반면 "어린이란 순수하게 몰염치할 정도로 즐거움을 위해서 읽는 독자라는 것과 현대 한국 아동문학이 그 난해성으로 독자를 잃은 상황을 생각할 때 읽히는 문학으로서의 소천 문학은 다시 평가되어야 한다."[15]는 남미영의 주장 이후 강소천에 대한 평은 그가 추구한 어린이 세계에서의 꿈과 사랑과 희망의 긍정적인 측면에 집중되기 시작한다. 호평에서 혹평까지 다양한 평이 있지만 그러나 작가 강소천은 동화를 쓰는 이유에 대해서 이렇게 말한다.

오늘의 아동들은 꿈의 세계에 살고 있지 않다. 꿈의 세계에 살고 있지 못하기 때문에 한층 더 커다란 꿈을 주어야 하지 않는가? 커다란 꿈, 실현할 수 있는 꿈, 실현하는 꿈을 주자는 것이 나의 창작 의도이다.[16]

강소천의 이 고백은 앞서 "옛부터 숭상해 온 꿈 없이 어찌 우리가 행복하고 가치있는 인생의 토대를 재건할 것인지 나는 상상할 수 없다"고 한 의식적 리얼리스트인 Ernest Renan의 주장과 같은 맥락이다. 피폐한

---

13 박화목, 「강소천론」, 『아동문학』, 아동문학사, 1973, 240쪽. 함윤미, 석사학위 논문 4쪽, 재인용.
14 김요섭, 앞의 책, 220쪽.
15 남미영, 앞의 논문, 3쪽.
16 강소천, "지상강좌," 「새교육」, 1956. 8. 차보금, 위의 논문, 33쪽에서 재인용.

현실에서 꿈이 없는 아이들은 행복하고 가치 있는 인생의 토대를 만들수 없기 때문에 꿈을 주어야만 하는 것이 강소천이 가진 작가로서의 소명의식으로 볼 수 있을 것이다.

최근에 이르러 남미영을 비롯한 김용희, 박상재, 김자연, 차보금, 권영순, 공선희 등 젊은 작가들 사이에 강소천에 대하여 다양한 시각으로 새롭게 연구되고 있는 것은 바람직한 일이다.

이와 같은 강소천의 동화문학 평가에 새로운 검증의 필요성이 요구되는 것은 그의 동화 속에 풍부하게 발현된 꿈의 상징성에 의해서이다. 많은 동화 작가들이 꿈을 문학적 기법으로 원용해 왔지만, 강소천 만큼 인간의 심리적 현상인 꿈을 작품 자체로 받아들이거나, 그런 꿈을 다양한 서술구조로 활용한 작가는 드물었다. 그는 생전에 "'동화문학이 꿈을 추구하는 문학'이라든가, '있는 세계에서 있어야 할 세계'로 아동을 끌어올리려는 노력이 곧 동화가 목적하는 것"[17]이라는 주장을 펴왔다. 최근 강소천 동화문학 연구가 꿈의 상징성이나 환상성에 대한 의미 해석에 매달린 것[18]도 그런 점과 관련된 것이다. 하지만 그 꿈에 관한 연구는 강소천 동화문학의 본질에 접근하려는 노력의 하나이나 대체로 기능적, 주제적 측면에 편중되어 왔다. 곧 '무엇을 표현해 내었는가'의 연구 방향에 초점이 맞추어졌다는 것이다.[19]

해방공간, 작가나 지식인들은 개인이 추구하는 가치를 향하여 월북하거나 월남하였다. 월북한 작가나 월남한 작가 모두 현실에 대한 자기 인

17 강소천, 「동화와 소설」, 『아동문학』 2집, 배영사, 1962. 10, 17쪽.
18 김용희, 「소천 동화에 나타난 꿈의 상징성」, 박상재, 「한국창작동화에 나타난 환상성 연구」, 단국대학교 대학원 박사학위 논문, 1997, 65~85쪽, 김명희, 「한국 동화의 환상성 연구」, 전주대학교 대학원 박사학위 논문, 2000, 86~109쪽.
19 김용희, 「한국 동화문학, 서사론적 성찰의 필요성」, 『디지털 시대의 아동문학』, 청동거울, 2006, 93~94쪽.

식을 토대로 이념을 향하여 행동한 것이다. 이렇게 개인의 세계관에 따라서 옮길 수 있었던 해방공간에서 기독교인으로 자유롭고 부유하게 자란 강소천은 개인이 누렸던 자유가 억압되고 사유재산이 인정되지 않는, 종교의 자유마저 인정되지 않는 체제에서 월남은 필연이었고 반공도 필연이었을 것이다. 그는 많은 작품들에서 인식주체로서 인식대상을 새롭게 창조하면서 창작활동을 하였는데 작품 속에서 구현하는 그의 진실이(의식적 리얼리즘) 사실성의 세계(양심적 리얼리즘)와 다르다고 하여 진실이 아닌 것은 아니다.

불이 많이 나는 시기에는(있는 세계) 불조심 강조기간을 정하여 불이 일어나지 않도록(있어야할 세계) 한다. 책을 읽지 않을 때(있는 세계)는 독서의 주간을 만들어 책을 읽게(있어야 할 세계) 한다. 아이들이 마구 뛰어다니는 복도(있는 세계)에서는 '뛰지 마시오'를 써 붙여서 아이들로 하여금 조용히 걷게(있어야 할 세계) 한다.

이렇듯이 꿈과 사랑을 강조하는 것(있어야 할 세계)은 꿈과 사랑이 사라진 피폐한 현실(있는 세계)을 토대로 한다. 실제 한국전쟁 이후 우리 사회는 전쟁의 폐허 속에서 모두가 피폐한 삶을 살아야 했다. 당시 발표된 강소천의 작품세계가 주류를 이루는 꿈과 사랑을 지향하는 것(의식적 리얼리티)은 바로 피폐하고 가난한 현실(Actuality)이 토대였기 때문이다. 존재함은 곧 인식 당하는 것, 존재함은 곧 인식하는 것이다.

그러면 아동문학이란 무엇인가? 말(글)을 형식으로 한 예술이다. 작가가 자연이나 사회 인간을 포함한 우리 주위에 있는 사물의 모양이며 움직임이며 상호관계를 어느 특정한 장소에서 구체적, 개별적, 특수적으로 잡아 말(문자)로 생생하고 정확하게 그려내어 그로하여금 읽는 사람의 감성과 이성 특히 감성을 힘 있게 움직여 일반적이며 보편적, 전반적 세계를 상기시켜 읽는 사람으로 하여금 '인생은 무엇인가, 인간은 어떻게 살아야 하나, 하는 것을 깊은 감동 속에서 생각하게 하는 것이다. 과학은 현상에서 법칙을 발견하지만 문학은 그 결말까지 작가가 맺지 않는다. 그것은 독자의 몫이기 때문이다. 문학의 재미는 문학이 갖는 인간형성의 힘이므로 서투른 교훈은 금물이다.[20]

강소천은 일제강점기와 해방공간 그리고 한국전쟁의 소용돌이 속에서 한국 아동문학사에 커다란 족적을 남긴 작가이다. 강소천 문학의 긍정적인 평가는 해방 이전 동요시집이란 이름으로 간행된『호박꽃 초롱』(박문서관, 1941)에 쏠려 있고 부정평가는 주로 한국전쟁 이후에 발표된 동화에 몰려 있다.

그 중에서 장편동화『그리운 메아리』는 1963년 발표되었는데 반공의식이 강하게 드러난 작품이다.『호박꽃 초롱』에 나타난 민족의식과 항일의식도, 한국전쟁 이후 발표된 작품에서 반공이데올로기도 주체로서의 현실인식에 기인한 것으로 해석할 수 있다. 이러한 현실인식은 그가 경험하고 살아온 유년시절의 삶에서 비롯된 것으로 인식 주체의 변화에 따라 작품도 다양하게 변화되었다고 보아야할 것이다.

4. 맺으며

앞서 리얼리즘에서 살펴본 바와 같이 "우리가 현실이라고 부르는 것은 하나의 사적(私的) 굴절이며 예술가가 인생을 묘사하기 위하여 채택

---

20 소천의 아들 강현구 씨에게서 건네받은 소천의 대학 강의노트 복사본에서 발취한 글이다. 그의 강의노트에는 1)아동문학의 본질 2)아동문학과 문학 3)아동문학의 특질 4)아동문학의 조건 5)동화의 종류 6)작품과 독자 등이 정리되어 있었고 〈동화에 대하여〉라는 총론에서는 동화의 뜻과 동화의 세 분야로서 동화문학, 구연동화, 동화학 등이 기록되어 있었다. 동화의 종류로는 신화, 옛날이야기, 우화, 미화, 전설, 영웅담, 사담, 자연담 등 설화를 동화의 종류로 분류하고 있다. 또한 동화의 교육적 사명에 대하여도 기록되어 있었는데 정서함양, 동정심의 양성(의인체), 인생의 암시, 정의감의 육성, 상상력의 미화, 언어의 교육 등을 꼽아놓았다.

하는 의지적 '관점'과 비교할 수 있는 무의지적 '관점'에 불과하고" 작가는 예술 속에서 자신이 체득한 진실을 구체화한다. 구체화 과정에서의 리얼리즘은 현실을 인식하는 예술가의 노력이나 의지에 따라 대응이론과 통일이론의 경향으로 나타나며, 이 둘은 화해한다 할지라도 대립은 피할 수 없다. 따라서 문학논쟁에서 어떤 작품은 허위이고 어떤 작품은 진실하다는 식으로 말할 수 없는데, 작가들이 각기 다른 진실 판단의 기준을 가지고 있기 때문이다. 더군다나 아동문학에서의 리얼리즘은 세계를 인식하는 주체인 아동의 발달에 따라 변화되어야 한다. 이 변화는 대상을 바라보는 인식주체로서의 작가의 인식을 토대로 한다.

이렇듯 리얼리즘은 인식주체의 다양성과 인식대상의 다양성에 따라서 다양하게 나타나므로 강소천 문학에서 "통속적 읽을거리, 상업주의, 교육적 아동문학"이라든가, "아동을 떠난 어른 중심의 세계에서 아동을 한갓 도구로 삼아 안일한 유희를 즐기는 동심 천사주의"등 앞서 밝힌 많은 혹평들은 다시 검토 되어야 할 것이다.

강소천의 동화 「돌맹이」에 나타난 항일의식

『호박꽃 초롱』과 「돌맹이¹」

강소천(본명 용률, 1915~1963)은 일제 강점기와 해방공간 고향인 함경남도 고원에서 출생하였다. 그의 할아버지 강봉규는 고향인 미둔리에 교회를 세울 만큼 독실한 신자였고 그의 어머니 또한 그랬다. 그는 독실한 기독교인으로 태어나고 자란 것이다. 그러한 그의 환경은 후에 그가 펼치는 작품 활동이나 어린이 운동에 많은 영향을 주게 된다.

『호박꽃 초롱』을 살펴보면 직접적으로 항일의식이 나타난 작품은 강소천이 쓴 최초의 동화 「돌맹이 1」과 「돌맹이 2」라고 할 수 있다. 동요와 동시만 써오던 그는 동시와 동요만으로는 하고 싶은 말을 다할 수 없어 동화를 쓴다고 밝혔다.²

실제로 『호박꽃 초롱』에 실린 동화 「돌맹이 1」과 「돌맹이 2」는 큰물

---

1 돌맹이의 바른 표기법은 돌멩이인데, 원본에 따라 돌맹이로 표기하였음.
2 오랫동안 동요와 동시를 써 왔었지만 나는 그것으로 만족하지 못했다. 그 때 정말 하고 싶은 이야기가 있었기 때문이다. 나는 동화를 써야겠다고 생각했다. 동화에다 나는 일본 사람들이 우리나라를 빼앗은 이야기며 그 때문에 우리들이 고생하는 이야기를 써보고 싶었다.─강소천, 「돌맹이 이후」, 동아일보, 1960.4.3.

에 휩쓸려 이리저리 처박히는 돌맹이의 운명을 우리 민족의 운명에 빗대어 의인화한 동화이다. 그러나 다른 여타의 작품에서 항일의식을 직접적으로 나타내지 않았다 하더라도 『호박꽃 초롱』은 그 자체로 항일의식을 담고 있다고 보아야 한다.

소천은 초등학교 3학년 때 전택부[3]를 알게 되는데 영생고보에서 선후배로 지낸다. 전택부 사건으로 인하여 일제에 분노를 갖게 된 소천은 일제의 무자비한 한글 탄압에 더욱 더 분노한다. 우리말과 우리글로 시를 쓰는 소천에게 한글 탄압이란 사형선고와 같은 것이기 때문이다. 결국 소천은 4학년 겨울방학에 학교를 그만두고 집으로 돌아온 뒤 1년 동안 북간도에 가서 방랑생활을 한다.

> 버드나무 무슨 열매 달리련마는
> 아침 해가 동산 위에 떠오를 때와
> 저녁 해가 서산 속에 사라질 때면
> 참새 열매 조롱조롱 달린답니다.
>
> 나무 열매 무슨 노래 부르련마는
> 아침 해가 동산 위에 떠오를 때와
> 저녁 해가 서산 속에 사라질 때면
> 참새 열매 재재재재 노래 불러요.
>
> ─「버드나무 열매」[4] 전문

---

3 초등학교 3학년 때 소천이 만난 평생 친구이다. 후에 영생고보에 들어가면서 전택부와 선후배 사이가 되는데 소천은 상급생인 전택부와 친하지는 않았지만 그 때문에 일제에 강한 분노를 느끼게 된다. 전택부가 일본인 교사의 조선 학생 차별 대우에 항의, 동맹 후학을 결의했는데 주모자로 색출되어 퇴학을 당하였기 때문이다. 전택부 사건은 2년 뒤 복교로 마무리되었으나 일제에 대한 소천의 분노는 더욱 더 깊어만 갔다.
4 강소천, 『호박꽃 초롱』, 1941, 박문서관, 20~21쪽.

이 시는 강소천의 데뷔작이다. 버드나무가 아닐지라도 많은 나무가시 속에는 참새들이 내려 앉는다. 그것을 열매로 비유한 소천의 시각은 아이답다. 이렇듯 소천의 시는 어려운 곳이 없다. 보이는 대로 적었을 뿐이다. 그러나 사소한 것들은 그의 사유에 의해서 특별해지고, 독자에게도 특별하게 전달된다. 평범한 것들이 그의 눈과 손을 거치면 더 이상 평범하지 않게 되는 것이다. 읽으면 읽을수록 새로운 의미들이 살아나고 마음이 환하게 밝아진다.

「돌맹이」가 수록된 소천의 첫 동시집 『호박꽃 초롱』에는 그의 문학정신을 들여다볼 수 있는 작품들로 구성되어 있는데, 그 중에 몇 편을 톺아보면 다음과 같다.

거리의 전등들은
하늘에 올라가 보고 싶단다.

"내가 만일 하늘에 올라갈 수 있다면
나는 보름달에게
옥토끼 이야기를 들려달라구 그럴 텐데……"

"내가 만일 하늘에 올라갈 수만 있다면
나는 저 애기별들과 같이
숨바꼭질을 하며 재미있게 놀아볼 텐데……"

"내가 만일 하늘에 올라갈 수만 있다면
나는 저 흰구름 이불을 덮고
포근히 하룻밤 자고 올 텐데……"

거리의 전등들은
하늘의 별들이 부럽단다.
하늘엔 하늘엔 못 올라가고
깜빡이는 별들만 헤어본단다.

거리의 전등들은
하늘의 별들이 되어 보고 싶단다.

하늘의 애기별들은
세상에 내려와 보고 싶단다.

"내가 만일 세상에 내려갈 수만 있다면
나는 어여쁜 아가씨들의
고운 노랫소리를 듣고 올 텐데……."

"내가 만일 세상에 내려갈 수만 있다면
나는 놀음감 상점에 가서
어여쁜 인형을 사 가지고 올 텐데……."

"내가 만일 세상에 내려갈 수만 있다면
나는 별 성(星)자 이름 가진
나와 나이 같은 애를 만나볼 텐데……."

하늘의 애기별들은
거리의 전등들이 부럽단다.

세상엔 세상엔 못 내려가고
반작이는 전등만 헤어 본단다.

하늘의 애기별들은
거리의 전등들이 되어보고 싶단다.

―「전등과 애기별」[5] 전문

　위의 시는 지상에 있는 전등과 천상에 있는 애기별을 끌어들여 가지
못하는 길 그러나 가고 싶은 길을 보여준다. 「전등과 애기별」은 욕망을
가진 인간에게 전등은 전등일 수밖에 없고 애기별은 애기별일 수밖에
없음을 알려준다. 어찌 보면 저쪽으로 갈 수 없는, 현실에 대한 절망, 좌
절을 표현한 시로도 읽혀진다. 시대적 배경을 감안한다면 충분한 설득
력을 가진다. 그러나 전등이나 애기별 어느 한쪽만을 보여주는 게 아니
라 대치되고 있는 양쪽을 보여줌으로써 근원적으로 충족될 수 없는 인
간의 욕망을 깨닫게 하는, 보다 차원 높은 작품으로 해석된다.
　하나의 육체를 가진 인간은 전등이 되든 애기별이 되든 둘 중에 하나
일 수밖에 없는 운명이다. 그러므로 전등은 애기별을, 애기별은 전등이
되어보고 싶은 것이다. 이러한 심리는 가지 않은 길에 대한 욕망, 타인
을 부러워할 수밖에 없는 근본적인 것을 보여주는데 이러한 인간의 한
계는 아이도 예외가 아니다. 따라서 소천은 인간의 근원적 모순인 가고
싶은 길에 대하여, 갈 수 없는 길에 대하여 보여주면서 설명하지 않는
다. 서로를 부러워하는 전등과 애기별을 통해 독자는 인간에 대한 성찰
로 한 걸음 내딛게 되는 것이다.

---

5 강소천, 위의 책, 74~77쪽.

들국화 필 무렵에 가득 담았던 김치를
아카시아 필 무렵에 다 먹어버렸다.
움 속에 묻었던 이 빈 독을
엄마와 누나가 맞들어
소나기 잘 내리는 마당 한복판에 들어 내놓았다.

아무나 알아맞혀 보아라.
이 빈 독에
언제 누가 무엇을
가득 채워 주었겠나.

그렇단다.
이른 저녁마다 내리는 소나기가
하늘을 가득 채워 주었단다.

동그랗고 조그만 이 하늘에도
제법 고오운 구름이 잘도 떠돈단다.

—「조고만 하늘」[6] 전문

위의 시는 들국화가 피는 초겨울에 김장을 해 넣었다가 이듬해 초여름 아카시꽃이 필 무렵까지 먹은 김치 항아리를 씻어 햇빛이 잘 드는 마당에 두는 서정적 풍경이 잘 드러나 있다. 겨우내 땅 속에 묻혀 있던 항아리는 여름 내내 볕이 잘 드는 곳에 있다가 다시 초겨울이면 김장을 담고 땅속으로 들어간다. 맛있는 김치는 겨우네 먹고 봄까지 먹는데, 다

---

6 강소천, 위의 책, 60~61쪽.

먹은 빈 독을 소낙비가 채운다.

이 김장독은 눈 내리고 매서운 바람이 부는 추운 겨울에 따뜻한 안방에 옹기종기 둘러앉아 식사를 하는 단란한 가족을 떠올릴 수 있다. 소천이 꺼내 놓은 조고만 하늘을 담은 김치 항아리는 김치만 담았던 것이 아니라 한 가족의 단란함을 담았고 따뜻함이 담겼었다. 그리고 끝에는 초여름 볕드는 마당에 자리잡고 앉아서 소낙비를 통해 하늘 한 귀퉁이를 퍼담고 있는 것이다. 항아리가 담고 있는 하늘에는 구름도 떠있고 곁에는 그걸 바라보는 아이가 있다. 빗물 가득한 김칫독을 일컫는 「조고만 하늘」은 김장김치를 해먹는 우리의 정서를, 우리의 삶을 담뿍 담고 있다.

일제는 1937년 중일전쟁을 도발한 후에는 조선에도 국가총동원법을 적용시키고 국민총동원연맹을 결성하여 전시체제를 강화하는 한편, 일선동조론(日鮮同祖論)을 강조하고 교과서에서 조선어과를 폐지하면서 한글 사용을 금지했다. 조선인에게도 일본어 상용과 신사참배(神社參拜)·궁성요배(宮城搖拜) 등을 강요하고 나아가서 이름을 일본식으로 바꾸게 하는 창씨개명(創氏改名)을 강요하면서 '일본정신발양주간'을 두어 조선인의 민족성을 말살하려 했다. 이러는 가운데 1940년 8월 『조선일보』, 『동아일보』가 폐간되고 1941년 2월 조선 사상범 예방 구금령을 내어 놓는다. 이런 공포분위기 속에 12월 태평양 전쟁을 일으킨다.

어린이 잡지 모두가 쓰러진 이때에 『아이생활』만 홀로 버티면서 1939

---

7 황국신민서사라는 것은 일본왕의 은혜에 감사 하다는 것으로 일종의 국기에 대한 경례와 비슷한 것이다. 그런데 일본은 이것을 외워서 암송하라고 강제로 시켰는데 그 내용은 아동용과 성인용으로 나뉘어 있다.
아동용—1. 우리들은 대일본 제국의 시민입니다. 2. 우리들은 마음을 합하여 천황폐하에게 충의를 다합니다. 3. 우리들은 인고단련하여 훌륭하고 강한 국민이 되겠습니다.
성인용—1. 우리는 황국신민이다. 충성으로써 군국에 보답하련다. 2. 우리 황국신민은 신애협력하여 단결을 굳게 하련다. 3. 우리 황국신민은 인고단련 힘을 길러 황도를 선양하련다.

년부터는 황국신민서사(皇國臣民誓詞)[7]를 매호 실어야 했고 1941년부터는 日文을 섞은 기사를 내보내야 했다.

소천의 동요시집『호박꽃 초롱』은 이러한 조국 수난 암흑기에 우리의 문화활동이 거의 정지된 상태에서 출간되었다. 이에 대하여 신현득은 『호박꽃 초롱』은『윤석중 동요집』(신구서림, 1931),『설강동요집(雪崗童謠集)』(한성도서, 1933) 등에 이은 한국 현대 아동문학 사상 제5의 율문집이었지만, 일제말에 마지막으로 아동문학을 지킨 작품집이었다는 데에 의의를 두어야 한다며『호박꽃 초롱』(박문서관, 1941)은 독립운동의 햇불이었던 것[8]이라고 했다.

이 시대는 우리나라를 지배하던 일본이 우리말 말살정책까지 펼치던 때여서 모국어로 글을 창작하는 것이 곧 독립운동이었다. 의심스러운 사람은 별 혐의 없이도 치안유지법의 올가미를 씌우는 시대였다. 시기적으로 보아서 우리말로 발행된 동요시집『호박꽃 초롱』자체가 항일의식을 담고 있음은 의심의 여지가 없을 것이다.

『호박꽃 초롱』에 실린 33편의 동요 동시는 우리글이 가지고 있는 소리에 리듬까지 살려 어린아이들로부터 어른까지 읽기 쉽고 이해하기 쉽도록 창작되었을 뿐만 아니라 그 안에 담고 있는 의미나 정서 또한 오롯이 우리의 것을 살려냈다.

그러한 동요시집『호박꽃 초롱』에 민족의식, 항일의식을 은유적으로 표현한 동화「돌맹이 1」과「돌맹이 2」까지 곁들여 발간하였다는 것은 우리말 우리글에 대한 강소천의 사랑과 불행한 환경에 놓인 민족의 혼을 살려내려는 그의 항일정신을 분명하게 알 수 있게 한다.

---

8 신현득,「강소천 선생의 동시 세계」, http://www. Kangsochun.com

「돌맹이」의 시적 구성과 서정적 자아

「돌맹이 1」은 4장으로 구성되어 있고 「돌맹이 2」는 5장으로 구성되어 있는데 서로 연장선상에서 시점을 달리하면서 이야기를 펼치고 있어서 연작 동화로 보아야 할 것이다. 두 편의 동화에 나타난 주인공 돌맹이는 스스로 움직이고 행동하고 말할 수 없다. 돌맹이의 생태적 특징을 강조하면서 사람처럼 생각할 수 있는 능력을 부여하여 서술한다. 크게 보면 냇가 마을을 중심으로 펼쳐지는 몇몇 등장인물들의 소소한 이야기를 여러 시점에 따라 액자식으로 구성하였다. 이 동화는 시점을 달리할 때마다 작가의 정서가 드러나는 서정적인 작품으로 동화시라고도 볼 수 있을 것이다.

「돌맹이 1」의 1장은 화자가 어른으로 냇가의 돌맹이를 바라보며 사색에 잠긴다. 냇가에 있는 돌맹이의 크기 모양 색깔을 관찰하면서 다양성을 제시하고, 그 돌맹이에 모양이 비슷한 '닭알'을 끌어들여 생명을 부여한다. 즉 발단은 돌맹이에게 인격을 부여할 것임을 독자에게 시사하고 있다.

2장은 전개는 이야기를 이끌어가는 화자가 냇가의 넓적한 돌맹이이다. 돌맹이인 화자는 '내가 말할 수 있다면'으로 가정하면서 사람처럼 생각할 수 있음을 암시한다. 돌맹이는 산골짜기에서 냇가로 떠밀려온 자신의 운명을 회상형식으로 들려준다. 자신은 몇 살인지도 모르고 잃어버린 아들 차돌이가 있음도 알려준다. 그리고 냇가에 나와 넓적한 돌맹이에 앉았다 가는 경구라는 아이의 등장시키면서 과거 인연이 있음을 복선으로 깔고 사건을 전개한다.

3장에서 화자는 역시 냇가의 넓적한 돌맹이다. 돌맹이의 시점으로 시간을 변조하여 아들 차돌이를 잃어버리게 된 과정을 서술한다. 차돌이는 부싯돌이 되어 영자할아버지의 주머니에 살게 되는 운명에 처한다. 그러한 아들 차돌이를 그리워하는 돌맹이는 부성 혹은 모성을 드러낸다.

4장에서는 돌맹이는 무생물인 자신의 신세를 한탄하며 하나의 조그만 밀알, 감자알, 혹은 옥수수알이라도 되고 싶은, 생명력을 가진 어떤 것이 되고 싶다는 열망에 몸부림친다. 그것도 아니면 버들가지라도 되어 노래라도 부르고 싶다고, 주체적으로 무엇인가 하고 싶다는 간절한 열망을 나타내고 있다.

「돌맹이 2」에서 1장은 「돌맹이 1」의 연장으로 차돌이의 시점과 경구의 시점으로 교차되어 이야기가 전개된다. 영자할아버지의 부싯돌이 되었던 냇가 돌맹이의 아들 차돌이는 경구의 주머니에 있고, 경구는 친구와 고향을 등져야 하는 운명에 처한다. 친구들과 이별할 수밖에 없는 경구의 슬픈 모습을 그리고 있다.

2장은 다시 시냇가 넓적한 돌맹이의 시점이다. 돌맹이는 냇가에 찾아오는 아이들을 관찰하는데, 먹감고 물장난치던 아이들이 훌쩍 자라 부끄러워하는 나이가 되었음을 보여주면서 시간의 흐름을 암시한다. 돌맹이는 그 시간 동안 떠나 있던 아들 차돌이에 대한 그리움에 사로잡힌다.

3장은 차돌이의 시점과 경구의 시점으로 교차되면서 인간처럼 주체적으로 말하고 행동하고 싶은 돌맹이의 욕망을 그린다. 또한 경구는 차돌이를 준 영자 할아버지의 사랑을 떠올리며 고향과 친구들을 향한 그리움에 빠진다. 고향을 그리워하는 경구의 정서는 차돌이에게 전해지고, 차돌이 역시 자신이 떠나온, 떠밀려 온, 고향과 냇가의 돌맹이를 떠올린다. 경구나 차돌이나 모두 고향을 떠나 타향살이를 하는 인물로 서로의 그리움을 보듬는 관계가 된다.

4장은 다시 냇가 돌맹이의 시점이다. 경구를 기다리는 고향 친구들을 관찰하는 돌맹이 역시도 경구를 기다린다. 경구는 냇가에 나올 때마다 돌맹이 위에 앉아서 이런 저런 일상을 떠올리며 사색에 잠기곤 했기 때문이다. 그러는 사이 돌맹이는 경구의 마음을 읽을 수 있는 능력이 있어 경구를 통해 아들 차돌이에 대한 그리움을 해소해보려고 한다.

5장도 돌맹이의 시점이다. 돌맹이는 관찰자가 되어 고향을 찾아온 경구와 영자의 이야기를 듣는다. 그때 경구는 주머니에 고이 간직했던 차돌이를 꺼낸다. 오랜 기다림, 그리움에 사무쳤던 돌맹이는 드디어 아들 차돌이는 만난다.

돌맹이에 나타나는 민족의식

평범한 것도 시점을 달리하면 새로운 의미를 가진다. 아동문학의 특징은 일상에서 기성세대가 발견하지 못하는 것을 아이 또는 동식물의 시점으로 바라보아 새로운 의미를 찾아내는 데 있다. 일상은 아이의 눈 혹은 사물의 눈으로 보면 기성세대의 눈으로 보던 것들과 판이하게 달라진다. 아이의 시점에서 서술하는 것을 어른들은 허무맹랑하다고 말하지만 아이들의 세계에서는 진실인 것이다.

「돌맹이 1」과 「돌맹이 2」에서 작가가 세계를 인식하는 방법은 돌맹이의 시점을 차용한다. 이것은 아동문학의 전유물인 역지사지, '~되어보기'의 의인화 기법인데, 아이는 물론 무생물이나 생물, 동물의 관점에서 세상을 바라보는 것이다. 시점의 차용은 기성세대의 눈에 보이지 않던 것들도 보이고 의미 없던 것들이 새로운 의미를 생성하는 것이다.

소천이 처음으로 쓴 9장으로 된 「돌맹이 1」과 「돌맹이 2」 두 편의 동화는 시냇가를 배경으로 서정적으로 펼쳐진다. 돌맹이와 돌맹이의 아들 차돌이, 차돌이를 가져간 순이할아버지, 순이할아버지한테 차돌이를 받고 간직한 경구 등 다양한 시점을 유지하면서 사건은 진행된다. 시를 써오던 소천이 동화를 창작하게 된 것은 그의 말대로 시로써는 하고 싶은 말을 다 할 수 없기 때문이라고 하지만 「돌맹이」 연작 동화 역시 시에 가까운 동화시라고 할 수 있다.

> 돌맹이-큰 돌맹이, 작은 돌맹이, 둥근 돌맹이, 넙쭉한 돌맹이, 흰 돌맹이, 검은 돌맹이, 노-란 돌맹이, 알룩달룩한 돌맹이.
>
> 돌맹이-돌맹이는 어데든지 있다. 산에도 있고 들에도 있다. 질바닥에도 있고 냇가에도 있다. 땅우에도 있고 땅속에도 있다.
>
> 돌맹이-둥근 돌맹이, 새알같은 돌맹이, 새하얀 돌맹이, 닭알같은 돌맹이. 닭알에 귀가 없는 것같이 돌맹이에도 귀는 없다. 닭알에 눈이 없는 것같이 돌맹이에도 눈은 없다. 닭알에 입이 없는 것같이 돌맹이에도 입은 없다. 닭알에 손과 발이 없는 것같이 돌맹이에도 손과 발은 없다.
>
> 닭알 – 닭알은 움즉이지는 않어도 죽은 것은 아니다.
>
> 그러나 돌맹이 – 돌맹이는 닭알처럼 산 것도 아니다. 그렇다고 죽은 것도 같지 않다. 여름날 나는 냇가에 나가 돌맹이를 하나 하나 만저 본다. 돌맹이는 따뜻하다. 금방 낳은 닭알처럼 따뜻하다.[9]

작가는 「돌맹이 1」에서 냇가에 있는 다양한 모양의 돌맹이를 관찰한다. 그리고 돌맹이의 특징을 말한다. 이는 당시 일제 강점기 주권을 잃어버린 우리의 처지를 돌맹이에 비유한 것으로 해석할 수 있다. 말과 글이 있어도 마음대로 사용할 수 없는 우리는, 귀도 없고 눈도 없고 입도 없는, 냇가에 있는 돌맹이에 비유한 것이다. 크고 작은 것들이 어우러져 있는 냇가의 돌맹이는 닭알처럼 생겨서 산 것 같지도 않고 죽은 것 같지도 않다. 또한 돌맹이는 큰 비가 내리면 자신의 의지와는 상관없이 큰 물에 휩쓸려 이리저리 구르다가 아무 곳이나 처박힌다. 일제 강점기에

---

9 강소천, 「돌맹이 1」, 『호박꽃 초롱』, 1941, 박문서관, 80~81쪽.

나라를 잃고 주권을 잃은 우리 민족의 신세를 냇가의 돌맹이에 비유한 작가의 날카로운 시각이 돋보이는 작품이다.

　내가 이 냇가에 온 지도 벌써 여러 해 되지만 나도 본시 여기서 나지는 않았다. 내 고향은 본시 깊은 산골이다.

　고향-사람들은 한해 이태만 다른 곳에 가 살아도 고향이 그립다고들 하드라. 그러나 한번 떠난 후 다시 고향에 가보지 못한 나야 고향이 그리우면 얼마나 그리울 것이냐?

　아 - 지금 내 고향은 몰라보게 변하였으리라. 나는 벌서 고향으로 가는 길을 잊은 지 오래다. 그러나 나는 아직 내 부모 동생들의 얼골은 잊지 않았다. 언제 어데서 어떠한 인연으로 다시 만나게 될런지? 그렇지만 그걸 누가 알 수 있으랴? 꼭 만나리라 믿을 수도 없는 일이다.[10]

　이 동화시는 1939년에 『동아일보』에 5회에 걸쳐 연재하였다. 당시 소천은 북간도를 방황하다 돌아와 37년에 함흥영생고보를 졸업하고 고향에서 동시나 동요를 써서 신문과 잡지에 발표할 때였다. 소천에게는 무척 행복한 날들이었다고 전해지는데 그때 창작한 동화 「돌맹이 1」과 「돌맹이 2」는 1941년 발간한 그의 동요시집 『호박꽃 초롱』 마지막 부분에 실렸다. 「돌맹이」 연작을 살펴보면 마치 고향을 떠나 월남하여 부모와 자식을 그리워하며 살아야 했던 시인의 운명을 돌맹이에 투사한 것으로, 돌맹이 시점으로 서술한다.

　돌맹이 - 몇백년 봄을 마지해도 싹나지 않고 눈트지 않고 잎 피지 않는 돌맹이-

---

10 강소천, 위의 책, 84~85쪽.

나 - 나는 이런 크다란 돌맹이가 되기보다 조고마한 한개의 밀알이 되고 싶다. 한개의 닭알이나 새알이 되고 싶다. 한개의 옥수수 알이나 감자알이 되어보고 싶다. 아무래도 나는 이 냇가에 구부러단니는 아무 쓸데없는 물건인가 보다. 누가 나를 들어다 영자네집 토방돌을 만들어 주었으면 좋으련만……. 나는 한 개의 쓸 수 있는 물건이 되어보고 싶다. 벌써 버들가지에 물이 오른가 보다. 아이들의 버들피리 소리가 들려온다. 확실히 봄이 왔구나 봄이 - 아! 나는 한 가지의 버들이라도 되었으면 얼마나 좋았겠느냐? 나는 노래할 수 있었으리라.

봄이다. 나도 눈트고 싶다. 나도 자라고 싶다. 아! 가깝하다. 아! 답답하다. 나는 돌맹이다.[11]

인용글에서 작가는 일제의 탄압으로 고통받으면서도 주체적으로 무엇인가 할 수 있다는 꿈을 간직하고 있음을 알 수 있다. 그것도 아주 간절한 꿈으로 하나의 밀알이나 닭알 혹은 옥수수알이나 감자알이라도 되고 싶어 한다. 버들가지라도 되고 싶어 한다. 봄이 되어 세상 만물이 싹을 틔우고 꽃을 피우고 열매를 맺듯이 소천도 주체적인 국민으로, 인간답게 살아가고 싶은 간절한 염원이 새싹을 틔우고 싶고 꽃을 피우고 열매를 맺는다는 비유를 통해 드러낸다.

살펴본 바와 같이 시인의 서정성을 담고 있는 『호박꽃 초롱』은 아동문학가 신현득의 주장처럼 발간 시기의 시대적 상황을 고려한다면 독립운동에 비할 수 있는 작품이다. 수록된 시편들은 시인의 서정성을 잘 나타내고 있는데 그 중에서 「돌맹이 1」과 「돌맹이 2」는 우리 민족이 주체성을 회복하여 우리말로 마음껏 시를 쓰고 노래할 수 있는 봄이 오길 간절히 기다리는, 은유적인 기법으로 시인의 민족의식, 항일의식을 담고 있는 작품으로 높이 평가할 수 있겠다.

---

11 강소천, 위의 책, 89~90쪽.

현실 회귀와 그리움의 미학

—강소천의 『그리운 메아리』를 중심으로

1. 들어가며

동화는 동심의 문학이다. 동심이란 무엇인가, 하는 질문은 아동문학이란 무엇인가, 라는 질문과 이어지는데, 이는 각 시대와 민족 또는 개인에 따라 다양한 견해가 나올 수 있다. 이러한 동심이 어떤 것인지 형상화하기 위해서 작가들은 동화라는 허구의 세계를 만들고 인물과 사건을 만들어 보여준다.

강소천(1915~1963)은 일제 강점기와 해방공간 고향에서 부모, 처자와 함께 살다가 6 · 25 이후 자신의 이념에 따라서 월남한 작가이다. 주로 동요와 동시를 써오던 그는 1939년 최초의 동시집 『호박꽃 초롱』에 동화 「돌멩이」를 발표하면서 동화를 쓰기 시작하였다.

그가 남긴 작품은 동화와 소년소설 140여 편, 동요와 동시 240여 편, 동극 6편, 수필 12편 등 총 400여 편에 이른다. 그는 월남 후 문교부 편수국에서 교과서를 편찬하며 어린이 교육에 관심을 둔다. 그리고 이화여대와 연세대 등에서 〈아동문학〉과 〈어린이 보육론〉 강의도 한다. 월간잡지 『어린이 다이제스트』를 발간(1952)하고 1960년 2월까지 『새벗』

의 주간을 맡는가 하면 '아동문학연구회'를 창립(1960)하기도 한다.

그의 동화문학에 나타난 주된 소재는 '꿈'이다. 꿈을 빼놓고는 그의 동화는 말할 수 없을 만큼 그의 작품에는 다양한 꿈이 등장한다. 꿈을 통하여 작가들은 '내면으로의 전환'을 시도하는데 이것은 동화가 검증 불가능한 판타지를 담고 있다는 필연성과 부합되는 일인 동시에 인물과 플롯의 인과성을 강화해 어린 독자에게 낯섦을 극소화하고 보다 개방된 상상의 자유로움으로 인도하여 준다는 믿음 때문이다.[1]

꿈은 완전한 심리적 현상이며 어떠한 것의 소망 충족이며 꿈은 우리가 이해할 수 있는 각성 때의 심적 행위의 관련 속에 넣을 수 있는 것으로 매우 복잡한 정신 활동에 의해 형성된다[2]고 한다. 그런데 강소천의 작품에서 나타나는 꿈은 김용희의 말처럼 상상의 자유로움을 위해 출발하는 통로이기도 하고 S 프로이트의 주장과 같이 소망 충족의 도구로써 나타나기도 한다.

소천의 소망은 고향을 향한, 모성을 향한 회귀본능으로 응축된다. 콩새가 되어 고향에 다녀오는 「꿈을 파는 집」은 제비가 되어 그리움을 해소하는 『그리운 메아리』로 구체화하기도 하는데, 현실적으로 넘을 수 없는 분단의 장벽을 동화 속에서 새가 되어 넘나들면서 분단된 현실에서 고립된 자아와 세계와의 통합을 시도하는 것이다.

강소천의 고립된 자아와 세계의 통합을 향한 길 떠남(탈현실)은 언제나 돌아옴(현실)을 전제로 하고 있다. 그는 왜 회귀를 전제로 하는 꿈을 모티프로 길 떠남을 시도하는 것일까. 그의 작품세계를 이해하려면 길 떠남(탈현실)과 돌아옴(현실)의 의미를 파악하여야 할 것이다.

이 소고는 강소천의 작품 중에서 장편 소년소설 『그리운 메아리』[3]를

---

1 김용희, 「수난의 상상력과 꿈의 상징성」, 『동심의 숲에서 길 찾기』, 청동거울, 1999, 15쪽.
2 S. 프로이트, 『꿈의 해석』, 선영사, 1988, 117쪽.
3 대상 텍스트로는 1981년 문음사에서 간행된 『강소천 문학전집 전 15권』 중에서 제11권인 『그리운 메아리』로 한다. 이하 인용문은 페이지만 밝힌다.

대상으로 당대 시대적 상황 속에서 모성, 고향을 향한 떠남(탈현실)과 돌아옴(현실)의 과정, 그 안에서 추구하는 초현실의 세계의 미학을 탐색하고자 한다.

2. 꿈(환상)을 통한 탈 현실 인식과 현실 인식

『그리운 메아리』는 81년에 간행된 강소천의 전집 동화 15권 중 11권에 해당하는 장편 소년소설로서 현실 인식에 대한 그의 세계관이 뚜렷하게 나타나는 작품이다. 그의 마지막 작품이기도 한 『그리운 메아리』는 영길이가 친구 덕남이의 만화책을 빌려 읽는 것으로부터 시작된다. 동생 웅길이는 형이 만화책을 보여주지 않아 집을 나가게 되고, 형 영길이는 저녁밥을 먹을 시간이 되어도 만화에 빠져 있다가 잠이 든다,

> 웅길이가 나가버리니까, 영길이는 이제 되었다고 책상 앞에 마주 앉아 열심히 만화책을 읽기 시작했습니다. 무시무시하고 아슬아슬하고 재미있는 그림으로 된 이야기 만화책입니다. '정말 세상에 이런 일이 있을까, 있을지도 몰라….' 영길이는 만화책을 읽다 말고 잠깐 사방을 두리번거리며 이런 생각을 해 봅니다. 어둡던 방안이 갑자기 환해졌습니다. (6~7쪽)

현실 세계에서 꿈의 세계로 넘어가는 과정이다. 수면 중에 나타나는 심리적인 꿈은 곧바로 환상세계로 이어지지 않고 현실과는 다른 일상적인 현실 세계가 전개된다. 만화책을 보다가 "정말 이런 세상이 있을까. 있을지도 몰라……."라는 영길이의 생각은 "어둡던 방안이 갑자기 환해"지면서 꿈의 세계로 진입한다는 복선으로 작용하지만, 그것이 환상세계와 직접적으로 연결되지는 않는다.

『그리운 메아리』에서 방안이 환해지면서 시작되는 심리적인 꿈의 세계는 현실이 되고 다시 환상세계로의 연결통로가 주어지는 이중의 구조로 되어 있다. 하나의 꿈만으로도 새가 되어 날아다닐 수 있을 텐데, 작가는 꿈속에서 또 꿈을 꾸고 다시 환상세계로의 연결통로를 만든다. 도입부나 말미의 문장만 아니라면 심리적인 꿈은 현실로 착각할 만큼 리얼리티를 확보한다.

'이층에 올라가보자! 경자는 곧 오지 않을 거야. 경자가 와두 괜찮지, 방문을 열고 안에까지 들어가지만 않으면 되지 않아.'

웅길이는 방문을 열고 대문 쪽을 바라봤으나 경자는 아직 오는 것 같지 않았습니다.

'그렇다! 이 좋은 틈을 타서 이층엘 올라가 보자!'

웅길이는 조심조심 층층대를 걸어서 이층으로 올라갔습니다. 웅길이는 손잡이를 빙빙 돌려봤습니다. 왼쪽으로 돌려 보고 바른쪽으로 돌려 봤습니다. 그리곤 5자에 갖다 놓고 문을 열어봤습니다. 그게 어디 될 말입니까. (······)

'틀림없이 암호의 번호는 6‧25일 것이다. 이번엔 반대쪽으로 돌려봐야지!'

웅길이는 아까와 반대쪽으로 돌려 6 · 25를 맞춰보았습니다. 그리고 문을 열었더니 방문이 쩽하고 열렸습니다. 얼마나 신기한 일입니까. 웅길이는 어려운 산수 문제를 푼 것 같이 마음이 기뻤습니다.(42~43쪽)

철학은 호기심으로부터 출발한다. 그런 면에서 아이들은 어른들보다 훨씬 철학적이다. 영길이와 웅길이는 박 박사의 연구실에 자주 놀러 가곤 하였는데 그때 웅길이는 박 박사가 연구실 자물통을 여는 것이 신기하여 눈여겨보게 된다.

박 박사의 연구실에 잠겨있는 자물통을 어떻게 하면 열 수 있을까. 웅길이는 왼쪽으로 돌리고 오른쪽으로 돌리는, 암호로 된 자물통의 비밀 번호 세 자릿수 중에서 마지막의 수 5를 기억한다.

영길이의 꿈속에서 웅길이는 호기심이 동하여 비밀스러운 박 박사의 연구실 문을 열었고 책상 위에 있는 실험용 약을 마신다. 그 약은 평생 새가 되는 비법을 연구한 박 박사가 만들어 놓은 빨간 물약이었다. 제비가 된 웅길이를 찾으러 다니던 영길이는 박 박사를 만나는 꿈을 꾸고 박 박사님 댁 식모 경자를 만나는 꿈도 꾼다. 박 박사도 경자가 돌아오는 꿈을 꾼다. 또한 동생 웅길이를 기다리는 영길이도 웅길이가 돌아오는 꿈을 꾼다. 이 모든 꿈은 만화책을 보다 잠이 든 영길이의 꿈에서 꾸는 또 하나의 꿈들이다.

평생 '새가 되는 비법'만을 연구한 박 박사와 호기심 많은 웅길이가 제비가 되어 날아다니거나 새장에 갇혀 온갖 체험을 하는 것도 영길이의 꿈인데 작가는 영길이의 커다란 꿈속에서 등장인물들의 작은 꿈들을 제시한다.

이러한 꿈은 깨어남을 전제로 한다. 수면 시 꾸는 심리적 현상인 꿈도 있고 그 꿈을 통해서 무엇인가를 깨닫는 꿈도 있다. 이렇게 꿈을 꾸는 등장인물들은 모두 현실에 발 닿고 있으면서 소망을 안고 있는 사람들이고 그 소망은 꿈속에서 이루어진다.

제비가 된 웅길이는 기수라는 아이에게 잡혀 새장에 갇히는 신세가 되고, 제비가 된 박 박사는 단절된 현실의 벽을 뛰어넘어 고향으로 날아간다. 세일즈맨이 어느 날 아침에 일어나 보니 한 마리의 작은 애벌레가 되어 꿈틀거리며 방안에 갇혀 옴짝달싹도 못 하게 되는 카프카의 『변신』의 벌레 시점에서 느끼는 것처럼 『그리운 메아리』는 새의 시점에서 보고 느낄 뿐이다. 다른 것은 애벌레가 되어 갇혔다는 것과 제비가 되어 날아다닌다는 것일 뿐, 사람과 말이 소통되지 않는다는 점에서 공통점을 지닌다.

내가 버젓이 사람 그대로 갔다면 가족들과 얼싸안고 이야기를 나눌 수 있지 않았겠습니까. 그러나 제비가 된 나와 가족은 안타깝기만 했습니다. 아까도 말씀드렸지만, 새가 되어 이북 고향에 가 보겠다는 내 생각은 정말 잘못이었습니다. 지금 내가 생각하는 것은 오직 한 가지—우리는 몸과 마음을 다 합해 하루속히 남북을 통일시켜 태극기를 휘날리며 고향을 다시 찾아야 하겠다는 것입니다. (216쪽)

처음에는 그저 속으로 쿨쩍쿨쩍 울었으나 어찌도 섧던지 그만 영길이도 큰 소리를 내어 울기 시작했습니다. 느껴 울다울다 보니 이상한 생각이 났습니다.

둘레에 섰던 사람들은 하나하나 없어지고 마지막엔 같이 울던 동생 웅길이도 없었습니다. 저 혼자 울고 있는 것이 아닙니까. 자세히 보니 죽어 쓰러진 제비도 없고 지금 울고 있는 곳은 박 박사님 집 이층이 아니라 자기 집 방바닥입니다. 언제 누웠는지 방바닥에 넓적 드러누워 울고 있는 것입니다. 바로 머리맡에선 만화책 한 권이 펴 놓은 채 있는데 바로 거기에는 제비가 그려져 있었습니다. (315~316쪽)

위의 인용글은 제비가 된 박 박사가 고향에 다녀와 다른 박사들과 나눈 이야기와 만화책을 보다 잠이 든 영길이가 꿈에서 깨어나는 이야기이다. 그리움으로 출발한 길 떠남은 이렇듯 돌아와 눈물범벅의 안타까움으로 남는다.

새가 되었던 박 박사는 북에 두고 온 가족들을 생각하며 그의 이념을 더욱더 확고히 한다. "몸과 마음을 다 합해 하루속히 남북을 통일시켜 태극기를 휘날리며 고향을 다시 찾아야겠다"라는 박 박사의 결의는 가족을 북에 두고 월남한 사람이 가질 수 있는 소망의 표출이다. 그리운 사람끼리 함께 살 수 있는 곳, 사랑하는 가족이 한 지붕 아래 모여서 살 수 있는 곳, 그곳이야말로 소천이 바라는 이데아의 세계인 것이다. 세상 모든 곳이 다 그런 곳이고 세상 모든 사람이 다 그렇게 살고 있지만, 오직 한 곳, 핏줄로 이어진 가족이 해체되고 다시 생성되는 과정을 거치면서 그리움과 아픔을 안고 살아가는 곳, 그곳이 바로 남과 북이 분단되어 대립하고 있는 한반도이다.

작품 속에서 갈구하던 소천의 소망은 아직도 이루어지지 않았으며 그것이 바로 우리의 역사를 이루는 오늘의 현실이다. 결국 그는 작품 속에서 꿈을 통하여 현실을 벗어나 자유로운 세계로 떠났지만 돌아올 수밖에 없는 현실 세계를 받아들이는 것이다.

3. 이데아를 향한 초현실 인식

강소천은 함경남도 고원군 수동면 미둔리의 기독교 집안에서 모태 신앙인으로 태어났다. 그의 할아버지 강봉규는 '미둔리교회'를 세운 독실한 기독교인이었다. 이러한 조부의 영향으로 소천은 어릴 때부터 기독교 사상의 환경 속에서 자라났다.

일제 강점기에 태어난 그는 한국어 말살 정책에 대항하여 1941년 한글 동시집인『호박꽃초롱』(박문서관)을 출판[4]하는데 한국어가 말살되던 시기에 한글 동시집 출판은 대단한 의미가 있다. 또한『호박꽃초롱』에 실린 동화「돌멩이」는 그의 민족주의적인 사상이 깊이 뿌리 박힌 동화로 민족의식이 아니면 쓸 수 없고 출간할 수 없는 동화이다. 1945년 이후의 해방공간, 민족주의를 부르짖던 작가들을 비롯한 지식인들은 자신의 이념과 같은 체제를 향해 월남하거나 월북하였다.

강소천은 또한 월남하여 활발한 문학활동을 하였다. 뤼시앙 골드만은

4『호박꽃초롱』은 동시 30편과 동화 1편이 수록되었고 백석이 서시를 썼다.

하나의 문학 작품을 이해할 때 작가가 속해 있는 집단과 사회의 전반적인 구조를 떠나서는 이해하기 어렵고 집단 구성원이 같은 상황에 의해 동기화되고 같은 방향을 추구할 때 그 구성원들은 그들의 역사적 상황 안에 한 집단으로서 기능적 정신구조들을 그들 스스로 다듬으면서 역사 속에서 적극적인 역할을 하고 철학적, 예술적 그리고 문학적 창조물로 표현된다[5]고 하였는데, 이념에 따라 월남한 소천 역시 그 역사적 상황 안에서 한 집단의 구성원으로서 기능적 정신구조를 다듬으면서 적극적인 역할을 하였으며 많은 문학적 창조물을 남겼다. 그렇게 적극적인 활동을 하고 살았지만 그는 죽는 날까지 부모와 처자, 고향의 상실감, 그리움을 안고 살아가야 했다.

> 물론 나는 이번에 무척 달라진 이북의 여러 가지 형편을 샅샅이 눈으로 보고 귀로 듣고 왔습니다. 여러분은 달라졌다니까 우리 남한처럼 전란의 먼지가 완전히 가셔버렸으리라 생각합니까. 천만의 말씀입니다. 국민들의 생활이란 게 말이 아닙니다. 특히 그들의 손아귀에 들려고 하지 않는 사람들의 생활이란 말이 아닙니다. 더구나 예수를 믿는 사람, 믿던 사람들의 모습이란 정말 불쌍하기 짝이 없습니다. (……) 내 아들도 탄광에서 죽지 못해 매일을 짐승처럼 일해야 할 것이 아닙니까. 리 인민 위원장이 어떻게 됐나 하고 나는 아오지 탄광에까지 가 보고 왔습니다. 그곳에서 일하는 많은 사람들은 대게 이렇게 강제 노동에 끌려온 것입니다. 예수 믿는 사람들이 많았습니다. (215~216쪽)

인용문은『그리운 메아리』에서 제비가 되어 고향에 다녀온 박 박사의 말이다, 인용문에서 공산 체제에서의 삶이 어떤 것인가를 잘 드러내고 있는데 이는 작가가 고향에서 경험한 공산 체제에 대한 인식을 토대로

---

5 뤼시앙 골드만, 박영신 · 오세철 · 임철규 역,『문학사회학방법론』, 현상과 인식, 1984, 64쪽.

한 것이라 판단된다. 이러한 인식의 바탕에는 그의 기독교적 세계관도 깔려 있음을 간과할 수 없다.

기독교적 세계관은 모든 인간이 하나님 앞에 평등하다. 인간이면 누구나 존재 자체로서 고귀하고 평등하며 똑같은 권리를 가진다. 그러나 해방공간, 그리고 6·25 전쟁 이후 이북에 들어선 공산 체제는 기독교적 세계관과 대립한다. 종교의 자유를 인정하지 않을 뿐만 아니라 사유재산도 인정하지 않는다. 독실한 기독교인인 강소천에게 신앙의 자유를 인정하지 않고 사유재산도 인정하지 않는, 자유를 억압하는 공산 체제는 그를 월남하게 하는 직접적인 원인이 된다. 남한에서 태어나고 자란 사람보다 소천처럼 월남한 사람들이 반공사상이 더욱 투철한 것은 5년이라는 해방공간에서 그들이 맛본 공산주의에 대한 환멸 때문임은 여타의 다른 소설[6]에서도 자세히 나타나고 있다.

"일제 강점기 하고 싶은 말을 동시로는 다 할 수 없어서 동화를 쓰기로 했다"[7]는 소천은 동화 「돌멩이」 이후 해방의 기쁨을 노래한 「박송아지」 외에 동요와 동시를 썼을 뿐, 민족의식이 담긴 이렇다 할 동화는 쓰지 않다가 6·25 이후 꿈을 매개로 하는 그리움, 상실감을 담은 작품을 발표하고 1950년 후반에 접어들면서 반공 의식이 드러난 작품들을 발표하면서 아동문학의 중추적인 역할을 한다. 나라를 움직이는 기득권 세력의 이념이 자유를 찾아 월남한 강소천의 이념과 맞아떨어진 것으로 볼 수 있겠다.

"이 사람아, 그런 더러운 생각은 버리게…… 약한 짐승을 내세워가지고 돈을 벌더니, 나는 이 제비를 통하여 죽어간 내 친구를 생각하네! 한국 전선에서 자유를 위하여 피흘린 내 친구를 생각한다네. 제비는 자유를 사랑하는 편이라

6 윤흥길, 「쌀」, 『낙원? 천사?』, 민음사, 2003, 275쪽.
7 강소천, 「돌멩이 이후」, 『나는 겁쟁이다』, 신구미디어, 1992, 4쪽

네. 곡식을 해치려는 벌레를 잡아 죽이는 새—그것은 곧 송충이 같은 공산당을 미워하는 우리와 같은 생각이 아니겠나." (298쪽)

작품 속 미 군의관의 대화이다. 전쟁 이후 북한에 들어선 사회주의 인민공화국에는 소련군이 주둔하게 되었고 남한에는 미군이 주둔하게 되었다. 당시 우리나라 국시였던 반공은 이북의 체제를 적으로 규정하는 반면 미군을 형제로 받아들이게 한다. 북한 정권에 대한 불신은 미군에 대한 지지로 이어지던 것이 당대 사회적인 현실이었다.

물론 남쪽에서는 당대 현실 체제를 유지하기 위해서 반공을 앞세울 필요가 있었다 하더라도 소천의 반공의식은 기득권 세력과 맥을 이루어온 반공일 수도 있겠으나 그가 나고 자란 환경(기독교적 세계관)에서 비롯된 것임도 간과할 수 없는 일이다.

나는 그곳에서 크리스마스를 맞이했습니다. 그 광경이란 여러분이 상상하기 어려울 정도였습니다. 우리는 크리스마스 하면 먼저 무얼 생각합니까? 크리스마스 카아드와 크리스마스 선물과 싼타클로스 할아버지를 생각하지 않습니까? 그러나 그곳에선 그런 것이라곤 전혀 찾아볼 수가 없었습니다.

겨우 몇몇 사람들이 조용한 곳에 비밀히 모여 낮은 목소리로 찬송가를 불렀을 뿐입니다. 그들의 크리스마스 노래는 가장 슬픈 노래처럼 흐느껴 부르는 슬픈 노래로 변해버렸습니다. 크리스마스를 맞는 그들—그들은 정말 이북 땅에 예수님이 다시 오시기를 진심으로 바라고 있습니다.

남한에 있는 우리들은 크리스마스가 되면 먼저 그들을 생각해야 할 것입니다, 나는 어떤 젊은 리 인민위원장이 크리스마스 축하 예배를 참여했다고 아오지 탄광 강제 노동소로 끌려가는 것을 보았습니다. (215쪽)

38 이북과는 정반대로 이남은 지금 한창 크리스마스 기분이 거리에 넘쳐흐

르고 있습니다. 백화점 쇼오윈오우마다 싼타클로스 할아버지가 커다란 선물 자루를 메고 서 있고, 꽃집과 장난감 가게에는 크리스마스 장식품과 크리스마스 카아드로 가득 차 있습니다.

그 많은 상점에 하루 종일 수많은 사람들이 모여들어 크리스마스 카아드와 선물을 시고 있습니다.

몇 날 남지 않은 거라는 그야말로 크리스마스 기분이 철철 넘쳐흐르고 있습니다. (172쪽)

위의 인용 글은 크리스마스를 두고 남과 북의 대조를 보이는 장면이다. 이는 작가의 기독교적 세계관이 반영된 의식의 산물로 크리스마스에 더욱 학대를 받는 북한 형제들의 모습이 그려졌다. 기독교 집안의 사람들이 축제의 분위기에 휩싸인 크리스마스에 헐벗고 굶주림에 시달리는 가족을 객관적인 거리에서 바라보아야 한다는 것은 혈육인 그에게 아픔으로 다가온다. 그러므로 분단의 현실은 그에게 어떻게든 극복해야만 할 당위성을 갖는다.

그러나 다른 각도에서 본다면 김일성 체제에서 고난받는 기독교인들이 겪는 크리스마스는 하나님을 향한 가장 거룩하고 가장 숭고한 크리스마스일 수도 있다. 크리스마스 기분이 철철 흘러넘치는 것은 거리와 선물만이 아니라 감사한 마음이고, 사랑이며 눈물일 수도 있기 때문이다. 그런데도 슬프게만 바라보는 것은 북한 형제들을 향한 작가의 애정이고 안타까움 때문일 것이다.

소천은 분단된 역사적 상황에서 작품에서 주체가 되기도 하고 혹은 객체가 되기도 하면서 자신의 정신구조를 비현실적 인식 방법인 꿈을 통하여 가다듬으면서 분단된 현실의 장벽을 넘어 고립된 자아와 세계와의 통합을 시도한다.

인간은 크든 작든 각각의 그리움을 안고 살아간다. 이러한 그리움은 사람의 정서에 따라서 시(詩) 가(歌) 무(舞) 등 다양한 형식으로 표출되기도 하고 혹은 표출하지 못하고 恨으로 끌어안고 있다가 육체적 질병이라는 극한 상황까지 몰아가기도 한다. 이렇듯 그리움은 생의 호흡으로써 창조력을 지니기도 하고 파괴력을 지니기도 한다.

웅길이는 가슴이 막 울렁거렸습니다. 만일 박 박사가 칠용이의 고무줄 총에 맞아 어디 쓰러진다면—이렇게 생각하자 무척 걱정이 되었습니다. 웅길이는 전신줄 있는 아래쪽을 오르내리며 열심히 찾아봅니다. 지나가던 사람들이 보면 무얼 잃어버렸나 할는지 모릅니다. 그러나 웅길이는 빈터 있는 데를 두리번거리며 걷고 있었습니다. 처음엔 무슨 검은 종이쪽인가 했더니 자세히 가 보니까 글쎄 그게 바로 제비가 아닙니까! '아니! 이게 제비가 아닌가? 박 박사는 제비가 분명하다?' 그러나 벌써 다 죽었습니다 가슴을 만져보았으나 팔떡리기는커녕 빳빳해졌고 차디차졌습니다. (313쪽)

강소천은 여러 작품 속에서 꿈 모티프를 통하여 가고 싶은 곳으로 가고 만나고 싶은 사람을 만난 다음 현실 세계로 돌아온다. 새가 되어서 그가 제시하는 환상의 세계로 영원히 떠날 수도 있다. 부모, 처자가 있는 곳, 그 그리움의 대상을 찾아가서 안주할 수 있는 텃새가 될 수도 있다. 그러나 그는 언제나 돌아오는 철새가 된다. 가야 할 곳에 가고 난 뒤에는 반드시 있어야 할 곳으로 돌아와 있는 것이다.

그런 그는 마지막 작품 『그리운 메아리』에서 다른 등장인물들은 현실(있어야 할 곳)로 돌려보내고 박 박사로 대변되는 자신은 반공 이데올로기를 마음껏 펼쳐 보인 뒤 죽은 제비가 되어 천상계로 진입한다. 현실 세계에서 극복할 수 없는 모든 그리움을 안고 이데아의 세계, 초현실의 세계인 영원으로 회귀한다. 예견이나 했듯이 소천은 이 작품을 끝으로 49년의 생을 마감한다,

동시대에 두 개의 이념이 대립하여 비극을 초래한 나라에서 살아가는 사람들은 자신의 이념을 향해 날아가 활발하게 활동했던 사람들이나 그렇지 못한 사람들이나 모두 각양각색의 아픔과 그리움, 상실감을 안고 살아야 했던, 아직도 그렇게 살아가고 있는 피해자들이다.

4. 나가며

『그리운 메아리』를 토대로 소천의 문학세계를 간략하게 살펴보았다. 『그리운 메아리』 나타난 동심의 세계는 부모와 처자를 북에 두고 온 실향민 박 박사의 가족을 향한 그리움의 세계이고 그것은 작가의 세계이며 문학을 지탱하는 버팀목이 된다.

소천은 일제 강점기 동심을 형상화하는 문학세계를 우리말 우리글 말살기인 일제 강점기에 우리글로 발표하고 출간하면서 민족의식을 드러냈다. 그의 민족의식은 「돌멩이」에서 강하게 나타나다가 6·25 동란을 거치면서 꿈을 모티브로 하는 그리움의 문학으로, 반공 문학으로 변모된다.

천부적으로 타고난 문학가 소천은 당대 변모하는 사회 문화 속에서 주체로서 혹은 객체로서 의식의 변화과정을 작품을 통해 보여 왔다. 그가 그토록 그리워했고 갈망했던 실체적인 고향 함경남도 고원은 작품 세계에서 여러 가지 모습으로 형상화되면서 뒤를 따르는 후학들에게 혹은 독자들에게 마음의 고향인 이데아로 자리매김 되었고 주체적 경험자로서 분단의 아픔을 통일을 향한 그리움으로, 동심을 향한 그리움의 형상화로 독자들을 끌어들였다.

한국 아동문학 100년 사에서 육당 최남선이 아동문학의 남상(濫觴)이었다면 그 출발은 소파 방정환에서 잔물결을 이루며 흘러 소천에서 작은 샘을 이루었다고 할 수 있다. 작은 샘에서 마르지 않고 샘솟는 동심을 향한 소천의 열망은 임종 때 그가 남긴 "小泉은 마르지 않는다"라는 말에서처럼 아동문학에 큰 물줄기를 이루며 유구히 흐르고 있다.

소중애 초기 작품에 나타나는 동화적 상상력

—단편집 『개미도 노래를 부른다』와 장편 『윤일구씨네 아이들』을 중심으로

1. 들어가기

아동문학은 어린이가 주요 독자인 문학이다. 이러한 아동문학의 특성 때문이겠지만 아동문단에서 활동하는 작가들 중에는 일선에서 아이들을 가르치는 교사들이 많다. 교사는 아이들에게 당대 사회가 우성가치로 여기는 것들을 추구하도록 가르치는 것에 비해 동화작가는 부차가치[1]인 동심을 추구한다. 따라서 교사이면서 작가인 경우는 서로 다른 두 가치의 지향성이 대립하는 입장에 서게 된다. 소고는 두 가치가 갈등하

---

1 사쿠타 케이이치에 따르면 부차가치란 사회가 기능하기 위해서는 필요하지만 우성가치와 양립하지 않으며 항상 특정한 집단 또는 문맥 안에 한정된 형태로 유지된다. 부차가치의 중요한 작용은 동기조정이다. 누구나 어떤 형태로든 경험하듯이 사회생활에서는 세력관계 또는 다른 여러 가지 원인으로 인해 개인이 아무리 노력해도 거기에 합당한 보상을 얻을 수 없는 사태가 자주 발생한다. 그러나 그로 인하여 사람들이 사회생활에 대한 의욕을 잃어버리면 안 되기 때문에 보상의 불균형을 누그러뜨리고 동기부여 에너지 저하를 막는 '동기조정'의 메커니즘이 필요하다. 사쿠타 케이이치는 그 메커니즘의 예로 퓨리티니즘(puritanism)이 행하는 금욕윤리의 작용을 이야기한다. 이 윤리는 세속적인 보상을 단념하는 행위를 칭송하고 정신적 가치를 부여한다. 다시 말하면 '스스로 보상'을 만들어 동기부여의 에너지를 재생산한다. 부차가치로서 동심에도 같은 작용이 있다. 가와하라 카이즈에, 양미화 역, 『어린이관의 근대』, 소명출판사, 2007, 195~196쪽.

는 상황에서 37년간 교사로 근무하다가 전업 작가가 되어 더욱 왕성한 창작활동을 보이는 소중애 작가의 초기 작품들이 어떠한 양상으로 전개되는지 살펴보고자 한다.

다작의 작가로 알려진 소중애는 1952년 충남 서산에서 교육자인 아버지 밑에서 태어나고 자랐다. 공주 교원양성소를 수료하고 1970년 열아홉 살에 서산의 해미초등학교에서 교사생활을 시작한다. 그는 교사로 재직하면서 방송통신대학교 초등교육학과와 단국대학교 교육대학원 국어교육학과를 졸업하고 2009년 충남 천안의 신촌 초등학교를 끝으로 38년간의 교사생활을 접는다.

퇴직 후 그는 오랫동안 하고 싶었던 그림동화를 쓰고 그리기 위해 일러스트 교육을 받는다. 그리고 『싫어』, 『노랑』,[2] 『북극곰 엉덩이가 뜨거워!』[3] 등 3권의 그림책을 출간한다. 또한 돌과 기와에 그림도 그리는데, 그렇게 만든 작품을 〈웃는 돌〉 시리즈로 인사동과 삼청동, 안성시와 천안시에서 전시회를 갖기도 하였다.

2018년에는 충남도서관 개관 기념으로 『까망과 노랑』이란 제목의 4인전이 열려 그곳에 작가의 그림동화 『노랑』의 원화가 전시되었고 2019년 3월 현재 삼척 그림책 전시관에서도 『노랑』이 전시되고 있다.

그는 올 3월 출간한 『북극곰 엉덩이가 뜨거워!』(교학사, 2019)와 『아우내장터에 유관순이 나타났다』(꿈터, 2019)를 합하여 총 171권의 책을 출간하였다. 천안에 살면서 경기도 안성시 청룡길 서운산 자락에 마련한 작은 창작공간에서 프리랜서로 글을 쓰고 그림을 그리며 창작에 몰두하고 있는 그는 연 50회 정도 학교와 도서관 등에서 학생과 학부모를 대상으로 강연도 한다.

이토록 왕성한 활동을 하는 작가가 처음으로 쓴 동화는 1978년 이원

---

2 눈높이와 한우리 선정도서로 효자노릇을 톡톡히 하고 있다고 한다.
3 3월 23일 광화문 교보문고에서 성황리에 펜 사인회를 했다.

수의 추천을 받아 『교육자료』[4]에 발표된 단편 「개미도 노래를 부른다」
이다. 이후 그는 『교육자료』에서 청탁하는 대로 동화를 썼는데, 이 자료
를 본 아동문예사에서 책으로 엮자는 제안을 하여 묶어낸 것이 첫 동화
집 『개미도 노래를 부른다』(아동문예, 1984)이다. 14편의 동화와 사계 이
재철의 해설[5]이 실려 있는 이 동화집은 그가 출간한 많은 책들 중에서
가장 애정을 갖는 책이라고 한다.

그는 현재 충남아동문학회장을 맡고 있으면서 애니메이션을 즐겨보
고 국내는 물론 연 2~3차례 해외로도 여행을 다니며 창작의 세계를 넓
혀간다. 해강아동문학상, 한·중 작가상, 어린이가 뽑은 작가상, 한국아
동문학상, 방정환문학상 등을 수상하였다.

이 소고는 소중애의 초기작 중에서 작가가 가장 소중하게 여기는 『개미
도 노래를 부른다』와 대중에게 가장 사랑받은 작품 『윤일구씨네 아이들』
을 중심으로 작품에 나타나는 그의 동화적 상상력을 살펴보려고 한다.

---

4 〈교육자료〉는 초등학교 교사들 대상으로 만들어진 잡지인데 학교생활 안내서, 교수법, 문예작
품 등 다양한 것을 다룬 월간지였다. 그 잡지에 이원수 선생님께 추천을 받은 인연으로 원고료
없는 원고를 청탁 받아서 신나게 썼다고 한다. 그것들을 묶은 것이 그의 첫 동화집 『개미도 노
래를 부른다』이다.

5 "14편의 동화, 아동소설은 대체로 지은이가 1978년부터 1983년에 걸쳐 6년 동안 발표한 것입
니다만 그 내용은 작가 자신의 사상과 감정을 그대로 옮겨놓은 작가 자신의 분신이라고 할 수
있을 정도로 무엇보다 리얼(사실적)한 게 한층 흐뭇합니다. 그것은 작가의 생활과 동화의 내용
이 따로따로 겉도는 것이 아니라 하나의 융합체로서 형상화될 때 우리는 보다 그 작품에 깊은
감동을 받게 되기 때문입니다. 인간이 세상을 살아가는 동안 꿈과 이상을 버리지 않고 인간의
양심과 순수함을 지켜간다는 것은 참으로 바람직한 일입니다. 나는 그런 의미에서 이 동화집
의 지은이인 소중애 선생이 단순명쾌라는 동화의 원리를 통해 진리와 진실을 형상화함으로써
앞으로 드높은 인간정신의 숭고함을 보다 굳건이 지켜줄 것을 조금도 의심하지 않는 것입니다.
그리고 소선생의 작업은 소선생이 가장 아끼는 이 나라 어린이의 살이 되고 피가 되리라 미쁜
마음으로 기대해보는 것입니다." 이재철, 「따뜻한 인간 정신을 옹호하려는 마음」, 소중애, 『개
미도 노래를 부른다』, 아동문예사, 1984, 195쪽.

2. 근면 성실과 유희의 미학
―『개미도 노래를 부른다』

라퐁텐의 우화에 「개미와 베짱이」가 있다.[6] 이 이야기는 시대가 변하면서 다양하게 패러디 되었는데『거꾸로 읽는 개미와 베짱이』(프랑수아즈 사강 글, J B 드루오 그림, 이정주 옮김, 국민서관, 2013)는 원전을 전혀 다른 시각으로 재해석한다. 식품점에서 일하는 개미는 겨울 동안 먹을 것을 들여와 쌓아둔다. 그러나 오래도록 음식이 팔리지 않자 한 가지 꾀를 낸다. 베짱이를 찾아가 겨울을 대비해 미리 음식을 사두라고 제안하는 것이다. 그래도 소식하는 베짱이가 사지 않자 빌려줄 테니 가을에 이자를 합하여 갚으라고 설득한다. 개미는 겉으로는 점잖은 척하지만 속으로는 그 많은 파리와 작은 벌레들을 어떡해야 하나, 초조하기 짝이 없고 베짱이는 느긋하게 노래를 부르고 춤을 춘다. 원작에서 놀기만 했다고 폄하되던 베짱이의 설움에 카타르시스를 느끼게 하는 장면이다. 이는 근면 성실만을 강조하는 우화를 넘어서서 진정한 행복의 가치에 대해 생각하게 한다.

그런가 하면 더운 여름에도 땀 흘리며 일하던 개미는 병들어 누웠고, 노래 부르며 놀던 베짱이는 음반을 팔아 억만장자가 되어 불쌍한 개미를 도와주었다는 이야기도 들려온다. 이러한 패러디 작품들은 모두 개미로 표상되는 근면, 성실이 절대 가치가 아님을 나타내는 반증일 것이다.

소중애 작가의 『개미도 노래를 부른다』에서 표제작 「개미도 노래를

---

6 우리나라에 발표된 「개미와 베짱이」를 살펴보면 옛날에 개미와 배짱이가 살고 있었는데 개미는 뜨거운 여름에도 쉬지 않고 열심히 일을 했고 베짱이는 바이올린을 켜며 노래를 부르고 놀았다. 추운 겨울이 오자 개미는 따뜻한 집에서 배부르게 먹으며 보낼 수 있었으나 베짱이는 추위와 배고픔으로 여름동안 논 것을 후회하다가 개미집으로 가서 잘못을 사과하고 착한 개미의 도움으로 추운 겨울을 따뜻하게 난다는 이야기다. 그러나 원작에는 개미로부터 문전박대를 당한다.

부른다」도 심도 있게 살펴볼 동화이다. 숲속 참나무 뿌리에 성을 짓고 살아가는 왕개미들이 노래를 부르게 된 사연에 관한 이야기인데 왕개미들은 먹이를 운반하기 위해 줄을 지어 앞만 보며 달린다. 그들 무리 속에 먹을거리보다는 아름다운 소리와 빛깔을 좋아하는 개미가 있다. 이 개미는 어느 날 맛있는 냄새가 나는 죽은 벌레를 발견하고 가지러 갔다가 빨간 열매의 아름다움에 빠져 벌레는 가져오지 않고 빨간 열매 하나를 가져오게 된다.

"너는 짜루(바보)구나. 아름답다는 것이 무슨 필요가 있단 말이냐?"
여왕님은 주위의 개미들에게 명령을 하였습니다.
"당장 이 녀석을 앞장 세워, 버려둔 벌레를 찾아오도록 하여라."
그리고 나서 여왕님은 짜루에게 말하였습니다.
"아름다운 것은 배를 부르게 하는데 조금도 도움이 되지 않아. 알았느냐? 오늘부터 너는 짜루(바보)라는 이름을 갖도록 해라. 남들이 널 부를 때마다 오늘의 이 어리석음을 되살려 보아라."[7]

이후 짜루는 동료 개미들에게 놀림감이 된다. 개미들이 커다란 빵조각을 발견하고 기뻐서 나르는 어느 날 짜루는 깊은 생각에 빠진다. 그들의 창고에는 3년 간 먹을 양식이 쌓이고, 짜루는 다른 개미들과 빵조각을 나른 뒤 혼자서 숲속 길로 간다. 그곳에는 일하면서 보아둔, 잎맥만 남은 조그만 풀잎이 있었다.

짜루는 그 풀잎을 집어 들어 조심스럽게 줄기를 튕겨보았습니다.
"퐁"

---

7 소중애, 『개미도 노래를 부른다』, 아동문예사, 1984, 14쪽.

야릇하고 아름다운 소리가 났습니다.

짜루는 온몸을 부르르 떨며 아랫줄기를 튕겨보았습니다.

"퉁"

아까와는 다른, 낮은 소리가 났습니다.

"오!"[8]

소리에 반한 짜루는 조심스럽게 윗줄기부터 아랫줄기까지 튕겨본다. 소리의 아름다움에 정신이 팔린 짜루는 깜깜해져서야 성에 돌아가고, 성 안에서도 악기를 튕기며 노래를 부른다. 처음으로 노래를 들은 개미들은 드디어 짜루가 미쳤다고 한다. 그리고 짜루는 노래를 하면 안 된다는 법을 어긴 죄로 여왕개미 앞에 선다.

"어째서 아름다운 노래가 죄가 된다는 말입니까?"

짜루는 악기를 뒤로 감추며 물었습니다.

"왜냐고? 짜루! 넌 '개미와 베짱이'의 이야기도 배우지 않았느냐?"

늙은 개미는 사납게 되물었습니다.

"그 이야기는 알에서 깨자마자 제가 들은 가장 처음의 이야기입니다."

개미들은 짜루와 늙은 개미의 말을 숨죽여 듣고 있었습니다.

"그렇다면, 베짱이가 일은 안 하고 아무짝에 소용없는 노래만 해대다가 결국에는 눈밭에서 굶어 죽었다는 것을 잘 알겠구나. 그 때부터 우리나라에서는 이것을 교훈삼아 노래를 법으로 금한 거야."

"그건…… 하지만 지독한 법이군요."

짜루는 법을 비난했기 때문에 또 다시 여왕님 앞으로 끌려가야 했습니다.

"우리나라는 일하는 것을 중히 여기고 질서를 잘 지키는 것을 자랑으로 여겨

---

8 위의 책, 15~16쪽.

왔다. 노래나 하며 쓸데없이 시간을 보낸 베짱이를 어리석고, 죽어 마땅한 것으로 여겨왔어. 그런데 너는 그 법을 어겼고……."

"도대체…… 그런데 너는…… 도대체 너는…… 어쩌다 너 같은 것이 이 나라에 태어났는지."

여왕님이 이토록 혼내는 것을 처음 보는 딴 개미들은 가슴을 조이며 서 있었습니다.

"아름다운 것을 아름답게 생각하고, 그 아름다움을 노래하는 것이 어째서 죄가 된단 말입니까?"

짜루는 자신의 잘못을 잘못이라고 생각하지 않았습니다. 여왕님은 짜루를 가장 어둡고 구석진 방에 가두도록 명령하였습니다.[9]

짜루는 방에 갇혀서도 풀잎악기를 연주하며 노래를 부르고, 개미들은 여왕개미가 보지 않는 곳에서 짜루 흉내를 내며 즐거워한다. 개미성에 노래는 퍼지고, 드디어 여왕개미는 "법을 바꾸겠다. 열심히 일하는 자에게는 노래를 허락하겠다"고 선포한다. 짜루는 그 자리에서 '여왕님은 위대하셔라' 노래를 만들어 부르고 모든 개미들은 따라서 합창을 한다.

이 동화는 1976년 교사들의 전문잡지인 〈교육자료〉에 처음 발표된 이후에 1982년 아동문학평론 여름 호에 다시 발표하였는데 당대는 1962년부터 시작된 경제개발 5개년 계획이 착착 진행되던 때였고 1971년부터는 시행된 새마을운동이 "잘살아보세"를 외치며 대대적으로 확장되던 때였다.

그러한 시기에 근면 성실도 중요하지만 노래를 부르는 것도(유희) 중요하다는 것을 강조하는 「개미도 노래를 부른다」를 발표한다는 것은, 그것도 교사들 전문잡지인 〈교육자료〉에 발표한다는 것은 평범한 일은 아

---

9 위의 책 17~18쪽.

닐 것이다. 이 동화에서 개미들의 "일"을 "공부"로 바꾼다면 무조건 공부해야 하는 운명의 어린이들에게 노는 것도 중요하다는 것을 강조하는 셈인데, 이는 교과서에 실린 「개미와 베짱이」의 대척점에 서는 작품으로 유희의 강조가 교시성(주제)로 작용하여 국가 시책과 위배된다.

당시 우리나라 모든 어린이들은 8세가 되면 초등학교에 들어가야 하고, 학교에서 「개미와 베짱이」를 배우며 개미처럼 부지런히 공부해야 잘 먹고 잘 살 수 있다고 배웠다. 정말 그럴까. 어떻게 살아야 잘 사는 것인지 생각할 능력도 없는 아이들에게 근면 성실하면 훌륭한 사람이 될 수 있고, 잘 살 수 있다고 가르쳤다. 개미들이 일하기 위해 태어나 일하다가 죽는 것처럼 아이들은 오로지 공부하기 위해 태어나 공부하다가 지쳐야 하는 운명이었던 것이다. 따라서 아이들은 성적순으로 평가되는 공부가 진정한 배움인지 의심해 볼 겨를도 없이 쫓겨야만 했다.

특히 짜루를 향한 여왕님의 혼냄, "도대체…… 그런데 너는…… 도대체 너는…… 어쩌다 너 같은 것이 이 나라에 태어났는지."는 우리 사회에도 만연한, 자녀들을 향한 부모들의 질타와 닮아 있다. 이 작품이 40년 전에, 그것도 국가적으로 「개미와 베짱이」를 강조하던 시절에 일선 교사가 교사들이 보는 전문잡지 〈교육자료〉에 발표하기까지는 인식의 전환과 함께 용기도 필요했을 것이다. 더욱 놀라운 것은 작가가 처음 쓰고 처음 발표한 작품이라는 사실이다.

네덜란드의 철학가 요한 하위징아(Johan Huizinga)는 인간에 대하여 호모 루덴스(Homo Ludens: 놀이하는 인간)[10]라 정의하며 놀이의 중요성을 이야

---

10 우리의 시대보다 더 행복했던 시대에 인류는 자기 자신을 가리켜 감히 "호모 사피엔스(Homo Sapiens: 합리적인 생각을 하는 사람)이라고 불렀다. 하지만 세월이 흐르면서 우리 인류는 합리주의와 순수 낙관론을 숭상했던 18세기 사람들의 주장과는 다르게 그리 합리적인 존재가 아니라는 게 밝혀졌고 그리하여 현대인들은 인류를 호모 파베르(Homo Faber:물건을 만들어내는 인간)라고 부르기 시작했다. 그러나 많은 동물들도 물건을 만들어낸다는 점을 감안할 때 이 말 역시 부적절한데, 생각하기와 만들어내기처럼 중요한 제3의 기능이 있으니 곧 놀이하기다. 그리하여 나는 호모 파베르 바로 옆에, 그리고 호모 사피엔스와 같은 수준으로 호모 루덴

기 하였다. 호모 사피엔스 옆에 나란히 호모 루덴스를 놓고자 한다며 인간의 특징에 놀이하는 인간을 추가한 것이다. 그에 의하면 놀이는 문화보다 먼저이며 어렸을 때 잘 논 아이가 건강한 어른으로 성장한다고 한다.

놀이는 자유시간에 한가롭게 할 수 있는 행위로 놀다가 일이 생기면 언제라도 그만두거나 연기할 수 있다. 육체적인 필요나 도덕적인 의무로 부과되는 행위도 아닌, 자유로운 행위이며 자유 그 자체이다.[11] 놀이는 "~인 체하기"로서 오로지 재미를 위한 것이다. 놀이를 하다 보면 몰두하게 되고 열광에 빠지게 되며 그 결과 "~체 하기"의 느낌도 사라져 놀이가 진지함이 되고, 진지함이 놀이가 된다. 그래서 어떤 놀이를 하느냐에 따라서 놀이하는 사람은 달라질 수 있다.[12]

「거꾸로 읽는 개미와 베짱이」가 두 캐릭터의 특징에서 보여주는 가치를 재조명했다면 「개미도 노래를 부른다」에서는 근면 성실의 상징인 개미가 색이나 소리의 아름다움에 눈뜨면서 자신의 삶에 대하여 성찰하고 변화하는 이야기이다.

그럼에도 근면 성실히 공부해야 함을 강조하는 현실은 40년이 지난 지금도 진행 중이다. 몇 달 전 인기리에 방영되어 사회문제가 되었던 드라마 〈스카이 캐슬〉이 보여주었듯 1등 하기 위해, TOP에 오르기 위해 앞만 보며 달려야 하는 아이들, 그들이 미래에 드러낼 부작용을 작가는 「개미도 노래를 부른다」와 같은 작품으로 방지하고 싶었던 것은 아니었을까.

스(Homo Ludens:놀이하는 인간)를 인류 지칭 용어의 리스트에 등재시키고자 한다. 요한 하위징아, 이종인 역, 『호모 루덴스』, 연암서가, 2015, 20쪽.

11 독일의 극작가이며 철학가인 요한 크리스토프 프리드리히 폰 실러(독일어: Johann Christoph Friedrich von Schiller)도 놀이의 중요성을 주장하였는데 "인간은 놀 때 가장 인간답다"는 그의 말은 널리 알려져 있으며 세계 명작 『말괄량이 삐삐』를 쓴 아스트리드 린드그렌(Astrid Anna Emilia Lindgren)은 자신의 유년시절을 "놀고 놀고 놀고 또 놀았다. 우리가 놀다가 죽지 않은 것은 순전히 기적이었다"고 한 말 역시 널리 알려져 있다.

12 실제 우리는 게임하다가 사건을 저지르는 사람들의 이야기를 종종 뉴스에서 듣는다. 게임에 몰두한 나머지, 너무도 진지한 나머지, 현실을 게임으로 착각하는 현상이다.

실제 오늘날 아동문단에는 교사이면서 작가이거나, 교직을 은퇴한 후에 전업 작가로 활동하는 사람들이 많다. 그들이 써낸 작품에는 학교 울타리 안 이야기, 혹은 교실 안 이야기들이 많은데 반해 초기 소중애의 작품에는 의인동화들이 많다.

의인동화는 사람을 등장시켜서 보여주기 어렵거나 불편한 주제일 때 주로 쓰는 창작방식이다.「개미도 노래를 부른다」에서 말하고자 하는 유희의 중요성은 경제성장을 꾀하던 당대에 아이들을 등장시켜 짜루처럼 놀거나 노래 부르는 유희도 가치 있는 것이라고 말하기는 어려웠을 것이다. 그에 비해 함께 수록된「아버지와 아들」은 객지에서 사업하는 아들이 고향집에 혼자 계신 아버지를 찾아와 수염을 깎아드리면서 시간변조를 통해 두 사람의 과거를 떠올리거나 현재를 이야기하는 작품으로 근면과 성실을 강조하는 작품이다.

아버지는 눈앞에 아른거리는 아들의 손과 얼굴을 조심스럽게 살펴보았습니다. 수염 깎는 소리가 볼을 타고 서걱서걱 들렸습니다.

"다 했다고 생각하지 말아라."

"예?"

비누의 거품을 다시 내던 아들이 놀란 얼굴로 아버지를 쳐다보았습니다.

아버지는 눈을 감고 계셨습니다.

"다 했다고 생각하지 말아라."

아버지는 다시 한 번 같은 말을 하셨습니다.

"그럼요. 수염이 아직도 남았는데요."

아버지가 눈을 뜨고 아들을 쳐다보았습니다. 병들고 늙으신 분의 것이라고 할 수 없는 강한 눈빛이었습니다.

"수염을 말하는 것이 아니다."

움푹 들어간 아버지의 눈과 피곤한 아들의 눈이 마주쳤습니다. 아들은 눈길을 돌렸습니다.

"끝까지 노력하지도 않고 충분히 다 했다고 생각하지 말라는 이야기다."

"무슨 말씀이신지……."

"네 사업 이야기를 하고 있는 거야."

"제 사업은 잘 되고……."

아들은 아버지의 내두르는 손짓에 그만 입을 다물었습니다.[13]

이 동화에서 아들은 은행에서 빌려 쓴 돈을 갚지 못하여 사업장 문을 닫을 위기에 처했고, 얼마간의 돈을 마련하여 혼자 조용한 곳으로 가 쉴 생각으로 아버지를 보러온다. 부도내고 도망갈 궁리를 한 것이다. 아버지는 직감으로 아들의 마음을 파악하고 "다 했다고 생각하지 말아라."고 거듭 당부한다. 수염을 깎다가 아버지 턱에 드러난 상처를 보고 아들은 생각에 잠긴다. 물에 빠져 죽을 위기에 처했을 때 아들을 살리기 위해 안간힘을 쓰다가 생긴 상처이기 때문이다.

당대의 사회적인 가치에 편승하여 '근면', '성실'을 내세우는 작품은 캐릭터를 동식물로 설정하는 것보다 사람으로 설정하는 것이 쉬울 것이다. 사람들은 저마다 한두 개의 상처를 가지고 있고 최선을 다하다가 생긴 상처는 훈장처럼 빛을 발한다. 이 작품에서도 면도하던 아들이 아버지 턱에 드러난 상처와 "다 했다고 생각하지 말아라"는 아버지의 말에 다시 사업장으로 돌아간다. 최선을 다하기 위해서이다.

「개미도 노래를 부른다」와 「아버지와 아들」은 일하다가 빨간 열매에 빠져 한눈을 팔던, 풀잎의 소리에 정신이 팔려 일을 안 하는 개미를 긍정하는 관점과 최선을 다하지 않는 아들에게 근면 성실을 강조하는 관점으로 서로 상반된 가치를 내세운다. 요한 하위징아의 주장처럼 호모

---

13 소중애, 위의 책, 94~95쪽.

사피엔스(생각하는 인간)와 나란히 호모 루덴스(놀이하는 인간)를 놓은 것인데, 이는 그가 교사로서의 정체성뿐 아니라 놀고 싶고 즐기고 싶은 놀이하는 인간으로의 정체성을 표현하려 했다는 점은 높이 평가되어야 할 것이다. 캐릭터 설정에서 당대의 우성가치인 근면 성실을 이야기하는 것은 사람(아버지와 아들)으로, 놀이를 이야기하는 것은 근면성실의 상징인 개미로 설정한 것도 주목할 만하다.

함께 수록된 「감자밭」은 감자를 키우는 일보다 더 멋진 일을 하고 싶었던 흙이 감자에게 물과 영양을 주지 않기로 한다. 감자들은 시들어가고, 농부는 온갖 퇴비를 주어도 감자가 자라지 않자 그곳에 돼지우리를 짓기로 한다. 이 말을 들은 흙은 깜짝 놀란다.

"내가 감자들에게 물과 영양을 주지 않아 죽어가게 한 것은 내 스스로가 날 죽이는 일이었구나. 감자를 키울 수 없다는 것은 내 죽음을 뜻하는 거야."

흙은 핼쑥한 감자들을 돌아봤습니다.

"내가 무서운 일을 저지르고 있었어. 너희들을 죽이면서 나도 죽음을 향해 걷고 있었으니……."

흙은 목메인 목소리로 용서를 빌었습니다.[14]

흙을 용서하기로 한 뿌리는 물과 양분을 빨아들이기 시작하고, 밤사이 밭은 싱싱하게 변한다. 농부는 감자밭을 그대로 두기로 한다. 이 또한 나만 잘되면 그만이라는 경쟁구도에서 상대가 잘 되어야 내가 잘된다는 보편적인 가치를 이야기하기에 사람을 등장시키기보다는 감자밭의 감자와 흙을 등장시키는 게 용이했을 것이다.

형제를 구하기 위해 위험을 무릅쓰는 사랑과 용기를 강조한 「엄지병

---

14 소중애, 위의 책, 61쪽.

아리」, 사람들의 보호 속에서 고양이의 본성을 잃어가는 아기고양이를 고양이답게 키우는 엄마고양이의 이야기「겁쟁이 야옹이」, "사랑한다면 용기를 내세요"를 외치며 무모한 용기의 결말이 어떻게 되는지를 보여주는「하루살이」, 실험실에 갇혀 있던 쥐들의 이야기를 통하여 "자유란 죽음과 맞바꿀 수 있을 만큼 소중한 것"이라는「아침들판」, 관계맺기를 통하여 참 행복이 무엇인지를 이야기 하고 있는「수탉끼오」, 생의 순환을 이야기하는「억새와 도둑게」, 금게들이 사는 낯선 곳이 좋아 바위산 너머로 갔다가 실망하고 돌아오는 농게 이야기인「바위산 너머에는」, 배움의 소중함을 이야기하는「까치 이야기」, 다름을 이해하지 못해 미워하다가 서로를 죽이는「조그만 섬에 있었던 이야기」, 디지털시대와 아날로그 시대를 돌아보게 하는「너는 바보다」, 함께 한다는 것의 의미를 이야기하는「푸른별 이야기」 등은 근면 성실을 부르짖던 당대 진정으로 소중한 것이 무엇인지를 자연물들을 통해 의인화 기법으로 이야기한다.

　14편의 동화에서 사람을 등장시켜 주제를 형상화한 작품은「아버지와 아들」하나뿐이고 사람과 자연물 함께 등장시킨 작품은「푸른별 이야기」,「너는 바보다」,「조그만 섬에 있었던 이야기」 등 3편이다. 나머지 10편은 개미, 하루살이, 고양이, 병아리, 감자와 흙, 쥐, 억새, 도둑게, 뱀, 까치, 수탉, 반지 등이 주인공인 의인동화이다.

　의인동화는 자연물에 빗댄 은유적 표현 기법으로 작가가 말하고자 하는 것을 보다 효과적으로 표현할 수 있을 때 쓰는 창작방식인데 작가가 이러한 의인동화를 많이 쓴 것은 아이들을 등장시키는 것보다 식물 동물 등을 등장시키는 게 효과적이기 때문일 것이다.

　이러한 소중애의 초기 작품들에서 나타나는 동화적 상상력은 공동체 정체성에서 추구하는 가치(근면, 성실 등) 옆에 개인의 정체성에서 비롯된 놀이의 미학을 의인동화를 통한 은유적 방법으로 형상화한다. 그 중 표제작인「개미도 노래를 부른다」는 아름다움의 발견(유희성)을 교시성으로 표현한 작품으로 어떻게 살아야 하는가, 삶이란 무엇인가, 질문을 통해 호모 루덴스(놀이하는 인간)로서의 물길을 낸다.

3. 모성애 상실을 동심으로 극복하는 『윤일구 씨네 아이들』

앞에서 살펴본 소중애의 문학관은 그의 책 중에서 독자들에게 가장 많은 사랑을 받은 동화 『윤일구씨네 아이들』(대교출판, 2000)에서도 나타난다. 이 작품은 1988년 대교문화에서 처음 출판된 이후 절판되었다가 2000년과 2009년에 대교출판에서 복간하였는데 현재 다시 절판된 상태다. 엄마 없이 자라는 여섯 남매를 중심으로 펼쳐지는 이야기로, 「개미도 노래를 부른다」에서 주인공 짜루(바보)와 같은 엉뚱한 인물인 소연이 주인공이다.

장학사인 윤일구 씨는 어느 날 갑자기 부인을 잃고 여섯 아이와 함께 힘겨운 생활을 시작한다. 윤일구 씨는 아이들을 돌보기 위해 고모의 도움을 받으며 정성을 들이지만, 고모도 마냥 윤일구 씨네 가족을 위해 살 수는 없다. 갑자기 살림을 도맡아 동생들을 보살피는 큰 딸 세미, 자기 공부에 열중하는 희영, 열병으로 바보가 된 셋째 딸 우경, 엉뚱하면서도 생각이 깊은 소연이, 말썽꾸러기 세철이, 막내 명인이는 하루도 빠질 날 없이 사건을 일으킨다.

"소연아, 너 뭐 하니?"

방으로 들어오던 세미는 장롱 속을 들여다보고 있는 소연이를 보자 기겁을 했다. 갑자기 집안 살림을 맡아 하게 된 세미는 집안 어지럽히는 것을 몹시도 겁내었다.

"그냥 보는 거야."

"뭘?"

소연이는 장롱 속을 한 번 더 훑어보고는 문을 닫았다.

"언니, 안 어지를 게 걱정 마."

소연이는 방 안을 살펴보고는 마루로 나갔다. 윤일구 씨 집은 방 두 개가 마루를 사이에 두고 마주보고 있었다. 그 중 안방은 아이들이 쓰고 윗방은 윤일구 씨가 썼다.

"소연이가 왜 저러니?"

소연이를 따라 안방까지 온 세미는 책상 앞에 앉아 공부하는 희영이에게 물었다.

"그냥 놔 둬. 쟤는 가끔 저러잖아."

공부벌레 희영이는 책에서 눈도 떼지 않고 말했다. 안방까지 둘러보고 나온 소연이는 마루 끝에 있는 신발장을 열어 보았다. 철 지난 신발 몇 켤레가 뽀얀 먼지 속에서 잠자고 있었다.

소연이는 마루를 내려와 뒷마당으로 갔다. 소연이는 마치 술래잡기에서 숨은 아이를 찾아다니는 술래 같았다.[15]

텅 비어 있는 줄 알면서도 뒷마당으로 간 소연이는 돼지우리를 들여다보고 닭장도 들여다본다. 엄마가 병으로 앓게 되면서 없앤 것들이다. 엄마의 흔적을 찾아다니는 소연이의 마음을 동생 세철은 알지 못한다.

"깜짝이야! 놀랬잖아."

"뭐 하니?"

"숨바꼭질."

"야, 혼자 하는 숨바꼭질이 어디 있냐?"

---

15 소중애, 『윤일구 씨네 아이들』, 대교출판, 2000, 10~11쪽.

누나한테 '얘, 쟤' 한다고 항상 혼나면서도 세철이는 바로 위 누나인 소연이의 이름을 부르지 않으면 언제나 '야'였다.

"왜 없니?"

소연이는 시무룩하게 대답하고는 닭장 앞에 쪼그리고 앉았다. 그 곳에는 손바닥 넓이만큼 햇볕이 들었다. 세철이가 바싹 옆에 다가가 앉았다. 소연이는 다툴 마음이 없어 자리를 조금 비켜주었다.

"너, 달걀 훔쳐 먹던 생각나니?"

소연이가 세철이의 옆구리를 찔렀다. 세철이는 피식 웃었다.

(중략)

"너도 참 지독하다. 날마다 날달걀을 다섯 개씩이나 먹었으니……."

"맛있거든."

달걀을 너무 먹어서 병이 난 세철이는 일 주일이나 병원에 다녔었다.

"나도 몰래 먹어봤는데 비리기만 하더라."

"뭐? 그럼 너도 달걀을 훔쳐 먹었단 말야? 괜히 나만 혼났는데 너도 혼나야 돼. 엄마한테 이를 거야."

세철이와 소연이의 눈동자가 마주쳤다. 당장 고자질하러 간다며 일어섰던 세철이가 털썩 주저앉았다.

"엄만 없어."

소연이가 작은 목소리로 말했다.

"그래, 없어."

두 아이는 햇살이 꼬물꼬물 온몸을 더듬는 자리에 마냥 앉아 있었다.[16]

엄마의 빈자리, 엄마의 흔적을 찾아다니던 소연이와 그 뒤를 밟던 세철이가 닭장 앞에 쪼그리고 앉아 손바닥만 한 햇볕을 받으며 엄마와 함

---

16 위의 책, 12~13쪽.

께 살 때의 추억을 속삭인다. 세철은 소연을 그림자처럼 따라다니며 옥신각신 싸움을 걸고, 손바닥만 한 햇볕이 자리를 옮기면 남매도 햇볕따라 옮겨 앉는다. 그늘진 곳에 찾아드는 손바닥만 한 햇볕은 그 볕 아래 붙어 앉아 있는 어린 남매를 이미지화하면서 소연이와 세철이의 손바닥만 한 정까지 짐작케 하는 서술 전략이다.

> 햇볕이 자리를 옮겼다. 두 아이도 따라 자리를 옮겼다.
> "이상하지?"
> "뭐가?"
> "다 찾아봤는데도 없어."
> "뭐가?"
> "엄마 거 말야. 엄마 옷이랑 신이랑 그런 게 아무 데도 없어."
> "없어?"
> "그래 없어. 엄마가 덮던 이불도 없어."
> "어디 갔지?"
> "모르겠어."
> 두 아이는 손으로 턱을 괴고 생각에 잠겼다.
> "아빠가 치웠을 거야. 우리가 엄마 생각할까 봐."
> 누나인 소연이가 먼저 자신의 생각을 말했다. 세철이는 천천히 고개를 끄덕였다.[17]

생각이 많은 소연이는 아버지 혼자서 일곱 식구를 책임져야 하는 어려운 현실에 보탬이 돼야 한다며 동생 세철에게 장남이니까 구두닦이를 하라고 권한다. 자신은 우유배달을 하겠다는 소연의 설득에 세철은

---

17 위의 책, 15쪽.

공감하면서도 추운 겨울 구두닦이는 할 수 없다고 아빠에게 속삭이고 소연의 계획은 무산된다. 그러나 엄마가 없는 집안 경제를 걱정하는 아홉 살 소연이의 마음을 나타내기에 충분한 사건이었다. 엄마의 흔적을 찾아다니던 남매는 큰언니 세미에게 들킨다. 그러나 울지 않는다. 큰언니 세미도 모르는 체한다. 절제된 감정의 서술이 독자를 슬프게 하면서도 건강하게 자라는 아이들의 모습을 연상케 한다. 큰딸 세미가 슬픔에 빠진 다섯 동생들을 보살피며 출근하는 아버지를 살뜰히 챙기는 모습, 소연이가 세철이와 티격태격 싸우면서도 큰언니 세미를 따르고 막내 명인이와 놀아주는 모습 등 윤일구 씨네 아이들은 엄마가 없음에도 불구하고 주눅이 들거나 그늘 들지 않는다.

모두가 잠이 든 밤에 혼자 일어나 책을 읽는다는 것은 온몸이 간질거리는 즐거움이었으며 가슴 설레는 일이었다. 소연이는 밤늦게 일어나 아빠 방에 가서 책을 읽는 것이 버릇이 되었다. 낮 동안은 흐릿한 눈빛으로 반쯤 감고 졸다가도 밤이 되어 책 앞에만 앉으면 머릿속이 맑아지고 두 눈에서는 광채가 났다.

책 속에는 얼마나 많은 이야기들이 숨어 있는 것일까? 책장에 있는 책들을 다 읽고, 다락 속에 있는 책을 찾아다 읽고 있는 소연이는 묵은 책들에게서 나는 냄새를 좋아했다.

빛이 누렇게 바랜 그 책들에서는 매캐한 냄새가 났다. 손끝에 닿는 꺼끌꺼끌한 감촉도 소연이는 사랑했다.

소연이는 한글로 쓰여 있는 것은 무엇이나 읽어 댔다. 두 언니들의 영어 참고서에 번역되어 있는 이야기를 찾아 읽는 것도 신기하고 좋았다.[18]

"누나, 소연이가 있잖아. 위험할 때는 서로 신호를 해야 한다고 피리를 준비

---

18 위의 책, 139쪽.

하래. 나, 피리 하나 사줘."

세철이는 이유야 어쨌든 피리를 하나 갖고 싶어서 졸랐다.

"그 공상가께서는 요번에는 다른 일을 꾸미는 모양이군."

희영이가 빈정거렸고 세미는 자꾸 조르는 세철이에게 쏘아붙쳤다.

"이 평화로운 나라에서 위험할 일이 뭐가 있어. 쓸데없는 말 그만해."

그런가 하면 소연이는 인간은 파리나 쥐 같은 것과도 이야기를 나누면서 살아야 한다며 방바닥에 앉아 있는 파리에게 중얼거리기도 했다. 다른 아이들이 볼 때 소연이의 머릿속은 뒤죽박죽인 것 같았다.[19]

책 읽는 즐거움에 빠진 소연이은 모두 잠든 밤에 일어나 책을 읽다가 과로로 코피를 흘리고 병원으로 실려 간다. 하지 말라고 법으로 막아도 노래를 부르다 지하방에 갇히는 「개미도 노래를 부른다」의 짜루처럼, 소연이는 책을 읽지 못하게 하려고 다락방 문에 못질을 해도 몰래 들어가 밤을 새우며 책을 읽다가 쓰러진다. 재미에 빠져든 것이다.

이처럼 윤일구 씨네 아이들은 누가 가르치지 않아도 스스로 개성적일 뿐 아니라 각각의 나이에 맞는 도덕성과 윤리의식, 배려심도 가지고 있다. 다소 이기적인 세철이가 소연이와 엉뚱한 일을 벌이고, 고열로 인해 바보가 된 셋째가 집을 잃어 식구들을 놀라게 하지만 그럼에도 윤일구 씨네 아이들은 서로를 배려하고 사랑하며 살아간다.

여러 사건을 겪으며 함께 성장하는 소연이는 어느 날 뜻밖에 아버지가 과수원집 손녀와 데이트하는 장면을 목격한다. 아이들은 세련미 넘치지만 정을 느낄 수 없는 오향미 씨를 아버지에게서 갈라놓기 위한 작전을 펼치는 한편으로 6남매에 대한 배려심 많은 송연아 선생님과 이어주기 위한 전략을 세운다. 시대가 변함에도 불구하고 계모는 동서양을

---

19 위의 책, 140쪽.

막론하고 대부분 악역으로 등장하나 윤일구 씨네 아이들이 맞이하는 새어머니는 독자들에게 악역을 맡지 않을 것이란 기대와 희망을 준다.

특히 아이들에게는 세계의 상실이라 해도 과언이 아닌 엄마의 죽음을 아이답게 바라보는 모습이 인상적인데 여섯 아이들과 식모로 들어온 금자까지, 두세 살 터울의 일곱 아이가 펼치는 엄마 없는 성장 이야기에는 공부하라거나, 근면 성실을 강조하거나 공부하라고 강요하지 않는다. 교육 현장에서 일하는 교사로서 작가는 작품을 통하여 성장과정의 미학이 근면 성실뿐만 아니라 호모 루덴스로서의 유희와 건강함, 자기다움의 미학을 드러냈는데 이러한 작품이 고도성장을 꾀하던 사회에서 전혀 주목받지 못하던 때에 나왔기에 더욱 의미 있는 것이다.

4. 나가며

주마간산 격이지만 소중애 초기 작품을 살펴보았다. 두 권으로 그의 작품세계를 논한다는 것은 코끼리 다리 만지기에 불과하지만 『개미도 노래를 부른다』(아동문예, 1984)는 첫 작품집이며 작가가 가장 아끼는 작품집이고 『윤일구 씨네 아이들』(대교문화, 1988)은 독자들로부터 가장 많은 사랑을 받은 작품으로 의미 있는 작업이었다고 생각한다. 방대하면서도 다양한 작가의 작품을 짧은 기간에 전반적으로 파악한다는 것은 어렵거니와 시대의 변화에 따른 작가의 작품도 다양해서 이에 대한 밀도 있는 연구는 차기 연구자들에게 기대한다. 또한 최근 발표되는 단순한 플롯의 쉽게 읽히는 그림동화들—그가 직접 쓰고 그리는—을 살피지 못한 점 역시 아쉬움으로 남는데 이 또한 차기 연구자들의 밀도 있는 연구를 기대한다.

1970~80년대는 고도성장을 꾀하던 시기로 다수의 작품들이 근면, 성

실의 메시지를 담아내던 때였다. 그러나 살펴본 바와 같이 소중애의 초기작에 나타난 동화적 상상력은 식물 동물 사람 등 다양한 인물들을 등장시켜 당대 공동체의 가치뿐 아니라 호모 루덴스로서 물길을 내면서 놀이하는 인간 개인의 정체성까지 형상화하고 있음을 알 수 있었다. 이러한 작품이 40여 년 전 교사로서 교사들이 보는 〈교육자료〉에 발표했다는 것은 높이 평가되어야 하며 오늘날 새롭게 조명되어야 할 것이다.

바다의 상징성과 새로운 가족의 탄생
—정혜원의 『파도에 실려온 꿈』을 중심으로

1. 들어가며

현대는 빠른 속도로 변화하고 발전한다. 문질문명이 발전에 발전을 거듭하면서 우리 삶에도 많은 변화가 일어났다. 그 중에서 가장 큰 변화를 꼽으라면 단연 가치관일 것이다. 물질문명의 발전에 따라서 삶의 환경도 바뀌었고 그에 따라 사람들의 가치관에도 변화를 가져왔으며 이는 가족형태의 변화까지 초래하였다.

3대 혹은 4대가 함께 살던 전통적인 대가족제도에서 현대에 들어서면서 핵가족이란 단어가 등장하였고 4인 가족이 주류를 이루었다. 그러나 이제는 더 작은 단위로 나눠지면서 편부가족, 싱글맘, 1인 가족 등 가족 형태가 원소단위처럼 분해되더니 1인 가구 수가 해마다 최고치를 경신한다. 2019년 12월 2일자 헤럴드경제 뉴스에 의하면 2018년 1인 가구 수는 584만 8,594가구로 전체 가구 수의 29.3%를 차지하며 서울의 경우 32%에 달한다고 한다. 우리는 현재 1인 가족 600만 시대에 살고 있는 것이다. 이러한 시대에 동화작가 정혜원은 새로운 가족형태의 동화들을 발표해 주목을 받고 있다.

정혜원은 강원도 원주 출신으로 현재 원주에 있는 박경리 문학공원 소장을 맡고 있다. 그는 유복한 집안에서 문학을 좋아하는 아버지 영향으로 어려서부터 책을 가까이 하였고 토론도 좋아했다고 한다. 또한 어릴 때부터 피아노를 배워 피아니스트가 되려는 꿈을 가졌으나 음악대학에 낙방하는 바람에 꿈을 이루지 못한 채 피아노 학원을 운영했다고 한다. 피아노과의 낙방은 당시 그에게는 큰 충격이었으나 그의 삶이 문학으로 물꼬를 트는 계기가 된다.

예술적 재능이 탁월했던 그는 피아노과 낙방과 더불어 많은 시간이 주어졌고 자연스레 라디오를 들으면서 방송국에 삶의 에피소드 같은 글들을 편지 형식으로 써 보내기 시작한다. 응모한 글들이 채택되면서 크고 작은 선물들을 받게 되자 이웃들과 나누었고 더불어 칭찬이 쏟아졌으며 글쓰기는 그녀에게 취미이자 기쁨이 된다. 라디오가 유행하던 당시 엽서에 글 몇 줄만 써서 보내면 상품을 받게 되었다는 그녀는 거기에 만족하지 않고 문학 동아리에 들어가 시와 수필 등 문학작품을 쓰기 시작한다. 그리고 우연히 임교순 동화작가를 알게 되고 일주일에 한 편씩 습작하여 평을 받으면서 1992년 『강원일보』 신춘문예에 동화 「어항 속의 세상」이 당선되어 아동문학가의 길로 들어선다.

이 소고는 그가 출간한 많은 작품들 중에서 가족에 관련된 동화를 모은 단편집 『파도에 실려온 꿈』에 수록된 작품을 중심으로 살펴보려고 한다. 물론 『직녀의 늦둥이』나 『우당탕탕 용궁엄마 구출작전』, 『누구도 못말리는 말숙이』, 『삐삐백의 가족사진』, 『다함께 울랄라』 등도 가족이나 새로운 가족 형태에 관한 이야기의 범주에 해당할 수 있다. 그러나 이들 작품에는 옛이야기나 신화를 차용하여 창작한 동화가 많고 이미 연구자들에 의해 연구된 바도 있어서 소고에서는 바다를 배경으로 새로운 가족형태를 제시하는 단편집 『파도에 실려온 꿈』을 중심으로 그가 자주 사용하는 바다의 상징성과 함께 새롭게 구성하는 가족을 통해 정혜원의 동화세계를 고찰해보고자 한다.

2. 물의 상징성과 새로운 가족 형태

가스통 바슐라르는 자연이란 광대하게 퍼져서 무한 속에 투영된 영원한 어머니이다. 감정의 측면에서 보면 자연은 어머니의 투영인 것이다. 특히 "바다는 모든 인간에게 모성적 상징 가운데 가장 크고 변하지 않는 것의 하나"[1]라고 한다.

정혜원의『파도에 실려온 꿈』의 머리글에서 작가는 여기에 실린 다섯 편의 작품은 바다를 배경으로 하고 있다고 말한다. 이 다섯 편의 작품을 톺아보기 위해서는 우선 작가가 이야기하는 머리글부터 살펴볼 필요가 있다. 머리글에 작가가 "바다를 사랑하는 어린이들에게"라는 제목을 붙인 걸 보면 그가 바다를 얼마나 좋아하는지 짐작할 수 있는데, 원주에서 태어난 작가 정혜원은 "언제나 바다를 꿈꾸고, 바다를 향한 마음이 좀처럼 잦아지지 않는다."고 말한다. "끝없이 펼쳐진 바다를 보고 있으면 생각은 한없이 조리질을 해대거나, 무엇인가를 건졌다가 내놓고 또 건졌다가 내놓는 일을 반복한다."[2]고 말한다.

가스통 바슐라르에 의하면 물의 이미지는 크게 두 개의 유형으로 나누어진다. 무의식의 세계에서 물은 지배적이며 근본적인 요소지만 그 근원은 언제나 동일한 것은 아니다. 우선 물은 대별해서 부드러운 물과 난폭한 물의 두 가지로 구분된다. 그러나 우리의 상상세계는 근본적으로 '부드러운 물'의 지배 아래 있는데 부드러운 물이 상상력에서 우월

---

1 가스통 바슐라르, 이가림 역,『물과 꿈』, 문예출판사, 2004, 216~217쪽. 참조.
2 정혜원,『파도에 실려온 꿈』, 가문비어린이, 2017. 6쪽.

성을 갖는 것은 그것이 일상적이기 때문이다. 광대한 바다가 부드러운 물인 시냇물이나 강만큼 강하게 상상력을 지배하지 못하는 이유는 사실상 사람들이 그것을 접촉해보거나 감지할 수 없기 때문이다. 바다에 관한 이미지는 먼 바다에서 돌아온 사람들의 이야기 영역을 넘지 못하는 허구적인 것, 다시 말하면 그것은 구체적인 물질의 영역에 들어오지 못하는 것이다. 부드러운 물에 의해 탄생되는 물의 상상세계는 다시 네 개로 구별해 볼 수 있는데 ①물의 물질적 상상력 ②문화의 콤플렉스 ③역동적 상상력 ④모성적 상상력이 그것이다.[3]

정혜원의『파도에 실려온 꿈』에 실린 다섯 작품은 직접적이든 간접적이든 모두 바다와 관련을 맺고 있는데 바슐라르가 구분한 물의 상상력을 중심으로 작품을 살펴보면 네 번째인 모성적 상상력에 맞춰 있다고 보인다. 이는 분지에서 태어난 그가 ①처럼 바다와 접촉을 통하여 무의식의 세계를 형성하는 물질적 상상력이라 보기 어렵고 ② 문화의 콤플

---

3 바슐라르가 물의 상상세계를 네 개로 구분한 것 중에서 첫 번째인 물의 물질적 상상력은 인간이 직접 물과 접촉을 함으로써 어떤 관능미를 느끼며 무의식의 세계가 근원적으로 물에 의해 물질화된 경우를 의미하는데 이 경우 봄의 물로 맑은 물을 가리킨다. 봄의 물의 속성은 반영과 신성함으로 거울 이미지, 즉 나르시스의 이상화 작용을 말한다. 깊은 물은 잠자는 물을 가리키는 것으로 어둡다는 특징을 가지고 있는 존재의 깊고 어두운 심연, 즉 죽음에 대한 이미지, 깊고 움직이지 않는 죽음의 명상으로 나타난다. 복합적인 물은 물과 다른 요소가 결합된 이미지를 말하는 것으로, 가령 물과 흙, 물과 불, 물과 공기 등의 결합을 들 수 있다.
두 번째의 문화의 콤플렉스는 물리적인 물과의 접근에서 곧바로 물질화된 무의식의 세계가 아니라 책이나 전설, 또는 신화에서 비롯된 이야기의 영향이 한 요소에서 무의식의 세계에 뿌리박은 상태를 가리킨다. 그것은 물질과 직접적으로 관계를 맺지는 않으나 역시 근원적으로 인간의 상상세계에 뿌리를 내린다는 점에서 물질적인 성격을 지니고 있다.
세 번째 역동적 상상력은 물의 물질적 상상력이 무의식 세계에서 그 상상력을 지배하는 물질에 머무르지 않고 더 능동적이 되어 인간의 의지력을 지배하게 되는 경우를 가리킨다.
네 번째 모성적 상상력은 어머니 또는 다른 여성에 대한 추억이 무의식에 은밀하게 살아남아 있어 물에 대한 무의식적 갈망을 지배하는 것을 말한다. 이것은 어머니의 모유에 대해 알게 된 액체, 또는 유동성의 이미지가 무의식에 스며들어 그 상상세계를 지배하게 되는 결과인 것이다. 이러한 상상력은 요람의 흔들림과 직접적으로 연결된다. 이를테면 보들레르의〈여행에의 초대〉에 나타나는 것과 같은 배의 흔들림의 세계 또는 흔들리는 배 위에 누워 있는 사람이 하늘의 구름을 바라보게 됨으로써 꿈꾸며 날아가고 싶어하는 욕망을 일으키는 것은 모성적 상상력과 근본적으로 맺어져 있는 것이다. 이가림,「바슐라르 사상의 넓이와 깊이」,『물과 꿈』, 문예출판사, 2004, 368쪽. 참조.

렉스는 물과의 접근에서 곧바로 물질화된 무의식의 세계가 아니라 책이나 전설 또는 신화에서 비롯된 이야기의 영향이 무의식의 세계에 뿌리박은 상태이고 ③의 역동적 상상력은 ①의 물의 물질적 상상력을 넘어서는 것으로 물과의 접촉에서 파생되는 상상력에 더 능동적인 인간의 의지력이 지배하는 경우를 가리키는데 이는 작가 정혜원이 나고 자란 환경과 맞지 않는다. 그가 어려서부터 독서 경험이 풍부한 것을 감안한다면 ②의 문화의 콤플렉스 측면으로 볼 수도 있을 것 같지만 그의 단편집『파도에 실려온 꿈』에 실린 작품 대부분은 가족 구성원의 부재로 인한 상실감 치유로 바다와 더불어 새로운 가족형태를 제시하고 있어 이는 ④ 에 해당하는 모성적 상상력과 닿아 있다는 관점이 적절할 것이다.

구체적으로 작품을 살펴보면 첫 번째 수록된 작품「꽃등 켜는 밤」은 도입부분에 "멀리 있는 바다도 궁금해져 벚꽃 길로 고개를 돌렸습니다"와 결말부분에서 "민혜 마음처럼 늘 안달하던 바다도 오늘 밤은 편히 잠이 들었습니다."라는 서술 외에는 인물과 사건, 배경 등 어느 것도 바다와 관련성은 없다. 그럼에도 바다를 배경으로 하고 있다고 말하는 이유는 무엇일까.

「꽃등 켜는 밤」의 주인공은 민혜이다. 민혜는 벚꽃 축제가 열리는 거리에서 편의점을 하는 집 손녀인데, 엄마 아빠는 신혼여행을 다녀오다가 교통사고를 당한다. 이로 인해 아빠는 죽고, 민혜는 유복자로 태어났다. 신랑을 잃은 엄마는 결혼 신고도 못한 채 민혜를 낳았고, 백 일이 지나자 혼자 떠난다. 할아버지 할머니에게 맡겨진 민혜의 삶은 기다림의 연속이고, 할아버지가 운영하는 편의점 이웃에는 민혜 또래의 아이를 교통사고로 잃은 바느질집 여자가 살아간다. 민혜는 종종 바느질집 아줌마와 사이좋게 놀고, 아줌마는 민혜가 오기를 기다린다. 민혜가 초등학교에 입학할 나이가 되어도 엄마는 오지 않고, 호적이 없는 민혜는 입학할 수 없는 위기에 처한다. 삼촌은 결혼하면 민혜를 자기 자식으로 올리겠다고 하지만 짝도 만나지 못한 상황, 할아버지는 손녀인 민혜를 자신의 호적에 올리겠다고 한다. 이때 바느질집 여자가 민혜를 딸로 키우고 싶다고 나선다. 그러나 할머니는 절대로 그럴 수 없다고 바느질집 여자를 냉대한다.

민혜는 초등학교에 입학해야 하는 나이로 자랐고 호적 없는 민혜로 고민하던 할아버지와 할머니 앞에 초라한 여인이 들어선다. 그리고 이제라도 허락해주시면 민혜엄마로 살겠다고 무릎을 꿇는다. 남편과 사별 뒤에 아이를 버리고 떠났던 민혜엄마가 몇 년의 방황 끝에 초라한 모습으로 돌아온 것이다. 부모의 부재로 어둠 속에 있던 민혜의 삶은 어둠을 밝히는 벚꽃처럼 편모가족이지만 잘살게 될 것임을 암시한다. 그러나 이 동화 어디에도 바다 이미지는 보이지 않는데 작가는 머리글에서 이 작품이 바다를 배경으로 하고 있다고 밝히며 도입부와 결말부에 바닷가 마을임을 암시만 한다.

가스통 바슐라르에 의하면 바다는 모성이며, 물은 놀라운 젖이다. 대지는 자신의 자궁 속에 따뜻하고 풍부한 양식을 준비하고 있으며 해변에서는 유방이 부풀어 오른다.[4] 해변을 둥글게 하면서 끊임없이 쓰다듬는 애무에 의해 '바다'는 모성적인 윤곽, 아이가 그토록 부드러움과 안전함과 따스함과 휴식을 강하게 느끼는, 여성의 유방의 눈에 보이는 애정을, 해변에 쏟고 있는 것이다.[5]

많은 문학가들에게 수많은 생명을 키워내는 바다는 땅과 더불어 모성의 상징성을 갖는다. 바다로 향하는 시내와 강은 많은 생명을 실어 나르는 매개물이다. 이러한 물의 이미지는 문학가들에게 종종 생명을 키우는 모유, 모성으로 비유되곤 하는데 같은 관점에서 『파도에 실려온 꿈』

---

4 위의 책, 225쪽. 참조.
5 미슐레,『바다』, 124쪽; 가스통 바슐라르, 위의 책 224쪽. 재인용.

에 실린 다섯 편의 동화 역시 작가의 내면에서 숨 쉬는 모성성에 관련된 무의식의 현현이라고 볼 수 있을 것이다. 작가가 "언제나 바다를 꿈꾸고, 바다를 향한 마음이 좀처럼 잦아지지 않는다."거나 "끝없이 펼쳐진 바다를 보고 있으면 생각은 한없이 조리질을 해대"기도 하고 "무엇인가를 건졌다가 내놓고 또 건졌다가 내놓는 일을 반복"하는 것은 그의 내면에 잠복한 모성성이 물꼬를 트는 현상일 수 있기 때문이다.

함께 수록된 「동백꽃이 피는 날」은 부모를 다 잃은 부영이 주인공이다. 배를 타고 고기잡이를 나간 아빠는 배가 뒤집혀 돌아오지 못하고, 기다림에 지친 엄마는 죽음으로 망부석이 된다. 갑작스럽게 부모를 잃은 부영은 폭식을 하게 되고 부모의 부재로 정신상태가 미숙한 바우 아저씨는 함께 놀자고 부영을 따라다니는 어른 아이이다. 날마다 바닷가 촛대바위에 나가 돌아오지 않은 아버지를 기다리는 부영이의 식탐은 늘어 몸은 비대해진다. 그런 어느 날 마을에 배가 들어오고 사진사 누나가 등장하는데, 누나 역시 부모의 부재로 외롭게 성장한 사람이다. 사진사 누나는 마을 이장 집에 모인 마을 사람들에게 영정사진을 찍어주고 나오다가 장독대에 앉은 부영이를 발견하고 사진을 찍어주지만 부영은 장독 뚜껑을 던지고 도망간다. 장독 뚜껑에 발등을 맞은 누나는 피를 흘리고 보건소로 실려가 치료를 받는다. 며칠 후 사진을 인화해서 가지고 온 누나는 과자를 사들고 부영이를 찾아가지만 부영이는 발로 밟아버린다. 화가 난 할머니는 회초리를 들고 부영이를 마구 때리고는 땅을 치며 운다.

"할머니, 괜찮으세요? 전 이해해요. 저도 어릴 때 부모님을 잃고 그런 적이 있었어요."

누나가 할머니의 눈물을 닦아주었습니다.

"자꾸 미안한 일이 생기는구려."

"저는 세상에 아무도 없어요. 그래도 부영이는 할머니가 계시니까 얼마나 다행이에요. 저, 가끔 놀러와도 될까요? 부영이 할머니가 제 할머니였으면 좋겠어요."

할머니는 누나가 그동안 얼마나 외롭게 살았는지 알 수 있었습니다. 할머니의 주름진 얼굴에 또 한 번 눈물이 흘렀습니다.

천둥번개가 몰아치는 날, 바우 아저씨는 짐승같이 울부짖으며 바다를 헤매다가 벼랑 끝에서 발을 헛디뎌 떨어져 죽고 폭식하던 부영이는 식음을 전폐하고 자리에 눕는다. 이런 소식을 들은 사진사 누나는 휴가를 내어 동백섬으로 찾아온다.

"부영아, 누나도 어릴 적에 부모님을 잃어서 친척집을 떠돌아다녔어. 누난 부영이 같은 동생만 있으면 외롭지 않을 것 같아."

누나가 옆에 앉아 가만히 속삭였습니다. 돌아누운 부영이의 눈에서 주르륵 눈물이 흘렀습니다.

"누나, 고마워. 그리고 미안해."

부영이가 누나의 품에 슬그머니 안겼습니다. 오랜만에 엄마 품에 안긴 듯 따뜻했습니다. 누나도 동생을 얻은 기쁨에 뜨거운 눈물을 흘렸습니다. (중략) 동백이 유난히 많이 피는 해에는 동백섬에 반가운 일이 생긴다더니 아기도 태어나고 부영이에겐 든든한 누나도 생겼습니다. 윤기가 흐르는 초록 잎사귀 위에 탐스러운 빨간 동백꽃이 질 줄 모르고 섬에 가득합니다.

동백섬에 동백꽃이 피는 날 부영이에게 누나가 생기고, 사진사 누나에게는 할머니와 동생이 생긴다. 새로운 가족이 탄생하는 것이다. 「꽃등 밝히는 밤」이나 「동백꽃이 피는 날」은 꽃이 핀다는 제목이 암시하듯 바닷가 마을에 새로운 사람이 등장하면서 새로운 가족이 만들어진다.

함께 수록된 「파도에 실려온 꿈」의 주인공은 향현이다. 아빠가 바다에 나가 돌아오지 않고 할머니는 아빠가 돌아올 거라 믿어 식사 때마다 아들 몫의 따뜻한 밥 한 그릇을 아랫목에 묻어둔다. 향현이도 아빠가 고기를 가득 싣고 돌아올 거라 믿고 기다리지만 기다림에 지친 엄마는 도시로 나가 돌아오지 않고 향현이 생일에 꼬마 인형 하나 보낸다. 향현이는 그 꼬마 인형을 품고 버릇처럼 바다로 나가 기다리며 춤을 춘다. 그때 선착장으로 배가 들어오고 자줏빛 두루마기를 곱게 차려입은 아줌마가 내린다. 향현이는 "엄마다! 엄마!" 하면서 달려가는데 깜짝 놀란 아줌마는 달려드는 향현을 밀쳐내고 향현이는 넘어진다. 마을 사람들은 낯선 여자를 정말 '향현이 엄마와 비슷하게 생긴 여자'라고 수군거린다. 낯선 아줌마는 산중턱에 있는 집으로 들어가고, 이후 그 집에서는 은은한 가야금 소리가 울려나오고 향현이는 "자석에 끌리듯 아줌마네 집을 향해 걸어"간다. 아줌마는 바다를 내려다보며 가야금을 연주하고 신들린 사람처럼 대금도 불고 장구춤도 춘다.

장구 소리가 천둥소리처럼 바다를 갈라놓는 날, 향현이는 꼬마 인형을 안고 아줌마네 집으로 간다. 아줌마는 한복을 곱게 차려입고 장구춤을 추고 있다. 어느 결에 향현이도 어깨를 들썩이며 장구 소리에 맞춰 함께 춤을 춘다. 아줌마는 "너 왜 자꾸 귀찮게 내 주위에서 맴도는 거니? 난 애는 딱 질색"이라며 화를 내며 향현이를 향해 장구채까지 휘두른다. 깜짝 놀란 향현은 꼬마 인형도 놓고는 바다로 달아나고 아줌마는 꼬마 인형을 돌려주기 위해 향현이 할머니를 찾아온다. 그리고 아줌마의 비밀이 밝혀진다. 아줌마는 종갓집 종손과 결혼했으나 7년 동안 아이가 없어 헤어졌다고, 이후 무용학원과 악기점 등을 하였으나 그때마다 몰려드는 아이들을 보면 견딜 수가 없어 그만두고 외딴섬으로 온 것이다. 아이들을 피해 외딴섬까지 왔으나 향현이가 달라붙은 것이다. 말도 하지 않고 울부짖기 좋아하는 자폐 성향을 갖고 있는 향현은 가야금 소리가 나면 엉덩이를 들썩이며 춤을 추고, 어느 날 그런 향현이 앞에 아줌마가 나타난다.

　"춤을 잘 추는구나. 저번엔 아줌마가 미안했어."

　다음 날부터 아줌마와 향현은 함께 바다를 깨우러 나온다. 아줌마가 가야금을 연주하면 향현은 옆에서 춤을 추는 것이다. 그로 인하여 향현은 잃어버렸던 웃음을 찾고 아줌마는 향현에게 엄마가 되기로 한다. "집으로 갑시다. 이제 우리 식구가 되었으니……." 할머니가 앞장서자 아줌마가 눈물을 닦으며 향현이 손을 잡고 따른다. 아줌마 손을 잡고 가던 향현이 바다를 돌아보며 "엄마가 생기게 해주서 고마워요."라고 말한다.
　아이를 낳지 못하여 버림받은 여자와 바다로 인해 부모를 잃고 자폐 증세까지 겪는 아이의 만남은 처음에는 난폭한 파도만큼이나 거칠었지만 시간이 지날수록 둘의 관계는 잔잔해지면서 모녀지간이 된다. 외딴 바닷가 마을, 가야금과 춤이라는 매개물이 서로를 연결해주면서 새로운 가족 형태를 이루게 되는 것이다.
　「하얀 등대가 있는 마을」 역시 결손가정의 장재가 주인공이다. 사업에 실패한 아빠가 화가였던 엄마의 병원비를 벌기 위해 배를 타기로 하고 섬으로 들어온다. 뱃일을 하며 하루하루 열심히 일하는 아빠와 달리 장재는 스케치북만 들고 다니다 아픈 할머니를 모시고 동생도 보살피는 연희누나를 알게 되고 등대지기 할아버지도 알게 된다. 할아버지는 실향민으로 매일 등대에 올라가 고향인 북쪽을 바라본다. 할아버지의 소원은 고향에 남겨진 여동생과 함께 사는 것이고, 장재는 아픈 엄마가 나아서 함께 사는 것이며, 연희 누나 역시 그렇다. 모두가 가족을 그리워하는 외로운 사람들이 모인 외딴 섬에서 이들은 서로를 보듬으며 가족처럼 의지한다. 어느 날 등대지기 할아버지가 등대 위에서 죽음을 맞고 장재와 연희는 할아버지 유골을 바다에 뿌리며 그리움을 달랜다. 외로움을 숙명처럼 안고 살아가는 결손가정의 아이들은 깊숙이 스며든 외로움으로 까칠하기도 하지만 그들끼리 마음을 열고 소통을 함으로써 서로에게 가족과 같은 이웃이 되어준다.

「느티나무 가족 위의 천사들」역시 아빠의 사업 실패로 바닷가 마을로 들어와 사는 태경이 주인공이다. 태경 아버지는 사업 실패로 갯마을 할아버지를 찾아오고 어머니는 가출했다. 주눅이 든 태경이가 갯마을에 정착하기까지 많은 시련들이 기다리고 있으나 그런 아이들끼리 소통하면서 서로에게 편안한 이웃이 되어준다.

바슐라르에 의하면 우리가 무엇인가를 사랑하는 것은, 산이 파랗다든가 바다가 푸르다든가 하는 이유 때문이 아니고 우리의 무의식적 추억의 무엇인가가 푸른 바다나 파란 산 속에서 스스로를 다시 구상화시킬 수 있는 것을 찾아내기 때문이라고 한다. 나아가 이러한 우리의 무엇인가, 그리고 우리의 무의식적 추억의 무엇인가는 언제나 또 도처에 유년시절의 사랑으로부터 솟아나오고 있는 것으로써 그 사랑은 무엇보다도 먼저 사람에 그것도 어머니 또는 유모였던 보호하는 사람이나 젖먹이는 사람에 대해서 열려있는 것이다.[6]

정혜원의 단편집『파도에 실려온 꿈』에 실린 다섯 작품에 등장하는 주인공들은 다양한 이유로 부모가 부재하고 상실감으로 불안과 우울증을 겪는다. 소외로 인한 외로움에 놀림의 표적이 되기도 하여 고통도 겪지만 비슷한 처지의 주변인들로 인하여 상실감을 극복하고 새로운 가족 형태를 만들어간다. 이러한 주인공들이 사는 마을이 섬마을이거나 갯마을로 바다라는 공통점을 가지고 있거나, 작가에 의해 바다로 설정되기도 한다. 이는 바다가 주는 물의 상상력인 모성적 세계와 무관하지 않을 것이다.

---

6 바슐라르, 위의 책, 217쪽. 참조.

3. 나가며

앞서 살펴본 바와 같이 정혜원의 단편집『파도에 실려온 꿈』에 실린 다섯 작품은 모두 바다를 배경으로 하고 있으며 부모의 부재로 인하여 상실감을 겪는 아이들이 주인공이다. 모성애 상실로 인하여 소외되고 외로움에 상처를 안고 있는 주인공들은 조용한 바다이거나, 동백꽃이 피는 바닷가 마을이거나, 섬마을이거나, 하얀 등대가 있는 마을이거나, 갯마을로 들어와 새로운 가족 형태에 편입되면서 치유한다. 바슐라르에 의하면 작가에게 바다의 상상력은 크게는 부드러운 물과 거친 물로 나뉘고, 부드러운 물의 상상력은 다시 물의 물질적 상상력과 문화의 콤플렉스, 역동적 상상력과 모성적 상상력 네 가지로 구별되는데, 정혜원의『파도에 실려온 꿈』에 수록된 작품들에서는 아빠를 잃거나 엄마를 잃거나 혹은 동생을 잃은 상실감을 바닷가 마을로 와서 새로운 가족 형태를 구성함으로써 치유하는 공통적인 양상을 보인다. 이는 어머니에 대한 사랑의 '무한성'이 바다로 드러나는 것으로 해석될 수 있을 것이다.

따라서『파도에 실려온 꿈』에 수록된 다양한 작품들은 바다가 주는 모성적 상상력의 구체화가 다양하게 형상화 된 것이라 할 수 있다. 정혜원이 머리글에서 말하는 "바다를 사랑하는 어린이에게"는 결국 바다의 모성적 이미지를 사랑하는 작가 자신의 원초적인 고백일 수 있으며 "나는 언제나 바다를 꿈꾼다"는 고백도 마찬가지로 "나는 언제나 사랑을 꿈꾼다"로 이해 될 수 있고 "바다를 향한 마음은 좀처럼 잦아지지 않는다"는 고백 역시도 창작에서 원초적 모성애를 향하는 그의 마음이 잦아들지 않는다는 고백이라고 보아도 무방할 것이다.

윤석중 작품에 나타난 향수의 공간 연구
—『고향땅』을 중심으로

1. 들어가기

윤석중(1911~2003)은 서울에서 태어나고 서울에서 자랐다. 그런 그는 1988년 그동안 써온 방대한 양의 작품을 전집으로 발간하면서 제5권을 『고향땅』으로 하여 향수에 관련된 작품들을 묶었다. 『고향땅』에 실린 작품에서의 고향은 특정한 방향과 특정한 공간을 설정하고 있는데 이 특정한 방향과 공간은 그가 태어나고 자란 서울의 정서와 다른 이미지를 가지고 있다.

집은 몽상을 지켜주고 집은 몽상하는 이를 보호해 주고 집은 우리들로 하여금 평화롭게 꿈꾸게 해준다. 우리들이 몽상을 살았던 장소들은 새로운 몽상 가운데 스스로 복권된다. 과거의 거소들이 우리들 내부에 불멸하게 남아 있는 것은 바로 그것들의 추억이 몽상처럼 되살아지기 때문이다. 집은 하늘의 우주와 삶의 우주들을 거치면서 인간을 붙잡아 둔다. 그것은 육체이자 영혼이며 인간 존재의 최초의 세계이다.[1]

---

[1] 가스통 바슐라르, 곽광수 옮김, 『공간의 시학』, 민음사, 1990, 118쪽.

고향은 일상적 진술로서 태어나고 자란 공간을 의미하지만 문학적 진술로는 삶의 전 과정에 걸친 체험을 통해 애착이 드러나는 가치들이 집약된 공간으로 원초적인 솟구침에 의해 발현된다. 이러한 고향은 집의 확장된 개념으로 이해될 수 있을 것이다.

본고는 윤석중 전집 5권『고향땅』(웅진출판, 1988)에 나타나는 향수의 공간에 대한 연구로서 작품에 나타나는 향수의 공간은 그가 태어나고 자란 서울의 이미지와 다르다는 것에서부터 출발한다. 윤석중의 작품『고향땅』에 나타나는 향수의 공간을 연구하는 것은 그의 내면에 불멸하게 남아 있는, 추억이 몽상처럼 살아져 나타나는 시 정신, 혹은 문학정신을 연구하는 것으로 그의 작품을 올바로 이해하는 길잡이가 될 것이다.

2. 생애

윤석중(1911~2003)은 서울 중구 수표동 13번지에서 태어났다. 그의 위로는 일곱 남매가 있었는데 모두 일찍 세상을 떠났고 생모(趙德稀)는 천석지기 집안의 무남독녀로 여덟 번째 자녀인 윤석중을 낳은 2년 뒤 유명을 달리한다.

무신론자인 그의 부친(윤덕병)은 사회운동에 몸을 바친 분으로 석중이 9살 때(1919) 재혼을 하여 수표동 집에서 새어머니[2]와 함께 살았다. 윤석중은 아버지의 재혼과 더불어 서울 중구 수은동 외가로 거쳐를 옮겨 외조모의 손에서 자라면서 수표동 친가로 아버지를 만나러 다녔다. 그는

---

[2] 노경자로 서천군 기산면 내동리 108번지 출생. 의사의 5남 1녀 중 외동딸로 사회주의에 앞장 섰으며 차고 냉정한 성격의 소유자였다고 전해진다. 윤석중의 부인 박용실의 증언에 의하면 새어머니는 잠업강습소를 나와 집에서도 잠실을 지어놓고 누에를 많이 쳤으며 누에치는 방법을 강의하러 다니기도 하였다. 하얀 저고리에 검정치마를 입고 자전거를 타고 다닌 신여성이었다고 한다.

열 살이 되어서야 교동초등학교(그때는 보통학교라 불렸다)에 들어간다.

윤석중은 1924년에 『신소년』에 「봄」이, 1925년에는 『어린이』지에 「오뚝이」가 입선되면서 문단 활동을 시작한다. 본격적인 문학 활동을 시작한 것은 이듬해인 1926년 양정고보 2학년 때 조선물산장려가(朝鮮物産獎勵歌)가 당선되어 천재 어린이 예술가로 알려지게 되면서부터이다.

그의 부친은 재혼한 뒤에도 사회운동을 하다가 잡혀가고, 그 때마다 새어머니는 친정에 가 있었다고 한다. 무남독녀를 키워 시집보냈다가 사별한 외조모는 양자를 잘못 들여서 집 한 칸 없는 신세가 되었고 마침내는 친정댁에 얹혀살게 되었으며 윤석중은 혼자가 된다. 이후 윤석중은 사촌형의 뒷방에서 신세를 지면서 문학에 심취한다.[3]

1929년 양정고보 졸업반인 윤석중은 광주학생운동에 동참하지 못한 자책감으로 "자퇴생의 수기"를 쓰고 학교를 나온다. 이듬해 일본으로 건너갔다가 1년도 채우지 못하고 외조모가 보고 싶어 한다는 전갈을 받고 귀국한다. 그는 1932년 첫 작품집 『윤석중 동요집』을 출간하고 1933년에 동시집 『잃어버린 댕기』를 출간한다.

1934년 12월 윤석중의 부친이 새어머니와 동생들을 데리고 서산으로 이주하게 된다. 그리고 이듬해인 1935년 9월 10일 윤석중은 독립운동가이며 조선 건국 준비위원회를 만들었던 여운형의 주례로 황해도 봉산군 사리원에 사는 박용실과 결혼을 한다. 결혼 후 그는 아버지가 이주하여 정착해 사는 서산시 음암면 율목리 46번지에 주소를 둔 채 서울과 서산을 오가며 문학 활동을 한다.

당시 서산에는 윤석중이 외조모로부터 생모 몫의 유산으로 물려받은 200석 지기 땅이 있었는데[4] 34년 그의 부친이 사회활동에서 물러나면

---

3 윤석중, 1988,『노래가 없고 보면』, 웅진출판, 59쪽, 85쪽.
4 서산의 땅도 외조모가 잘못들인 양자로 인하여 날아갈 뻔했던 것을 사위인 윤석중의 부친이 찾은 것이다. 윤석중의 외조모는 윤석중의 생모인 딸(趙德稀) 하나를 둔 뒤 일찍 혼자가 되었다.

서 그 땅에 터를 잡고 살면서 농사를 지으며 관리를 하게 된다.

1936년 3월 9일 장녀 주화(珠華)를 낳았고 이듬해 7월 10일 장남 태원(台元)을 낳았는데 이들은 모두 서산시 음암면 율목리 46번지로 출생신고 되었다.

1939년 조선일보사에서 잡지 『소년』과 『유년』의 편집일을 맡아본다.

1939년 봄 윤석중은 당시 조선일보의 방응모 사장이 주는 계초장학금을 받고 가족과 함께 일본 도쿄의 가톨릭계 학교인 상지대학 신문학과로 유학을 떠난다.

1940년 2월 11일 일본은 한국인들의 이름을 일본식 이름으로 바꾸는 창씨개명을 요구한다. 윤석중은 일본인들의 요구에 견디다 못해 "정 창씨를 개명해야겠으면 '伊蘇野'로 창씨를 개명하라"고 일본에서 고향집으로 편지를 낸다.[5] 서산시 음암면 율목리 원적에는 그의 말대로 1940년 12월 18일 대전지방법원 서산지원으로부터 "이소야"로 창씨 개명을 허가받은 기록이 남아 있다.

1950년에는 한국전쟁이 발발하자 그는 경기도 파주로 피난을 가고 서산에 살던 부친을 비롯하여 계모와 동생을 모두 잃는다. 그리고 적을 두었던, 생모로부터 물려받은 서산의 땅을 등지게 된다.

1950년 우익에 의해 사망한 부친 윤덕병[6]은 1913년 부인 조덕희와 사

외조모는 딸도 일찍 잃고 사위가 재혼하자 윤석중을 맡아 키운다. 결국 외가에 혈육이라고는 윤석중 하나뿐이다. 사진 한 장도 없어 생모의 얼굴도 기억 못 하는 윤석중에게 생모가 남긴 것은 서산의 땅밖에 없었다고 한다.

5 "尹가를 흔히 소라고 하는 것은 소축(丑)자에 꼬리를 달면 尹자가 되므로 놀리는 말인데, 나는 돼지띠지마는 '소'가 그다지 나쁠 것도 없어서 정 창씨를 개명해야겠으면 '이소야'로 하고 자신은 이소야 윤(伊蘇野 潤)'으로 개명하라고 집에 편지를 냈다." '이소야 윤' 하고 보면 '윤'을 '소'로 부르는 소린데 그리고 보면 그렇게 부르는 그의 눈에 사람이 소로 보인 것이니 욕이 되는 것은 그쪽인 것이다. 윤석중, 『어린이와 한평생』, 범양사출판부, 1985, 173쪽.
원적에 의하면 그해 12월 18일 대전지방법원 서산지원은 그의 창씨개명을 허가한다.

6 윤덕병(1885~1950)은 조덕희와의 사이에서 윤석중을 낳고(1911) 사별 후 1919년 노경자와 재혼한다. 김낙중(윤석중의 동생 윤시중의 음암초등학교 동기동창)의 증언에 의하면 야학을 열어 아이들을 가르칠 때 윤덕병은 그곳에 와서 금일봉을 주면서 격려하곤 하였다. 그 때마다 아

별 후 1919년 노경자와 재혼하여 9남매를 낳았다.[7] 그러나 원적에는 다섯 아들과 딸 하나가 올라 있는데[8] 모두 일찍 죽고 가장 오래 산 동생은 서울대학교에 들어갔던 큰동생 윤이중[9](당시 20세)과 둘째동생 윤시중(당시 18세)인데 큰동생은 한국전쟁이 발발하자 의용군으로 가 행방불명되었고 둘째동생은 국군에 징집되어 갔다가 1953년 춘천에서 전사한다. 부친 윤덕병이 한국전쟁에서 우익에 의해 죽게 된 것은 20년대 사회운동(노동운동)에 기인하는 것으로 짐작된다.[10]

결국 윤석중은 1950년 서산에서 부모와 형제를 모두 잃고 생모가 유

들 윤석중이 내려오면 방안에 앉아 글만 쓴다고 자랑삼아 이야기를 하였고 학생들에게 윤석중이 지은 시를 들려주기도 하였으며 동화책을 나눠주기도 하였다. 김낙중 증언.

7 윤석중의 증언대로 그의 나이 9살 때 아버지가 재혼하여 수표동 집에서 살았고 윤석중은 외가에서 살면서 아버지를 뵈러 수표다리를 건너다녔다고 하였는데 원적에 의하면 아버지의 재혼은 1919년이다. 그런데 서산시 음암면 율목리 46번지의 원적에는 6남매가 올라 있고 큰동생이 1930년생이다. 그러니까 박용실의 증언대로 9남매를 낳았다면 그 11년 사이에 3남매가 태어났다가 죽었다는 게 된다. 이종식의 증언에 의하면 그 집은 아이가 많았다고 한다. 윤석중의 작품집 『노래동산』(1956)에는 「아이 많은 집」이 실려 있다.

8 원적에 의하면 이복동생으로 이중(1930~행방불명), 시중(1932~1953 국군으로 징집되어갔다가 춘천 전투에서 사망), 영중(1935~1936), 여동생 화중(1936~1938), 각중(1940~한 달 만에 사망)이 있었다.

9 윤이중은 워낙이 수재여서 서산농고를 다니던 중에 윤석중이 서울의 휘문고등학교로 전학을 시켜 공부시켰다. 이후 그는 서울대학교에 입학하여 다니다가 6·25가 발발하자 의용군으로 가 행방불명된다.

10 김낙중의 증언에 의하면 부친이 서산군 인민위원장을 지냈다고 하는데 정확하게 확인할 수 있는 자료는 없다. 이 직책 또한 몇 차례 거절하였으나 그의 의지와 상관없이 이름이 올라갔다고 한다. 그런데 김낙중의 증언을 참고하면 1950년이면 윤덕병의 나이 66세가 된다. 우리 문화 정서적으로 66세는 고위직을 맡기 힘든 노령이다. 또한 윤석중이 전쟁 당시 서산으로 피난을 가려고 할 때 부친 윤덕병은 "서산은 서해바다가 뚫려있어서 공산당이 그리로 들어오면 제1선이 되어 위험하다"며 만류하였다는 박용실의 증언을 미루어보아도 그가 한국전쟁 당시 좌파고위직을 맡았다는 것은 오인일 가능성이 크다. 당시 상황을 감안하면 좌파 고위직에 있는 아버지가 좌파로부터 아들을 보호할 수 없다는 건 설득력이 없기 때문이다. 원적과 증언에 의하면 부친 윤덕병은 9·28 서울 수복 후 10월 4일 우익에 의해 서산시 예천리에서 사망하고 계모 노경자는 10월 7일 서산시 음암면 도당리에서 사망한다. 부친이 참변을 당할 당시 윤석중은 부친의 권고로 다른 곳(파주)으로 피난 갔다가 걸어서 서울로 돌아오던 중이었다.(윤석중, 『어린이와 한평생』, 범양사출판부, 1985, 234~235쪽. 결국 그는 아버지 참사 소식을 나중에야 알게 되는 것이다. 이를 2년 뒤인 1952년 10월 20일에 윤석중이 서산시 음암면에서 사망신고를 하였다.

서산시에서 온 편지를 보여주면서 설명하고 있는 박용실 여사와 이를 경청하는 한국문협서산지부회장 편세환, 필자, 한국예총서산지부회장 이석권. 윤석중 선생 자택에서(2008. 5. 13)

산으로 남겨준 땅을 등지게[11] 된다.

그의 부인은 아이들과 함께 시골에 내려와 한두 달씩 시부모님을 모시면서 시부와 며느리 사이에, 혹은 시모와 며느리 사이에 두터운 정을 나누었고 윤석중이 일본으로 유학을 가기 전에도 넉 달 동안 서산에서 살았다고 한다. 이러한 공간 서산은 6·25로 인하여 아버지와 새어머니, 생존해 있던 두 동생까지 잃게 되면서 등지게 되는 것이다.

그는 평생을 아동문화, 아동문학에 전념하다가 2003년 12월 9일 만 92세를 일기로 생을 마치고 대전국립현충원 국가 사회 봉헌자 묘역에 묻혔다.

---

11 윤석중은 아버지가 터전을 닦은 서산시 음암면 율목리 46번지를 비롯하여 그 일대에 땅이 많았다. 그 땅은 외할머니가 생모 몫으로 남겨둔 땅이어서 윤석중의 소유였으나 아버지께 양보하였다. 아버지가 한국전쟁에서 비운에 처하자 윤석중은 모든 걸 버리고 서산을 등지게 된다. 부모를 잃었는데 땅을 찾아 무엇에 쓰느냐면서 생모의 유산인 땅도 버리고 떠나 일가들이 와서 정리하여갔으나 아직도 율목리 47-1번지는 윤석중의 소유로 있어 서산시에서 찾아가라고 하였다(2007년 12월). 한편 부인의 증언에 의하면 윤석중은 술만 마시면 서산을 생각하며 울었다고 한다. 눈을 감을 때까지 어머니(생모)를 생각하고 아버지와 서산을 생각하며 울었다고 한다. 부인 박용실도 필자와 인터뷰를 하면서 서산이라는 지명을 이야기할 때 고향이라는 단어를 쓰면서 목메어 하며 눈물지었다. 박용실 증언

3. 『고향땅』에 나타난 향수의 공간

윤석중의 『고향땅』(웅진출판, 1988)에 나타나는 향수의 이미지는 한국전쟁을 기점으로 차이를 보인다. 한국전쟁 이전에 발표된 고향을 소재로 한 「길」과 「우리 마을 느티나무」, 「고향길」에서 나타나는 향수의 공간에 대한 시적화자의 정서와 한국전쟁 이후에 발표된 「고향」, 「고향하늘」, 「그리운 내 고향」, 「내 방패연」에 나타난 시적화자의 고향에 대한 정서가 다른 양상으로 나타난다.

길은
개천을 건너뛰고 산을 돌아
어디든지 다 찾아가지요.
길아
나를 우리 시골에 좀 데려다 다아구.

—「길」[12] 전문

눈을 감고도
찾아갈 수 있는 우리 집.
목소리만 듣고도 난 줄 알고
얼른 나와
문을 열어주는 우리 집.
조그만 들창으로
온 하늘이
다 내다뵈는 우리 집.

—「우리집」[13] 전문

---

12 윤석중, 『고향땅』, 웅진출판, 1988, 20쪽.

우리 마을 느티나무
하도 오래 되어서
아무도 모른대요
느티나무 나이를

느티나무 그늘에서
얼마나 많은 사람
쉬어갔을까.

느티나무 가지에서
얼마나 많은 새가
놀다 갔을까.

우리 마을 느티나무
하늘 가린 푸른 우산
해가 뜨면 해 우산
비가 오면 비 우산

―「우리 마을 느티나무」[14] 전문

기러기 떼 기럭기럭 처량한 소리
혼자 걷는 고향길은 멀기도 해요.
가도 가도 호젓한 옛 고향길을
둥근 달님 가만가만 따라오지만

13 윤석중, 『어린이와 한평생 2』, 웅진출판, 1988, 11쪽
14 윤석중, 『고향땅』, 웅진출판, 1988, 82~83쪽.

마른 가지 바수수수 잎 지는 소리

내가 걷는 발소리도 무섭습니다.

—「고향길」¹⁵ 전문

위의 시「길」에서 화자는 고향을 떠나 있으면서 개천을 뛰어넘고 산을 돌아 "우리 시골"에 데려다 달라고 한다. 그는「길」과「우리집」이 수록된 『초생달』(1946) 발간 당시 식구들이 금강산에 머물 때여서 집이 없는 상황이었다.¹⁶ 그렇다면 유학 당시 일본에서 쓴 작품일 가능성도 있고 한국에서 쓴 작품일 가능성도 있다. 만약 일본에서 쓴 작품이라고 한다면, 그래서「길」과「우리집」에 나타나는 정서가 고국에 대한 향수라고 한다면 "길은 개천을 건너뛰고 산을 돌아 어디든지 가지요, 길아 나를 우리 시골에 데려다 다아구"라는 진술은 모호해진다. 왜냐하면 일본에서 '우리집'은 일본과 우리나라 사이에 있는 바다를 건너야 하기 때문이다. 또한 금강산에 머물면서 쓴 것이라고 한다면 그가 태어나고 자란 곳인 서울을 금강산에서 "우리 시골"이라고 표현할까, 이 역시도 의문이 든다.

「길」과「우리집」이 처음 발표된 시집『초생달』이 발간된 1946년 봄은 해방 이듬해로서 그의 부친이 새어머니와 함께 생모로부터 물려받은 땅(서산)에서 후덕한 양반, 고고한 선비로 가난한 이웃들을 보살피며 살아가던 때였다. 부인 박용실 여사의 증언에 의하면 그의 가족은 일본으로 유학 가기 전 몇 달을 서산에서 지냈고 그는 서울에서 활동하면서 서산을 오갔다고 한다.

또한 우리의 문화적 정서로서 '우리 시골'은 외가나 처가가 있는 시골

---

15 위의 책, 13쪽.
16 "나의 제 5 동요집『초생달』에 들어 있는 동요다. 그런데 나는 집이 없었다. 식구도 없었다. 금강산에 두고 온 때문이다. 윤석중,『어린이와 한평생』, 웅진출판, 1988, 11쪽.

이나 잠시 다니러 간 어떤 시골을 의미하지는 않는다. 할아버지 할머니 혹은 아버지가 계신 시골, 또는 큰집이나 종가가 있는 시골이다.

과학화 정보화시대에 접어든 오늘날에도 명절이면 '우리 시골' 즉, 고향을 향하여 민족이 대이동을 한다. 그런 맥락에서 「길」에 나타난 "우리 시골"이나 "눈을 감고도 찾아갈 수 있는 우리 집"도 아버지가 계신 공간이나 생모로부터 물려받은 땅이 있는 공간일 개연성이 높아진다.

「우리 마을 느티나무」에서 "우리 마을"이나 「길」에서 "우리"는 "우리 시골"과 같이 내가 사는 마을이거나 아버지가 사는 마을 혹은 조상 대대로 이어온 마을을 암시한다. 따라서 시에 나타나는 "우리 마을"은 생모가 물려주신 윤석중의 땅이 있는 마을, 아버지가 사는 마을, 서산시 음암면 율목리라고 할 수 있을 것이다.

그는 서울에서 배를 타고 서산시 성연면에 있는 명천항에 내려서 음암면 율목리 "우리집"을 드나들었다고 한다. 명천항에서 40분쯤 걸어야 율목리가 나타나고 그 입구에는 큰 느티나무가 서 있다. 그 느티나무는 현재에도 서산시 음암면 율목리 입구에 그대로 있는데 수령 700년 정

율목리 2구 마을 입구에 서 있는 느티나무.

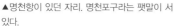
▲명천항이 있던 자리. 명천포구라는 팻말이 서 있다.

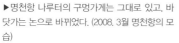
▶명천항 나루터의 구멍가게는 그대로 있고, 바닷가는 논으로 바뀌었다. (2008. 3월 명천항의 모습)

도로 추정하고 있을 뿐 정확한 나이를 모른다. 다만 주민들이 그 느티나무를 신성하게 여겨 일 년에 한 번씩 서산시의 도움을 받아 성황제를 지내고 있다.

그런가 하면 「고향길」에서 화자는 현재 고향으로 가기 위해 길을 걷고 있다. 「고향길」에서 화자가 걷고 있는 길은 "기러기떼 기럭기럭 처량한 소리"가 들리고 "가도가도 끝없는 호젓한 고향길"이며, "둥근달님 가만가만 따라오고", "마른가지 바수수 잎지는 길"이다.

「고향길」은 1932년 처음으로 발간한『윤석중 동요집』에 발표되었다. 그런데 「고향길」에 나타나는 시적 정서는 당시 그가 살고 있던 서울의 환경과는 맞지 않는다. 왜냐하면 서울에 살고 있는 시인이 서울길을 "고향길"이라고 하지는 않을 것이며 또한 "가도가도 끝없는 호젓한 고향길"이라는 표현과 "마른가지 바수수 잎지는 길"도 서울 중구 수표동이라고 하기에는 개연성이 희박하다. 시적 정서로 보아 「고향길」은『윤석중 동요집』(1932)을 발간하기 이전에 그가 지주로써 서산의 땅을 관리하러 다녔음을 추론할 수 있게 한다.[17] 더욱이 "내가 걷는 발소리도 무섭습니다"는 고향길인데도 불구하고 친숙하지 않은 길임을 암시하는 개연성을 갖는다. 만약 "고향길"이 서울 중구 수표동을 일컫는다면 그 길을 "호젓한 길"이라거나 "무섭다"고는 하지 않을 것이기 때문이다.

서산시 음암면 율목리에 사는 사람들에 의하면 그는 서산에 올 때 항상 밤늦게 찾아왔고 며칠 묵었다가 떠날 때는 새벽이었다고 한다. 따라서 아버지가 새로이 정착하게 된 서산은 그가 외조모에게 물려받은, 아주 소중한 공간으로 자리매김 될 수 있으나 밤길이 낯설 수 있으며 배를 타고 와서 명천항에서 내려 율목리로 들어가려면 "가도가도 끝없는 길" 먼 길을 걸어야 하고 그 길은 "나뭇잎이 바수수수 지는 길"로 내가 걷는 발소리도 무섭게 들릴 수 있다. 물론 시적 형상화가 상상력의 표출로써 사실과 거리가 있으나 상상력 또한 사실성의 세계에서 모방한 확장성으로 개연성은 높아진다.

윤석중은 어려서부터 외조모의 말라붙은 젖꼭지를 만지며 자랐다고 한다. 일찍 혼자가 되어 외동딸마저 잃은 외조모에게 윤석중은 유산을 물려받을 수 있는 유일한 혈육이었다. 그러므로 그는 아버지가 서산에 정착하기 이전부터 외조모를 대신하여 외조모 소유의 땅을 관리하기 위해 서산에 오갔음을 짐작할 수 있다.

고향 땅이 여기서 얼마나 되나
푸른 하늘 끝닿은 저기가 거긴가.
아카시아 흰 꽃이 바람에 날리니

---

17 음암면에 거주하는 편세환(전 한국문협 서산지부장)의 증언에 의하면 부친은 율목리 46-1번지에 집을 지을 30년대 초 당시 마을 이장 최종구 씨의 집에 머물었다고 한다.

고향에도 지금쯤 뻐꾹새 울겠네.

고개 너머 또 고개 아득한 고향
저녁마다 놀지는 저기가 거긴가.
날 저무는 논길로 휘파람 날리며
아이들이 지금쯤 소 몰고 오겠네

―「고향땅」[18] 전문

위의 동요 「고향땅」은 1948년에 발표되었다.[19] 1948년은 해방 3년 뒤
로 부친이 계모와 동생들과 함께 서산에 살고 있을 때이고, 그는 시흥군
서면 소하리에서 서울 성북구로 이사와 살면서 다섯째 혁을 낳은 이듬
해가 된다.

위의 시를 살펴보면 향수의 공간인 고향땅은 "고개 너머 또 고개"를
넘어가야 나타나는 곳이고, "저녁마다 놀지는" 서쪽에 위치하고 있다.
또한 "아카시아 흰 꽃이 바람에 날리는" 곳이고 "아이들이 휘파람 불면
서 논둑길로 소를 몰고 오는" 한가로운 시골로써 「고향길」의 시적정서
와 계절만 다를 뿐 환경이 닮아 있다.

물론 당시의 우리나라는 어느 시골이나 「고향길」과 「고향땅」에 나타
나는 자연환경을 가지고 있지만 "저녁마다 놀지는 저기가 거긴가"에서
향수의 공간으로 '노을지는 서쪽'을 설정하고 있음을 알 수 있다. 따라
서 「고향길」과 마찬가지로 당시 서울에 살고 있는 시인이 「고향땅」에
나타나는 향수의 공간으로 설정할 수 있는 곳은 서쪽으로 아버지가 계
신, 생모가 물려주신 땅이 있는 서산이라고 할 수 있을 것이다.

---

18 윤석중, 앞의 책, 14쪽.
19 윤석중, 『여든 살 먹은 아이』, 웅진출판, 1990, 84쪽.

"부모도, 형제도, 집도 없이 자란 나는 다리를 상한 제비보다도 마음이 서러 웠습니다. 그러나 나에게도 고마우신 흥부님이 여러분 계셨습니다. 그중에도 젖먹이 석중을 길러내신 외조모님의 은혜는 하늘보다 높습니다. 가난한, 그러 나 말할 수 없이 착한 나의 고향은 흥부님 고향인지도 모릅니다. 제비는 흥부 네 집에 박씨를 물어다가 선사했습니다. 나도 많은 신세를 진 내 고향에 맨손 으로 돌아갈 수는 없습니다. 동요집 『어깨동무』는 나의 고향에 바치는 조그만 선물입니다."

—1940년 첫여름 '도쿄·반쪼'에서

고향은 물론 고국을 뜻하는 것이었다.[20]

위의 글을 요약하면 "다리를 상한 제비보다도 마음이 서러웠던 윤석 중에게 외조모님은 고마우신 흥부님이었다, 가난한, 그러나 말할 수 없 이 착한 나의 고향은 흥부님의 고향인지도 모른다, 많은 신세를 진 내 고향에 맨손으로 돌아갈 수 없다, 동요집 『어깨동무』는 나의 고향에 바 치는 조그만 선물이다."가 된다.

위의 글은 일본에서 『어깨동무』(1940)를 발간하면서 쓴 서문인데 1985 년 발간한 『어린이와 한평생』에 그 서문을 소개하면서 "고향은 물론 고 국을 뜻하는 것이었다"[21]라고 덧붙였다. 그러나 위의 글을 잘 살펴보면 의문점이 생긴다.

1940년 『어깨동무』 서문에서 표현한 "고향"이 1985년 발간한 『어린 이와 한평생』에서처럼 "고국"을 의미하는 것이라고 한다면 "가난한 그 러나 말할 수 없이 착한 나의 고향은 흥부님의 고향인지도 모릅니다"라 는 진술이 모호해진다. 왜냐하면 당시 고국을 떠나 있는 시인이 고국이

20 윤석중, 『어린이와 한평생』, 범양사출판부, 1985, 176쪽.
21 위의 책, 176쪽.

라고 하면 외조모님이 계신 곳도 내가 태어나고 자란 곳도 모두를 포함하게 된다. 그런데 "가난한 그러나 말할 수 없이 착한 나의 고향은 흥부님의 고향인지도 모른다"는 진술은 실제로 나의 고향과 흥부님의 고향이 '다르다'는 것을 전제하면서 같음을 지향하고 있다.

그의 외조모님은 양자로 들인 아들이 재산을 탕진해 친정살이를 한다고 하였다.[22] 그래서 40년에 발간한 『어깨동무』서문에서 말한 "가난한, 그러나 말할 수 없이 착한 나의 고향"이 45년 뒤에 "고국"을 의미한다는 진술은 의혹을 떨쳐버릴 수 없게 한다.

그렇다면 왜 윤석중은 『어깨동무』의 서문에서 밝힌 "고향"을 1985년에 발간한 『어린이와 한평생』에서 "고국"이라고 했을까. 그것은 글을 썼던 시대적 환경을 고려해야 할 것이다. '흥부님의 고향인지도 모르는 나의 고향'을 말하려면 그동안 침묵하였던, 흥부님(외조모)이 주신 서산의 땅에 대하여, 거기에 살고 계신 아버지에 대하여 말해야만 한다. 그것은 "고향(1940)"과 "고국(1985)" 사이에 모든 것을 상실한 아픈 상처를 가지고 있는 윤석중으로서는 힘든 일이었을 것이며 또한 우리나라의 지배 이념이었던 반공주의와도 상충된다. 그래서 작품에 나타나는 향수의 실체적 공간인 서산과 관계되는 진실에 대하여 침묵하였을 가능성을 배제할 수 없다.

아리스토텔레스는 시는 역사보다 더 진실하다고 하였다. 이 말에 비춰보면 1940년에 발표한 서문은 45년 뒤에 첨가한 윤석중의 해석보다 더 진실할 수 있다는 개연성을 가진다.

---

[22] 내가 자란 외할머니 댁은 나날이 형세가 기울어져 들어갔다. 한 번 이사할 때마다 집이 줄어들다가 마침내 늙으신 몸을 이끌고 장사동 친정댁에 얹혀사시게 되었다. 외할머니 친정댁은 큰아들이 바람을 피워 그 집마저 그 많은 재산을 다 날려버렸다. 양자를 잘못 두어 집 한 칸 없이 되신 외할머니는 오나가나 바늘방석에 앉으신 거나 다름없었다. ―윤석중, 『노래가 없고 보면』, 웅진출판, 1988, 59쪽.

우리 집 꽃밭 봉숭아랑 채송화랑 저녁때 피는 분꽃들
인제 오늘이 마지막이로구나 꽃밭에 물을 주기도.
오래오래 피거라 우리 떠난 뒤라도 전이나 다름없이
잘 있거라 꽃들아 잘 있거라 꽃들아 너를 두고 떠난다.

동네 아가씨 사이좋게 아침저녁 물들을 긷는 옹달샘
인제 오늘이 마지막이로구나 샘물을 받아먹기도
마르지를 말아라 우리 떠난 뒤라도 전이나 다름없이
잘 있거라 샘물아 잘 있거라 샘물아 너를 두고 떠난다.

어둔 밤에도 등불 없이 마을 사람이 잘들 다닌 논둑길
인제 오늘이 마지막이로구나 논둑길 걸어가기도
무럭무럭 크거라 논과 밭에 곡식이 전이나 다름없이
잘 있거라 고향아 잘 있거라 고향아 너를 두고 떠난다.
―「잘 있거라 고향아」[23] 전문

위의 시 「잘 있거라 고향아」 한국전쟁 이후인 1952년 9월에 창작되어 1956년에 발표되었다. 시에 나타나는 고향에는 봉숭아 채송화 분꽃이 피는 꽃밭이 있고 동네 아가씨들이 있으며 옹달샘이 있다. 그리고 어둔 밤에 등불 없이 다니던 논둑길이 있고 논과 밭에는 자라는 곡식들이 있다. 이러한 농촌의 자연환경은 그가 태어나고 자란 서울 중구 수표동이나 수은동이 아니다. 그렇다고 선행 연구자들의 말처럼 보편적인 고향이라고 하기에는 너무나 세세하게 구체적 공간을 나타내고 있다. 그리고 「잘 있거라 고향아」의 화자는 어떠한 이유에서인지 구체성을 바탕

23 위의 책, 92쪽

으로 한 실체적인 고향을 떠나기로 작정을 하고 꽃밭과 옹달샘, 등불 없이 다니던 논둑길에 이별을 고한다. 마치 다시는 안 올 사람처럼 인사를 한다.

저 멀리 바라뵈는 내 고향 하늘
이따금 붉은 놀이 덮이는 하늘
떼지어 날아가는 왜가리들아
단풍졌나 불났나 보고 오너라.

―「고향하늘」[24] 전문

우리 고향 생각나면
일이 손에 안 잡히네.
지금도 시시로 그리운 내 고향
어머님이 나를 낳아 길러주신 고마운 곳.
지금도 시시로
그리운 내 고향.
가고파라 우리 고향 훨훨 날아 보고파라.
시시때대 가고픈
우리 고향
시시때때 보고픈 고향 산천.

―「그리운 내 고향」[25] 전문

위의 두 편의 시를 살펴보면 고향이 다양한 양상으로 전개되는데 한국전쟁 이후 발간한 『노래동산』(1956)에 발표되었다. 위의 시에 나타난

---

24 윤석중, 『고향땅』, 웅진출판, 1988, 16쪽.
25 위의 책, 19쪽.

향수의 공간은 「잘 있거라 고향아」에서처럼 구체적이고 사실적이다.

「고향하늘」에서 화자는 왜가리들에게 붉은 놀이 덮이는 고향하늘에 "단풍졌나, 불났나 보고오라"고 한다. 떠난 고향에 대한 안부를 철새에게 묻는데 그곳은 '붉은 놀이 덮이는 곳'으로 서쪽임을 암시한다.

「그리운 내 고향」의 화자는 우리 고향을 생각하면 일이 손에 안 잡힌다고 하면서 "시시때때 가고픈", "시시때때 보고"파서 "새가 되어 훨훨 날아가고 싶다"고 한다. 이 시에서 "가고 싶은 곳"은 "어머님이 나를 낳아 길러주신 고마운 곳"이다.

그런데 두 작품 발표 당시 그는 서울에 살고 있었다. 따라서 향수의 공간이 서울일 개연성은 희박하다. 물론 북쪽에 고향을 둔 실향민이 38 선으로 인하여 갈 수 없는 것을 암시할 수도 있겠지만 북쪽이 "이따금 저녁놀이 덮이는" 방향은 아니다. 또한 시가 시인의 체험에 의한 내적 정서의 표출임을 감안하면 서울에 살고 있는 시인이 "시시때때로 가고 싶은 곳"은 아버지와 함께 하던 공간, 어머님이 물려주신 땅이 있는 공간으로 서산을 상징하고 있다는 개연성을 획득한다.

"여기 실린 예순세 편은 단기 4285년(서기 1952년) 9월 한 달 동안에 지은 노래들이다. 내 노래에 풍년이 들게 한, 조국의 하늘아, 땅아, 해야, 달아, 별아, 비야, 눈아, 바람아, 산아, 물아, 새야, 꽃아, 그리고 자라나는 어린이들아, 고맙다."[26]

윤석중은 『노래동산』(1956)에 실린 예순세 편의 시를 1952년 9월 한 달 동안에 쓴 것이라고 서문에서 밝혔다. 원적에 의하면 그는 1952년 10월 18일 서산군 음암면에 부친과 새어머니의 사망신고를 했다. 즉 부

---

26 윤석중, 『노래동산』, 학문사, 1956, 서문.

친과 형제들이 살던 서산을 정리하면서 쓴, 떠나면서 쓴 시일 개연성이 강하다.

가시적으로 보이는 현상에 대한 탐구가 과학이라면 문학은 보이지 않는 세계를 탐구한다. 그리고 소중한 내적 가치들은 보이지 않는다. 윤석중이 작품에서 말하는 향수의 공간인 "고향"은 '태어나고 자란 곳'으로서의 고향이라기보다 문학적 진술로서 애착이 담긴 가치들이 집약된 공간으로 보아야 할 것이다. 한국전쟁에서 부모형제를 잃고 생모에게서 물려받은 땅까지 등질 수밖에 없었던 그에게 서산은 초기 아픔의 공간으로써 등지게 되지만 시간이 흐르면서 그리움 공간으로 향수의 공간으로 자리매김 되었음을 작품을 통해 알 수 있었다.

4. 나가며

이상과 같이 윤석중 시에 나타난 향수의 실체적 공간은 서울이 아닌 시골로서 "저녁마다 노을 지는 곳"이며 "고개 넘어 또 고개를 넘어야만 하는 곳"이고 "가도가도 끝없는 길"을 지나야 하는 곳 등으로 집약됨을 알 수 있었다.

윤석중의 고향은 과학적이고 상식적인 진술로는 태어나고 자란 서울이지만 문학적 진술로는 서산임을 소고에서 살펴본 많은 작품들이 뒷받침하고 있다. 이들 시는 1988년 전집을 내면서 모두 『고향땅』으로 묶은 5권에 집약되어 있다.

고향을 소재로 한 윤석중의 시를 두고 대부분의 연구자들은 그리움의 대상으로서 "보편적 고향" 혹은 "마음의 고향"으로 해석하였으나 이는 위에서 살펴본 바와 같이 저녁놀이 지는 공간, 논둑길이 있는 공간, 아이들이 소를 모는 공간으로 실체적 공간을 가지고 있으며 그곳은 생모로부터 물려받은 땅이 있고, 아버지가 살았던 서산임을 알 수 있었다.

과거 우리를 지배하였던 유교적 이념은 아버지가 부인을 몇 들여도 그들은 모두 어머니로 섬겼다. 윤석중이 9살 때 부친과 부부의 연을 맺은 새어머니는 1902년생으로 아버지와 17년 차이가 나고 윤석중과는 9살 차이밖에 나지 않아 '어머니'라고 부르기 어려웠을 것이다. 그러나 부친과 30년 넘게 부부의 연으로 살면서 자식을 아홉이나 낳았으니 윤석중에게도 어머니였고 그들이 함께 하던 공간은 생모로부터 물려받은 유산이 있는, 실체적인 공간 서산이었다. 따라서 서산은 그의 의식에서 애착과 함께 소중한 가치들이 집약된 공간으로써의 고향으로 자리매김될 수밖에 없을 것이다.

개별 체험에 의한 윤석중의 문학정신은 페르조나[27]가 강조되는 한국 사회에서 현실을 외면했다는 지탄과 함께 '동심천사주의'라는 비난까지 받으면서도 탈 역사적인, 탈 이념적인 보편지향, 동심지향으로 일관하였다. 어떤 이념이나 인위로 변화되지 않은 자유와 순수의 상징인 아이들에게서 인간의 원형을 찾고 형상화하는 시 창작을 멈추지 않았던 것이다. 그의 시정신, 문학정신이 지향하는 동심[28]이야말로 상실과 결핍의 환경에서 자란, 이념의 대립으로 부모 형제를 잃은 그가 안식할 수 있는 유일한 문학적 공간이기 때문일 것이다.

---

27 '페르조나'는 고대 그리스 연극에서 배우들이 쓰던 가면을 뜻한다. 우리나라의 탈춤에서 노인의 탈을 쓰면 노인의 역할을 하고 왕의 탈을 쓰면 왕의 역할을 하듯 인간이 집단 속에서 살아가는 데 있어서도 여러 개의 탈을 썼다가 벗었다가 하면서 살고 있다는 뜻에서 파생된 말이다. '페르조나'는 집단정신의 한 단면이다. 그것은 흔히 개성이라고 착각하기 쉬운 가면이다. '페르조나'는 내가 나로서 있는 것이 아니고 남과 다른 사람들에게 보이는 나를 더 크게 생각하는 특징을 가지고 있다. 이것은 진정한 자기Selbst, self와는 다른 것이다. '페르조나'에 입각한 태도는 주위의 일반적 기대에 맞추어 주는 태도이며 외계와의 적응에서 편의상 생긴 기능 콤플렉스(Funktionskomplex)이다. 이부영, 『분석심리학—C. G. Jung의 인간심성론』, 일조각, 2008, 82쪽.

28 "동심이란 인간의 본심입니다. 인간의 양심입니다. 시간과 공간을 초월해서 동물이나 목석하고도 자유자재로 이야기를 주고받으며 정을 나눌 수 있는 것이 곧 동심입니다." 윤석중, 『어린이와 한평생』, 범양사출판부, 1985, 268쪽.

참고문헌

윤석중, 『노래동산』, 학문사, 1956.

_____, 『어린이와 한평생』, 범양사출판부, 1985.

_____, 『여든 살 먹은 아이』, 웅진출판, 1990.

_____, 『전집 1-30권』, 웅진출판, 1988.

노경수, 『윤석중연구』, 청어람, 2010.

이부영, 『분석심리학―C. G. Jung의 인간심성론』, 일조각, 2008.

가스통바슐라르, 곽광수 옮김, 『공간의 시학』, 민음사, 1990.

아리스토텔레스, 천병희 옮김, 『시학』, 문예출판사, 2002.

소천 시 연구
— 『호박꽃 초롱』을 중심으로

1. 들어가며

    인간이면 누구나 인간다운 삶을 영위하고 싶어한다. 그렇다면 인간다운 삶이란 어떤 삶을 의미하는가. 이에 대하여 실러(F. Schiller, 1759~1805)는 인간은 놀 때가 가장 인간적이라고 하였다.[1] 인간이 놀 때는 아무런 목적이 없어져 창조성을 띠기도 한다. 칸트는 문학의 기원을 유희본능에서 비롯되었다고 주장하면서 목적없는 것의 합목적성을 설명한다. 이는 스펜서(H. Spencer, 1820~1903)로 이어져 온 학설로 인간은 놀고 싶어하는 심리가 본성으로 내재되어 있다는 것인데, 이는 놀 때가 가장 인간적이라는 쉴러의 말과도 상통한다. 또한 네델란드의 철학자 요한 하위징아(Johan Huizinga)는 인간에 대하여 호모 루덴스(Homo Ludens : 놀이하는 인간)이라 정의하며 놀이의 중요성을 이야기하였다. 호모 사피엔스 옆에 나란히 호모 루덴스를 놓고자한다며 놀이를 인간의 특징으로 추가한 것이다. 그에 의하면 놀이는 문화보다 먼저이며 어렸을 때 잘 논 아이가

---

1 조태일 외, 『문학의 이해』, 한울아카데미, 2003. 18쪽.

건강한 어른으로 성장한다고 한다.[2]

사람은 순전하게 놀 때는 어떤 방식으로 놀든 그 시간이야말로 온전히 자신을 표현할 수 있다. 억압받지 않고 경쟁하지도 않고 순수한 자연인으로 돌아가 자연의 일부분이 되어 자신을 표현할 수 있을 때 놀이가 되고 행복에 빠진다. 그러므로 순수하게 나를 표현하는 문학을 비롯한 모든 예술적인 행위는 놀이라고 할 수 있다.

생물학자들에 의하면 이러한 행위는 인간뿐만 아니라 자연을 구성하는 풀과 나무, 새와 동물들에게서도 나타나는데 꽃피고 열매 맺고 번식하는 것을 반복하는 것도 자신을 표현하기 위해서라고 한다. 나비는 자신을 표현하기 위하여 날개짓을 하고, 꽃은 자신을 표현하기 위하여 형형색색으로 피어난다. 새도 자신을 표현하기 위하여 난다. 그런데 표현하고자 하는 인간의 정신은 반복되는 것에 만족하지 않아 시대정신을 이룩하고 생존의 표현을 끊임없이 변화시키려고 한다.[3] 이러한 인간은 태어나면서 발달단계에 따라서 태내기 영아기 유아기 아동기를 거쳐 청년기 성인전기 중기 후기로 접어들면서 표현하는 방식도 달라진다.

태내기와 영아기의 아이는 소리에 반응하고 소리를 통하여 소통한다. 청각을 통하여 세계를 인식하고 반응하는 것이다. 이후 발달단계를 거치면서 세계를 인식하는 방법도 다양하게 변모하고 발전하는데 처음 청각에 의존했던 세계인식방법은 유아기를 지나면서 다양한 감각을 통해 세상을 인식하고 나아가 지각(知覺)을 사용하면서 성인으로 접어든다. 이러한 인식의 변화는 표현방법의 다양성을 가져온다.

인간의 발달단계 중에서 일반적으로 유아기와 영아기, 아동기를 포함하여 어린이[4]라고 하고, 아동문학은 이러한 어린이를 주요독자로 수용

---

2 요한 하위징아, 이종인 역『호모 루덴스』, 연암서가, 2015, 20쪽.
3 윤재근,『東洋의 本來 美學』, 나들목, 2006, 14~15쪽.
4 아동을 하나의 인격체로서 젊은이, 늙은이와 같이 대등한 위치로 부르기 위한 말. 1920년 8월

하여 창작된다. 물론 아동문학의 독자 수용은 심리학에서 정의하는 어린이 개념보다 확장되는데 아이를 잉태하고 출산하고 육아를 전념하는 어머니 또한 아동문학 독자일 수밖에 없기 때문이다. 나아가 아동문학은 동심의 문학으로 어린이를 겪은 모든 사람들은 독자가 된다.

따라서 아동문학은 발달단계에 있는 유아기는 물론 영아기와 태내기의 아이와 육아를 담당하는 어른들까지 배려해야 하므로 언어의 특수성, 다양성이 요구된다. 소리에서 느낄 수 있는 리듬도 중요하게 작용할 뿐만 아니라 의미전달에서도 단순하고 명쾌한 언어를 통해 창작되어야 한다. 이처럼 아동문학은 독자수용에서 특수성을 가지고 있기 때문에 창작할 때에 그들의 세계 인식방법을 연구하여야 하고 언어의 선택에서도 세심한 배려가 필요하다.

소천 문학에 선행연구를 살펴보면 일제 강점기 우리말 말살정책이 자행되던 때 발간된 것으로 독립운동에 버금가는 것이라는 신현득의 평을 비롯하여 다양한 평들이 있어왔는데 소고는 특히 소천문학의 유희성에 다양한 견해를 제시한 시평에 주목하여 그 중에서 박목월의 시평과 이오덕의『시정신과 유희정신』을 소천의『호박꽃초롱』에 나타난 표현방식과 더불어 비교하여 살펴보고자 한다. 이는 아동문학의 독자수용 범위나 어린이들의 유희정신에 대한 고찰로 의미있는 연구라 생각된다. 텍스트로는 강소천의 최초의 시집『호박꽃초롱』에 실린 33편의 동시로 한다.

25일 소파 방정환이『개벽』지 3호에 '어린이 노래, 불켜는 이'라는 번역시에서 처음으로 사용하였다. 그 뒤 1923년 3월 20일 개벽사(천도교 소년회)에서 발행한 잡지 이름도『어린이』라 하여 어린이란 말을 일반화시켰다. 이재철,『세계아동문학사전』, 계몽사, 1989, 227쪽.

2. 『호박꽃 초롱』에 나타난 미학의 발견

인간이 표현의 부족을 느끼지 못했다면 예술은 발생하지 않았을 것이다. 또한 인간이 생존에 관하여 만족했다면 표현의 부족은 느끼지 못했을 것이다. 미학은 이러한 문제에 관심을 갖고 탐구한다.[5]

인간은 천부적으로 이성을 부여받았지만 그러나 태어나 성장하기 시작하는 영아기, 유아기에는 이성이 아니라 감각에 의존하여 세계를 인식한다. 그래서 막 태어난 아이들은 엄마의 젖을 빨며 눈을 맞추고 옹알이를 하며 걸음마를 하는 시기에 감각기관에 의존하여 세계를 알아가는 것이다. 아동문학의 주요 독자인 이들은 그래서 어머니와 뗄래야 뗄 수 없는 불가분의 관계에 있다. 따라서 그들이 즐기는 아동문학은 어머니가 먼저 접하게 되어 결국 아동문학의 1차 독자는 대부분이 어머니인 셈이다.

아이들이 초기 어머니의 목소리를 통해 유희하는 듣는 문학은 의미보다는 소리에서 이미지를 생성하고 유희한다. 문학을 지각(知覺)이 아닌 감각感覺으로 받아들이기 때문이다. 어린 아이일수록 언어가 가진 의미보다는 자신을 사랑하는 대상의 반복적이고 리듬감 있는 소리를 즐기게 되고 이후 시각과 지각을 통하여 세계를 인식하면서 이미지를 생성, 유희한다.

아동문학의 여러 가지 특징 가운데 하나는 독자를 유아나 어린이 혹은 더 나아가 어머니 뱃속의 태아들에 이르기까지 수용할 수 있다는 점일 것이다. 이러한 점은 또한 아동문학을 창작하는데 어려움이기도 하다.

동시에 곡을 붙인 동요는 리듬감을 가지면서 전달성에서 용이하다.[6]

---

5 윤재근, 앞의 책.
6 또한 동요는 형식면에서 외형률에 의한 분절과 대구로 형성된다는 것과 내용적인 면에서 동심을 담고 있다는 것이 특징이다. 동요가 노래로서 갖는 중요한 특징은 친숙함이다. 따라서 동요

동요는 엄마가 읽어주던 문학에 곡을 붙여서 아이들 스스로 부르기 쉽도
록 만든 문학이라 할 수 있는데 동서고금을 통하여 좋은 문학은 읽기 쉽
고, 이해하기 쉬운 문학임은 반론의 여지가 없다. 따라서 쉽게 읽히기 위
해 쉽게 써야 하는 아동문학의 특징이야말로 아이부터 부모, 할아버지와
할머니까지, 3대(代)가 함께 즐길 수 있는 좋은 문학으로 자리매김된다.

1) 순간의 미학—원형지향

인간은 끊임없이 표현의 변화를 추구하는데 이는 사람마다 다양한 양
상으로 전개된다. 전술한 바와 같이 아동을 위한 문학에서 문장은 아동
의 인식에 적합한 표현을 해야 하기 때문에 성인문학과 달리 쉽고 간결
해야 한다.

강소천의『호박꽃 초롱』에 나타난 시의 소재 대부분은 자연과 인간이
함께 하는 공간에서 차용하여 그의 의식[7]이 지향하는 바를 형상화한다.
수록된 시에서 나타나는 자연과 인간이 함께 하는 공간—문명에 의해
훼손되지 않은—은 과학이 발달하기 전의 태고의 공간으로 원형적 공
간으로 볼 수 있다. 시인은 이러한 원형적 공간에서 소재를 가져와 시를

는 동시처럼 이미지, 상징, 은유가 깊이 개입될 여지가 없다. 보다 전달에 용이한 이야기성을 띠
고 있어야 하는 것이 동요의 숙명적 체질이다. 따라서 동요에는 딱딱하거나 현실을 직설적으로
제시한 내용, 깊이 생각해야 알 수 있는 내용 등은 배제되는 반면 자연물에 대한 재미, 즐겁거
나 동적이며 경쾌한 내용, 정서가 쉽게 밖으로 발산되는 동요는 쉽게 작곡된다. 노래로서의 동
요는 이렇듯 전달성을 생명으로 삼는다. 따라서 동요는 짧막한 내용 속에 상상이 가능한 풍부
한 이야기가 잠복해 있으며 자아와 세계가 일원화되기를 갈망하는 문학양식인 것이다. 김용희,
「윤석중 동요연구의 두 가지 과제」,『한국아동문학연구』제10호, 2004, 79~80쪽.

7 의식이 어떻게 생겼는가 자세히 알기는 어렵다. 프로이트는 초기 연구에서 무의식이 의식에서
나온 것이라고 봄으로써 무의식의 자율적 기능을 축소하였다. 융은 처음에 있는 것은 무의식적
인 것이고 의식은 무의식적 상황에서 생겨났다고 보았다. 유아기에 우리는 무의식적인 상태에
있고 가장 중요한 본능적인 기능들은 모두 무의식적인 것이다. 이부영,『분석심리학—C. G.
Jung의 인간심성론』, 일조각, 2006, 63쪽.

창작한다. 이러한 시인의 창작 방법은 자기원형[8]에서 표출되는 무의식의 표상으로써 쉽고 간결하면서도 밝고 투명한 이미지를 만들어 인간과 자연이 합일을 이루는 공간을 형성한다.

『호박꽃 초롱』에 첫 번째로 실린 작품이 「닭」이다. 이 시는 윤석중 주간의 주도로 『소년』 창간호에 발표했던 작품인데, 이 시대의 명작으로 평가된다.

물
한 모금
입에 물고

하늘
한 번
쳐다보고

또
한 모금
입에 물고

---

8 융은 아득한 옛날의 그 마음이 오늘날 우리가 지니고 있는 마음의 바탕을 이루는데 이를 원형이라고 하였다. 원형은 하나의 모티프를 어떤 표상으로 형성시키는 경향이다. 칼 G. 융, 「무의식에의 접근」, 『인간과 상징』, 열린책들, 2005, 67쪽.
무의식이라고 불리는 마음의 심층에는 언제나 사람으로 하여금 전체가 되게끔 하려는 원동력이 움직이고 있다. 그가 사회와 이웃과 다른 사람의 투사와 기대에 의하여 만들어진 그의 탈이나 자아의식에 집착하여 좁고 경화된 '역할' 속에 기계적인 인생을 보내지 않도록 그로 하여금 주어진 전생명력을 불태우도록 촉구하는 무의식의 힘 - 그 힘은 자아의식이 좋아하든 싫어하든 그 자체의 목적에 의하여 의식에 작용한다., 그것은 그로 하여금 다른 사람 아닌 그 자신의 전체가 되도록 자극한다. 이것이 바로 융이 말하는 자기원형의 기능이다. 이부영, 위의 책, 112쪽.

구름

한 번

쳐다보고

—「닭」[9] 전문

「닭」은 강소천의 이름을 세상에 알린 작품이라 해도 과언이 아니다. 시에서는 특별할 것도 없는 시골 마당에 닭의 일상 한 컷을 문자로 옮겨놓았다. 그런데 이 시를 읽다 보면 모이를 쪼아 먹다가 물 한모금 마시는 닭의 이미지는 어미 닭을 따라 종종종 걷는 병아리 모습으로 연상되고, 이는 어미 닭과 병아리가 있는 풍경을 바라보는 아이가 있는 풍경으로 연상되면서 독자의 가슴에 햇빛이 내리쬐는 평화로운 이미지로 번진다. 이러한 이미지는 인위적으로 양계장을 지어 사육하면서 대량으로 알을 내고 부화까지 인위로 하는 현대에는 찾아보기 힘든 태고의 모습 자연이다.

자연은 인간을 치유하는 능력을 가지고 있는데,「닭」은 인간과 동물이 더불어 살아가는 환경을 옮겨놓음으로써 자연이 주는 평화로운 이미지를 파생한다. 이는 현재의 어린이뿐 아니라 과거의 어린이였던 어른들에게 친숙한 이미지로 시골집 마당을 떠올리게 하고 인간과 동물이 평화롭게 어울리는 조화로움으로 이끈다.

후일 박목월과 이오덕은「닭」을 두고 다음과 같이 말했다.

「닭」은 선생의 초기 작품을 대표하는 것이라 생각된다. 그러나 나는 이 작품의 작품적 성과보다는 이 시상이 가지는 의미를 통하여 그가 평생을 두고 빗게 될 문학세계의 대본을 암시한 사실이 더욱 중요한 것이라 여겨진다. 하늘-영

---

9 강소천,『호박꽃 초롱』, 박문서관, 1941, 12~13쪽.

원하고 유구하고 아름답고 무궁한 것, 그것을 진리라 해도 좋고, 인간이 추구
해 마지않는 꿈(理想)의 세계라 해도 좋을 것이다. 또한 그 하늘에 떠도는 구
름은, 그 진리나 이상을 갈구하는 불타는 이념과 그것을 싸안은 변화무쌍한 정
서를 상징한 것이라 믿어진다.[10]

닭이 물을 마실 때 하늘을 쳐다보는 것은 하늘을 알기 때문이 아니다.
생리적으로 그래야만 하기 때문이다. 이는 아이들도 안다.

"하늘 한번 쳐다보고", "구름 한번 쳐다보고"
하여 닭이 물 먹는 모습을 재미있는 노래로 쓴 것뿐인 것을 이렇게 닭이, 혹
은 병아리가 하늘을 안다느니 하여 별나게 해설하는 것은 우스운 일이다.[11]

마음이 온갖 것을 만나면 그 마음에서 소리(音)가 생긴다. 이때 음(音)
은 그냥 소리(聲)가 아니라 마음속에 있는 소리이다. 즉 온갖 것이 사람
의 마음을 움직여 그렇게 하도록 한다.[12] 따라서 소천은 물을 마시는 닭
의 모습을 보았을 때 그의 무의식의 곳간에 있는―자기원형―마음의 소
리(音)가 표현(聲)되었다고 할 수 있을 것이다.

시인의 내면의 소리가 사물을 만나 형상화되었을 때 그 작품이 주는
느낌은 독자 주관에 따라 달라질 수 있다. 그래서 시인을 떠난 시는 더
이상 시인의 것이 아니라 독자의 것으로 해석된다. 따라서 「닭」을 바라
보는 박목월과 이오덕의 견해 차이가 이처럼 다른 양상으로 나타날 수
있다.

---

10 박목월, 「강소천 아동문학독본 해설」, 『강소천 아동문학 독본』을 유문화사, 1961, 2~3쪽.
11 이오덕, 『시정신과 유희정신』, 굴렁쇠, 2005, 18쪽.
12 윤재근, 『樂論』, 나들목, 2007, 27쪽. 凡音之起는 由人心生也이다. 人心之動은 物使之然也하고
感於物而動한다.

보이는 것을 보이는 대로 말하는 것은 과학이다. 문학은 보이지 않는 것을 보이게 하는 이미지화로 미학을 형성한다. 그러니까 시는 객관적 상관물을 끌어들여 보이지 않는 그 너머의 세계, 시인이 품고 있고 표현하고 싶은 이상세계를 보여주는 것이다. 따라서 객관적 상관물인 닭이 물을 먹는 일상의 형상화는 시인의 무의식 속에 감춰있던 내면세계가 투영된 것이라 할 수 있다. 이러한 표현은 변화를 거듭하려는 인간의 표현 욕구의 실현이라고 보아도 무방할 것이다.

이오덕은 「닭」을 "하늘 한번 쳐다보고", "구름 한번 쳐다보고"가 그렇게 해야만 "물이 넘어가기 때문"이라고 한다. 그러한 "닭의 일상을 재미있는 노래로 쓴 것뿐"이라고 하며 언어적 유희를 지적하였다. 닭의 일상을 옮겨놓은 것은 그대로 닭의 일상일 뿐이라는 해석으로 과학적이고 상식적인 진술로서 문학작품을 상식적인 관점으로 평가했다고 볼 수 있다. 문학작품에 과학적 상식의 잣대를 들이댄다면 시인이 표현하고자 했던 미적가치는 왜소해질 수밖에 없다.

사실성의 세계를 모방하여 원고지에 옮겨놓은 것이 하늘을 의미하든 영원을 의미하든 혹은 일상 그대로이든 그것은 독자의 인식체계에 따라서 달라질 수 있다. 닭이 바라보는 하늘이 박목월의 해석대로 영원을 의미할 수도 있고, 하늘을 아는 것으로 읽힐 수도 있으며, 필자의 해석대로 "자연의 모습을 그대로 옮겨놓음으로써 자연에서 느끼는 평화로운 이미지를 갖게 한다"고 볼 수도 있다. 또한 의미를 떠나 간결하고 반복적인 소리가 갖는 단순한 이미지일 수도 있다. 그러나 시 창작을 하는 것은 사실성의 세계를 그대로 보여주려는 것이 아니라 사실성의 세계를 모방해서 진실의 세계를 나타내는 것으로, 사실적 현상이 시인의 내면세계와 만나 미학을 형성하는 과정이다. 시인이 지향하는 문학의식의 표현인 것이다.

시인이 나타내려는 이상세계야말로 그의 작가관이고 문학관이다. 김수영의 시 「풀」에서 "풀이 눕는다/비를 몰아 오는 동풍에 나부껴/풀은 눕고/드디어 울었다./날이 흐려서 더 울다가/다시 누웠다."를 많은 평론가들은 풀은 나약하고 수동적인 민중의 측면을 묘사하였고, 바람은 풀과 대립적인 것으로 민중을 억압하는 힘의 상징으로 보았으며 '풀'은 개인의 고민과 인류사의 비극을 함께 담고 있는 것으로 해석하였다.[13] 그런데 이러한 해석이 이오덕의 관점에서 보면 바람이 불면 풀이 눕는 뻔하고 일상적인 현상을 가지고 별나게 해석했다는 의미가 될 수 있을 것이다.

「닭」에서의 이미지는 생동감이 있으나 정적인 시골풍경이다. 「닭」에서 알 수 있듯이 자연물에서 소재를 차용한 소천의 시는 독자들에게 다양한 이미지를 연상, 확장시키고 창조하면서 유희하게 함으로써 과학이 발달한 현대사회의 어린 독자들을 인간과 동물이 공존하던 자연으로 안내하고 어른 독자는 그리움이 가득한 유년의 뜰로 안내한다. 또한 유아들은 어머니의 소리를 통해 반복되는 리듬에 따라 사랑이 충만한 母情의 이미지를 형성해 나갈 수도 있을 것이다. 이렇듯 자연이 변화하고 행동하는 순간의 모습을 포착하여 간결한 글자로 옮겨놓은 시 창작 행위는 독자에 따라 각기 다른 이미지를 생성시키면서 생명력을 획득한다. 이러한 이미지는 「엄마소」에서도 나타난다.

아가가 엄마보구
"엄마", "엄마" 그런다두만

우리집 어미소는 제가 아가보구
"엄마아", "엄마아" 그래요.

—「엄마소」[14] 전문

13 김윤식 엮음, 『현대시 특강』, 한국문학사, 1997, 206~207쪽.
14 강소천, 앞의 책, 38쪽.

「엄마소」역시 「닭」과 같이 짧은 소의 일상을 포착하여 형상화했다. 「닭」이 안마당의 풍경이라면 「엄마소」는 바깥마당의 풍경으로 「닭」에서처럼 소의 일상을 쉽고 간결한 문자로 옮겨놓았다. 「엄마소」에서 독자는 엄마소와 송아지가 있는 외양간 풍경을 연상하거나 풀밭에서 풀을 뜯다가 음매, 음매, 하면서 송아지를 찾는 엄마소를 떠올린다. 아이의 시점으로 바라본 "엄마"라고 부르면 "엄마"라고 대답하는 엄마소와 송아지가 소통하는 풍경은 독자에게 평안함과 안락함, 사랑이라는 새로운 이미지를 창조하면서 유희하게 한다.

「엄마소」에 나타나는 이미지는 인위로 변하지 않은 자연 그대로의 모습이다. 또한 외양간의 풍경을 쉽게 떠올릴 수 없는, 문명화된 현대에 사는 어린이들은 「닭」에서와 같이 동물과 인간이 함께 하던 자연으로 안내될 것이고 유아는 어머니를 통하여 "엄마, 엄마"라는 소리로써 모정에 담긴 사랑을 유희할 것이다. "엄마, 엄마"의 소리가 갖는 이미지는 아기와 엄마가 주고받는 정서적 유대감으로 환치되기 때문이다.

　　울 엄마 젖 속에는 젖도 많아요.
　　울 언니도 시일컨 먹고 자랐고
　　울 오빠가 시일컨 먹고 자랐고
　　내가 내가 시일컨 먹고 자랐고
　　그리고 울 애기가 먹고 자라니
　　정말 참 엄마 젖엔 젖도 많아요.

　　　　　　　　　　　　　　　—「울엄마 젖」[15] 전문

위의 시도 아이에게 젖을 물린 엄마와 아이의 모습을 포착하여 형상

---

15 위의 책, 27쪽.

화하였다. 이 시 역시도 간단한 현상을 글로 옮겨놓았을 뿐인데 젖을 통하여 사랑으로 충만한, 끝없는 모성 이미지를 창조하여 독자를 사랑이 가득한 엄마의 뜰로 안내한다.

따뜻하고 행복한 엄마와 아이의 모습은 읽으면 읽을수록 그 풍경이 주는 사랑도 엄마 젖처럼 끝없이 솟아난다. 자연의 모습을 그대로 옮겨놓은 언니가 '시일컨' 먹었고 오빠가 '시일컨' 먹었으며 내가 '시일컨' 먹었고 그리고 또 동생이 '시일컨' 먹고 있는 엄마 젖, 그것은 생명의 원천이고 사랑의 원천으로 시적 생명성을 획득한다. 그것을 모유라 하지 않고 엄마젖이라 한 것도 시에 리듬감을 주면서 생명력을 부여한다.

엄마 품에서 젖을 먹는 행위는 아이나 어머니에게는 가장 행복한 순간이다. 아이를 안고 속삭이면서 젖을 먹일 때, 엄마와 아이의 상호 교감을 노자는 '황홀'이라 하였다. 소천은 「울엄마 젖」에서 '언니, 오빠, 나, 울애기가 "시일컨" 먹고 자랐고'라고 표현함으로써 황홀의 순간을 '시일컨' 유희하게 한다. 이는 「닭」이나 「엄마소」와 같은 맥락으로 자연에서 포착한 이미지이다.

비록 아무리 놀라운 말솜씨로 어린애의 귀여움을 그렸다고 하더라도 그것이 어른의 시―물론 대단한 시도 아니지만―는 될 수 있을지 모르지만 아이들을 위한 동시는 될 수 없을 것이다. 추억이라든가 회상이란 것도 어른들에게는 절실한 마음의 운동이 될지 모르지만 아이들에게는 유익을 가져오기 어렵고 오히려 대개의 경우 정신의 자라남을 방해하게 되는 것이다.[16]

이오덕은 『시정신과 유희정신』에서 위와 같이 지적하여 문제를 제기하면서 유희정신을 비판하였다. 그러나 문학의 기원에서 유희본능설을

---

16 이오덕, 앞의 책, 14쪽.

주장한 칸트는 인간은 태어나면서 유희적 본능을 갖고 있으며 문학은 이러한 유희적 본성에서 유래하였다고 주장하였다.[17] 또한 네덜란드의 철학가 요한 하위징아(Johan Huizinga)는 인간에 대하여 호모 루덴스(Homo Ludens: 놀이하는 인간)[18]라 정의하며 유희를 추구하는 놀이의 중요성을 이야기 하였다. 같은 맥락에서 볼 때 소천의 시는 인간과 자연물에 대한 순간의 포착을 쉽고 간결하게 문자화함으로써 독자를 자연으로 안내하면서 즐거운 상상에 빠지도록 유도한다.

자연에서 얻은 모티프를 형상화한 소천의 시는 우선 시인 자신의 내면에 쌓인 응축된 그리움이나 억압을 표출한다는 점에서 유희적이고, 독자를 자연으로 안내하여 감정을 정화되게 함으로써 동심을 깨우는 상상력을 부여하여 폭넓은 사고와 더불어 재미를 준다. 또한 엄마를 넘어서 있는 유아들에게는 정형적이고 반복적인 율격의 시어가 흥을 돋궈 줄 것이다. 실제 소천의 시는 대부분은 후에 곡을 붙여 수많은 어린이들이 즐겨 부르는 동요가 되었다.

위의 세 편의 시에서 살펴보았듯이 소천은 특별할 것도 없는 시골 풍경을 간결하게 옮겨놓는다. 물을 마시는 닭의 모습이나 송아지를 부르는 어미소의 모습, 아이에게 젖을 물리는 어머니가 있는 풍경을 어떤 형용사나 미사여구도 없이 자연 그대로를 옮겨놓았을 뿐이다. 이러한 시들은 투명하고 맑고 평화로운 이미지를 생성하여 동시문학의 미학을 창

---

17 조태일 외, 『문학의 이해』, 한울아카데미, 2003, 18~19.

18 우리의 시대보다 더 행복했던 시대에 인류는 자기 자신을 가리켜 감히 "호모 사피엔스(Homo Sapiens: 합리적인 생각을 하는 사람)"이라고 불렀다. 하지만 세월이 흐르면서 우리 인류는 합리주의와 순수 낙관론을 숭상했던 18세기 사람들의 주장과는 다르게 그리 합리적인 존재가 아니라는 게 밝혀졌고 그리하여 현대인들은 인류를 호모 파베르(Homo Faber: 물건을 만들어 내는 인간)라고 부르기 시작했다. 그러나 많은 동물들도 물건을 만들어낸다는 점을 감안할 때 이 말 역시 부적절한데, 생각하기와 만들어 내기처럼 중요한 제3의 기능이 있으니 곧 놀이하기다. 그리하여 나는 호모 파베르 바로 옆에, 그리고 호모 사피엔스와 같은 수준으로 호모 루덴스(Homo Ludens: 놀이하는 인간)를 인류 지칭 용어의 리스트에 등재시키고자 한다. 요한 하위징아, 이종인 역 『호모 루덴스』, 연암서가, 2015, 20쪽.

조한다.

2. 우리말의 彫琢美

앞에서 언급했듯이 아동문학을 즐기는 주체인 아동들은 어머니와 뗄
래야 뗄 수 없는 불가분의 관계에 있기 때문에 아동문학은 아동과 어머
니와 함께하는 문학이다. 그런 맥락에서 소천의 『호박꽃 초롱』을 살펴
볼 때 우리말에 대한 아름다움은 곳곳에서 나타나 읽기도 쉽고 이미지
를 떠올리기도 쉽다. 또한 자연을 옮겨놓은 소천의 시에서 나타나는 언
어의 절제와 리듬은 간결하고 청징하다.

　　호박 꽃을 따서는
　　무얼 만드나.
　　무얼 만드나.

　　우리 애기 조고만
　　초롱 만들지.
　　초롱 만들지.

　　반딧불을 잡아선
　　무엇에 쓰나.
　　무엇에 쓰나.

　　우리 애기 초롱에
　　촛불 켜 주지.

촛불 켜 주지.

―「호박꽃초롱」[19] 전문

호박꽃은 6월부터 피기 시작하여 첫서리가 내릴 때까지 핀다. 어느 시
인은 호박꽃이 꽃잎을 다물고 있는 것을 일러 기도하는 손에 비유하기도
한다. 소천은 그 호박꽃에 반딧불을 불러들여 애기의 초롱을 만들었다.

호박꽃 잎은 노란색으로 다섯 장으로 되어있는데 아침과 저녁으로 꽃
을 피우고 한낮에는 꽃잎을 다문다. 어둠이 내리기 시작하는 저녁에 다
시 피는데 저녁 어스름에 핀 노란 호박꽃은 별이 내려와 앉은 것처럼 환
하다. 소천은 호박꽃이 가진 밝음과 여름철 짝짓기를 위해 빛을 내는 반
딧불이를 결합시켜 우리의 정서에 맞는 초롱을 만들었다. 호박꽃과 반
딧불이로 만든 초롱은 호박꽃의 순박한 이미지와 밤하늘을 수놓은 반
딧불이의 환상적인 이미지가 결합되어 초롱불이라는 한국적 이미지로
새롭게 태어난다.

소천이 작품에서 새로운 이미지를 만드는 소재는 우리의 산천을 이루
고 있는 호박꽃이나 할미꽃 민들레 같은 야생꽃이다. 이것은 우리말 사
용을 억압당하던 일제 강점기 소천의 문학세계를 짐작할 수 있게 한다.

까아딱 까아딱
소온목이 까아딱.
―누굴 보구 까아딱
―엄마 보구 까아딱
―어째서 까아딱
―젖달라고 까아딱.

---

19 강소천, 앞의 책, 16~17쪽.

까아딱 까아딱

소온목이 까아딱

—누굴 보구 까아딱

—누나 보구 까아딱

—어째서 까아딱

—업어달라 까아딱

—「까아딱 까아딱」²⁰ 부분

위의 시도 반복되는 언어의 소리는 3·3·4·3과 4·3·4·3의 정형률 속에 보이지 않는 내재율의 미학까지 갖추고 있다. 어린이들은 반복되는 소리의 리듬으로 청징한 이미지를 만들어 낸다. 그래서 이러한 시는 소리를 통해 유희하는 독자들을 끌어안는다. 보고 듣는 문학을 하는 유아들은 의미보다는 반복적이고 리듬감 있는 소리에 반응하기 때문이다. 인위로 변하지 않은, 태고의 인간인 유아들은 소리로 유희할 수 있기 때문이다.

숨어라 숨어라 꽁꽁

숨어라 숨어라 꽁꽁

반딧불은 꽁꽁

수풀 속에 숨어라.

애기별은 꽁꽁

---

20 위의 책, 22~23쪽.

구름속에 숨어라.

아이들은 꽁꽁
마음대루 숨어라.

숨어라 숨어라 꽁꽁
숨어라 숨어라 꽁꽁

*

찾는다 찾는다 꽁꽁
찾는다 찾는다 꽁꽁
반딧불은 꽁꽁
불도 켜지 말어라.

애기별은 꽁꽁
눈도 뜨지 말어라.

아이들은 꽁꽁
숨도 쉬지 말어라

찾는다 찾는다 꽁꽁
찾는다 찾는다 꽁꽁

―숨박꼭질[21] 전문

---

21 강소천, 위의 책, 24~26쪽.

이 시는 숨바꼭질을 하는 아이들의 모습을 3 · 3 · 2 / 3 · 3 · 2 / 4 · 2 · 4 · 3의 율격에 담아낸 정형시로 반복되는 "숨어라 숨어라 꽁꽁", "찾는다 찾는다 꽁꽁"의 소리가 갖는 리듬은 듣는 아이들에게 재미있게 친근하게 접근할 수 있게 한다. 실제로 숨바꼭질을 하는 아이들이 즐길 수 있는 시이기도 하지만 듣는 문학을 하는 유아들에게 엄마나 할머니가 들려주기 좋은 시이다. 이 시가 가진 반복적인 리듬은 「까아딱 까아딱」과 같이 감각적인 유아들에게 흥미를 유발할 것이다. 그런데 이러한 작품에 대해 이오덕은 다른 견해를 나타내었다.

> 젖을 빨거나 걸음마를 배우는 아기들은 아동문학 작품의 독자가 될 수 없다. 동화도 그렇고 동요 역시 말을 할 줄 아는 유년기부터라야 수용이 된다. 그런데도 거의 모든 작품이 그것을 부를 수도 없고 즐길 수도 없고 시로써 느낄 수도 없는 아기들의 얘기를 쓰고 있는 것은 그 아기들의 성장을 위한 것이 아니라 어른들의 흥취를 위한 것이다. 이런 어른들의 자기만족을 위한, 어른 본위의 표현이란 것은 아무리 쉬운 말로 쓰였다고 하더라도 아동을 위한 문학이라고는 하기 어렵다.[22]

아동들은 스스로 주체가 되어 문학을 즐길 수 있는 시기가 오기 전에 어머니 뱃속에서부터 태교를 통해 시를 즐기고 음악을 즐기면서 자란다. 이렇게 태어난 아기는 젖을 빨면서 어머니와 눈을 맞추고 옹알이를 한다. 어머니는 아이의 옹알이를 의미로 알아듣고 대꾸하며, 아이 또한 어머니의 대꾸를 알아듣는다. 그러면서 서로 교감하는데 이때의 옹알이는 젖을 빠는 유아들의 언어이다. 또한 듣기와 말하기는 따로 떼어서 생각할 수 없는 불가분의 관계에 있어 이렇게 들어야 말을 할 줄 알게 된다.

---

22 이오덕, 위의 책, 12~13쪽.

따라서 이런 아이들이 "부를 수 없고 즐길 수 없고 시로써 느낄 수도 없다"는 것은 듣기 와 말하기의 상호관계와 아이들에 대한 특수성을 간과한 것이다. 주체적으로 작품을 읽을 수 없다고 하여 "아동문학의 독자가 될 수 없다"는 발상은 아이들의 특수성을 간과한 것이고 아동문학의 독자를 협의로 해석한 것으로 볼 수 있다.

『호박꽃초롱』에 나타난 「호박꽃 초롱」이나 「까아딱 까아닥」, 「숨바꼭질」 같은 시들은 인간의 원형인 아기들 혹은 동물과 자연에서 얻은 모티브를 우리말 조탁을 통해 형상화한 것으로 듣는 문학을 향유하는 아이들과 그들을 위한 1차 독자인 어머니까지 독자들로 끌어들이고 있다고 보아야 할 것이다.

3) 모성, 그리움의 미학

위에서 살펴본 시에서와 같이 호박꽃, 반딧불이, 닭, 소 등 동식물은 물론 엄마와 아이의 모습까지 다양한 소재들은 햇살 같은 따뜻한 이미지는 독자를 사랑으로 가득한 자연으로 안내한다. 나아가 그의 시편은 아이의 일상으로 옮겨지면서 모성을 향한 그리움의 미학을 형성한다.

한······번
두······번
세······번
네······번
······
······
(나는 그만 쓰러졌다)

마당이 돈다.

집이 돈다.

우리나라가 돈다.

지구가 돈다.

(슬며어시 멎었다)

―엄마는 왜 상게두[23] 안 돌아오누?

가을 하늘은 파랗기도 하다.

―「가을 하늘」[24] 전문

보름밤 앞마당에/그림자와 나는 심심하다.//

그림자도 우두커니 섰고/나도 우두커니 섰고//

그림자는 귀먹은 벙어린 게다./말을 걸어도 대답이 없다.//

보름밤 앞마당에서/나는 그림자와 술래잡기를 하자고 했다.//

그림자도 그게 좋단다./그럼 술래를 정하자고 했다.//

그림자도 술래가 되기 싫단다./내가 술래가 되기 싫다니까.//

그림자가 얼른 손을 내민다./내가 그럼 가위바위보를 하자니까.//

―그림자는 주먹을 내고/―내가 '바위'를 내고//

아무도 이긴 사람은 없다./아무도 진 사람은 없다.//

그림자가 또다시 가위바위보를 하잔다./

내가 그럼 또다시 가위바위보를 하자니까.//

―이번엔 그림자가 손을 펴 내고/―이번엔 내가 '보'를 내고//

또 아무도 이긴 사람은 없다./또 아무도 진 사람은 없다.//

보름밤 앞마당에/그림자와 나는 답답하다.//

---

23 상게두: '아직도'라는 뜻의 북한 사투리.
24 강소천, 앞의 책, 64~65쪽.

—장에 간 엄마는 아직 안 돌아오고/

—여기서 저기서 개들은 짖고//

그림자는 겁쟁인 게다./나두 어쩐지 무서워진다.//

—「그림자와 나」[25] 전문

위의 시에서 엄마를 기다리는 아이의 모습이 그림처럼 그려진다. 「가을 하늘」에서 엄마를 기다리며 마당을 한 바퀴씩 도는 화자의 모습은 '한번'이 아니고 '한……번'이다. 마당을 도는데 걸리는 시간적인 이미지까지 곁들인 것이다. 몇 바퀴를 돌면 엄마가 돌아오실까, "한……번, 두……번, 세……번……." 시간적인 이미지가 곁들인 숫자에는 엄마를 기다리는 아이의 여유로움이 배어 있다. 그런데 이후 마당을 도는 숫자는 사라지고 말줄임표가 등장하고 이어서 '나'는 쓰러지고 '나' 대신 "마당이 돌고 집이 돌고 우리나라가 돌고 지구가 돈다." 기다림이 절정으로 치닫다가 "엄마는 왜 상게도 안 돌아오누?"와 "가을 하늘은 파랗기도 하다"가 대구를 이룸으로써 기다림의 절정을 파란 하늘에 옮겨놓는다. 그리움이 가 닿는 파란 하늘은 모성의 상징이고 사랑과 평화의 상징으로 무한의 공간이다. 이렇듯 소천은 엄마를 기다리는 아이의 일상을 시로 옮겨놓음으로써 독자를 그리움이 가득한 파란 가을하늘로 안내하며 사랑에 머물게 한다.

「가을 하늘」이 한낮의 행동이라면 「그림자와 나」는 밤의 행동으로 저녁이 되고 어두워져도 돌아오지 않는 엄마를 기다리는 아이의 모습을 그렸다. 종일 기다림에 지친 아이는 달빛아래 그림자놀이를 한다. 보름달이 뜬 밤에 달빛에 비취는 자기 그림자와 가위 바위 보를 시도하는 겁

---

25 위의 책, 70~73쪽.

많은 아이는 「가을 하늘」에서처럼 독자를 달빛 아래에서 놀던 유년의 뜰, 어머니가 있는 풍경으로 안내한다.

두 편의 시에서 소천은 유년의 뜰, 엄마가 있는 풍경으로 가을 하늘과 밝은 달밤은 설정하고 마당을 도는 아이, 그림자놀이를 하는 아이를 끌어들여 평화롭고 그리움이 가득한 공간, 사랑이 가득한 그리움의 공간을 형상화하였는데 이는 동심을 형상화라고 할 수 있다.

3. 나가며

인간은 물과 나무, 새나 동물과 다르게 표현의 변화를 추구하며 자신을 드러낸다. 아동문학은 동심의 문학으로 표현을 통해 드러내는 내면세계 역시 동심의 세계이다. 그런데 아동문학의 주요독자인 아동은 어머니와 불가분의 관계에 있고, 듣기와 말하기 그리고 쓰기 역시 서로 불가분의 관계에 있다. 어머니를 통해 듣는 문학으로 즐기는 유아들은 성장하면서 읽는 문학으로, 쓰는 문학으로 변모하고 발전하면서 유희한다. 이러한 아동의 특수성으로 그들이 향유하는 아동문학은 1차 독자인 어머니와 2차 독자인 아동들을 모두 만족시켜야하는 어려움을 안고 있다. 이러한 아동문학은 동심을 추구하는 문학으로 자연물을 비롯한 삼라만상의 모든 것들을 소재로 하되, 아이들이 소화할 수 있도록 연령에 맞는 표현방법을 선택해야 한다.

살펴본 바와 같이 소천의 『호박꽃 초롱』에 나타난 작품은 이러한 아동문학의 특수성을 인식하고 자연의 일상을 끌어들이되 표현의 변화를 추구하면서 미학을 형성하였음을 알 수 있다. 또한 쉽고 간결하며 밝고 따뜻한 우리말의 소리와 리듬을 살려 동심을 형상화함으로써 넓은 독자층을 확보하였다.

「닭」이나 「엄마소」, 「호박꽃초롱」, 「까아딱까아딱」, 「숨바꼭질」 등에서 그가 차용하는 소재들은 유아나 아동들의 일상에서 차용한 것으로 시가 갖는 서정적 이미지는 태고의 원형적 모성을 지향하는 자연의 공간, 동심의 공간이다. 이들 시편들은 어머니를 통해 문학을 즐기는 태아나 유아, 나아가 스스로 읽고 쓸 줄 아는 어린이나 어머니, 할머니에 이르기까지 3대(代)가 소통할 수 있는 문학으로 자리메김 된다.

이렇듯 『호박꽃 초롱』에 나타나는 동시는 자연과 생활에서 모티프를 얻은 것으로 쉽고 재미있으며 경쾌하며 청징하다. 또한 정제된 우리말 시집이 일제 강점기 우리말 말살정책이 자행되던 때에 발간되었다는 것은 신현득이 지적했던 것처럼 독립운동에 버금가는 것이라 할 수 있으며 독자를 무구한 동심의 세계, 무한한 이상의 세계로 끌어들인다는 관점에서 큰 의의가 있다고 할 것이다.

서정시 · 서사시 · 관념시, 그리고 동심
―권영상의 시세계

1. 들어가며

권영상은 1952년 3월 1일 강릉시 초당동 361번지에서 부친 權貞洙 씨와 모친 辛在花 씨의 3남 3녀 중에서 3남으로 태어났다. 본관은 安東이고 법률상으로는 1953년 4월 10일생으로 되어있다. 그는 강릉중학교와 강릉상업고등학교를 거쳐 강릉교육대학교를 졸업했다. 이어서 관동대학 국어교육학과에 편입하여 졸업하고 성균관대학교 교육대학원에서 '윤동주 시의 원형적 탐구'로 석사학위를 받았다.

그는 1979년 아동문학 잡지인 월간 『아동문예』에 「새」가 천료되었으며, 본격적인 문단활동은 1980년 강원일보 신춘문예에 동시 「길」이 당선되면서부터이다. 현재 배문중학교에서 국어를 가르치고 있는 그는 1986년 한국동시문학상, 1987년 계몽아동문학상, 1989년 세종아동문학상, 1991년 새싹문학상, 1993년 MBC 동화대상을 수상했으며 2001년에는 이육사문학상 수상을 거부했다.

그는 문단활동 23년 동안 동시집 『단풍을 몰고오는 햇살』(1981)을 출발로 12권의 동시집을 냈고, 단편동화집 8권, 장편동화집 5권, 유년전래동화집 2권과 유년창작동화집 11권, 위인동화집 10권을 출간했다. 23년간 문단활동을 한 중견작가로서 이렇듯 방대한 저서를 출간했는데 아동문학사에 남긴 그의 많은 업적 중에서 동시 세계를 살펴보고 그가 추구하는 문학세계를 들여다보았다. 텍스트로는 그의 동시집『햇살에서 나오는 아이들』외 8권의 시집으로 했다.

2. 자연의 경이, 서정시

서정시는 흔히 감성이라고 통칭되는 마음의 움직임을 전달하는 양식인데 초기 그의 시들을 살펴보면 동심보다는 자연과 햇살을 토대로 시인의 감성을 노래한 시들이 주류를 이루고 있다.

『햇살에서 나오는 아이들』(1985, 아동문예)을 보면 제목에서 암시하듯이 햇살이라는 소재를 가지고 그의 주관적 감성을 노래한 시들이 주류를 이루고 있는데 이 시집의 출간으로 그는 1986년에 〈한국동시문학상〉을 받는다.

햇살의 사전적 정의는 부챗살처럼 퍼져서 내쏘는 햇빛이다. 햇빛은 해의 빛, 즉 밝음을 나타내는 것인데 이 밝음이 부채살처럼 퍼져나갈 때를 햇살이라고 한다. 구름이나 나무가 우거진 숲속에서 나뭇잎 사이로 내쏘는 빛의 줄기, 썬팅된 창문 사이로 뚫고 들어오는 빛의 줄기, 즉 가로막는 것들을 뚫고 나가는 해의 광선(光線)이라고 할 수 있다. 시인은 이러한 햇살을 여러 방면의 관점에서 자신의 감성으로 관찰했다.

> 태양에서 보는 지구의 제일 첫 페이지
> 옛날
> 햇살은 여기서부터 덧신을 벗고

마을로 걸어 들어왔다.

—「바닷가」 전문

　위의 시는 그의 두 번째 시집 『햇살에서 나오는 아이들』의 첫 장에 실려 있다. 신은 인간에게 유용한 것들을 가장 흔하게 만들었다. 그것이 바로 햇빛이고 공기이고 물이다. 그러나 인간은 신이 부여한 사용가치의 소중함을 외면하고 희소성에 근거하여 교환가치를 가진 것들을 만들어 냈다. 햇살보다는 금이나 다이아몬드를 더 소중하게 여기는 것이다. 그런데 권영상 시인은 신이 부여한 사용가치의 소중함을 햇살로 들여다보고 그것이 지구에 닿는 첫 발짝을 사유한다.

　햇빛의 줄기, 햇살은 생명의 근원이다. 이 생명의 근원인 빛의 줄기가 지구에 제일 먼저 닿는 곳이 어디일까. 그걸 생각한 시인의 발상을 김원기는 콜럼버스의 신대륙 발견에 빗대어 표현했는데 관점에 따라서는 과장된 감이 느껴지지도 하지만 사용가치로서의 소중함을 새겨본다면 시인의 관점에 참신성을 느낄 수 있다.

　　아기가 꽃씨를 심을 때
　　햇살도 몇 조각 따라 묻혔다
　　어두운 흙갈피서 꽃씨눈을 틔워
　　파란 새싹으로 밀어올리기 위해
　　아무도 모르는 사이 꽃씨 곁에 묻혔다

—「꽃씨를 따라 간 햇살」 전문

　위의 시에서 시인은 "아기가 꽃씨를 심을 때 햇살도 몇 조각 따라 묻혔다"고 했다. 아이가 꽃씨를 심을 때 햇살도 몇 조각 따라 묻었다고 심는 사람의 입장에서 능동적으로 말할 수 있었을 텐데 왜 시인은 그렇게 말하지 않고 햇살의 입장에서 묻혔다고 말했을까.

꽃씨를 자라게 하는 것은 신의 영역이다. 그것을 시인은 동심을 통해 유추한다. 꽃씨와 아기는 똑같이 자연의 일부로써 희망을 상징한다. 햇살 아래 꽃씨를 심는 아기와 아기가 심은 꽃씨, 그것을 키우는 건 햇살(하늘)이다. 자연의 순환에서 바라본다면 햇살은 우주 만물을 소생시키는 존재인 것이다.

그렇게 햇살에서 출발한 그의 시는 햇살의 영역을 서정적으로 노래하는데 「햇살에서 나오는 아이들」, 「꽃씨의 하늘」, 「별나라 임금」, 「난장이들의 합창」, 「아침을 싣고 오는 수레소리」, 「개나리꽃」, 「은에비」, 「시간은」 등의 작품에서 그의 시심을 엿볼 수 있다.

햇살에 대한 경이로운 발견을 시로 빚어낸 그의 시를 유경환은 동화가 들어있는 시라고 했는데 그것은 그의 시 속에 들어 있는 이야기를 통해 그의 동심을 나타낸 것이라고 볼 수 있겠다.

그의 네 번째 시집인 『한 해를 살면』에 보면 사계절의 변화에 대한 예찬이 들어 있다. 그렇다고 커다랗고 장엄한 우주의 변화를 이야기한 건 아니다. 작은 꽃잎 하나, 새싹이 다칠까 봐 살며시 내리는 은에비, 봄이 가는 소리, 가을 들판, 해, 달, 별 등 작은 것들을 통해 신의 섭리를 노래한다.

어느 때에 태어나셔서
언제부터 이곳을 들르셨을까
말없이 조용조용 뜨거운 눈길을 가지고
날마다 천천히 걸어오시는 그 분은
버려진 땅도 밟힌 잡풀도
어머니처럼 부드러운 손길로 어루만지며 오신다.

—「해」 전문

많은 시인들이 해의 속성인 따뜻함을 어머니의 품에 빗대어 말한다. 그러나 권영상 시인은 해의 특성인 따뜻함에서 벗어나 해의 자태를 본다. 해의 움직임을 예리하게 직시하면서 그것에 우리네 어머니의 모습을 끌어들이는 것이다.

자연의 질서, 순환 속에서 해의 역할은 잉태하게 하고 자라게 하고 열매를 맺게 한다. 그것은 어머니만이 가능한 일이다. 그래서 시인은 말없이 조용조용 뜨거운 눈길(사랑)을 가지고 날마다 천천히 걸어오시는 그분(해)을 이야기하는데 부드러운 손길로 어루만지며 오시는 어머니를 객관적 상관물로 끌어들임으로써 따뜻함의 범주에서 벗어나 사랑으로 확장시키는 것이다.

잉태와 출산과 양육, 시인은 자연의 변화와 인간의 변화를 하나로 보았고 해를 통해서 모성성을 발견하여 어린이들에게 그 의미를 확장시켜 보여준다.

3. 『삼국유사』를 다시 쓴 서사시

그런가 하면 권영상은 1987년에 서사동시 『동트는 하늘』(아동문예)을 발간한다. 시인이 이 시집의 서문에서 어린이들에게 삼국유사를 시로 읽게 한 데는 의의가 크지만 원작에서 어긋나지 않게 하려는 의도 때문에 시로써 형상화에 어려움이 많았다고 한다.

우리의 역사적 사건에 얽힌 신화나 전설 또는 영웅들의 사적인 일대기가 삼국유사나 삼국사기에 나와 있지만 어린이들이 읽는 데는 어려움이 많다. 이렇게 어렵지만 알아야만 할 우리의 설화나 신화를 알기 쉽고 읽기 쉽게 만드는 것은 아동을 위한 문학을 하는 사람이라면 누군가는 나서서 해야 할 작업이라고 본다.

이러한 인식으로 시인은 그것을 서사동시로 끌어냈는데 역사적 혹은 신화적 사건을 동화로 엮은 것은 흔히 볼 수 있지만 이러한 이야기에 시적인 비유를 끌어들여 동시라는 형식으로 재미를 더한 것은 나름대로는 의의를 부여할 수 있을 것이다.

옛 신라, 순정공 어른께서 아내 수로부인과 함께 동햇가를 따라 머나먼 강릉 태수로 가던 때의 이야기지요. 신라의 서울 경주에서 강릉까지 걸어 천리 먼 길은 봄 햇살에 쑥쑥 피어오르는 풀잎 연두길. 누구인가 파란 도화지를 말았다 쏴아아 펴는 파도소리는 미역 냄새가 화아ㅡ. 그런 동해바닷길은 모래빛깔로 또 눈이 부셨지요.

아무 데고 엄지손가락만 대어도 초록물이 들 것 같은 봄은 수로부인 마음을 마구마구 설레게 하였지요.

우리 춘향이 마음같이 어여쁘게 설레이던 수로부인은, 동햇가 한나절 쯤에서 불처럼 타오르는 철쭉꽃 무덕을 문득 보곤, 하도 가슴이 뛰고 그리워 그걸 갖길 은근히 은근히 원했었지요.

그러나 바라본 거기는 천 길 벼랑, 아무도 손 대일 수 없는 여인네의 가슴 같은 벼랑. 그 중턱에 숯불같이 걸린 철쭉꽃 무덕, 그걸 누가 감히 꺾어올 수 있겠어요. 아무도 못해요. 그건 죽음이예요. 그렇게들 떨고 있는 무리 속으로 다가온 견우노인이, 내 그걸 꺾어오리다. 하고 나섰으니 부끄럼 잘 타는 수로부인 마음이 오죽했겠어요.

부인, 꽃빛처럼 타오르는 부끄럼을 감추어요.

두 볼로 드러나는 수줍음이 보여요.

—「수로부인 1」 전문

산골짝서 나뭇짐을 지고 더벅머리 총각들이 내려올 적엔 으레 산철쭉 진달래도 수부룩히 꽂고 오지요. 마을 우물터를 지나칠 때면 댕기 빨간 처녀들이 당실당실 달려나와 하나씩 하나씩 꽃가질 뽑아선, 온가슴 가슴가슴, 머리마다 짙붉게 꽂고는 했지요.

타오르는 봄을 온몸덩이로 불 붙인다 이거지요.

우리 그 옛날 시골 마을 처녀들처럼 수로부인도 철쭉꽃 가지로 머리핀을 하고 싶어 참 은근히 안달을 하셨는가 봐요.

그런 이쁘시게도 안달하는 수로부인이 고와 동해 바다용이 댈룽 부인을 업고 바다 속으로 사라졌으니 아이 참 이거 어쩌란 말인가요.

글쎄 그뿐만 아니어요.

강물을 지키는 강물신,

연꽃을 지키는 연꽃신,

산맥을 돌보는 산신령님도

수로부인이 그리울 땐 덥석 업고 사라지곤 했지요.

이렇게도 우리 수로부인께서 이쁘고 탐이 나는 터라 왠만한 봄날이면 바깥 나들이는 아예 못하였지요.

하여간 바다 속이나 강물에서 돌아온 수로부인의 옷섶에선 정말이지 푸른 향료와 그윽한 무지개 냄새가 났어요.

이 땅 어디에서도 맡을 수 없는 그런 냄새가.

아아, 바람기 살짝 있는 우리 수로 여인님께 철쭉꽃 가지 하날 살그머니 드리고 싶은 이 마음,

어쩌면 좋아요.

—「수로부인 2」 전문

그의 서사시는 수로부인에서 살펴본 바와 같이 삼국유사에서 전해지는 이야기에 시적 비유를 끌어들여 재미와 감동을 더했다. 만파식적이나 서동과 선화공주, 아버지를 가둔 견훤, 이차돈, 봉덕사의 범종, 원효 스님 등 삼국유사에 나오는 많은 이야기들이 그에 의해서 시적으로 승

화되어 한 편의 서사시로 다시 탄생한다.

4. 그가 느낀 부성애 그리고 관념시

1985년 4월 시인 권영상은 아버지를 여읜다. 그러면서 그의 시에는 아버지가 등장하기 시작한다. 아버지와 아들과의 끈끈한 정, 속깊은 사랑을 시인은 아버지를 여의고 나서야 깨닫게 되고 그것을 모티프로 시를 쓰게 되는데 그것은 아버지에 대한 그리움을 시로 승화시킨 것이다.

'작은 것을 더욱 아끼는 시집'이라는 부제가 붙어 있는 『밥풀』에는 시인이 부제에서 말하는 것처럼 작은 것들에 의미를 부여하고 아버지에 대한 그리움을 쏟아놓는다.

「담요 한 장 속에」, 「국밥집에서」, 「아버지의 발톱」, 「목장갑」, 「겨울 기다리기」, 「볏짚방석」, 「허수아비」, 「봄인데도」 등은 생전의 아버지의 모습을 섬세하게 그려냄으로써 시인의 가슴에 쌓아둔 그리움을 승화시킨다.

　　뜨락 위에 벗어 놓으신 아버지의 목장갑

　　풀을 베다 오셨는지 풀물이 푸르게 밴 목장갑은

　　나른한 오후처럼 지친 채로 누웠다 옴켜쥐면 한 옴큼밖에 안될 낡은 목장갑
은

　　아버지의 닳은 손처럼 험하다.

　　　　　　　　　　　　　　　　　　　　　　　　—「목장갑」 전문

　　가을이 갈 때까지 허수아비는 논벌에 서 있어야 한다

　　한 자리에 서서 그 넓은 논벌을 혼자 지켜야 한다

바람이 불어 쓰러지기 전에는 한 번도 편안히 눕지 못하는 허수아비

논두렁에 서 계시는 아버지의 종아리에도 툭― 힘줄이 굵다.

―「허수아비」 전문

위의 시처럼 시인은 아버지를 이야기하는 데 낡아빠진 목장갑이나 찬 바람에 홀로 맞서고 있는 허수아비를 끌어들였다. 시인의 기억 속에 아버지는 꼴을 베거나 논두렁에서 밭이랑에서 허리를 굽혀 일하는 모습이거나 깊은 밤에는 등잔불 아래서 짚방석을 삼는 모습이고 또 「국밥집에서」처럼 장터 국밥집에서 아들에게 숟가락을 쥐어주시는 모습이다.

그러면서 '영상아!' 부르는 아버지의 목소리, 특별한 목적도 없이 그저 아들의 이름을 불러보는 아버지의 모습 속에는 아들에 대한 기대와 든든함, 자랑스러움까지 묻어난다. 그 모습을 바라보며 수줍어하는 아들, 그 행과 행 사이에는 아버지에 대한 아들의 그리움이 숨어 있다.

그의 아홉 번째 시집 『아흔아홉 개의 꿈』에는 아버지에 관한 시들이 보다 많이 실려 있다. 「아버지의 발」, 「안개 속에서」, 「무릎책상을 물려받던 날」, 「네 발이 들겠다」, 「오줌을 좀」, 「아버지의 라이터」 그리고 연작시인 「할아버지와 아들」은 아버지에 관한 시 6편으로 되어 있다.

이들 시에는 웃음을 사오셨다면서 하회탈을 꺼내놓는 아버지, 책을 선물해주시는 아버지, 무등을 태워주시는 아버지, 아들에게 등을 밟으라고 엎드리시는 아버지, 한글을 서툴게 쓰시던 아버지, 뒷짐을 지고 들길을 걸어가시는 아버지…… 다양한 아버지의 모습이 나타나 있다. 이러한 시의 행 사이에는 직접 표현되지는 않지만 아들에 대한 아버지의 두터운 믿음과 아버지에 대한 아들의 고마움, 송구스러움 등이 숨어 있다.

권영상 시인에게 아버지의 부재는 그의 시세계에 커다란 영향을 미친다. 자연을 서정적으로 바라보던 그의 관점은 변화되어 객관적인 대상들에게 주관적인 가치를 부여하게 된다. 즉, 객관적인 대상들은 그의 주

관에 따라 이상화되어 의미를 지니게 되는 것이다. 그렇게 그의 정신을 여과한 객관적 사물들은 그의 주관에 의하여 보다 깊은 인간의 삶을 이야기하며 어린 독자들의 가슴을 파고 든다.

그러나 그의 시가 관념인 시로 변화되면서 어린 독자들에게는 거리감을 안겨준 면도 보인다. 즉 그의 시가 동시로써는 어린 독자들에게는 어려워진 것이다. 물론 문학이라는 것이 늘 독자의 눈높이에 고정시켜야 하는 것은 아니다. 독자들보다 한 발 앞서 이끌어준다는 관점에서 본다면 철학을 겸비한 관념적인 시들이 교육적 효과를 높일 수도 있을 것이다.

> 한 해를 살면 모든 게 둥그래지나 봐요.
> 앞마당 멍석에 널린 꽁꼬투릴 까봐도 노란 콩이 둥글어요.
> 담장 위에 박덩이도 박잎에 숨어 몰래 둥그래졌어요.
> 저 높이 돌배나무에 돌배들이 둥글둥글
> 가을엔 모든 게 다 그렇듯 우리들 마음도 둥그래지나봐요 왠지 내 마음이 달라요.
>
> —「한 해를 살면」 전문

우리는 해를 거듭할수록 스스로 여유로워짐을 느낀다. 한 살 한 살 나이를 먹을수록 모난 구석도 둥글어지고 강퍅했던 마음들도 온유해진다. 시인은 그렇게 성숙해가는 인간의 변화를 효과적으로 나타내기 위해 봄에 나서 여름에 자라 가을에 영그는 사물들을 끌어들였다.

인간이 성숙해가는 모습을 콩이나 박, 돌배를 끌어들여 비유할 수 있는 그의 시점은 놀랍다. 시의 소재로 등장하는 콩이나 박, 돌배는 다 영글어서 둥근 게 아니라 처음 생길 때부터 둥글었다. 그럼에도 불구하고 시인의 감성을 통해서 나온 그 상관물들은 인간의 내적 성장에 비유되

고 독자들에게는 정말로 처음에는 모가 나고 울퉁불퉁했던 것이 가을
에 익어서 둥글해진 것 같은 착각에 빠지게 한다.

> 요 작은
> 들꽃 하날
> 피우기 위해 들풀은
> 들꽃보다 더 큰
> 해를 받아 내리고 들풀은
> 들꽃보다 더 큰
> 하늘과 맞서야 한다.

—「들꽃을 피우기 위해」 전문

「들꽃을 피우기 위해」라는 시의 전문이다. 사람들은 대부분 꽃의 아
름다움을 좋아한다. 그래서 꽃은 곧잘 아름다움의 대명사로 불리는데
그러한 꽃 중에서도 가장 아름다운 걸 꼽으라면 정원에 핀 꽃이거나 조
형의 미까지 갖춘 수반 위의 꽃일 것이다.

그러나 시인은 그러한 아름다움이 있기 전, 그 꽃을 피운 들풀의 견딤
을 바라본다. 들꽃의 아름다움을 만들어 낸 들풀의 애씀, 축구선수가 골
대에 골을 넣기까지는 그 뒤에서 보이지 않게 어시스트 해준 선수가 있
었다.

이렇듯 시인은 보이지 않는 손길, 즉 사람들의 시선을 사로잡는 꽃보
다 그 꽃을 피우기 위해서 여름날 이글거리는 태양을 견뎌내고 비와 바
람, 폭풍우와 맞서야 했던 들풀의 견딤의 시간에 꽃의 아름다움보다 더
한 가치를 부여한다.

위의 시는 들풀과 들꽃의 상관관계를 통해서 인간의 삶을 이야기하고
있다. 인간의 삶에서 누릴 수 있는 화려한 성공과 환희 뒤에는 비바람에

맞선 들풀과 같이 땀 흘리는 노력의 시간들이 있었고, 그 노력의 과정들이 결과적으로 주어지는 환희보다 더 가치로운 것임을 말한다.

> 꼭 한 번은
> 버릴 줄 안다, 나무는.
> 가시나무든
> 느릅나무든
> 가을이 가면
> 드리우고 섰던 그늘만큼
> 발 아래 그늘을
> 벗는다
> 가장 아름답던 가을날에
> 가장 아름답던 잎들을
> 버릴 줄 아는
> 나무.

—「나무」 전문

이 시 또한 특별한 거라곤 없다. 나무를 통해 우리가 눈으로 볼 수 있는 자연의 변화를 노래했을 뿐이다. 그건 누구나 알 수 있고 누구나 쓸 수 있는 이야기다. 그러나 시인이 옮겨놓은 자연의 변화는 특별하게 느껴진다. 자연에 순응하는 나무들의 변화를 시인은 독백처럼 행과 행을 갈라놓았고 그 행 사이에서 독자들에게 비움의 가치를 이야기 한다.

시를 이야기할 때 흔히 시는 거짓말이라고 한다. 사실보다 더 사실 같은 거짓말이 시라고 본다면 권영상 시인은 뛰어난 거짓말쟁이다. 그런데 그가 하는 거짓말은 독자들에게 사실을 사실보다 더 사실같이 느끼게 한다. 다시 말하면 사실성의 세계에서 건져낸 소재들은 그의 사유를 통해 진실에로 접근하는 것이다.

5. 그가 천착하는 동심

권영상은 1992년 12월에 25일간 인도와 네팔을 다녀와 기행문「갠지스로 가는 길」을 연재한다. 또한 93년에는 10일간 이집트를 기행하고 돌아왔으며 95년에는 베트남 하노이를 여행하고 돌아온다. 그러면서 그는 서서히 변화한다. 보다 넓은 세상을 구경하고 돌아온 그의 눈은 고정관념의 틀에서 벗어나 동심에 천착하게 되고 그것이 그의 시세계에 영향을 끼친다.

그동안 자연에의 경이로움을 노래하던 서정시와 사유를 통한 관념시에서 벗어나 이야기가 들어 있는 동화시를 쓰기 시작한다.『신발코 안에는 새앙쥐가 산다』(문원, 1999)와『월화수목금토일 별요일』(재미마주, 1999)에는 그렇게 변화된 시세계를 보여주는데 두 권의 시집에 들어 있는 동화시는 동심으로 바라본 이야기들을 담고 있다.

그는『신발코 안에는 새앙쥐가 산다』의 서문에서 이렇게 말한다.

"인도에 가 폭포를 보러 갔는데 가도가도 산은 나오지 않고 사막만이 나타났어요. 산이 있어야 산에서 쏟아지는 폭포가 있을 게 아닌가, 생각했는데 막상 가 보니 폭포는 내가 걸어가던 사막의 밑에 있었어요. 그 폭포는 '란네 폴'이라는 폭포인데 물줄기가 산에서 쏟아지는 게 아니라 내가 서 있는 발 아래에서부터 시작하여 2킬로미터나 되는 아래로 아래로 쏟아지는 거였어요. 거대한 물줄기가 내가 서 있는 발아래에서 모래협곡 아래로 아래로 쏟아지더란 말이지요."

그것을 본 그는 감탄하게 된다. 그가 얼마나 고정관념에 휩싸여 있는지 발견하게 되는 것이다. 그렇게 고정관념의 틀에서 벗어난 그가 서서히 변화되면서 새롭게 찾은 것이 바로 동심이다. 동심은 어떤 틀에도 갇히지 않는다.

개미가 들길을 걸어간다. 들길이 간지러워 온몸을 옴츠린다. 개미들이 미루나무 등을 탄다. 미루나무가 간지러워 밀알만해진다. 식탁 위에 떨어진 비스킷 한 조각, 그 냄새를 맡고 기어온 개미떼, 식탁이 간지러워 꿈틀꿈틀한다. 숟가락이 달싹달싹, 콩나물 국그릇이 오물오물, 오, 간장 종지가 달각달각……. 간장을 찍어먹은 아기가 배틀배틀

—「개미란 놈」 전문

그의 시세계가 달라졌음을 금방 알 수 있다. 들길이 간지러워 온몸을 옴츠린다, 미루나무가 간지러워 밀알만해지고 식탁이 간지러워 꿈틀꿈틀한다. 숟가락이 달싹달싹, 국그릇이 오물오물……. 이러한 표현은 어린 아이들이 가질 수 있는 시점이다. 개미 한 마리로 인해서 하나의 환상세계를 보는 것 같다. 그러나 가만히 살펴보면 그것은 환상이 아니라 그럴 듯한 진실처럼 느껴진다. 앞에서 언급했던 것처럼 그럴듯한 거짓말, 사실보다 더 사실 같은 거짓말을 동심을 통해 쏟아놓는다.

화분 좀 안고 있으렴. 엄마가 베란다에 놓았던 화분을 내미셨어. 나는 화분을 안고, 엄마는 유리창 청소를 하고……. 시간이 지날수록 화분이 자꾸자꾸 무거워. 그 순간, 그 순간 나는 느꼈지. 나를 안고 있는 베란다는 얼마나 무거울까. 우리 집 5층을 안고 있는 4층은, 그 4층을 안고 있는 3층은 얼마나 무거울까. 그래, 월, 화, 수, 목, 금요일을 안고 살아온 우리 아파트는 얼마나 힘들었을까. 그 아파트를 안고 있는 우리 구기동은, 구기동을 안고 있는 우리 나라는, 우

리 나라를 안고 있는 지구는 얼마나 힘들었을까.

―「지구는 얼마나 힘들었을까」 전문

어렸을 적 도끼로 벚나무를 찍고 아버지한테 혼쭐 났다지? 그러고도 워싱턴은 미국의 훌륭한 대통령이 됐어. 간신히 4학년까지 다닌 에디슨은 그러고도 세계적인 발명왕이 됐어. 아이슈타인은 어떻니? 7살 때까지 말은커녕 수학문제도 못 풀었대. 그러고도 그는 위대한 물리학자가 됐어.

근데 우리 나라 강감찬 장군은 어렸을 때 벌써 골목대장이었고, 이율곡 선생은 3살에 천자문을 떼고, 5살에 훌륭한 시를 썼다나! 그러니 난 더 이상 희망이 없는 아이인가봐. 왜? 왜는 왜? 내 나이 10살인데 골목대장은커녕 천자문은 구경도 못했으니까.

―「난 더 이상 희망이 없나 봐」 전문

지구와 혜성이 부딪히면 지구는 끝이래. 폭발하고 말거래.

산도 바다도 집도 놀이터도. 모두모두 먼지가 되어 우주 속으로 날아가 버릴거래. 학교도? 응. 우리 동네도? 응. 우리 엄마도? 응. 형은 혜성이 떨어지기 전에 달나라로 도망칠거라나. 그러며 날 보고 물었어. 너는 어떻게 할 거냐고. 그래 나는 속삭이듯 말해줬지.

―산꼭대기에 올라가 혜성을 받을거라고. 내 두 손으로.

―「혜성과 지구가 부딪힌다면」 전문

그의 변화된 시세계는 시의 형식에서도 벗어나 변화되어 있다. 어린 아이의 관점으로 변화되어 고정관념을 버린 것이다. 그의 초기 자연을 노래한 서정시나 역사나 신화를 이야기하던 서사시, 아버지의 부재를 통해 깊이 있는 삶을 모색하던 관념시들에 비해 어린이 독자들에게 재미있고 친근하게 다가간다. 재미있고 익살스럽고 감동어린 이야기가 들어있는 시로 동화시가 되어 어린이들에게 친숙해진 것이다.

이러한 변화는 그의 말대로 고정관념을 탈피한 시점의 다양성에서 나온다. 여행 중 사막 한 가운데서 발견한 폭포는 그에게 동심을 부여했다. 시는 일정한 틀이 있어야 하고 내용 면에서도 서정적이거나 멋스러워야 한다는 그의 고정관념이 사라진 후 시인이 찾은 모습, 그것은 바로 동심이었다.

그가 새롭게 찾은 동심으로 바라보면 신발코 안에도 생쥐가 살고, 혜성이 떨어져도 손으로 받아낼 수 있으며, 화분 하나를 들고도 지구는 얼마나 무거울까 생각해 낼 수 있고 어린왕자의 동화 속에서 보아뱀이 삼킨 코끼리가 보아뱀의 딸국질에 새끼를 낳아 나올 수도 있으며 요술할멈이 타고 다니던 빗자루를 고물상에 팔아먹을 수 있는 것이다.

5. 마치며

주마간산격이지만 위와 같이 권영상 시인의 시세계를 살펴보았다. 그는 초기 서정시에서 출발하여 서사시로 관념시로 다시 동시로 변화되는 다양성을 보였는데 그러한 변화의 과정에는 그의 고단한 삶이 있었고 아버지의 부재가 있었으며 인도를 비롯한 여행에서 얻은 폭넓은 시각의 변화가 있었다.

정형시와 자유시가 외형적이건 내재적이건 간에 어떠한 율적인 성분을 갖는데 비해 권영상의 시들은 그러한 형식에 관여하지 않는다. 그의 이러한 변화는 처음에 어린 독자들에게는 어렵게 읽혀지다가 고정관념의 틀을 벗어나게 되면서 비로소 어린이들에게 가깝게 다가갈 수 있었다.

평범한 일상, 누구나 느끼는 자연의 순환이 권영상 시인의 사유를 통해 나왔을 때 서정시로, 서사시로 그리고 관념시로 동화시로 변화되는 과정을 살펴보았다.

이렇듯 시의 형식을 탈피하면서 그가 추구하는 새로운 아름다움, 그 것이 변화되어 나타나는 그의 시가 아동문학사에 어떤 영향을 끼칠지 는 독자들에게 달려 있다고 본다.

아름다움의 근원을 찾아서
—조장희의 작품세계

　환상성을 특징으로 하는 동화를 비롯하여 의인화동화 생활동화 소년소설 등이 갖고 있는 아동문학의 미학 중에서 가장 큰 것을 꼽으라면 시점의 다양성일 것이다. 동화는 어린이의 시점을 비롯하여 동물이나 식물 그리고 무생물까지 삼라만상의 모든 것들을 소재로 삼을 수 있는데 그것들이 가지는 시점의 다양성은 인간 중심의 편협한 사고를 다양한 관점으로 확장시키는 기능을 한다.

　조장희(1939~)는 통시적으로나 공시적으로 시간과 문화를 초월하여 자연의 섭리에 순응하는 보편성에 근거한 동화를 쓰는 작가로 유명하다. 그의 많은 작품에서 나타나는 특성 중 하나는 바로 자연의 질서에 맞춰 살아가는 다양한 목숨들을 이야기한다는 것이다. 따라서 그가 다루는 소재 또한 다양하다. 그의 대표작이라고 할 수 있는『아기개미와 꽃씨』에서 개미와 꽃씨를 비롯하여『고양이 미요』에서의 고양이 등 많은 동물과 식물들이 주인공으로 등장한다. 이 책에 수록된 작품들에서 찾아보면 호박덩굴과 고추잠자리, 청둥호박, 갈매기, 제비, 종지기와 새, 이무기와 물고기, 민들레, 조각구름, 고드름, 개구리, 풀벌레, 무지개, 도깨비와 허수아비 등 삼라만상에 있는 모든 것들이 소재로 등장한다. 따라서 그의 작품세계에 나타나는 특성은 다양한 시점이 주는 아름다움이라고 할 수 있다. 인간을 비롯한 동물과 식물 그리고 해와 달 같은 자연물들이 갖는 다양한 시점은 인간중심의 사고, 물질 중심의 현실논리를 전복시키고 새로운 가치를 발견하게 한다.

조장희의 작품세계는 주제 면에서 크게 두 가지 특성으로 요약해 볼 수 있다. 첫째는 각각의 소재들이 가지고 있는 다양한 가치의 발견이다. 『괭이씨 미요』에서 애완동물로 살아가는 고양이가 버려져서 많은 어려움 끝에 고양이다움을 찾아가는 이야기는 우리가 애완동물 혹은 반려동물이라고 키우면서 사랑한다고 하는 행위들이 진실로 상대 동물들에게 행복한 일인지 다시금 생각하게 한다. 또한 작품을 읽고 나면 엄마의 사랑이라는 이름 아래 여러 학원을 전전하며 고달프게 살아가는 아이들의 모습이 고양이 미요의 모습에 겹쳐짐으로써 그것다움이 무엇인지, 사랑한다는 행위가 어떤 것인지, 인위로 변질되지 않고 타고난 본성대로 살아가는 참다운 모습은 어떤 모습인지를 진지하게 고민하게 한다.

경쟁사회, 물질이 지배하는 현실에서 다양성은 획일화에 의해 소멸되어 가고 있다. 이러한 시대에 조장희의 동화는 독자들에게 자신의 정체성을 돌아보게 하고 자신이 가지고 있는 참된 가치는 무엇인지 생각할 수 있도록 여운을 남기며 주체적인 삶의 중요성을 일깨워주는데 큰 의미가 있다고 하겠다.

그의 작품세계에 나타나는 다른 하나는 특징은 자연의 섭리에 따르는 삶의 가치 발견이다. 자연의 모든 것들은 순환구조 속에서 돌고 돈다. 인간도 자연의 일부로서 자연에 순응하는 삶을 살아야하는데 자본주의의 논리에 사로잡인 현대사회에서 인간은 발전이라는 이름 아래 순리를 역행하며 살아간다. 그는 「도첨지와 허첨지」에서 발전, 변화라는 이름으로 순리에 역행함으로써 사라져버린 농촌의 소중한 것들을 이야기하고 「어떤 달밤」, 「서울로 온 청둥호박」, 「글방의 첫손님」 등의 작품에서는 순환 구조 속에서 태어나고 소멸하는 생의 아름다움을 보여줌으로써 독자도 모르는 사이에 순리를 깨닫게 한다. 이러한 그의 작품세계는 물질이 지배하는 현실논리에 맞추어 살아가기를 종용하는 현대사회에서 큰 의미를 가진다. 특히 당대 지배논리가 요구하는 관습이나 통념은 보다 근원적이고 윤리적인 것들을 외면하게 할 때가 있다. 이러한 시대에 조장희의 동화는 보편적이면서도 근원적인, 윤리적인 것들을 추구한다. 그가 추구하는 보편적이면서도 윤리적인 것은 당대에 통용되는 관습이나 도덕보다 상위개념으로 자리매김한다.

특히 「귀머거리 종지기와 벙어리 새」는 벙어리 새의 숭고한 사랑이 가장 아름다운 소리가 되어 자연을 불러들인다는 신비의 세계를 보여주는데 읽다보면 헤르만 헷세의 작품이 연상될 만큼 신비로운 세계에 빠져들게 된다.

생물이나 동물 등을 의인화하는 조장희의 작품은 환상성보다는 간결한 문체로 강한 주제의식을 담은 우화 형식의 동화가 주류를 이룬다. 그런데 우화의 특징인 메시지 전달에 목적을 둔 짧은 형식에서 벗어나 서사구조의 플롯으로 인물과 사건을 구체적으로 현실감 있게 다룸으로써 독자들에게 읽는 재미에 깨닫는 즐거움까지 더해준다. 「어떤 달밤」과 「서울에 온 청둥호박」의 연작에서는 호박과 인간의 중층구조를 통해 자연의 순환 고리를 이야기한다. 「달은 달이지」에서도 과학만능주의로 인해 잃어가는 인간 내면의 아름다운 정서를 이야기한다. 이러한 기법은 집중력이 짧은 어린 독자들에게 쉽고 친근하게 다가가면서도 읽는 재미 속에서 깨닫는 즐거움까지 더할 수 있는 장점으로 기능한다.

실제로 현실세계에서 과학적 사고에 기초한 발전은 파괴를 담보로 수많은 에너지를 집약적으로 소모하면서 쓰레기를 양산한다. 신제품을 만들기 위해서는 많은 에너지를 집약적으로 써야 하고, 그렇게 해서 신제품이 만들어지면 광고는 사람들에게 앞다투어 신제품을 가지도록 종용한다. 그 결과 남는 것은 구제품인 쓰레기이다. 이러한 과정에서 기업은 이윤을 추구하기 위하여 계속 신제품을 개발하고 그것을 홍보하며, 사람들은 새로운 것을 욕망하게 되고 기업은 기업끼리, 사람은 또 사람끼리 서로 경쟁하게 되고, 경쟁은 우리가 가졌던 낭만과 같은 아름다운 정서를 갉아먹는다.

한 학자의 연구에 따르면 "아름답다"란 형용사는 "알답다"에서 파생되었다고 한다. "~~답다"에서 "답다"의 쓰임이 엄마답다, 아빠답다, 선생답다 등에서처럼 명사 뒤에 쓰인다는 사실에 착안하여 "아름"도 명사일 것으로 추측하여 연구했는데 그 결과 "아름"은 "알"에서 변화된 것이라는 주장이었다. 알은 생명을 상징한다. 달걀에서 병아리가 나오고 제비 알에서 제비가 나오면 알다운 것, 아름다운 것이 된다. 결국 아름다움이란 그것다움, 나다움으로 귀결되는데 자본이 지배하는 현대사회는 자본의 축적 혹은 권력의 축적을 곧 능력으로 보고 이를 위하여 나다움을 잃어가고 있고, 잃어가도록 종용당하고 있다. 아름다움을 잃어가고 있는 것이다. 이러한 현실에서 조장희의 작품세계에 나타나는 소재의 다양성, 시점의 다양성은 독자들에게 다양성의 가치를 발견하게 하여 그것다움의 삶이, 아름다운 삶이 어떤 삶인지 돌아보게 한다.

미국의 한 여론조사에서 어린이들이 가장 충격을 받은 때가 언제인지 설문조사를 했는데 그 결과 산타클로스가 없다는 것을 알았을 때였다고 한다. 산타클로스는 신화적인 존재로서 꿈의 상징이다. 어린이들은 매년 크리스마스가 되면 산타클로스를 만날 수 있다는 꿈에 부푼다. 그 꿈을 꾸면서 현실의 삶을 다듬기도 한다. 그런데 막상 산타클로스가 실제적 존재가 아니라는 사실을 알았을 때 아이들은 절망하게 되고 꿈을 상실하게 되는 것이다. 조장희의 작품 「달은 달이지」에서도 달이 가지고 있는 꿈의 상징성을 이야기한다. 팔월 대보름달을 보고 소원을 빌기도 하고 그리움을 달래기도 하며 시인들은 시를 쓴다. 그런데 현대 과학이 달을 정복하고 난 뒤로 까만 밤을 비추는 달빛은 더 이상 꿈의 상징, 그리움의 매개체로서의 기능을 상실하게 되었다. 시인들도 더 이상 "달아 달아 밝은 달아, 이태백이 놀던 달아. 저기저기 저 달 속에 계수나무 박혔으니"라고 노래하지 않는다. 「민들레의 여행」에서 앉은뱅이 민들레가 높고 넓은 곳으로 가고 싶은 꿈을 꾸듯이 사람들은 달을 보고 혹은 별을 보고 꿈을 꾸고 산타클로스를 생각하며 선하고도 아름다운 삶을 추구한다. 그런데 그런 신화적 매개물들이 과학의 증명으로 사라지고 있다. 조장희는 과학화가 소멸시키는 꿈에 상징성, 아름다운 정서에 대하여 이야기하고 있다.

　과학의 발전, 물질의 풍요 이면에는 인간의 정서를 황폐화시켜 삶을 위협하는 요소들이 잠복해 있다. 이러한 시대에서 현실의 경쟁구도에서 탈피하여 질서에 따르는 자연의 순환과정을 이야기하고 순리를 깨닫게 하며 식물과 동물 그리고 인간이 각각의 타고난 본성대로 공존하는 아름다운 삶을 보여주는 조장희의 동화는 물질이 우성가치로 존재하는 현대사회에 큰 의미로 작용한다. 해방 이후 「심청전」이나 「흥부전」, 「토끼와 거북이」 같은 전래동화들을 답습하여 착한 아이가 되라거나 공부 잘하고 부모께 효도하는 아이가 되라는 식의 권선징악에 머물던 창작동화들이 현대에 이르러 경쟁에서 이기는 주인공들을 보여주고 있다면 조장희의 동화는 보다 근원적이고 보편적인 진실의 세계를 탐구하여 쉽고 간결한 문체로 아름다움의 근원을 찾아간다는 점에서 동화문학의 위상을 높였을 뿐만 아니라 한국아동문학사에도 큰 의미가 있다고 하겠다.

순수의 세계에서 환상과 생태문학으로
─서석규의 작품세계

동화는 있는 세계를 바탕으로 있어야 할 세계를 그려나가는 동심의 문학이다. 그래서 동화작가는 사실성의 세계를 모방하여 인물을 만들고 사건을 만들어 있어야 할 동심의 세계를 창조한다.

서석규는 1955년 한국일보 신춘문예에 동화 「장날」이 당선되어 작품 활동을 시작했다. 그는 1933년 충남 금산출생으로 한학자였던 할아버지의 영향을 많이 받으며 성장했다. 그의 등단작인 「장날」은 주인공이 장날 장난감 가게에 진열된 상품에 현혹되어 할머니 치마꼬리를 붙잡고 사달라고 징징거리다가 봄빛에 피어난 진달래꽃을 보고는 물질에 대한 욕구를 잊고 동심에 빠지는 이야기이다. 물질의 욕망에 휘둘렸던 동심이 봄빛을 받아 피어난 진달래꽃에 의지하여 살아나는 작품이라고 할 수 있겠다.

서석규는 1956년 여성계 잡지 편집기자를 시작으로 농민신문에서 『새농민』을 펴내고, 『주간과학』 편집인으로 과학신문을 만들었으며 경제부 기자생활과 기업인으로 한국동화문학회를 만드는 등 60년 가까이 다양한 활동을 하면서 동화를 창작해왔다.

그의 작품세계는 크게 세 가지로 나누어 볼 수 있는데 초기 작품은 작가의 유년시절 경험에 기초한 어린이들의 현실 생활에서 발견해나가는 동심의 세계이고, 두 번째로는 그의 직업과 연관 있는 작품들로 피폐한 생활에서 상처받는 어린이들과 미래 과학의 세계를 지향하는 환상세계이다. 60년대, 전쟁이 남기고 간 상처로 어려웠던 현실에서 그가 창작한 「작은오빠」나 「어머니의 사진첩」 그리고 「박쥐굴의 화성인」과 「끝섬에서 만난 김박사」는 매우 의미있는 작품이라고 할 수 있다. 세 번째로는 그의 후기작이라고 할 수 있는 80년대 이후의 작품들인데 대부분 할아버지의 영향을 받으며 자랐던 어린 시절에 기초한 세계관으로 「날아라 꾸꾸야」, 「다람쥐 남매」, 「한티골 토기동산」 등 보고 듣고 겪은 이야기들을 소재로 자연과 인간, 인간과 동물들이 함께 살아가는 상생과 조화로운 삶이 주제를 이룬다.

그의 초기작에서 대표작으로는 「장날」을 꼽을 수 있다. 「장날」은 등단작이자 대표작이라고도 할 수 있는데 5일장이 배경이다. 5일장이 서는 날 주인공 철이는 할머니를 따라 장에 가게 된다. 할머니는 흥성거리는 장거리에서 이것저것을 구경하던 철이에게 과자를 사주지만 철이는 과자보다는 장난감 자동차가 더 갖고 싶다. 그러나 할머니는 사주지 않는다. 울까 말까, 떼를 쓸까 말까 망설이던 철이는 자기 편을 들어줄 사람이 없다는 것을 알고 울지도 못하고 떼도 쓰지 못한 채 할머니 치마끝에 매달려 눈요기만 실컷 하고 빈손으로 돌아간다. 얼마쯤 가다 보니 할머니는 잊은 게 있다면서 철이에게 기다리라고 하고는 걸음을 되짚어 장으로 간다. 할머니를 기다리다 지친 철이는 할머니를 찾으러 장난감 가게로 간다. 그러나 할머니는 보이지 않는다. 할 수 없이 할머니가 즐겨 가시던 포목점, 잡화점, 생선점을 돌아보는데 그래도 없다. 겁이 난 철이는 혹시나 하고 다시 장난감 가게 앞으로 가는데 장난감 자동차를 사 들고 나올 것만 같은 할머니는 보이지 않는다. 할머니를 잃어버린 철이는 집을 향해서 달리면서 우리 할머니 어디 있느냐고 묻지만 아무도 모른다. 할머니를 찾아 산허리까지 달려온 철이 앞에 진달래가 활짝 피어 있다. 갖고 싶었던 장난감 자동차 대신, 기다려도 오지 않던 할머니 대신 활짝 핀 진달래꽃이 철이를 반겨주는 것이다. 마을에는 피지 않는 진달래꽃이다. 아침 장에 따라갈 때도 피지 않았던 진달래꽃이다. 철이는 "야아, 꽃!" 하면서 진달래를 꺾기 시작한다. 이 포기에서 저 포기로, 꽃무더기를 찾아 나비처럼 날아다니는 철이는 그렇게도 갖고 싶던 장난감 자동차도 잊고 할머니도 잊고 진달래꽃 속에 파묻혀 한 무더기 진달래꽃이 된다.

　5일장이 서는 시골 소도시는 현대문명으로 대변되는 물질들이 모여서 이루어지는 날이다. 그런 장날에 할머니를 따라나선 동심은 물질에 현혹되어 방황하고 힘들어 한다. 「장날」을 읽다 보면 아지랑이 피어오르는 따뜻한 봄날의 이미지가 살아난다. 철이네 마을에는 아직 오지 않은 봄이, 아침에 장에 갈 때도 오지 않았던 봄이, 장날 물질에 치여 하루를 몽땅 허비하고 돌아오는 산허리에 와 있다. 헐떡거리며 달려오는 철이보다 먼저 달려와 꽃봉오리를 팡팡팡 터트려 놓은 것이다. 봄이 터트려 놓은 진달래꽃무더기는 철이 내면에 가득했던 욕망이나 두려움을 단박에 몰아내고 한송이의 진달래꽃이 되게 한다. 「장날」에서 서석규는 주인공의 내면에서 솟아나는 물질에 대한 욕망이나 할머니를 잃어버린 두려움을 자연의 아름다움과 절묘하게 대비시키면서 독자를 따뜻한 봄 동산으로, 아름다운 동심의 동산으로 안내한다. 가슴에서 진달래꽃 한 송이 피워올리게 하는 것이다.

　「눈 속에 묻힌 마을」, 「한티골의 토기동산」도 「장날」과 같이 어린 화자가 할머니 할아버지를 비롯한 가족들과 생활하면서 동심을 발견해가는 따뜻한 이야기이다. 「선생님 오시던 날」과 「육지 아저씨」는 섬마을에 사는 주인공이 섬마을을 찾아올 선생님을 기다리다 못해 어른들 몰래 배를 저어 마중 가다가 겪는 아이들의 모험이야기와 섬마을에 찾아온 육지 아저씨와 나누는 동심을 그린 생활동화이다.

두 번째로는 「어머니의 사진첩」과 「작은오빠」와 같은 전쟁 이후에 겪는 아이들의 생활상을 그린 동화이다. 이러한 작품들은 그의 작가 이력과 관련이 있을 듯한데 몇 개 신문사의 문화부장, 농민신문과 새농민 그리고 주간과학의 편집인 생활에서 모티프를 얻은 듯하다. 이들 작품의 주인공들은 피폐한 현실에서 아이들은 가난에 노출되어 어른처럼 생계를 잇기 위하여 구두를 닦아야 하고 남의 집에 종살이로 팔려가야 하는 신세이다. 어른들은 노동력을 확보하기 위하여 돈으로 어린이를 사고파는데, 보호받아야 할 어린이들은 오히려 그런 어른들을 동정하며 안타까워한다. 팔려간 순이를 데려가기 위하여 작은오빠가 찾아왔는데도 순이는 자기를 키워준 양부모를 등지지 못한다. 키워줬는데 돌아선다는 게 미안한 것이다. 그러나 키워준 게 아니라 친척이 팔아버렸는데 순이는 그것을 모르고 있다. 노동력을 착취당하고 억압당했다는 사실을 알지 못하는 것이다. 물질 논리에서 억압받고 착취당하면도 착취하는 자를 동정할 줄 아는 힘은 더 큰 억압과 착취에 노출될 수도 있지만 뜻하지 않은 다른 변화를 불러올 수도 있다. 그것이 바로 서석규가 발견하는 당대 사회상에 대한 고발이고 동심의 힘이다. 「박쥐굴의 화성인」과 「끝섬에서 나타난 김박사」는 환상동화로서 화성인의 도움으로 로켓을 발사하고, 바닷속을 개척해 농장을 만들어가는 이야기다. 주간과학 편집인에서 모티프를 얻은 듯한 이 동화들은 1960년 발표 당시 아동문학의 미개척분야였던 과학의 세계를 환상동화로 다뤘다는 점에서 큰 의미가 있다.

세 번째로 그가 다룬 주제는 「한티골 토끼동산」을 비롯하여 「날아라 꾸꾸야」, 「다람쥐 남매」, 「금붕어와 가재」, 「진돗개 초롱이」, 「흰뺨검둥오리」, 「백조」 등에서 다룬 생명의 다양성이다. 이들 작품은 그가 후반기에 발표한 것으로 작가의 문학관이자 세계관이라고 할 수 있을 것이다. 그의 창작동화에서 가장 많은 부분을 차지하는 이러한 작품들이 갖는 세계 인식방법은 작가의 유년시절에 연유한다고 볼 수 있다.

동화 「한티골 토끼동산」은 한티골 할아버지 집에 마련된 토끼동산에서 펼쳐지는 토끼들의 생태 이야기인데 토끼들이 굴을 파고 살아가는 이야기를 읽다 보면 밝은 달밤 토끼동산의 모습이 저절로 그려진다. 밝은 달이 뜨면 굴 속에서 살던 토끼들이 동산으로 올라와 앞발을 들고 뒷발로 일어서면서 귀를 쫑끗 세우고 춤을 추는 장면이나 어린 토끼들이 어른 토끼의 춤을 따라 추다가 넘어지는 장면, 소리에 민감하게 반응하여 숨는 장면, 살쾡이가 달려들어 물려가는 장면 등의 묘사는 눈앞에서 그 광경이 펼쳐지는 듯 살아있어 독자를 아름답고도 아슬아슬한 토끼동산으로 안내한다.

새장에 갇혀 있던 새가 어느 날 새장 밖으로 나가 자기 본성을 찾아 새로서의 삶을 살아가는 이야기 「날아라 꾸꾸야」와 다람쥐 남매가 신작로 가에 떨어진 사탕을 주워먹고 그것을 찾아 도시로 갔다가 고생만 하고 산으로 돌아와 다람쥐답게 알밤과 도토리를 주워먹으며 살아가는 이야기인 「다람쥐 남매」, 낮에 노는 금붕어와 밤에 노는 가재가 한 어항 속에 살면서 서로 친해지고 싶지만 친해질 수 없는 생태 이야기 「금붕어와 가재」, 철새인 흰뺨검둥오리가 텃새가 되어 살아가게 된 이유를 들려주는 「흰뺨 검둥오리」 등의 이야기들은 주인공들의 삶을 생태적으로 접근하여 서로 다름을 이야기한다.

서석규의 동화를 읽다 보면 사람이나 동물 등의 등장인물들이 사랑하며 갈등하다가 동심을 찾아가는 모습이 살아 움직이는 생명 같다는 느낌이 든다. 이러한 묘사는 그가 할아버지 할머니의 귀여움을 받으며 자란 유년시절과 무관하지 않을 것이다.간결한 문체로 등장인물들을 살아 움직이게 함으로써 독자들에게 사실의 한 장면을 보고 있는 것처럼 믿게 만든다.

소설이나 동화는 있는 세계의 한 조각을 질료로 있어야할 세계를 창조해가는 작업이다. 「장날」이나 「한티골 토끼동산」을 읽다 보면 그가 추구하는 있어야 할 세계는 실제 있는 세계처럼 다가온다. 이것이 바로 그의 작품이 지닌 묘사의 힘으로 작품성을 돋보기에 하는 원천이다.

살펴본 바와 같이 서석규의 작품세계는 크게 세 가지 양상으로 나타나는데 이는 우리 삶의 변화와 맥락을 같이한다. 초기작은 전쟁 이후 힘들었던 시대에 해맑은 동심으로 어린 독자들에게 다가갔고, 산업화 시기로 대표되는 60-70년대에는 현실에서 억압받는 어린이의 모습을 보여주면서도 미래를 지향하는 환상동화를 창작 발표한 것 또한 매우 의미있는 일이라 할 수 있다. 마지막 그가 천착하는 문학관이자 세계관인 생태동화는 인본주의가 팽배한 오늘날에 다양한 생명 사랑을 부각시키는 작업으로 독자들에게는 물론 아동문학사적으로도 매우 의미 있는 일이라 하겠다.

동심에서 나타나는 소통의 미학

—정진의 작품세계

동화를 한마디로 정의하기란 쉽지 않다. 그런데도 대부분 사람은 동화를 동심의 문학이라고 말하는 데 주저하지 않는다. 그런데 동화가 동심의 문학이라는 데는 주저하지 않지만, 동심이 무엇이냐고 물으면 대답하기를 주저한다. 그래서 동화작가들은 동심을 표현하기 위해 세계를 창조하고 다양한 인물과 사건을 창조한다.

이탁오는 동심(童心)을 거짓 없고 순수하고 참된 것으로 최초 일념(一念)의 본심(本心)이라 하며 동심을 잃으면 참된 마음을 잃는 것이며, 참된 마음을 잃으면 참된 사람을 잃는 것이라고 하여 동심을 참된 마음(眞心)으로 정의하였다. 동심이 거짓 없고 순수한 최초 일념(一念)이라면 그런 마음을 지닌 존재는 이제 막 태어나는 아이일 것이다. 태어나는 아이들은 세상의 규범과 형식에 얽매이지 않은 순수한 존재이기 때문이다. 그런데 아이들은 자라면서 편입된 사회의 규칙을 배우고 도덕을 배운다. 최초 일념이 사회화과정에 의해 변화되어 가는 것이다. 이는 곧 어른이 되어가는 과정이면서 동심을 잃어가는 과정이기도 하다.

정진은 그의 대표작이라고 할 수 있는 『경청』과 『황금갑옷을 빌려줄게』를 통해서 소통의 중요성을 이야기한다. 소통하기 위해서는 마음의 문을 열어야 한다는 것, 그러기 위해서는 상대에 대한 선입견을 버리고 진심으로 다가가려는 용기가 필요하다고 말한다. 이 책에 실린 단편동화들은 「으스스한 소문들」, 「무서워도 용기를 낼 거야」, 「모래에 써서 괜찮아」, 「무엇이 진짜일까」라는 생활동화로 그동안 작가가 써온 큰 줄기와 같은 맥락을 유지한다.

이 책에 수록된 동화에서도 그동안 작가가 써온 동화와 마찬가지로 당대 가치관에 따른 질서에 편승해서 동심을 잃어가는 어린이와 간직해가는 어린이의 갈등이 대립, 심화하다가 결말에서는 최초의 일념이었던 동심을 연장시켜는, 동심을 회복하는 이야기가 주류를 이룬다.

수록된 작품 중에서 「으스스한 소문들」, 「무서워도 용기를 낼 거야」는 용기를 주제로 한 생활 동화로 심리적으로 나약하거나 육체적으로 약한 아이들이 억압당하면서 겪는 두려움과 그것을 이겨나가는 과정이 가슴 졸밋졸밋, 흥미진진하게 펼쳐진다.

「으스스한 소문들」은 '해골탕'과 '학교에 얽힌 전설'이라는 소제목을 중심으로 어린이들 사이에 퍼진 괴상한 소문들을 파헤치는 모험 이야기이다. 한밤중에 다리 밑에 해골이 떠 있고 그 옆에서 아기의 울음소리가 들린다는 괴소문으로 시작되는 '해골탕'과 자정이 되면 학교 운동장에 서 있는 세종대왕 동상이 움직이고 책을 읽는 아이들의 조각상이 교문 밖으로 나간다는 '학교에 얽힌 전설'의 괴소문은 심약한 아이들을 두려움에 떨게 한다. 주인공 학주도 처음에는 괴소문으로 두려움에 휩싸이지만 소문의 진상을 밝히기 위해 용기를 내게 되고 한밤중 친구들과 함께 해골탕으로 향한다. 해골탕의 괴소문은 다리 밑에서 맞닥뜨린 온갖 쓰레기들과 고양이 울음소리로 밝혀진다. 학주는 또 아빠를 설득해 학교에 얽힌 전설에 떠도는 괴소문을 밝히기 위해 밤 12시 학교 운동장으로 간다. 세종대왕상과 책을 읽는 어린이 상이 그 자리에 있음을 확인한 주인공은 '학교에 얽힌 전설'도 근거 없는 괴담임을 밝혀낸다. 이러한 괴소문은 아이들 주변에 흔히 떠도는데 그것은 감수성과 상상력이 풍부한 아이들의 전유물로 호기심을 자극하지만 심약한 아이들에게는 공포의 대상이 된다. 주인공의 학주의 모험적이고 용기 있는 행동은 읽는 독자들을 깜깜한 밤에 해골탕으로 안내하고 밤 12시에 학교 운동장으로 안내한다. 두려움과 맞서게 함으로써 용기를 갖게 하는 것이다.

「무서워도 용기를 낼 거야」는 자전거를 훔쳐서 개울가에 버리는 친구의 행동에 옳지 못함을 알면서도 용기가 없어 말리지 못하고 오히려 힘에 억압당하여 나쁜 행동에 합류하는 주인공 학수의 이야기이다. 나쁜 행동은 곧 들키게 되고 반성문을 쓰게 된 학수는 부끄러움에 떤다. 그런 학수에게 아버지는 "용기란 무서움을 느끼게 하는 대상이 있어야 생기는 것이며, 아무리 천하장사라도 무서운 대상을 만나면 떨리는 법이고, 자신의 생각을 당당하고 분명하게 말하는 것도 용기"라고 알려준다. 용기가 무엇인지 알게 된 학수는 학다리라고 불릴 만큼 힘이 없고 나약하지만 불의 앞에 당당하고 분명하게 말할 줄 아는 용기를 갖게 된다. 그리고 나쁜 짓을 일삼던 동근이와 병태가 어린 승현이를 괴롭히는 것을 보았을 때 당당하게 나서서 말한다. 평소 힘이 세다고 우쭐대던 동근이와 병태는 나약한 학수의 당당한 목소리에 주눅이 들고, 승현이는 위험에서 구출된다.

현대 사회에서 왕따와 학교폭력은 골칫거리가 되었다. 경쟁이 지배하는 사회에서 아이들도 어른들 못지않게 힘의 논리에 편승하였고, 힘에 밀려난 아이들은 주눅이 들어 용기를 잃어간다. 본인의 의지와 상관없이 나쁜 일에 빠져들게도 된다. 물리적인 힘 앞에서 용기를 낼 수 있다면 아이들은 부끄러움이나 수치심에 떨지 않고 자유롭게 자랄 수 있을 것이다. 학수로 대변되는 나약한 아이라도 마음의 용기를 낼 수 있다면 물리적인 힘 앞에서 조금은 자유로울 것이다. 「무서워도 용기를 낼 거야」를 읽다 보면 독자들은 『경청』에서 현이가 그랬던 것처럼 정말 주인 공 학수가 용기를 낼 수 있을까, 가슴이 졸밋거리게 된다.

「모래에 써서 괜찮아」 역시 간결하고 따뜻한 문체의 생활동화로 어른 들이 만들어 놓은 가난한 집과 부잣집의 이분법적인 틀은 아이들 우정 에 금을 긋게 하고 상처를 준다. 그러나 조은이로 대변되는 동심은 혁이 엄마로 대변되는 마몬 주의를 이기는 강력한 힘으로 작용한다. 「무엇이 진짜일까」 역시 명품을 고집하는 현대인들의 모습이 동심으로 뛰어놀 아야 할 아이들의 세계에까지 흐려놓는 걸 보여주는 생활 동화이다. 엄 마가 사다 주는 명품이 짝퉁으로 밝혀짐으로써 아이는 자존심에 심한 상처를 입고 그 상처는 유승기로 대변되는 동심으로 인해 치유된다.

생활동화와 다르게 「도깨비 잔치에 초대받은 아이」는 환상 동화로 엽 전을 통로로 도깨비 나라의 이야기인데 주인공 솔찬이는 할로윈 파티 장에서 엽전을 줍게 됨으로써 도깨비 나라로 안내되고 둔갑대회에 심 사위원이 된다. 심사위원인 솔찬이는 도깨비들의 둔갑술에 의해서 개그 맨아저씨와 욕쟁이 할머니 그리고 강민지의 모습이 평소의 모습과 다 르다는 것을 알게 된다. 개그맨 아저씨가 웃기기 위해서 얼마나 열심히 연습하는지, 욕쟁이 할머니가 하는 욕이 사랑의 표현이라는 것, 나쁜 아 이라고 생각해왔던 강민지가 아픈 할아버지를 보살피는 효손이라는 것 도 알게 된다. 「고개를 숙이면 무엇이 보이나」는 그림자에 대하여 이야 기하는 소년소설로 작가는 이 동화에서 배우로 상징되는 스타만이 중 요한 게 아니라 스타를 스타이게 하는 조명 기사의 중요성을 보여줌으 로써 별을 빛나게 하는 어둠의 가치를 일깨워준다.

스타가 나타날 때마다 그 스타들이 걸어온 길에 아이들은 우르르 몰 려든다. 박지성과 박세리가 스타로 등장하면 축구선수를 꿈꾸고 골프선 수를 꿈꾸는 아이들이 늘어나고 김연아와 손연재가 스타로 등장하면 아 이들은 스케이트장과 체조학원으로 몰려든다. 이러한 현상은 꿈을 꿀 수 있다는 긍정적인 면도 있지만 박지성과 김연아를 클로즈업하기 위해서 수많은 사람의 정성이 필요하다는 것을 생각하는 사람들은 많지 않다. 스타는 스스로 빛나는 것이 아니라 그를 빛나도록 만든 어둠처럼, 보이지 않는 수많은 손길이 있었고 그 손길 또한 스타 못지않게 중요한 존재임을 작가는 작품에서 그림자라는 소도구를 통해 보여준다.

마몬주의가 팽배한 현실에서 아이들의 순수성은 열등한 것으로 비친다. 최초의 일념인 순수한 마음을 가지고 태어난 아이들은 당대 사회가 요구하는 관습이나 규칙 혹은 가치관에서 벗어나 자유롭게 뛰어놀면서 자랄 수 있어야 하는데 경쟁에서 이기기 위해 일찍 동심을 버리는 영악한 존재로 변해간다. 그러면서 어른이 되어가는 것이다. 동심을 잃어버린 뒤에야 비로소 어른이 될 수 있다는 말처럼 아이들은 현실에 맞는 어른이 되기 위해서 동심을 저버리는 영악한 존재가 되어가는 것이다.

언제부터인지도 모르게 우성 가치로 자리매김한 물질은 사람들을 경쟁으로 내몰았고, 경쟁은 우정도 동심도 가치 있게 여기지 않도록 부채질한다. 그로 인해서 현실 적응 능력이 약한 아이들은 일찍부터 상처를 받는다. 한 번 상처받은 아이는 현실 적응 능력을 키워 다른 아이에게 상처를 주는 행동을 서슴지 않고 이러한 현상은 도미노처럼 이어지다가 종국에는 나약한 아이들로 대변되는 동심을 소유한 아이들만 억압받게 된다.

정진의 작품에서는 이러한 현상을 치유할 수 있는 것으로 동심을 조명하기 위하여 다양한 양상의 소재와 사건, 인물을 창조한다. 등장인물들은 명품이나 1등 혹은 그것을 종용하는 어른들로 인하여 반목하고 갈등하다가 종국에는 동심에 굴복한다. 간결하고 따뜻한 문체로 펼쳐지는 이러한 작품의 양상은 현대 마몬 주의에서 동심이 어떻게 상처받고 있는가 보여주는 것으로 아동 문학사적으로도 의의가 있다고 생각된다. 또한 그로 인해 소통이 단절되고 인간소외가 늘어가는 현실에서 상처를 주고 상처를 받는 아이들의 모습을 다양한 관점에서 그려냈다는 점, 그들 모두가 마몬 주의의 피해자임을 가슴 졸밋한 모험과 함께 깨닫게 한다는 것과 갈등 해결의 통로로 동심을 설정하고 있다 점에서도 작품성은 높게 평가된다고 하겠다.

가족 안에서 일어나는
사랑과 집착, 버림과 회복 그리고 동심

세상이 뒤숭숭하다. 연일 이슈가 되는 아동학대에 대한 뉴스는 분노를 넘어서 우리를 떨게 한다. 아동에 대한 배려가 없는 어른들은 부모라는 이름으로, 힘의 논리로 아동을 폭력으로 몰아가는데 그러다 죽어간 아이들이 부천아동사건의 피해자이고, 인천아동사건의 피해자이며 평택실종아동사건의 피해자이다.

흉흉한 보도들 때문일까. 아동문학 계간지에는 가족을 소재로 한 작품들이 많이 발표되었는데 사랑과 집착, 버림과 회복 등 가족간 사랑과 갈등을 다룬 아동소설들이 많았다.

가족—사랑과 집착

『시와동화』에 발표된 안현주의 「할머니 구름」, 이정아의 「숙제」, 임근희의 「말하지 않아도」, 장영애의 「작은 음악회」가 가족의 사랑을 주제로 한 동화라면 그 대척점에 있는 목지연의 「꽁지머리」, 함지슬의 「불개」는 가족들에 의해 억압받는 어린이의 이야기를 그린 아동소설이다.

먼저 「할머니의 구름」과 「선물」은 손자와 할머니의 사랑이 주제라는 점에서 같으나 돌아가신 할머니를 그리워한다는 것과 살아계신 할머니의 소중함을 일깨운다는 점에서 차이가 있다. 「할머니의 구름」은 이삿짐을 싸다가 내가 키우다 시들어서 버린 화분을 할머니가 주워서 싱싱하게 키운 강낭콩 화분으로부터 할머니이야기를 끌어간다. 할머니는 손자에게 맨날 기도하라고, 그래야 행복하게 산다고 말하면서도 담배를 피우고 동전내기 화투판에서 다툰다. 평소 부끄러운 할머니지만 주인공이 길을 잃고 헤매게 되자 동네사람들을 동원해 찾으러 다니는 사랑이야기이고 「선물」은 탈북한 아이가 '하나원'에서 만난 할머니와 가족을 이루고 사는, 남한에 살고 있는 북한의 할머니와 손자의 사랑이야기이다. 음악이 하고 싶어서 탈북한 태수는 도중에서 부모를 잃어 고아가 되고, 탈북자들이 남한에 적응하기 위해 교육받는 하나원에서 같은 처지의 할머니를 만나 가족이 된다. 학교에 간 태수는 친구들과 충돌하고 할머니는 그런 태수를 걱정하며 피아노를 사주려고 폐지 줍는 일을 하다가 과로로 쓰러진다. 두 작품에서는 남한의 할머니와 북한의 할머니의 환경적인 대비가 차이를 보이지만 위험에 처한 손자를 구하는 사랑에서는 동일성을 보인다.

「숙제」와 「말하지 않아도」는 숙제를 소재한 이야기이다. 「숙제」는 방과 후 엄마가 돌아올 때까지 돌봄 교실에서 동생을 돌보며 '거짓말을 하지 않겠습니다'를 50번 써야 하는 딸과 미장원에 다니느라 밤늦도록 아이들을 돌보지 못하는 엄마의 안타깝고도 가슴 시린 이야기이고 「말하지 않아도」에서는 '가족 간에 30분 대화하기'라는 숙제를 위해 아빠에게 다가가는 주인공이 회사에서 겪는 고단하고 암울한 아빠의 현실을 알게 되는 이야기로 더욱 이해하고 사랑한다는 설정이 같다. 「작은 음악회」는 학원에서 혼자 노래를 부르게 된 아이를 위해 집에서 무대를 만들어 미리 리허설을 하는 이야기로 엄마아빠의 사랑 속에 자라는 밝은 어린이상을 보여준다.

그런가 하면 「꽁지머리」와 「불개」는 가족 사랑의 대척점에 있는 아동소설로써 억압받는 아이들의 모습을 형상화하였다. 먼저 「꽁지머리」는 머리를 바짝 올려 묶어서 얼굴 근육마저 불편하게 만드는 엄마의 행동을 서두문단과 결말에 배치함으로써 작품의 내적 질서와 함께 통일성을 갖추었다.

> "똑같은 아침이에요, 엄마는 오늘도 내 머리를 묶어요. 머리카락 한 올도 남김없이 뒤통수 한가운데로 전부 모으고 노랑 고무줄로 꽁꽁 묶어요. 강아지 꼬리같이 묶인 머리 다발 위, 리본으로 또 묶어요. 리본은 어른 엄지손가락만큼 두꺼워서 슬쩍 본다면―속에 있는 노랑 고무줄은 모르고―분홍색 리본만 보겠죠." (120쪽)

일상의 아침 풍경을 서술하고 있는 이 문단은 작품 전체의 주제를 암시하는 서두 문단으로 아이의 머리를 한 올도 남김없이 말끔하게 묶는 엄마의 행위를 통하여 억압을 보여준다. 노랑 고무줄로 꽁꽁 묶는 다음에 그 노랑 고무줄이 보이이지 않게 분홍색 리본으로 다시 묶는다는 설정으로 감추어진 억압까지 드러낸다. 아프다고 소리쳐도 엄마는 "하루 종일 있으려면 그렇게 묶어야 해"라며 더욱 팽팽하게 당긴다. 이후 엄마라는 권위로 자행되는 억압은 아이가 주체적으로 무엇을 하려고 할 때마다 "안 돼!"라는 외침으로 다가오고 엄마의 "안 돼!"는 주인공에게 학습되어 동생에게 똑같은 "안 돼!"를 외치게 되고 심지어 어른에게까지 "안 돼!"를 외침으로써 자신을 궁지로 몰아넣는다. 겉으로 보이는 예쁜 머리는 아이에게는 아프고 불편한 머리일 뿐임을 작가는 이야기하고 있다.

「불개」는 주인공이 아끼는 곰인형의 시점으로 전개되는 동화로 가슴에 화를 안게 된 아이를 곰인형의 눈으로 관찰한다. 아이는 엄마아빠와 함께 살기를 원하지만 엄마아빠는 매일 싸운다. 탈출구를 찾지 못한 불안과 화는 불개로 튀어나와 이곳저곳에 불을 낸다는 설정이 판타지로 이어져 흥미를 끈다.

　민태 마음에 또 불씨가 살아났다. 불꽃이 커지기 시작했다. 불덩어리는 주먹만 해지더니 마치 살이 있는 것처럼 이글거렸다. 저러다가 민태가 타버릴까 봐 걱정이 되었다. 불덩어리 안에서 뭔가가 꿈틀거렸다.
　그러더니 그 안에서 불개가 튀어나왔다. 불꽃으로 된 개, 온몸이 불로 활활 타오르는 불개였다. 푸른빛의 눈에 붉은 불꽃털이 가득 덮인 불개였다. 불개는 화가 나 있었다. 거실 소파, 깔개, 식탁 의자 다리 등 닥치는 대로 물고 다녔다. 불개가 물어뜯은 자리에는 불꽃이 뚝뚝 떨어졌다. 불개가 뛰어다니는 곳마다 시커멓게 탄 발자국이 생겨났다.
　민태는 그 자리에 가만 서 있었다. 불꽃이 튀어도 불개를 그대로 보고만 있었다. (272쪽)

내면에 쌓인 화가 폭발할 때마다 가슴에서 불개가 튀어나와 곳곳에 화재가 일어나고 결국 서술자인 곰인형과 주인공인 민태, 민태아빠는 화상을 입고 병원에 입원한다. 소식을 들은 엄마가 다가가 간호하면서 회복해 가는 과정은 민태에게 불개를 조종할 수 있는 힘—분노 혹은 감정을 조절할 수 있는 힘—을 갖게 한다는 설정으로 설득력을 갖는데 마음속 화가 불개가 되어 화재를 일으킨다는 발상은 그럴 듯 하면서도 '정말 그럴 수 있을까' 하는 의구심과 함께 복선이 있었더라면 하는 아쉬움이 남는다. 두 작품 모두 어린이들의 억압을 그렸는데 「꽁지머리」가 고무줄을 통해 외면을 보여주었다면 「불개」는 불개라는 상상의 동물을 통해 내면의 모습을 보여준 작품이다.

가족—버림과 회복

『시와동화』(2015, 겨울호)에 발표된 박현정의 「할아버지의 다음역」과 이미현의 「삼촌이 사라졌다」는 장애를 가진 가족을 전철에 두고 내리거나, 모르는 척 외면한다는 설정에서 공통점을 갖는 소설이다. 먼저 「할아버지의 다음역」은 가끔씩 치매 현상을 보이는 할아버지 이야기이다. 주인공은 엄마가 집을 비운 사이 할아버지를 돌봐야하는 상황에 처하자 시간을 어떻게 보낼까 궁리하다가 지하철을 타기로 한다. 할아버지를 경로석에 앉히고 자기는 대각선으로 떨어진 곳에 앉아서 만화책을 볼 요량이다. 그런데 할아버지가 지하철에서 오줌을 싸게 되고, 사람들은 냄새난다며 피하고 나는 보호자라는 사실이 탄로날까 봐 고개를 숙인다. 오줌을 싼 할아버지가 나를 찾아 두리번거리는 사이 나는 자리에서 일어나고, 인파 속을 헤치고 비척비척 나를 향해 걸어오는 할아버지를 본 순간, 나는 전동차 문이 닫히기 직전에 뛰어내린다. 놀라움에 입을 헤 벌린 채 군중들 속에서 나를 바라보던 할아버지는 전동차에 실려 다음 역을 향해 떠나고 혼자 내린 나는 죄책감에 사로잡힌다.

> "수환아, 할애비가 항상 너를 지켜보고 있으니까 아무 걱정 말어. 그래도 만약에, 만약에 말이다. 사람이 아주 많아서 할애비 손을 놓치게 되면 우리 이렇게 하자구나. 다음 정류장에 내려서 바로 그 자리에 서 있자."
> "그러면 할아버지가 나를 찾으러 와?"
> 할아버지는 내 머리를 연신 내 머리를 쓸어 주시며 말씀하셨다.
> "그럼 그럼! 꼭 찾으러 올 테니 아무 걱정 말고 너는 그냥 거기 서 있으면 돼."
> 아까 마지막으로 본 할아버지 얼굴이 생각났다. 놀라고 당황스러워하던 할아버지 표정……. 할아버지는 그때를 기억하신 거다. 그래서 내가 무서워할까 봐 나에게 오려고 하신 거다! (159~160쪽)

오줌 싼 할아버지가 창피해서 홀로 남겨두고 내린 '나'는 할아버지가 옛날 기억에 빠져 '나'가 무서워할까 봐 보호하려고 다가온 것이라는 깨달음에 이르고, '나'는 할아버지와의 약속을 기억하며 다음 정류장으로 가기 위해 다시 전동차에 오른다.

이미현의 「삼촌이 사라졌다」는 삼촌을 찾아 헤매는 나흘간의 이야기이다. 개발로 인해 마을이 사라지자 도시의 아파트에 살게 된 삼촌은 답답하다며 밖으로 나가 길거리에서 아이들한테 말을 걸다가 부모들의 의심을 사거나 여자들의 꽁무니를 따라다니다 신고를 당하기도 하고 아파트 화단에 채소를 심으려다 경비 아저씨한테 혼도 난다. 삼촌 때문에 편할 날 없던 엄마와 할머니는 삼촌을 요양원에 보내고, 삼촌은 탈출하여 '나'가 다니는 학교 앞으로 온다.

새로 전학 와서 외톨이로 지내다가 처음으로 아이들 틈에 낀 날이었다. 생일을 맞은 친구가 한턱 쏜다며 피시방으로 향하고 있던 때 꾀죄죄하고 어리바리한 모습으로 정문 앞에 서 있는 삼촌을 보고 아이들이 수군거렸다.

"저 아저씨 좀 이상하지 않냐? 요즘 학교에 수상한 사람 나타난다고 신고하라던데, 저 아저씨 신고할까?"

나는 삼촌이 보지 못하도록 친구들 쪽으로 바짝 붙어 서서 모자를 눌러쓰며 말했다.

"야, 시간없어. 빨리 가자."

나는 삼촌한테 미안했지만 모른 척하고 삼촌 곁을 지나쳤다. 그러면서 마음속으로, '삼촌이 여기 왜 있지? 요양원에서 데려왔나? 에이, 기다리다 그냥 가겠지 뭐. 이따 집에서 보면 되지.'하고 편할 대로 생각했다. (214쪽)

친구들에게 손가락질 받는 삼촌이 부끄러운 '나'는 친구들 틈에서 모르는 척 그냥 지나치고 이후 삼촌의 행방은 오리무중이면서 사건은 확산된다. 다 부서져가는 고향 마을 빈 집에 홀로 있던 삼촌을 찾게 되기까지의 과정, 삼촌과 함께 살 수 있는, 시골집으로 이사하기로 하는 과정에서 버려진 동심의 회복을 이야기한다.

「할아버지의 다음역」이나 「삼촌이 사라졌다」는 주인공이 장애를 가진 가족을 부끄러워 외면하거나 버렸다가 뉘우치며 찾아나서는, 던져버린 동심을 회복해가는 모습을 그린 작품이다.

성장의 변주곡

동심을 잃지 않으면 어른이 될 수 없다는 말이 있다. 어른으로 성장하려면 동심을 포기하고 현실적인 욕망을 따라야 한다는 의미이다. 내가 이기기 위해서는 친구를 속여야 하고 때로는 밟기도 해야 하는 현실에서 어린이들은 동심을 잃을 수밖에 없다. 이러한 현실에서 동화는 어린이들의 삶을 보여주면서 인간의 원형적 심상인 동심을 오래 유지하게 한다.

『아동문학평론』에 발표된 함영연의 「우리 반 또너」와 김다윤의 「숙제하고 싶은 날」, 그리고 『어린이책이야기』(2015, 겨울호)에 발표된 강정연의 「꿈이었을까」와 장성자의 「단톡방」, 『시와동화』(2015, 겨울호)에 발표한 우성희의 「선물」도 삶의 현장에서 부딪히는 아동심리와 동심을 바탕으로 한 아동소설이다.

「우리 반 또너」의 주인공 나미는 매일 문제를 일으켜 지적받는 아이로 선생님께 "또 너니?"라는 말을 듣게 되고 '또너'는 별명이 된다. '또너'는 어느 날 화단에서 아기 참새가 바들바들 떨고 있는 걸 보고 주워오면서부터 사건은 전개되는데, 문제아인 또너는 아기 참새가 불쌍하다며 키울 수 있게 해달라고 눈물을 흘린다.

"난, 난……엄마가 보고 싶어. 할머니는 엄마가 안 올 거라고 하는데, 내가 엄마를 잊지 않고 있으면 엄마는 올 거야. 올 거라고……."

참새는 쩍쩍거리지, 또너는 울먹이지, 정신이 하나도 없었다. 선생님은 회장인 내게 또너가 우는 것에 대해 탓할지도 모른다. 어떻게든 선생님이 오기 전에 또너를 달래야 했다.

"그만 울어, 아기 참새를 돌보려면 엄마가 돼야 하잖아."

나도 모르게 엄마라는 말에 힘을 주어서 말했다. 또너가 그 말에 눈이 커지더니 울음을 그쳤다.

"야, 빨리 감춰! 곧 선생님이 오실 거야." (151쪽)

선생님이 들어오자 아이들은 약속이라도 한 듯이 목소리를 높여 웅성거리기도 하고 콧노래를 흥얼거리거나 박수를 치기도 하며 아기 참새의 "쩍쩍쩍" 소리를 들키지 않기 위해 한 마음이 된다. 그러나 선생님이 알게 되고 앞으로 달려간 또너는 "장난 안 칠게요. 아기 참새 여기 있게 해주세요. 네?"라며 싹싹 빌고 친구들은 또너편이 되어서 조용히 공부하겠으니 교실에 두게 해달라고 사정한다.

그날 또너가 학교를 마치고 아기 참새를 데리고 집으로 돌아가는 것으로 끝나는 결말 부분은 아이들의 배려로 아기 참새에게 엄마 노릇을 할 수 있게 된 또너가 긍정적으로 변화되리란 것을 기대하게 한다.

「숙제 하고 싶은 날」은 숙제는 뒷전으로 미루고 야구만을 좋아하는 '나'와 공부는 잘하면서도 야구는 할 줄 모르는 진수의 이야기이다. 학급대항 야구대회가 열리면서 '나'는 진수에게 야구를 가르쳐주게 되고 진수는 '나'의 수학 숙제를 대신해준다.

내가 열 번 공을 던지면 진수는 열 번 헛방망이질을 했다. 나는 진수가 야구를 잘하는 내 공을 못 받아치는 게 당연하다고 생각했다.

"공을 똑바로 봐, 눈 감지 말고!"

나는 다시 한 번 진수를 향해 공을 던졌다. 진수는 있는 힘껏 방망이를 휘둘렀지만 서투른 탓인지 빙그르르 돌며 넘어졌다.

"방망이에 힘을 빼고 편안하게 잡았다가 공을 맞히는 순간에 힘을 주는 거야!"

바로 그때였다.

"탕!"

처음으로 진수가 공을 쳐냈다. 공은 엄청나게 높고 멀리 날아갔다. 나보다 높고 멀리 뻗어나가는 공을 보자 갑자기 마음이 복잡해졌다. 나보다 공부를 잘하는 진수가 야구까지 잘한다면……, 갑자기 어깨가 축 처졌다. (157쪽)

'내'가 가르쳐준 대로 정성을 다해 야구에 임하는 진수의 모습에서 "빨리 숙제하고 싶은 날이었다."로 결말을 맺는 이 동화는 정성을 다해 야구연습을 도와야 하지 않겠냐는 마음의 소리와 함께 빨리 숙제하고 싶다는 자아발전을 향한 욕망까지 아우르고 있다.

『어린이책이야기』(2015, 겨울호)에 발표된 강정연의 「꿈이었을까」와 장성자의 「단톡방」역시 어린이들의 삶을 소재로 한 소년소설로 이성에 눈뜨는 사랑과 또래집단의 우정을 이야기한다.

「꿈이었을까」는 직장에서 쫓겨나 시위를 하고 있는 아빠와 대리운전으로 가족의 생계를 잇는 엄마로 인하여 김밥천국에서 밥을 먹는 주인공 '나'가 그곳에서 백반증을 앓고 있는 지은이를 만나면서 사랑에 눈뜨는 이야기이다. 지은이는 나를 '소신남'으로 자기를 '흑발마녀'라고 밝히지만 나에게 지은이는 '천사'로 다가와 김밥천국은 천국이 된다.

"하늘을 날게 해줄게! 꽉 잡아!"

지은이가 뭐라고 대꾸할 겨를도 없이 하늘길이 시작되었다. 양 옆으로 줄지어 서 있는 나무들 사이사이에 노란 가로등 불도 줄지어 들어와 있었다. 활주로 같았다. 그리고 그 길 끝에는 하얗고 동그란 달이 걸려 있었다. 나는 그 활주로를 지은이와 함께 자전거를 타고 달리고 있는 것이다.

자전거가 공중에 붕 떠올랐다. 지은이는 꺅 소리를 내며 내 허리를 꽉 움켜 쥐었다.

"야호! 하늘을 난다!"

"우아! 진짜 날고 있잖아!"

우리는 정말 하늘을 날고 있었다. 활주로를 달려 하얗고 동그란 달을 향해 지은이와 내가 탄 자전거가 날았단 말이다. (126쪽)

'나'가 지은이에게 자전거를 태워준다고 하자, 지은이는 기타를 메고 일어서 얼른 가자고 한다. 두 사람은 위로가 필요한 사람들—입원해 있는 지은이 엄마, 대리운전을 하는 엄마와 아빠 그리고 혼자 사는 김밥천국집 아줌마—에게 찾아가 기타를 쳐주거나, 노래를 불러주고 마음을 담은 동영상을 전송한다. 자전거를 타고 다니며 힘든 사람들을 찾아가 위로하는 주인공은 그 과정을 "꿈이었을까"라고 생각할 만큼 행복하다. 병실에서 딸의 노래를 들은 지은이 엄마는 "꿈속에서 들었다"고 고백하고 사랑한다는 나의 고백을 들은 엄마는 "이게 꿈이냐 생시냐? 우리 무뚝뚝한 아들이 이런 깜찍한 선물을 다하고!"라며 행복에 젖는다.

김밥천국에서 천사를 만나 꿈 같은 일을 벌이는 주인공들이 또 다른 사람들에게 '꿈 같은' 행복으로 초대한다는 설정은 재미와 더불어 독자들도 '꿈 같은' 행복으로 초대한다.

같은 책에 발표된 「단톡방」은 친한 친구들끼리 단톡방을 만들어 소통하면서 일어나는 사건을 형상화한 소년소설이다. 단톡방(단체카톡)에 모인 친구들이 한 친구를 마녀사냥 식으로 흉을 본 것이 유출되면서 사건은 확장된다. 생각 없이 분위기에 맞춰 쓴 '재수 없어'라는 단어가 불러오는 파장은 단톡방을 위기로 몰아간다.

　　―우리, 단톡방 없애지 말자
　　―내일 나 걔, 아니 민서한테 사과할 거야. 흉본 건 사실이니까.
　　―나간 친구들도 다시 초대할 거야.
　　―여긴 또 다른 우리들의 방이잖아.
　　핸드폰 화면에는 내 글만 올라가고 있었다. 나는 뚫어져라 핸드폰 화면만 보
았다.
　　―우리들의 방?
　　한 친구가 드디어 글을 올렸다. 나는 친구들의 얼굴이 보이지 않는데도 고개
를 끄덕였다.
　　―응. 여기서 놀았잖아. 헤어지기 싫어하고.
　　우리들의 방이 내 마음에 저장되었다. 나는 친구들의 마음을 기다렸다. (146
쪽)

　　학교에서 학원으로 전전하는 아이들은 밖에서 만나 놀 수 있는 시간
이 없다. 바쁜 아이들은 스마트폰에 단톡방을 만들어 '우리들의 방'으로
이름 짓고 그곳에 모여서 논다. 사이버공간에 모여서 놀 수 있는 그들만
의 방을 만든 것이다. 그 방은 스트레스를 풀 수 있는 공간이고 욕망의
표출되는 공간이기도 하다.
　　이 외에도 『아동문학평론』에 발표된 박상재의 「고양이 스님 새벽이」
와 『어린이책이야기』에 발표된 박주혜의 「복숭아밭으로 간 호랑이」 그
리고 『창비어린이』에 발표된 권영품의 「타로의 달과 거대 쥐」와 『시와
동화』에 발표된 안덕자의 「비단장수 인어아저씨」는 동화의 본질인 판
타지로 고양이와 호랑이 인어 등의 동물들의 특징을 살리면서 재미와
용기, 지혜에 닿게 하는 작품들이다. 아동소설이 대부분인 틈새 각 계간

지마다 한 편씩 발표된 판타지 동화는 짧지만 환타맛 같은 청량감을 주었다.

주마간산으로 살펴본 계간지에는 거개가 폭력이 난무하는 현실을 반영한 듯 가족에 대한 사랑과 집착, 버림과 회복, 성장과 사랑 등을 이야기한 아동소설이 많았다. 가로수 나뭇가지들이 꽃망울을 준비하느라 수런거리는 소리가 들리는 봄의 길목에서 어린이들이 마음 놓고 재미에 푹 빠져서 한바탕 환하게 웃을 수 있는 동화들이 많이 발표되기를 기대해본다.

현실성과 환상성,
유희성과 효용성의 두물머리

2016년 봄, 『시와동화』, 『아동문학평론』, 『어린이책이야기』, 『열린아동문학』 등의 아동문학 잡지에 발표된 여러 편의 동화들을 읽었다. 『시와동화』 봄호에는 2016년 각 신문사의 신춘문예 당선작들과 함께 당선자의 신작들을 싣고 있어 다양한 읽을거리를 제공해 주었다. 이들 계간지에 발표된 동화의 가장 두드러진 경향은 노령사회로 접어드는 우리나라의 실태를 반영하듯 조손 가정의 삶을 다룬 이야기나 노인성 질환인 치매 환자의 이야기들이 많은 것이다. 다음으로 어린이들의 일상생활을 다룬 생활동화들이 대부분이고 순수 동화는 한두 편에 지나지 않았다. 이는 겨울호에 이어서 나타나는 현상으로 아직도 환상성이 들어간 순수 동화가 발표되지 않고 있어 아쉬움이 남았다.

순수 동화는 어린이의 특성상 환성성을 요구하는데 이러한 동화는 지난 봄호에도 찾아보기 힘들었고 신춘문예에 당선된 작가들의 작품 또한 생활동화가 대부분이었다. 그 중에서 『어린이책이야기』 봄호에 발표된 윤미경의 「얼룩말 무늬를 신은 아이」와 『열린아동문학』 봄호에 발표된 윤미경의 「비너스의 품격」이 눈에 띄는데 인상 깊게 읽어서 평론을 쓰려고 보니 공교롭게도 같은 작가의 작품이었다.

"무늬를 팝니다."로 시작하는「얼룩말 무늬를 신은 아이」는 공원 앞 벼룩시장에서 얼룩말 무늬의 양말을 파는 아이를 만난 주인공이 알사탕 두 알을 주고 한 켤레를 사게 되면서 이야기는 시작된다. 양말을 판 아이는 주인공 태하에게 '얼룩무늬를 책임져야 한다'는 이상한 말을 하고 사라지고 새 양말을 사 신은 태하는 얼룩말의 울음소리를 듣게 된다. 울음소리를 따라가 보니 동물원 안 얼룩말의 우리 앞, 아빠와 이혼한 엄마가 태하에게 미안하다는 말을 남기고 떠난 곳이다. 아빠는 재혼하여 새엄마를 맞아들이고 태하는 떠난 엄마를 잊지 못한다. 학교에서의 축구시간, 얼룩말무늬 양말을 신은 태하는 세 골이나 넣는데 그 중 두 골은 자살골이어서 친구들부터 비난을 받는다. 태하는 자기도 모르는 사이에 얼룩말처럼 뛰어다니다가 유모차를 끌고 다니는 엄마를 만난다. 유모차에는 엄마가 재혼하여 낳은 아이 '태하'가 누워 있다. 같은 이름을 가진 동생이 있음을 알게 된 주인공은 얼룩말무늬의 양말에 뭔가 비밀이 있음을 알게 되고 비오는 운동장을 한 마리 얼룩말처럼 뛰어다니다가 함께 뛰는 얼룩말을 본다. 얼룩말은 주인공에게 얼룩말무늬를 달라고 말한다. 알사탕 한 알에 얼룩무늬를 팔아 다리에 무늬가 없다는 것이다. 태하는 얼룩무늬 양말을 벗어 말에게 돌려준다. 그러자 얼룩말의 하얀 앞다리에 얼룩무늬가 다시 생겨났다. 이후 태하는 새엄마를 '엄마'로 받아들이고 얼룩말의 뒷다리 무늬도 찾아주어야겠다고 마음먹는다.

동물원 안 얼룩말 우리 앞에서 있었던 엄마와의 이별을 받아들이지 못하고 방황하던 아이가 엄마아빠의 이혼과 재혼을 받아들이는 다소 현실적인 이야기에 얼룩말무늬의 양말이 가져오는 환상성을 곁들여 정말 그럴 수 있을까, 호기심을 불러일으키면서 '그럴 수도 있겠다' 하는 리얼리티를 확보한다. 생활동화에 환상성을 곁들였다는 면에서 순수 동화라고 하기에는 미흡하지만 뻔한 결말을 보이는 여타의 동화들과는 다소 구별되는 작품이라고 할 수 있겠다.

『열린아동문학』봄호에 발표된 윤미경의 「비너스의 품격」도 생활동화이긴 하지만 눈여겨볼 만하다. 백화점 문화센터에서 누드 모델을 직업으로 가진 엄마 이야기가 주인공을 중심으로 펼쳐지는데 화가였던 아빠에게 누드 모델이었던 엄마는 아빠가 돌아가시자 문화센터에서 누드 모델을 한다. 그곳에서 누드크로키 수업을 받는 은찬이 엄마를 통해 엄마가 누드 모델을 직업으로 하고 있다는 것을 알게 된 주인공은 그림을 팽개치고 싸움꾼이 된다. 이젤 앞에 앉으면 엄마가 옷을 벗고 서 있는 것만 같아 엄마는 어쩌면 허물을 벗는 매미일지도 모른다는 생각을 하게 되고 방황을 하는 것이다. 반면 엄마와 함께 미술학원에 다니는 은찬이의 그림 그리는 솜씨는 날로 발전한다. 그림을 그리지 않아도 주인공의 천재성은 도드라져 미술부 박선생님 눈에 띄게 되고, 은찬이와 함께 전국 어린이 사생대회에 나가게 된다. 주인공은 "풍경을 똑같이 베끼기만 하는 건 죽은 그림이야. 눈에 보이는 거 말고 가슴이 보는 걸 찾아 그려."라던 아빠의 말씀을 떠올리며 주위를 둘러본다.

절반 정도 그렸을 때였다. 갑자기 배 속이 부글부글 끓기 시작했다. 아침을 잘 안 먹던 내가 오늘 아침밥을 너무 많이 먹은 게 문제였다. 오는 동안 멀미로 내내 고생했는데 역시 탈이 났다. 화장실에 몇 번 다녀왔더니 기운이 빠지면서 어지럽기까지 했다.

애써 그림에 집중할수록 머리가 더 어지러웠다. 그림이 희미해졌다. 까무룩 정신을 잃었다.

도화지 위에 낯선 풍경이 보였다. 누군가 그림을 그리고 있었다. 어느새 내가 그 풍경 안에 들어와 있다. 그림을 그리고 있는 사람에게 다가갔다.

아빠다. 그 자리에서 멈춰 섰다. 아빠 앞에 여자가 서 있다. 뒷모습이었지만 엄마가 분명했다. 옷을 벗고 있다. 얼굴이 화끈 달아올랐다. 매미가 울어대기 시작했다. 귀를 움켜쥐고 뒷걸음을 쳤다. 돌멩이에 걸려 휘청했다. 엄마가 살며시 뒤를 돌아봤다. 햇볕이 엄마 얼굴 위로 눈부시게 쏟아졌다.

어디선가 본 그림이 떠올랐다.

'보티첼리, 비너스의 탄생.' 아빠는 그 그림을 제일 좋아했다. 어릴 적부터 수없이 봤던 그림이었다. 비너스의 얼굴에 엄마의 얼굴이 겹쳐졌다.

엄마가 다른 사람 같았다. 땅속에서 웅크리고 있느라 지친 매미가 아니었다. 비너스보다 훨씬 우아하고 당당한 모습이었다.

"엄…… 엄마."

비너스가 나를 보고 살며시 미소를 지었다. 가슴에 뜨거운 것이 올라왔다. 그림을 그리고 싶다. 비너스를 그려야만 한다.

"야, 너 왜 그래? 어디 아파?"

나를 깨운 건 은찬이의 목소리였다. 벌써 작품을 완성하고 제출한 은찬이가 돌아오는 길에 쓰러져 있는 나를 발견한 것이다.

정신을 차리자마자 붓을 찾아 들었다. 내가 그림을 완성하는 동안 은찬이는 계속 내 뒤에 있었다. (101~102쪽)

주인공은 엄마의 누드를 그려서 '비너스의 품격'이라는 제목을 달아 제출한다. 심사위원들은 주인공의 그림이 아이답지 않다는 평으로 대상에서 제외시키고 은찬이가 대상을 받게 된다. 트로피를 가슴에 안은 은찬이가 "진짜 대상은 너라는 거 인정해." 하는 말에 "네 그림도 멋졌어."로 축하하고 둘은 화해한다.

"매미 한 마리가 귓속을 빠져나와 하늘 높이 날아갔다."는 마지막 문장도 작품 전체에 통일성과 완결성을 부여하는 문장으로 눈여겨볼 만한데, 전술한 『어린이책이야기』의 「얼룩말 무늬를 신은 아이」가 같은 작가의 작품이어서 놀라웠고 동화문학에 새로운 지평을 열지 않을까, 기대된다.

무엇인가를 배운다는 것은, 특히 도덕적이거나 교훈적인 것을 배우는 것을 즐겨하는 어린이들이 얼마나 될까. 이러한 관점에서 『열린아동문학』 봄호에 발표된 이동렬의 「도대체 밤마다 도서관에서 무슨 일이?」는 눈여겨볼 만한 작품이다. 도서관 창문 너머에 "참일꾼 뽑아 팔자 고쳐보자!"와 "진돗개처럼 충심으로 선거구민을 모시겠습니다."라는 선거현수막이 펄럭인다는 서술로부터 시작되는 이 동화는 사서 선생님이 퇴근한 조용한 도서관에서 접두사 "참"자와 "개"자가 패거리가 되어 토론을 벌이는 이야기이다.

"어제 '개별꽃'이 우리 '참식구'들한테 개코망신을 줬지, 뭐 사전에 '개' 자가 '참' 자보다 앞에 나오니 저희들이 더 위대하다구? 그건 정말 말도 안되는 소리야."

젤 먼저 참나물이 푸른 잎을 파르르 떨며 목소리를 높였다.

"누가 아니래? 참글, 참기름, 참뜻, 참모습, 참사람, 참사랑, 참일, 참흙, 참숯과 같은 말도 못 들어봤남? 왜 맨 앞에 '참'이란 말이 붙겠어? 그만한 가치가 있으니까 붙는 거 아니야! 개뿔도 모르고 떠드는 것들은 참나무 몽둥이로 흠씬 두들겨 맞아야 한다니까. 그야말로 개 패 듯해야 한다니까!"

(중략)

"야야, 여럿이 패거리 지어 개별꽃 하나만 그리 험하게 몰아붙이지 말자구. 개별꽃도 자기편을 옹호하려다 보니 그런 것이지 본맘이야 우릴 망신주고 싶었겠어?"

보다 못한 참개별꽃이 한마디 하고 나섰다.

"어쭈! 가재는 게 편이라더니 ……너는 어느 쪽이야? '참개별꽃'이란 이름부터 알아봤다니까. '참'도 아니고 '개'도 아닌 게 ……허 참."

(중략)

'참꽃'과 '참나무'의 호통에 참개별꽃은 본전도 못 찾았다. 말을 더 하려다가 이내 머쓱해진 표정만 짓고 물러섰다.

"지가 무슨 성인군자라구 누굴 가르치려 들어……개발싸개 같은 소리 하다 개망신당하니 참말로 고소하다. 히히힛."

'개'자가 붙은 것들과 '참'자가 붙은 것들이 서로 패를 지어 다투는 이야기를 읽다가 보면 접두사 '참'과 '개'의 의미를 명확하게 알게 될 뿐 아니라 쓰임은 물론 '참'자와 '개'자가 들어간 수많은 우리 것들의 이름도 알게 된다. 『아동문학평론』에 발표된 박성배의 「강왕볼 선수의 홈런」도 '뇌착각비만병'에 걸린 강왕볼 선수를 비롯한 욕심 많은 사람들의 '머리가 붕 부푼 듯 한 느낌에 시달리는 병세를 통하여 우리말 '먹는다'의 다양한 쓰임을 알게 한다.

"이 염소와 눈을 맞추고 십 초만 깜박이지 말고 보세요."

한의사가 털이 하얀 염소의 등을 쓰다듬으며 방금 들어온 청년에게 말했다. 한의사는 거울을 보듯 염소의 까만 눈을 들여다보았다.

"청년은 욕을 너무 많이 먹었군. 부모님에게 욕을 먹고 선생님에게 욕을 먹고, 친구들에게 욕을 먹고 괜히 지나가는 사람들에게조차 욕을 먹었군. 욕을 많이 먹으니 '뇌 착각 비만'에 안 걸리면 오히려 이상하지. 오늘부터 다른 사람에게 욕먹을 일을 하지 말게. 삼 일만 욕을 안 먹으면 다 나을 걸세."

청년이 나가자 이번에는 부모님에게 재산을 많이 물려받은 사람이 들어왔다.

"허허, 물려받는 그 많은 재산을 다 털어먹었군, 재산을 파먹고만 살았어. 이렇게 털어먹고 파먹으니 '뇌 착각 비만'에 걸리지. 앞으로 돈을 함부로 쓰지 말고 열심히 일해서 벌 생각을 하면 병이 나을 걸세."

이어서 큰돈을 번 사업가가 들어왔다

"이런, 이런, 남의 것을 갈겨먹고, 긁어먹고, 빨아먹고, 알겨먹고, 핥아먹고 발라먹었네. 이렇게 많이 먹었으니 탈이 안 날 수가 있나? 당장 손해를 끼친 사람들에게 돌려줄 것을 돌려주게."

사업가는 얼굴이 빨개져서 허리를 굽히고 산을 내려갔다. 다음에는 중년 여인이 들어왔다. 역시 염소와 눈을 마주보게 한 다음 염소 눈동자를 거울 보듯 들여다 본 한의사는 호통을 쳤다.

"시장 상인들에게 빌린 돈을 떼먹었군. 갚아야 할 돈을 잘라먹고, 떼먹고, 엎어먹었어. 이제 그만 갚아줘."

중년 여인도 슬슬 사람들 눈치를 보며 산을 내려갔다.

(『아동문학평론』, 126~127쪽)

욕심 많은 현대인들이 걸리는 '뇌착각비만병'의 치료과정은 환자가 염소의 눈을 바라보아야 하고, 한의사는 염소의 눈을 통해 환자가 무엇을 먹었는지 읽어낸다. 결국 병을 고치기 위해서는 착해져야 하는 것이다. 그렇다고 이 동화의 주제가 '착하게 살아야 한다'가 아니다. 우리말 '먹는다'의 쓰임의 다양성에 맞춰져 있다. 동사 '먹는다'는 동화에서처럼— 남의 것을 갈겨먹고 긁어먹고 빨아먹고 알겨먹고 핥아먹고 발라먹고 떼 먹고 잘라먹고 엎어먹는—다양한 의미로 쓰일 수 있는데 그것은 우리말이기 때문에 가능할 것이다. 또한 인간의 뇌는 복잡한 것 같아도 단순해서 착각을 잘한다는 건 많은 연구서에서 증명되고 있다. 과거의 트라우마로 고생하는 사람에게 최면을 건 뒤 경험을 바꿔서 인식시키면 바로 낫는다는 치료 결과도 있어 '뇌착각비만병'의 개연성을 확보한다.

우리말의 아름다움을 이야기하는 이러한 동화들은 자칫 교육성에 함몰되기 쉬워서 소재나 주제로 다룰 때 유희성을 놓치기가 아주 쉽다. 쉽게 쓰는 우리말이면서도 결코 쉽게 다룰만한 소재가 아닌 것이다. 이러한 소재는 어린이에 대한 깊이 있는 이해와 더불어 우리말의 깊이 있는 이해 그리고 탄탄한 플롯이 요구된다.

　계간지 봄호에 발표된 작품을 살펴볼 때 아동문학의 두드러진 특성인 유희성과 교육성 두 가지를 모두 만족시킨 동화가 있는가 하면 교육성을 지나치게 강조한 나머지 재미가 반감된 동화도 있고, 주제의식이 두드러져 재미를 반감시킨 동화도 많았다. 반면 호기심 많은 아동의 특성을 반영하여 사건을 확장시키며 잔잔한 재미와 감동을 주는 동화들도 있었는데 전술한 것과 같이 조손가정의 에피소드나 일상생활을 소재로 한 동화들이 많아 아쉬움이 남는다.

　칸트는 문학의 기원으로 유희본능설을 주장하였다. 인간의 마음에는 즐기려는 심성이 본성적으로 내재되어 있다는 것이고, 문학은 그런 유희적 본능에서 기원되었다고 보는 설이다. 이때의 유희적 본능은 읽는 유희를 넘어 깨닫는 유희, 즉 성찰을 수반하는 지적 유희일 것이다.

　대학에서 동화창작방법을 강의하다 보니 계간지에 발표된 작품들을 읽을 때면 필자도 모르는 사이에 주제나 소재는 물론 플롯의 전개나 작품내의 리얼리티 등을 꼼꼼하게 따져서 읽게 되는데, 무엇보다도 재미에 빠져 읽다 보면 감동과 같은 아름다움으로 인도하는 작품들에 눈길이 간다. 그런 작품은 가랑비에 옷이 젖어들 듯이 독자도 모르는 사이에 작가가 마련한 주제의식에 마음이 젖어드는데 그런 작품을 창작하는 것이 동화문학이 가야할 길이고 그런 작품을 만나는 것이 독자로서의 기쁨일 것이다.

~되어보기의 미학

1.

　연일 폭염경보가 내렸던 7월과 8월 피서지로 도서관을 선택했다. 시립도서관은 많은 사람들로 붐볐다. 노트북 전용실이나 열람실, 독서실 마찬가지였다. 사람들은 독서의 계절로 가을을 꼽지만 내 생각에는 더위가 기승을 부리는 한여름이 가장 적합한 것 같다. 덥고 습한 날씨로 불쾌지수도 높아 움직이기에 적합하지도 않거니와 흐르는 땀방울을 닦으며 누군가를 만나기도 부담스럽기 때문이다. 그럴 때 시원한 도서관에 앉아서 책장을 넘기며 책이 안내하는 세상을 여행하고 사색에 빠지는 일이야말로 피서다운 피서가 아닐까. 올여름 폭염 덕분에 시원한 도서관에서 『아동문학평론』, 『시와동화』, 『열린아동문학』, 『어린이책이야기』 등의 계간지를 읽으며 행복하게 보냈다.

　동화문학의 미학은 뭐니뭐니해도 시점의 미학일 것이다. 기성세대의 물질주의, 배금주의는 어린이의 눈을 통하거나 사물 또는 동물의 입장에서 바라보면 가치가 전복된다. 특히 의인동화는 일상을 전복시키면서 가치의 다양성을 창조한다.

필자가 읽은 계간지에서 가장 눈에 띄는 작품은 김태호의 「휴지통 도사와 타임폰」(『시와동화』)과 「미안해, 오이야」(『어린이책이야기』), 「산을 엎는 비틀거인」(『열린아동문학』)이었다. 세 작품 모두 재미에 빠져 읽었는데 읽고 보니 모두가 한 작가의 작품이었다. 한 작가가 세 편의 동화를 동시에 각기 다른 계간지에 발표한 것만으로도 창작력을 짐작할 만한데 서사구조도 탄탄해 투자한 시간을 실망시키지 않았다. 그 중에서 「미안해, 오이야」와 「산을 엎는 비틀거인」은 김밥 속에 든 오이를 골라 버리는 행위와 술주정뱅이 아빠의 폭력으로 고통받는 조손가정의 모습을 거대한 쌍둥이 나무와 비틀거인으로 묘사하였는데 평범한 소재와 진부할 수 있는 주제임에도 작가의 상상력은 어린이의 심리를 반영한 의인화로 새로운 시점, 새로운 사건으로 전개시켜 독자의 호기심을 붙잡는다.

'두두둑' '툭' '툭'

뭔가 떨어져 내리는 소리에 살짝 눈을 떴다. 새까만 바닥에 하얗게 반짝거리는 것이 보였다. 이곳저곳에 우수수 떨어져 내렸다.

눈이다!

새하얀 눈이었다. 두툼한 눈송이는 금방 쌓여갔다. 눈이 주위를 조금씩 환하게 만들었다. 무서움도 덜해졌다. 세구는 다시 일어나 냄새를 따라 걷기 시작했다.

'뽀득 뽀드득'

맨발로 걸어도 전혀 차갑지 않았다. 오히려 발을 감싸는 따스한 느낌이 좋았다. 눈밭에 남긴 발자국이 길어질수록 냄새는 더 진해졌다. 한참을 걷다 보니 어둠 속에 노란 길이 보였다. 길은 흰 눈밭 위에 곧고 길게 뻗어 있었다. 세구는 노란 길로 올라서서 길 끝을 바라봤다.

"저게 뭐지?"

멀리서 뭔가 꼬물꼬물 움직이는 게 보였다. 흐릿한 형체는 분명 사람은 아니

었다. 빠른 속도로 점점 다가오고 있었다. (중략)

"오이?"

진짜 오이였다. (『어린이책이야기』, 105쪽)

위의 인용문을 살펴보면 마른풀 냄새가 나는 까만 어둠은 김이고 하얀 눈은 흰쌀밥이다. 노란 길은 단무지이며 위쪽으로 여드름 투성이인 오이, 소시지, 계란, 홍당무, 이들 모두 김밥 재료들이다. 거대한 쌍둥이 나무가 내는 쩍, 하고 갈라지는 소리는 나무젓가락을 떼어내는 소리이다.

서사는 김밥 속 오이를 골라서 버리려는 나무젓가락과 그것을 피해 숨으려는 오이에 관한 것으로 오이를 김밥 속에 넣어 먹이려는 엄마와 그것을 골라버리려는 아이의 갈등으로 단순하다. 그러나 김밥이 만들어지는 과정을 작가는 "마른풀 밟는 소리가 나는 어둠속에서 달콤한 냄새를 맡으며"로 시작하여 독자의 호기심을 야기한다. 하얗게 내리는 눈 위의 노란 길에서 오이와 나무젓가락의 쫓고 쫓기는 이야기는 흥미롭게 진행된다. 서사의 시간은 소풍가는 날 아침 잠결에 김밥을 만드는 냄새를 맡으며 시작되어 깨어나서 엄마가 만들어 놓은 김밥을 먹는 시간까지이다. 화자는 잠에서 깨어나지 않은 비몽사몽의 상태에서 김밥속 환상의 세계로 진입하고 오이와 나무젓가락의 숨고 쫓는 갈등상황과 맞닥트린다. 노란 단무지와 함께 놓이는 오이 소시지 계간 홍당무 등이 살아 움직이는 김밥 속 환상의 세계에서 오이를 싫어하는 아이를 대신한 나무젓가락의 폭력성이 긴장감을 주어 재미를 더한다.

같은 작가의 「휴지통 도사와 타임폰」(『시와동화』) 또한 눈여겨볼 만한 작품으로 전래동화 「금도끼와 은도끼」를 패러디한 것이다. 휴지통에 버려진 휴대폰을 매개물로 설정한 이 작품은 휴지통 안에 사는 도사의(산신령) 시점으로 서술되는데 어느 날 도심 속 도로가의 휴지통에 헌 휴대폰이 버려지자 도사가 헌 휴대폰과 새 휴대폰 들고 나타나 어떤 게 네

거냐고 묻는다. 전래동화 「금도끼와 은도끼」의 산신령이 오늘날 휴대폰 도사가 되어 도끼 대신 휴대폰을 내민 것이다. 아파트가 들어선 지역은 옛날 「금도끼와 은도끼」의 연못이었다는 설정은 이후 펼쳐지는 사건들의 리얼리티를 확보한다. 산이 없어지자 산신령도 힘이 없어지고 여행을 다녀오니 아파트가 세워졌더라는 설정 또한 개발로 인해 자연이 파괴되는 시대에 설득력을 획득한다. 쇠도끼를 빠트린 정직한 나무꾼에게 금도끼와 은도끼 모두를 준 이후로 수많은 사람들이 찾아와 연못에 쇠도끼를 던졌다는 설정은 인간의 본성을 담보하며 그것을 팔아 옥황상제도 부럽지 않은 호사를 누리며 여행을 다녔다는 설정을 뒷받침한다. "이 핸드폰이 네 핸드폰이냐?" 물을 때 세 번씩이나 거짓으로 새것을 선택했다는 서술은 휴대폰이 필수가 되어버린 시대와 더불어 욕망에서 벗어날 수 없는 인간의 한계를 보여주고 있어서 '그럴 수 있을까'라는 질문과 함께 '그럴 수 있겠다'는 답을 내릴 수 있는 개연성을 획득하여 재미를 더한다.

아주 오래전에 거인이 살았어. 거인의 이름은 비틀거인이야. 걸음걸이가 항상 비틀비틀거려서 붙여진 이름이래. 얼마나 덩치가 큰지 말이야. 높은 산을 베개 삼아 자고, 커다란 강을 개울처럼 막고 놀았대. 비틀거인이 있는 곳 가까이에 이상한 산이 있었어. 사람보다 열 배는 더 큰 배추가 자라고, 소나무만큼 길쭉한 콩나물이 울창한 숲을 이룬 곳이야. 그 산에는 작은 연못이 있는데 물이 빨간색이었대. 빨간 연못 속에는 멸치가 얼마나 많은지 쉴 새 없이 튀어 올랐어.

"형, 멸치가 산에 살아? 나 이제 1학년이다. 뻥치지 마."

연우는 고개도 들지 않고 말했다.

"뻥 아니거든. 너 지난번에 트럭에서 '산 오징어 팔아요!' 하는 거 들었잖아? 산에 사는 오징어도 있는데 산멸치도 당연히 있겠지."

"진짜야?"

연우가 얼굴을 살짝 들어 관심을 보였다.

"형이 거짓말하는 거 봤어? 그니까 그냥 들어. 이야기 끊지 말고."

아무튼 그런 산이 있었는데 그 산을 만든 건 산할매야. 산할매는 특별한 능력이 있었어. 무엇이든 크게 자라게 만들 수 있었거든. '콩나물아 빨리빨리' 외치면 콩나물이 나무처럼 쑥쑥 자랐고, 배추도 양파도 산할매의 보살핌 속에서 쑥쑥컸어. 산할매는 하루 종일 정성을 들여 산을 가꾸었어. 저녁이 되면 산은 거대한 야채로 가득해서 달달하고 고소하고 매콤한 냄새가 가득해. 이상하기도 하지만 재밌고 아름다운 산이야. 그런데 딱 한 가지 문제가 있었대.

쿵쿵쿵

비틀거인이 저녁만 되면 냄새를 맡고 찾아오는 거야. 땅이 울려대는 발걸음소리에 동물들은 모두 도망가기 바빴어. 빨간 연못에 사는 멸치들도 물속 깊이 들어가 나오지 않았지. 비틀거인은 산 앞에 서서 한참을 내려다 보았어.

"돼지는 어디에 있는 거야?"

비틀거인은 괜한 트집을 잡더니 동굴 같은 콧구멍에서 뜨거운 김을 마구 쏟아내.

"돼지도 없는 산이 어디 있어?"

비틀거인은 소리치며 발을 '쿵' 굴렀어. 산할매는 얼른 강아지를 품에 안았지. 참 산할매에게 강아지가 한 마리 있다고 말 안했나? 아무튼 산할매는 함께 사는 강아지를 꼭 안고 눈을 감았지. 제발 비틀거인이 아무 일 없이 돌아갔으면 하고 말이야.

"으랏 차자."

그냥 갈 리가 없었어. 비틀거인은 산의 양쪽 허리부분을 움켜쥐더니 힘을 주기 시작했어. 산은 뿌리째 흔들거렸지. 산할매는 강아지를 안고 급히 산 아래로 뛰어 내려갔어.

"발아, 빨리빨리."

산할매는 할매인데도 엄청 빨랐어. 그래도 비틀거인에게서 도망치는 일은
쉬운 게 아니야. 떼굴떼굴 구르기도 하고 가시나무에 찔리기도 했지만 멈추지
않고 뛰어야 했어. 온몸엔 식은땀이 비오듯 쏟아졌지. 그 사이 산은 '빠지직' 하
며 바닥이 땅에서 떨어지기 시작해. (『열린아동문학』, 88~89쪽)

인용글에서 비틀거인은 술주정뱅이 아빠이고 산할매는 두 손자를 키
우는 할머니이다. 사람보다 열 배는 더 큰 배추가 자라고, 소나무만큼
길쭉한 콩나물이 울창한 숲을 이룬 이상한 산과 빨간색 물이 있는 작은
연못, 연못속 멸치는 할머니가 차린 밥상에 대한 묘사이다. 정형화된 밥
상이 작가의 상상력으로 새롭게 태어나고, 술주정뱅이 아빠는 비틀거인
이 되고 할머니가 키우는 강아지는 이야기를 끌어가는 서술자, 손자이
다. 아빠의 폭력성에 휘둘리는 조손가정의 슬픈 이야기가 작가의 상상
력에 의하여 새로운 이야기가 된 것이다. 이 동화는 「미안해, 오이야」와
같은 전략으로 어린이의 호기심을 유발하는 상상력과 치밀한 구성으로
진부할 수 있는 주제를 참신하게 엮어내었다.

이서림의 「바람의 말 룽따」(『어린이책이야기』)는 히말라야의 롯지에 매
달려 있는 오색 깃발 룽따의 시점으로 서술되는 고아소년 리마의 이야
기이다. 히말라야에서 부모님을 잃고 고아가 된 리마는 소원을 들어준
다는 오색 깃발 룽따를 찾아와 괴롭힌다. 자기의 소원을 실은 깃발을 떼
어 하늘로 날려 보내려는 것이다. 부모님을 만나기 위해 원정대장이 되
려는 리마와 리마를 도우려는 룽따의 이야기가 눈덮인 히말라야를 배
경으로 펼쳐져 새로운 울림을 준다.

2.

동화를 읽다 보면 과거의 이야기나 어린 시절 직·간접 경험을 모티프로 한 동화들을 만나게 된다. 어린 시절의 경험은 작가에게는 중요한 자산이다. 그러나 빠르게 변화하는 어린이들에게 어떻게 읽힐지는 미지수로, 창작 방법에 따라서 독자의 공감을 얻을 수도 있고 외면당할 수도 있다. 특히 시대적 배경, 사건 등을 그대로 그리는 경우 자칫하면 작가만 좋아하는 작품이 될 가능성이 많은데 이번 이번 호에는 이러한 어려움을 극복한 동화들이 눈에 띄었다.

"소월시 '엄마야, 누나야'를 생각하며"라는 부제가 붙은 강정규의 「아버지」(『열린아동문학』)는 일제강점기가 배경이다. 국궁새가 울고, 갈대 우거진 강줄기를 따라 황포돛배가 들어온다. 아버지의 더운 밥주발을 엄마가 이불 틈에 끼워 넣고 지등에 불을 켜 처마 끝에 매다는 서사는 독자의 감성에 기다림이라는 울림으로 다가오고, 아버지 언제 오느냐고 묻자 엄마는 버선을 깁다가 먼 산만 바라보며 이사 가자는 말에 아버지 돌아오시면 어쩌냐고 한다. 화자는 아버지가 만들어준 썰매를 타고 할아버지 제사에 제주가 되고 아버지 꿈을 꾼다. 엄마는 장독대에 정한수를 떠놓고 비손한다. 장마다 서술되는 캐릭터들의 일상은 아버지에 대한 기다림과 그리움에 초점이 맞춰있다. 먼산에서 여우가 울고 어디선가 만세소리도 들리는 것 같다는 결말은 그들이 기다리는 아버지가 독립군임을 암시한다. 가장이 부재한 가난한 가정이지만 꿋꿋하게 살아가는 가족의 모습이 12장으로 나뉘어 기다림, 그리움의 미학을 형성한다.

심후섭의 「우리마을 덕천할배」(『시와동화』)와 정송화의 「삼베 등거리와 엿」(『시와동화』)는 과거 6~70년대 농촌을 배경으로 한 작품이다. 「우리마을 덕천할배」는 과거 노동력이 된 소의 일생에 개연성을 부여하는 이야기가 할아버지의 입담을 통하여 구수하게 전개되고 정송화의 「삼베 등

거리와 엿」(『시와동화』)은 삼베등걸이로 엿을 바꿔 먹던 이야기를 전개한다. 과거의 직·간접 경험을 소재로 한 이야기들을 그대로 전하는 방식은 어린이들에게 어떻게 읽힐지 고민해보아야 할 것이다. 옛 문화를 알려주는 것은 좋으나 삼베등걸이도 낯선 소재이고 논에 빠진 낡은 삼베등걸이로 엿을 바꿔먹는다는 설정 또한 현대의 어린 독자들은 낯설어 공감하기 어렵다. 이동렬의 「물고기가 된 살구나무」(『시와동화』)는 살구나무와 박달나무를 의인화한 동화로 그들이 목탁과 목탁채가 되기까지의 이야기이다. 나무의 시점에서 나무의 생태계를 알려주면서 목탁과 목탁채가 되는 과정을 이야기하는, 다소 어려우면서도 재미없는 서사를 나무들의 대사로 익살스럽게 전개시켰는데, 의인화 과정에서 목탁과 목탁채가 된 나무 토막을 나무 전체로 볼 수 있는가, 하는 다소 의문점이 남는다.

3.

어린이들의 세계는 대다수 부모님이라는 울타리로 싸여 있다. 그 울타리는 온전한 사랑으로 엮여 있어서 인간성을 말살시키는 물질만능주의나 타인의 인권을 침해하는 어떠한 욕망도 침범할 수 없다. 문정옥의 「새들이 사는 골목」(『아동문학평론』)은 눈여겨볼 만한 작품이다. 엄마와 손잡고 올라가는 달동네 꼬질꼬질하고도 가파른 골목길, 마루는 힘들어하는 엄마에게 비행기를 사준다고 큰소리를 치고 집에 도착하자마자 분필을 가지고 나와 시멘트 마당에 비행기를 그리고 비행기가 되어 마당을 빙빙 돈다. 가난하고 힘든 엄마는 마루의 행동에 행복하게 웃는다. 페인트공인 아버지는 늦은 저녁에 돌아와 마루가 그린 그림을 보고 낡은 담벼락에 하얀 날개를 그려주기로 한다. 그림을 본 이웃들은 자기네 담장에도 그림을 그려달라고 하고, 꼬질꼬질했던 달동네 골목길은 새들이 사는 골목이 된다. 통영의 동피랑을 떠올리게 하는 이 작품은 달동네를 배경으로 한 소시민들의 애환과 그 틈새를 비집고 들어오는 새들의 날갯짓이 독자들에게 따뜻함과 밝음을 선사한다. 동심을 빛으로 표현한다면 이런 빛이 아닐까.

　강경진의 「러키세븐」(『열린아동문학』)에서 6살 민서의 세계는 언니 영서의 울타리 안에 있다. 부모님의 맞벌이로 언니를 의지하기 때문이다. 그렇지만 영서는 민서의 부모님이 아닌 또래의 생일파티에 참석하여 놀고 싶고 이성에 관심이 많은 6학년 어린이다. "껌딱지처럼 따라붙는" 동생을 보살펴야하는 현실과 친구들과 놀고 싶은 주인공의 갈등은 그동안 동화문학에서 많이 다루어진 소재였다. 그러나 「러키세븐」에 나타난 영서의 갈등은 은석이라는 이성에 대한 호기심과 교차되면서 밀도 있게 그려져 새로운 작품으로 태어난다. 아쉬운 점은 은석이가 가르쳐준다는 인라인스케이트를 민서가 안고 잠들어있다는 설정에서 작가의 의도가 표출된다는 점이다. 장세련의 「엄마 닮았지」(『시와동화』)는 몽골인을 엄마로 둔 아이의 이야기로 몽골 출신 엄마를 통해 아들선호사상을 비판하고 타국인에 배타적인 문화를 비판한다. 의도는 좋으나 가족 구성원 중에서 할머니와 아빠는 한국문화의 나쁜 면을 모두 가졌고 몽골인 엄마와 세 딸들은 다문화의 좋은 것을 모두 가졌다는 설정으로 캐릭터의 성격을 정형화시킨 점이 아쉽다. 이러한 인물 설정은 사건의 개연성을 떨어뜨릴 뿐만 아니라 독자의 공감을 얻기도 어렵다. 생활동화의 미학은 작가가 주인공의 시점과 얼마나 밀착되어있는가, 거리에서 파생되는데 가까울수록 시점에 창조하는 아름다움은 커진다.

　평론가도 아닌 필자가 주마간산으로 살펴보고 평을 한 것 같아 송구한 마음이 드는 것은 부인할 수는 없지만 이번 호에 발표된 동화들은 겨울과 봄호에 발표된 동화보다 소재와 주제면에서 다양했다. 좋은 작품들을 지면 관계로 다 거론하지 못한 점도 아쉽고 거론한 작품조차 깊이 있게 들어가지 못한 점도 아쉬움이 남는다. 그러나 갈수록 동화문학이 어린이의 요구에 부응하는 것 같아 흐뭇했다. 작가가 가지고 있는 원석이 보석으로 태어나기 위해서는 어떻게 가공해야 할까, 독자들의 특수성에 대하여 그리고 창작방법에 관하여 끊임없는 고민이 뒤따라야 할 것이다.

시점에 따른 역지사지의 미학

1.

국정농단이라는 말이 연일 들려온다. 아니 하루에도 수십 번씩 듣는 현실에서 어디까지가 진실이고 어디까지가 거짓인가, 일어날 수 있는 일과 일어날 수 없는 일은 무엇인가, 이렇게 혼란한 나라에서 어떻게 살아야 하고 아이들은 어떻게 키워야 하는가, 그동안 지탱해 온 삶의 원칙들이 휘청거린다. 성실하게 살며 열심히 노력하면 복 받을 거라고 믿고 가르쳐 왔는데, 나도 속았고 거짓말쟁이가 되어버렸다.

문학은 거짓으로 진실을 이야기 하고 정치는 거짓을 진실로 이야기한다는 말이 실감나는 오늘, 계간지에 발표된 동화들을 읽고 톺아보려니 등을 돌리는 독자들이 보이는 듯하여 미루고 미루다가, 백 번을 생각해도 속고 사는 우리가 낫다는 생각에 용기를 낸다. 왜냐하면 숨겨둔 돈이 10조에 달할 거라는 이야기까지 나도는 국정농단의 주인공 최순실과 박대통령은 타인의 돈을 갈취해서 쓰는 능력—사실 제대로 쓸 줄도 모르지만—밖에 없지만 우리는 일할 줄도 알고 땀의 가치도 알며 작은 행복의 소중함도 알고 진실을 위해 촛불을 들 줄 아는 위대한 시민이니까.

지난 여름부터 계간지에 발표된 동화들을 읽다가 의인화 동화와 판타지 동화를 톺아보기 시작했다. 전술했듯 필자의 개인적인 생각으로 동화문학의 미학은 뭐니 뭐니 해도 시점의 미학이라고 생각하기 때문인데, 아동문학에서 생물이나 무생물의 시점은 어린이들의 시점과 또 다른 미학을 형성한다. 일반문학과 아동문학의 변별점 역시 시점의 차이에서 비롯되는데 누구의 시점에서 바라볼 것인가 하는 문제는 사건의 의미가 어떻게 달라지는가에 닿아있다.

환상을 통하여 새로운 세상을 보여주는 것과 의인동화에서 관점을 달리하는 것은 인간중심 혹은 자기중심의 독자들에게 상상력의 확장은 물론 사유의 폭을 확장시키는 기능을 한다. 역지사지를 통한 사유의 확장은 더불어 살아가야 하는 세상에서 추구해야 할 소중한 가치이며 자기중심적인 인간에게 꼭 필요한 덕목이다.

2.

현실에서 말하기 어려운 것들을 말하기 위해서 곧잘 환상이 사용되는데 아동문학 계간지 가을 호에서는 박마루의 「이제 그만」(『아동문학평론』, 가을호)이 눈에 띄었다. 조선시대 단종이 삼면이 강으로 둘러싸여 섬과 같은 청령포에 유배되었을 때 한양을 바라보며 시름에 잠겼다고 전하는 노산대, 망향탑 돌무더기 등에 얽힌 슬픈 이야기들을 승주와 두바이에 나가 있는 승주아빠의 어린 시절까지 연결하여 풀어낸 점이 돋보였다. 할머니 집에 갔다가 청령포를 구경하자던 엄마가 배표를 사면서 두고 온 핸드폰을 찾으러 간 사이, 승주를 태운 배는 청령포를 향해 떠나고 혼자서 들어가게 된 승주는 청령포 기와집 안에서 단종의 인형을 본다.

문이 활짝 열려 있는 방 안에는 갓을 쓴 인형이 책상에 놓인 책을 읽고 있었는데 그 앞에는 '단종'이라고 쓰인 팻말이 놓여 있었다. 하지만 말이 단종의 모습을 한 인형이지, 코도 뾰족하고 눈도 동그란 게 한눈에 봐도 허술하기 짝이 없는 마네킹 모습 그대로였다.

"피, 아무리 쫓겨난 왕이라지만 너무했다. 저게 무슨 왕이야!"

입술을 실룩거리며 돌아서려는데 어디서 낯선 목소리가 들려왔다.

"맞아, 나도 그렇게 생각해."

승주는 그 자리에 우뚝 섰다. 그리고 둘레를 빙 둘러보았다. 아무도 없었다. 한 무리의 관광객은 이미 마당을 벗어나 다른 장소로 옮겨간 뒤였다. 그리고 무엇보다 그 소리는 방 안에서 들린 게 분명했다.

'설마!'

승주는 살금살금 인형 가까이 다가갔다. 혹시 녹음기 같은 게 돌아가고 있는지 확인해보기 위해서였다.

"혼자 왔니?"

"엄마야!"

승주는 소리를 지르며 뒷걸음질 쳤다. 아무도 없는 줄 알았던 방안에서 웬 사람이 불쑥 튀어나온 것이다. 덜컥 겁이난 승주는 마당 한쪽에 난 출입구를 향해 재빨리 몸을 돌렸다.

"내 말 안들려? 혼자왔냐고 물었잖아!"

―『아동문학평론』, 2016. 가을, 206쪽.

승주가 단종과 만나는 장면으로 "코 앞에 바짝 얼굴을 들이댄 채 웃고 있는 사람은 이제 겨우 승주 또래가 될까말까한 어린 남자였던 것이다."로 서술한다. 아이는 누군가를 기다리고 있는 중인데 승주가 그 아이인 줄 알았다고 한다. 아이가 기다리는 사람은 아무것도 할 줄 모르던 아이에게 탑 쌓는 것을 가르쳐주었던 또 다른 아이, 승주아빠였던 것이다.

작가의 상상력은 청령포에 유배된 어린 단종이 어떻게 지냈을까, 단종의 마네킹 앞에서 아이로 현현시켜 승주와 만나게 한다. 아이는 승주를 안내하면서 유배지에서의 슬픔, 기다림 등 단종의 비운을 들여다보게 한다. 할머니집이 그곳에서 가깝다는 설정은 단종의 현현인 아이와 승주아빠와의 관계설정에 개연성을 부여하면서 아빠와 닮은 승주와의 만남으로 이어지는데 그 과정이 자연스러워 독자들은 의심하지 않고 단종과 만나게 되고 역사의 한 조각을 돌아보게 된다. 이 동화에서 단종을 현현시켜 보여주지 않았다면 청령포의 슬픈 이야기는 말하기 기법으로 엄마가 승주에게 직접 들려주어야 했을 것이다. 보는 것과 듣는 것은 호기심이나 재미에 많은 차이가 있다.

또 다른 환상동화로 송미경의 「나는 새를 봅니까?」(『시와동화』, 가을호)는 시험점수에 연연하는 엄마로 인하여 정신분열을 일으키는 아이의 비극적인 삶을 그렸다. "성인남자보다 큰 몸에 넓고 긴 날개를 늘어뜨린", "이따금 날개를 펼쳤다 접기를 반복"하는 하얀 새는 "나는 새를 보았고 유하는 영원히 사라졌다"는 서술로 보아 정신분열을 일으키는 주인공의 죽음을 상징한다. 그런데 죽음으로 상징되는 하얀 새는 엄마에게는 보이지 않고 '유하'와 '나' 같이 시험점수에 시달려 정신이 쇠약한 아이들에게만 보이는데 두렵거나 음습하지 않고 오히려 깨끗하고도 포근한 이미지로 다가온다. 시험에서 한 문제 틀렸다고 엄마에게 혼나고 선생님께 혼나야만 하는 암울한 현실을 견디기 힘들어 정신분열을 일으키는 아이들에게 죽음은 포근한 안식처로 인식될 수 있음을 암시한다.

집에 와서 씻은 후부터 열이 나고 몸이 떨려 왔다. 따뜻한 국이라도 조금 먹고 싶었지만 나는 씨리얼에 우유를 부어와서 식탁에 앉았다.

"잘했고?"

방에서 잠에서 깬 엄마의 목소리가 들려왔다.

나는 씨리얼을 씹기만 했다.

"평가 결과는?"

나는 씨리얼이 얼마 떠 있지 않은 우유를 단숨에 마셔 버렸다. 몸이 떨려왔다.

"이번엔 틀린 문제 없지?"

내가 대답이 없자 엄마가 방에서 나왔다.

그때 새가 나타났다. 크고 흰 새가 천천히 우리 집 거실을 거닐었다. 부드러운 담요처럼 흘러내린 날개 한 쌍이 거실 바닥에 길게 끌렸다.

나는 두 손으로 머리를 받치고 고개를 숙였다.

"또 머리 아프니? 다음 주부터 시험 기간인데 아프면 어떻게 해?"

엄마는 두통약 한 알과 물을 내 앞에 두었다. 나는 식탁 위에 엎드린 채 고개를 돌려 새를 보았다.

흰 새가 천천히 날갯짓을 하자 바람이 부드럽게 불어왔다. 몸을 감싸고 있던 한기가 가셨다.

"조금 살 것 같다." 감기는 눈꺼풀을 당겨 올리며 내가 말했다.

"벌써 자려고?"

엄마의 목소리가 귀에 울렸다.

"십 분만 엎드려 있다가 일어나. 일어나서 공부해야지."

"이제 우리 집에 흰 새가 왔네요."

엄마가 고개를 돌려 뒤를 돌아보았다.

"요즘 왜 이러니, 중요한 때야."

딱 하루만 아무것도 하지 않고 푹 자도 될까요, 엄마, 라고 말하려는 순간 어느새 다가온 흰 새의 날개가 떨고 있는 내 몸을 덮어주었다. 어떤 소리도 들리지 않았고, 아무것도 보이지 않았다. 나는 그 자리에서 깊이 잠들어버렸다.

—『시와동화』, 2016. 가을, 62~63쪽.

하얀 새는 엄마에게 혼날 때 혹은 지친 몸으로 학원에 갈 때와 같이 주인공이 막다른 골목에 처했을 때 나타난다. 하얀 새가 나타난 날 방황하던 유하는 영원히 떠났고 수재로 칭송을 받으며 남아서 공부하는 '나'는 지치고 힘들 때마다 하얀 새를 본다. '나'가 공부하다 지쳐서 교실 책상 위에서 잠이 들었을 때 하얀 새가 날아와 포근히 감싸주고 선생님은 "동준이 어디 갔니?" 하면서 '나'를 찾는다. "굳어 있던 내 몸이 부드러워지기 시작했다. 나는 날개 아래에서 눈을 감았다."는 결말은 동준의 죽음을 암시한다.

죽음이 아이들에게 '날개가 큰 하얀 새'라는 포근한 이미지로 다가오는 현상은 살아내야 하는 현실이 정신분열을 일으킬 만큼 냉혹하기 때문일 것이다. 현실을 견딜힘이 없는 아이는 엄마와 대화를 시도해보지만 엄마는 오로지 시험 점수, 다 맞았는지 한 문제라도 틀렸는지에만 관심이 있을 뿐이다. 따뜻한 말 한마디가 간절하게 그리운 아이가 그것을 해소할 수 있는 건 백점을 맞는 것뿐이고 백점을 받았다 해도 1등을 지키기 위해서 아이는 내몰리고 쫓겨야 한다. 정상인으로 살아갈 수가 없는 것이다. 그런 위태위태한 날들을 살아내야 하는 아이에게 하얀 새가 나타나 포근히 안아주고 아이는 사라지는 것이다.

동화가 동심의 문학이라고 정의한다면 「나는 새를 봅니까?」(『시와동화』, 가을호)는 기성세대의 가치관에 의하여 동심이 어떻게 상처받고 어떻게 파괴되고 분열되는지를 보여주는 동화라고 할 수 있겠다.

「나는 새를 봅니까?」가 '하얀 새'를 끌어들여 소외당하고 억압받는 아이들의 분열된 세계를 나타냈다면 임어진의 「아빠의자」(『어린이책이야기』, 가을호)는 일상에서 소외되는 아빠의 이야기를 '의자'라는 매개체를 통하여 형상화한 작품이다. 「아빠의자」는 어느 날 갑자기 아빠는 사라지면서 시작되는데 아빠를 찾던 가족들은 거실 한 가운데 낯선 낡은 의자 하나를 발견한다.

"엄마! 이 의자 뭐야?"

엄마와 언니가 나를 돌아보았다. 아니, 내 손이 가리키는 거실 중앙 커다란 의자를 바라보았다. 조그만 거실 한가운데에 처음 보는 웬 원목 가죽의자 하나가 놓여 있었다. 한눈에 봐도 중고 티가 팍팍 나는 촌스런 의자였다. 원목 틀은 투박하고 무거워 보이는 데다 니스 칠 벗겨진 결들이 여기저기 툭툭 갈라져 있었다. 애써 멋 부려 조각한 데들도 전혀 훌륭하지 않았다.

구석구석 트고 해진 가죽은 말할 것도 없었다. 칙칙한 밤색 낡은 큰 의자 하나가 가뜩이나 볼 것 없는 우리 집 거실 분위기를 백 년쯤 묵은 집으로 만들고 있었다.

"저게 뭐야?"

언니가 화장실 앞에서 눈을 동그랗게 뜨고 웅얼거렸다.

"이게 어디서 났지?"

엄마도 다가오며 갸웃거렸다.

"아빠가 밤에 갖다 놨나 봐."

내 말이 미처 끝나기도 전에 엄마가 혀를 찼다.

"하여간, 또 어디서 누가 준다니까 얻어왔나 보다. 네 아빠 정말 못 말린다니까."

언니가 피식 웃었다.

"딱 아빠 스타일이네. 무게 잡고 힘 팍 주고, 구닥다리 패션에."

엄마도 좋은 말 안 했으면서 언니 말에는 살짝 눈을 흘겼다. 언니는 벌써 흥미 잃은 얼굴로 화장실 문을 탁 닫고 안으로 들어갔다. 나도 뒤늦은 기지개를 켜며 방으로 다시 들어갔다. 침대에 몸을 던지고 아까 놓쳤던 게으름을 조금이라도 더 피우고 싶었다. 엄마는 고개를 갸웃거리며 의자를 좀 더 살펴보는 것 같더니 부엌으로 가 버렸다.

—『어린이책이야기』, 2016. 가을호, 108~109쪽.

아빠가 사라진 집안에 되똑하니 놓여 있는 낡은 가죽의자 하나, 새것도 아니고 세련되지도 않았으며 좁은 집안과 어울리지도 않는, 낡은 가죽의자는 직장을 잃고 실업자가 되어 오갈 데 없는 아빠의 상징물이다.

외삼촌은 거실로 들어서자마자 말릴 새도 없이 고물 가죽의자로 가 털퍼덕 앉았다.

"어어, 삼촌, 그 의자……."

말끝을 우물거리는데 삼촌이 다짜고짜 내게 명령했다.

"야! 물!"

삼촌에게서 "야"소리를 듣기는 처음이었다. 언제나 "우리 연우"였지. 삼촌은 내가 떠다 준 물을 벌컥벌컥 소리 나게 마시더니, 집 안을 휘 둘러 보았다.

"누나, 집이 이게 뭐야? 어수선하게. 잘 좀 꾸미고 살아."

엄마가 어이없는 눈으로 삼촌을 보았다. 나도 눈이 휘둥그레졌다. 이런 상황에 할 말 같진 않아서였다. 삼촌은 올 때마다 사업 자랑을 하기는 했다. 그리고 아빠는 그럴 대마다 웃을 뿐이었다. 사업을 한다고 다되는 거냐고 엄마가 옆에서 거들 때 아빠 얼굴에 스쳐가던 초조감이 떠올랐다.

—『어린이책이야기』, 2016. 가을호, 115쪽.

낡은 가죽의자는 버려질 위기에 처한다. 좁은 집안에 의자가 차지할 공간이 없는 것이다. 엄마와 언니는 경비를 불러 낡은 가죽의자를 밖으로 내놓는다. 그때 '나'는 낡은 가죽의자가 사라진 아빠를 닮은 것 같아 버리지 말자고 간청하고 '나'의 간청에 가족들은 의자를 다시 들여놓기 위해 힘을 합쳐 끙끙거리며 들여놓으려다 쿵하고 바닥에 놓치는데, 그때 쿵하고 넘어지는 아빠가 나타난다. 결국 아빠는 가족들의 이해와 사랑으로 새로운 직장도 얻고 화목한 가정의 가장으로 살아가는 해피엔딩으로 끝난다.

생활동화에서 일정 부분 환상기법을 차용하는 것은 표현하기 어렵거나 보이지 않는 세계를 보여주기 위한 작가의 전략일 것이다. 이때 현실세계와 환상세계를 오가는 통로가 필요한데 「이제 그만」에서의 '단종의 마네킹'과 「아빠의자」에서 '의자'가 바로 그 통로이다. 「나는 새를 봅니까?」에서 '하얀 새'는 환상세계의 통로라기보다는 정신분열증을 앓는 아이의 시점에서 보이는 또 다른 세계라고 할 수 있을 것이다.

3.

의인화동화를 쓰는 이유는 전술했듯 의인화에서 서술되는 시점의 미학 때문이다. 인간 중심의 사고가 아닌 다른 생명체 중심의 사고로 접근한다는 것은 독자에게 깊이 있는 사유체계를 경험하게 한다. 이런 의인동화는 교훈을 주려는 우화와 달라서 의인되는 대상의 생태적인 특성과 세계 인식방법까지 고려하여 반영하여야 의인화의 미학이 형성된다.

염연화의 「하쿠나마타타」(『열린아동문학』, 가을호)는 참새 참참이와 코릴라 잠보의 이야기이다. 「하쿠나마타타」에서 대숲에서 태어난 참새 참참이는 대숲을 벗어나고 싶어 하고, 엄마는 "우리가 대숲에 뿌리내리고 사는 건 귀한 목숨을 지키는 거룩한 일"이라며 달랜다. 하지만 참참이는 대숲을 박차고 하늘 높이 날아오른다. 그러자 푸른 산등성이가 한눈에 보이고 자기 가슴에 출렁이는 바다와 넓은 세상이 있다는 것을 깨닫는다. 뿐만 아니라 산속에서 뻐꾸기의 생존방식인 탁란이 못마땅하여 오목눈이 둥지에 알을 낳으려는 뻐꾸기를 내쫓기도 한다. 참새의 생태적 특성을 벗어나려는 참참이는 결국 대숲에서 쫓겨나게 되고, 고릴라 방사장 철창 사이로 들어와 잠보 곁에서 살아간다. 고릴라 방사장, 사육사들은 아프리카에서 온 로랜드 고릴라 잠보의 2세를 얻기 위해 특별보양식을 제공하고 방사장을 천연잔디로 바꾸며 아늑한 신방도 만들고 감미로운 음악도 틀어준다. 그러나 고릴라는 암컷 코코를 멀리하고 잠보의 사랑을 얻지 못한 코코는 갈수록 난폭해져 무엇이든 집어던지고 부러뜨리며 심지어 잠보를 폭행하고 음식까지 빼앗는다. 그래도 잠보는 제 밥그릇을 코코에게 주고 "우린 누구나 자유로운 영혼을 가졌어."라며 철창 넘어 아프리카를 꿈꾼다. 잠보는 참참이를 손바닥에 태우고 하늘을 향해 팔을 치켜든다. 참참이는 눈을 지그시 감는다. 서로 공감하는 관계가 형성되는 것이다. 고릴라 손바닥에 앉은 참참이는 사방에서 철썩이는 파도소리가 들리는 듯하다며 "나도 바다를 건널 수 있을까?" 묻고 잠보는 "다 잘 될 거야. 하쿠나마타타"라고 대답한다.

이 동화를 읽다 보면 몇 가지 의문점이 든다. 첫 번째로 서두를 보면 참참이는 대숲에서 태어난 참새인데 텃새인 참새가 '가슴에 출렁이는 바다와 넓은 세상이 있다'는 것을 어떻게 알았을까? 어린 참새가 성조인 뻐꾸기의 탁란은 어떻게 알아서 밉다고 내쫓을까? 어떻게 푸른 산등성이를 좋아하고 출렁이는 바다를 꿈꿀 수 있을까? 왜 하필이면 고릴라 방사장 철창 안으로 들어와 갇혀서 살아갈까, 등등이다.

물론 백로와 왜가리 같은 여름 철새가 텃새로 살아가기도 하므로 텃새인 참새도 환경의 변화에 따라서 지역을 옮겨살 수 있다손치더라도 바다 건너를 꿈꾸는 것은 자연스럽지 않고, 어린 참새가 성조인 뻐꾸기의 탁란을 안다는 것 또한 자연스럽지 않다. 자유를 꿈꾸더라도 어찌어찌 철창 안으로 들어와 살 수는 있을 것이다. 그런데 그러려면 뭔가 개연성이 있거나 복선이라도 깔아주어야 독자는 믿음을 가지고 읽어낼 수 있지 않을까, 의문이 든다.

플롯은 독자들의 가질 수 있는 이러한 질문에 미리 대처하여 곳곳에 장치를 해두는 전략이다. 또한 동화의 인물은 개성 있어야 하지만 아무리 개성 있는 인물일지라도 개연성을 바탕으로 설정도지 않으면 캐릭터의 개성이나 우월성은 리얼리티를 확보하지 못한다.

「하쿠나마타타」를 조금 더 살펴보자. 아프리카 고릴라는 늙어 죽은 뒤 박제가 되어 다시 방사장으로 돌아와 구경꾼들을 맞고 참참이는 자유를 꿈꾸던 잠보를 위해서 커다란 둥지를 만들어 고릴라 앞으로 굴려놓고는 사육사가 피우는 담배를 빼앗아 불을 붙인다. 불길은 박제가 된 고릴라에게 옮겨 붙고 불길 속에서 로랜드 고릴라 한 마리가 철장 너머로 훌쩍 날아오른다. 결국 참참이가 고릴라의 영혼을 자유롭게 해준다는 설정으로 이야기로 끝을 맺는다.

이 동화에는 실제로 1968년 1월 아프리카에서 우리나라로 온 뒤 평생을 동물원에서 살다가 2011년 2월 18일 숨을 거둔 고릴라 '고리롱'을 모델로 하여 쓴 동화라는 설명이 덧붙어 있다. 작가는 참참이의 눈을 통하여 철창에 갇힌 고릴라의 일생을 보여주고 "우린 누구나 자유로운 영혼을 가졌어."와 "다 잘 될 거야. 하쿠나마타타."를 이야기하고 싶었던 것 같다. 그런데 참새로 설정된 참참이가 참새답지 않고, 참새답지 않음에 복선도 개연성도 보이지 않는다. 또한 몸은 육체와 영혼으로 구분되는데 잠보가 죽어 박제되었다고 해서 잠보의 영혼도 박제된 것일까. 구치소 한 평 공간에서도 세계를 누빌 수 있는 게 영혼 아닌가. 의인동화에서 가장 범하기 쉬운 실수가 복선의 부재, 개연성의 부재로 인한 리얼리티의 부재이다. 그 결과 인물과 사건이 자연스럽게 섞이지 못하고 작가가 말하고 싶은 주제의식만 되똑 남아 재미를 반감시키고 독자를 실망시키게 되는 것이다.

4.

의인화 동화에서 이붕의 「호통칠 만한 일이라고?」(『열린아동문학』, 가을호)는 눈여겨볼 만한 작품이다. 이 동화는 공장에서 만들어진 화학물인 고무통의 시점으로 서술되는데, 빨간 고무통은 할머니한테 팔린 뒤 일년에 한두 번 김장할 때나 이불빨래를 할 때 쓰이다가 할머니가 떠난 뒤 그마저도 못하는 할 일 없는 신세가 된다. 대못에 걸려있던 고무통은 어느 날 대못에게서 "넌 덩치만 컸지, 영 쓸모없구나?" 하는 말을 듣지만 고무통은 공장에서 나올 때 아저씨가 "넌 통이 크니까 마음 씀씀이도 넓을 거야"라고 한 말을 기억하며 마음을 달랜다. '물건이란 말이야, 세숫대야만 하더라도 사람이랑 자주 부대끼며 지내는 게 좋은 거야.' 하는 대못의 말에 고무통은 '가끔 사용하더라도 중요한 날이면 괜찮아. 크리스마스트리도 1년에 한 번 사랑받는다잖아'라며 언젠가 좋은 일이 생길 거라는 믿음을 버리지 않는다.

그러나 시멘트벽에 박힌 대못이 세월을 견디지 못해 헐거워지면서 고무통은 땅으로 떨어져 바닥이 찢어지고 만다. 천덕꾸러기가 된 고무통은 길가에 버려진 채 담벼락에 기대어 수거되기를 기다리다가 앞집 아저씨에 의해 주차금지 표지판으로 쓰임 받게 된다.

흙을 가득 안고 주차금지 표지판이 된 고무통은 날아온 풀씨를 안는다. 언젠가 좋은 일이 있을 거라는 믿음을 버리지 않은 고무통은 풀씨를 키우며 행복해 한다. 비가 많이 와 꽃들이 둥둥 뜰까 걱정을 하다가도 찢어진 곳으로 물이 빠지는 걸 본 고무통은 찢어진 고무통이라서 다행이라고 안심한다.

어느 날 불이 붙은 담배꽁초를 버리자 "뭐하는 짓이에요?" 혼을 내고는 속이 좁은 걸 후회하지만 "담배꽁초 버리는 사람에겐 호통칠 만하다"라는 풀꽃의 말에 좋아한다. 드디어 찢어진 고무통은 "흔들리지 않고 내가 놓인 골목을 아름답게 만들게." 속삭이며 풀꽃을 키우는 골목 지킴이가 되는 것이다.

「호통칠 만한 일이라고?」를 읽다 보면 인물과 사건에 의문점이 생기지 않는다. 고무통에게 일어나는 모든 일들이 복선과 개연성에 의하여 자연스럽게 전개되면서 독자를 고무통의 삶으로 안내하기 때문이다. 의인동화의 소재가 될 것 같지 않은, 찢어지고 버려진 빨간고무통은 그의 바람대로 마음 씀씀이가 넓은 인격체로 골목을 지키고 예쁜 풀꽃을 피워내는 숭고한 삶을 살아가게 되는데 그 과정이 자연스러워 '쓸모'에 대하여 생각하게 한다. 인간 중심적 사고에서 쓸모가 아니라 자연의 관점에서의 쓸모를 생각케 하는 것이다.

살펴본 동화 이외에 계간지 가을호에는 잔잔하게 다가오는 동화가 있고 큰 울림을 주는 동화와 소년소설들이 있으며 그 중에는 궁금증이 일어나는 작품도 있었다. 전술했듯이 동화문학의 미학은 어린이 시점은 물론 의인화와 판타지 등을 통한 시점의 미학이라고 할 수 있을 것이다. 어린이를 비롯한 누군가의 시점을 갖는다는 것은 독자들을 낯설게 함으로써 미학으로 작용하는데, 생물과 무생물의 시각을 갖는다는 것은 타인의 시점도 어려운 인간에게 쉽지 않은 작업이다. 그러나 시점을 차용한 그 대상이 어떻게 살아가는지, 어떤 생각을 하는지, 생태환경은 물론 세계 인식방법 등 모든 것을 연구한다면 살아 움직이는 그것다운 캐릭터를 창조할 수 있을 것이고 미학은 자연스럽게 파생될 것이다.

행복은 바라는 것이 아니라 누리는 것이라고 했다. 인간은 욕망의 동물이어서 바라는 것이 끝이 없다. 행복이 바라는 것이라면 인간은 행복할 수 없는 존재인 것이다. 그러나 아동문학인인 우리는 행복이 누리는 것임을 안다. 그래서 소소한 동화를 쓰고 읽으며 더 나은 동화를 쓰기 위하여 톺아보기도 한다. 동화 속 인물들은 어떻게 살아갈까, 그들의 동심을 엿보고 캐릭터와 더불어 울고 웃으며 누리고 싶기 때문이다.

이렇듯 가상의 세계에서 진실을 이야기하고 작은 것을 누릴 줄 아는 사람들은 그것이 비록 금력이나 권력처럼 힘은 없지만 행복을 발견하는 힘은 탁월해서 진실을 거짓으로 뒤바꿔 남의 것을 갈취할 줄만 아는 사람보다 행복한 삶을 영위한다.

원문 발표 지면

1부

생태동화의 미학과 시점(2022)

윤석중 문학에 나타난 생태학적 세계인식(아동문학회 월례발표회 발표, 2009.5)

생태환경과 동화적 상상력(『열린아동문학』, 2018. 겨울호)

치유를 위한 아동문학의 가능성(한국아동문학인협회 평창세미나 발제문, 2018. 가을)

2부

판타지는 아동문학에서 어떻게 나타나는가(MBC금성동화문학회 여름세미나 발제문, 2000)

아동문학에서의 리얼리즘(2004)

강소천의 동화 「돌멩이」에 나타난 항일의식(2004)

현실 회귀와 그리움의 미학(『한국문화기술』 1호, 2005)

소중애 초기 작품에 나타나는 동화적 상상력(아동문학학회 여름 세미나 발표, 2019.;『우리동네 얘기야』, 충남아동문학 43집, 2019)

바다의 상징성과 새로운 가족의 탄생(2021)

3부

윤석중 작품에 나타난 향수의 공간 연구(한국아동청소년문학학회 세미나 발표, 2010)

소천 시 연구(『한국아동문학연구』 제15호, 2008)

서정시에서 서사시 관념시 그리고 동심(『흙빛문학』, 2004. 여름호)

4부

아름다움의 근원을 찾아서(『조장희 동화선집』 해설, 지식을만드는지식, 2013)

순수의 세계에서 환상과 생태문학으로(『서석규 동화선집』 해설, 지식을만드는지식, 2013)

동심에서 나다나는 소통의 미학(『정진 동회선집』 해설, 지식을만드는지식, 2013)

현실성과 환상성, 유희성과 효용성의 두물머리(『아동문학평론』, 2016. 봄호)
가족 안에서 일어나는 사랑과 집착, 버림과 회복(『아동문학평론』, 2016. 여름호)
~되어보기의 미학(『아동문학평론』, 2016. 가을호)
시점에 따른 역지사지의 미학(『아동문학평론』, 2016. 겨울호)

찾아보기